www.ingramcontent.com/pod-product-compliance
Lightning Source LLC
LaVergne TN
LVHW050854051026
849532LV00006BA/2238
9788194307440

گل بوٹے سلور جوبلی سیریز

خوفناک جزیرہ

سراج انور

مرتّب

خان نوید الحق

محرّک

فاروق سیّد، مدیر گل بوٹے

خوفناک جزیرہ

مصنف : سراج انور

مرتب : خان نویدالحق

محرک : فاروق سیّد

ناشر : گل بوٹے پبلی کیشنز، ممبئی

بسلسلۂ گل بوٹے سِلوَر جوبلی جشن - ستمبر 2019ء

کمپوزنگ : یسریٰ گرافکس، پونہ

سرورق : ریحان کوثر، کامٹی

ملنے کے لیے رابطہ : 09867169383 (کوثر احمد)
09892461465 (محمد شریف)

ISBN: 978-81-943074-4-0

Khaufnaak Jazeera

Writer : Siraj Anwar

Compiler: Khan Navedulhaque

Motivator: Farooque Sayyed

Publisher: Gul Bootey Publications, Mumbai

Commemorating Gul Bootey Silver Jubilee Celebration - Sept. 2019

انتساب

اپنی عمّہ (پھوپھی)

محترمہ انیس بانو (مرحومہ)

کے نام

جنھوں نے میرے والدین کی طرح میری پرورش کی

اور مجھے ایک مقام دیا

اور

والدۂ محترمہ **بلقیس مسعود**

کے نام

جنھوں نے مجھے لفظ سوتیلی کا احساس تک ہونے نہیں دیا۔

منجانب

ریاض مسعود

عرضِ ناشر

پیارے بچو!

السلام علیکم و رحمۃ اللہ!

آج کا دن اور یہ خوب صورت موقع ہمارے لیے کسی انمول تحفے سے کم نہیں۔ آج ہمارا پسندیدہ رسالہ ماہنامہ 'گل بوٹے' ممبئی اپنی تاسیس کے پچیس سال مکمل کر رہا ہے۔ اس پرمسرّت موقع پر ہم اللہ ربّ العزت کی بارگاہ میں نذرانۂ تشکر پیش کرتے ہیں جس نے ہمیں یہ مبارک دن دِکھایا۔ 'گل بوٹے' کی اشاعت کے پچیس برس مکمل ہونے پر ہم اپنے ان تمام ننھے ساتھیوں کو دلی مبارکباد پیش کرتے ہیں جو اپنے پسندیدہ رسالے سے ابتدا ہی سے جڑے رہے۔ جنھوں نے گل بوٹے کو اپنا رسالہ سمجھا، اس کا ہر مہینے بڑی شدت سے انتظار کیا، اسے پابندی سے خریدا، اس کے خوب صورت مشمولات کو پسند کیا، اس کی قیمتی باتوں کو ذہن نشین کرکے ان پر عمل کیا۔ ان تمام ساتھیوں کو بھی مبارکباد جو گل بوٹے کی ترویج و ترقی اور اسے گھر گھر پہنچانے میں ہمیشہ کوشاں رہے، اس کی ترتیب و اشاعت میں اپنے قیمتی مشوروں سے نوازا، مشکل ترین حالات میں اپنی توجہ اور تعاون سے گل بوٹے کے کم سواد مدیر کی ڈھارس بندھائی، گل بوٹے ٹیم کی کوششوں کو سراہتے ہوئے ان کی حوصلہ افزائی کی، گل بوٹے کے ساتھ سفر کرتے ہوئے اپنے بچپن کو لڑکپن اور لڑکپن کو نوجوانی میں تبدیل کیا۔ آج کا دن ان تمام ننھے فرشتوں اور نوجوان دوستوں کے لیے نویدِ جاں فزا لے کر آیا ہے اور آج یہی تمام ساتھی مبارکباد کے مستحق ہیں۔ آپ تمام کو کامیابی و کامرانی کے یہ پُرمسرّت لمحات بہت بہت مبارک ہوں!

عزیز ساتھیو! ہمارے ملک میں بچوں کے رسائل کی تاریخ درخشاں رہی ہے۔ ایک زمانہ تھا جب ملک کے مختلف شہروں سے بڑی تعداد میں بچوں کے رسائل نکلتے تھے۔ آج بھی قدرے کم تعداد میں سہی لیکن بچوں کے رسائل برابر نکل رہے ہیں۔ ممبئی جیسے اُردو آبادی والے بڑے شہر سے ایک عرصے سے بچوں کے ایک معیاری رسالے کی ضرورت محسوس کی جاتی تھی۔ اللہ کا شکر ہے کہ اس نے ہمیں توفیق بخشی اور ہم نے اللہ کا نام لے کر تن تنہا اس راہ پر قدم بڑھایا اور دیکھتے ہی دیکھتے گل بوٹے کے تیئں ہمارے جنون نے پچیس بہاریں مکمل کرلیں۔ اگرچہ زمانے کی نظر میں پچیس برس کوئی بڑی مدت نہیں ہوتی لیکن کسی رسالے کے لیے اور وہ بھی اُردو زبان میں بچوں کے رسالے کے لیے یہ ایک بہت بڑی مدت ہے۔ یہ ایک ایسی مدت ہے جسے کسی جنون یا دیوانگی کے سہارے ہی پورا کیا جاسکتا ہے۔ ان پچیس برسوں میں گل بوٹے نے ترقی کے کئی رنگ دیکھے۔ پہلے پہل اسے سادے کاغذ پر یک رنگی شائع کیا گیا۔ پھر پرنٹ میڈیا میں آئے انقلابات پر لبیک کہتے ہوئے آرٹ پیپر اور مکمل رنگینی کو اپنایا۔ اِس دوران گل بوٹے زمانے کے شانہ بہ شانہ چلتا رہا لیکن اس نے تعلیمی، اخلاقی اور تہذیبی رہنمائی کے اپنے مشن سے صرفِ نظر نہیں کیا بلکہ فکری طور پر پوری قوت سے اپنے مشن پر ہمیشہ گامزن رہا۔

ہمیں اس حقیقت کا اظہار کرتے ہوئے بڑی مسرت ہورہی ہے کہ جیسے ہی ہم اپنی تاسیس کے پچیسویں سال کی طرف بڑھ رہے تھے، ہم گل بوٹے کی سلور جوبلی کچھ منفرد انداز میں منانے کا سوچ رہے تھے اور جلد ہی ہم نے یہ عزم کیا کہ گل بوٹے کی پچیسویں سالگرہ پر ہم بچوں کے ادب کو نادر موضوعات پر پچیس کتابوں کا تحفہ دیں گے۔ الحمد للہ! ثم الحمد للہ! ہمیں خوشی ہورہی ہے کہ اللہ تعالیٰ نے ہمارے اِس عزم کی لاج رکھ لی اور ہم آج مختلف موضوعات پر پچیس کتابیں شائع کرنے میں کامیاب ہوئے ہیں۔ بچوں کے ادیبوں کی ڈائرکٹری الگ۔

بچوں کے ادب پر یہ پچیس کتابیں گل بوٹے کے ادارۂ تحریر کے رفقا یعنی 'ٹیم گل بوٹے'

کی محنتوں کا ثمرہ ہے۔ ان کتابوں میں ٹیم گل بوٹے نے ان تمام موضوعات کو سمیٹنے کی کامیاب کوشش کی ہے جو اُردو میں بچوں کے ادب کے زرّیں عہد کے گواہ ہیں۔ یہ وہ موضوعات ہیں جو اَب نایاب نہیں تو کمیاب ضرور ہیں البتہ یہ بھی حقیقت ہے کہ آج کسی ایک جگہ دستیاب نہیں۔ٹیم گل بوٹے نے موضوعات کے انتخاب سے لے کر کتاب کی ترتیب و تدوین تک جس محنتِ شاقہ کا ثبوت فراہم کیا ہے اس کے لیے میں بحیثیت مدیر اور ناشر تمام مرتبین کا شکرگزار ہوں۔ ناسپاسی ہوگی اگر اس موقع پر اپنے عزیز دوست اور بال بھارتی پونہ کے اُردو افسر خان نوید الحق انعام الحق صاحب کا شکریہ ادا نہ کروں جن کی کرشماتی شخصیت نے کتابوں کی ترتیب سے لے کر سلور جوبلی تقریبات کے انعقاد تک ہر مشکل مرحلے میں میرے کندھے سے کندھا ملا کر کام کیا۔ ہر مرحلے پر ثابت قدمی دِکھاتے ہوئے کام کی پہل کی، اپنے وسیع تجربات کی روشنی میں کٹھن مراحل کو آسان بنا دیا اور اپنے آپ کو دامے درمے سخنے کلی طور پر اس کام کے لیے وقف کردیا۔ان احسانات کو صرف محسوس کیا جاسکتا ہے۔

زیرِ مطالعہ کتاب ’خوفناک جزیرہ‘ جناب خان نوید الحق نے مرتب کی ہے۔آپ نے حتی الامکان اسے خوب سے خوب تر بنانے کی کوشش کی ہے اس لیے ادارہ گل بوٹے جناب خان نوید الحق کا دِل کی گہرائیوں سے شکریہ ادا کرتا ہے۔

آپ کے اپنے ماہنامے ’گل بوٹے‘ کے جشنِ سیمیں کے موقع پر ہم ان تمام قلمکاروں، مراسلہ نگاروں اور قارئین کا شکریہ ادا کرتے ہیں جنھوں نے گزشتہ ربع صدی کے دوران ہر مرحلے پر ہمارا تعاون کر کے حوصلہ بڑھایا ہے۔ہمیں اُمید ہے کہ بچوں کے ادب پر یہ پچیس کتابیں آج کے حالات میں ادبِ اطفال کی راہ متعین کرنے میں مشعلِ راہ ثابت ہوں گی۔ آپ کی گرانقدر آرا کا ہمیں انتظار رہے گا۔

والسلام

فاروق سیّد

عرضِ مرتب

بچوں کے مشہور ادیب سراج انور مرحوم نہ صرف اچھے ادیب تھے، پیشہ ور فوٹو گرافر بھی تھے۔ ان کے فوٹو گراف ماہنامہ کھلونا اور دہلی کے دیگر رسالوں میں شائع بھی ہوتے تھے۔ فوٹوگرافی کے شوق ان میں سیر و سیاحت اور مہم جوئی کا شوق پیدا کر دیا تھا۔ یہ شوق ان کی لکھی ہوئی بچوں کی کہانیوں اور ناولوں میں بھی صاف دِکھائی دیتا ہے۔ ساتھ میں نئی نئی کھوج اور جستجو کی عادت نے سائنس کے میدان کا بھی شہسوار بنا دیا تھا۔ ان کے سائنسی ناول، سائنسی کہانیاں اور مہماتی کہانیاں اُس دَور کے بچوں کو، جو آج بڑھاپے کی منزل میں ہیں، آج بھی یاد ہیں۔ یہ کتابیں اب نایاب ہوگئی ہیں۔ کہیں کہیں لائبریریوں میں محفوظ ہیں مگر بڑی تلاش کے بعد نظر آتی ہیں اور جن کی لائبریری میں ہیں وہ اسے کسی قیمت پر کسی کو دینا نہیں چاہتے۔ ان کے مشہور ناولوں میں ایک ہی بہت ہی مشہور ناول 'خوفناک جزیرہ' ہے جو ایک مہماتی ناول ہے اور شاید بچوں کے لیے پہلا طبع زاد مہماتی ناول ہے۔ رائیڈر ہیگارڈ کے انگریزی مہماتی ناولوں کے مظہر الحق علوی نے اُردو میں ترجمے کیے ہیں جس کے آج بھی نئے ایڈیشن شائع ہوکر مقبول ہو رہے ہیں۔

اسی بات کو مدنظر رکھ کر 'گل بوٹے' کی سلور جوبلی جشن ٹیم نے بچوں کے لیے سراج انور کے ناول 'خوفناک جزیرہ' کا انتخاب کیا جس کو پچیس کتابوں کی سیریز میں شامل کیا گیا ہے۔ یہ ناول اپنے وقت میں بہت مقبول ہوا تھا اور شاید کھلونا میں قسط وار شائع بھی ہوا تھا جسے بچے تو بچے بڑے بھی شوق اور دلچسپی سے پڑھتے تھے۔ اس کی مقبولیت کا اندازہ اس سے ہوتا ہے کہ پہلا ایڈیشن ہاتھوں ہاتھ فروخت ہوگیا تھا۔ ناول کی دوسری خاص بات یہ بھی ہے کہ ترجمہ نہیں ہے بلکہ طبع زاد ہے اور مکمل ہندوستانی ماحول اور ہندوستانی زمین اور علاقوں کو لے کر لکھا گیا ہے۔

کہانی کا آغاز ہی فیروز نامی لڑکے سے ہوتا ہے۔ پہلے صفحے پر فیروز کے تعارف سے یہ بات معلوم ہوتی ہے۔ فیروز کو مرکزی کردار بنا کر بعد میں بھی کہانیاں اور ناول لکھے گئے۔ اس ناول کی ابتدا میں فیروز کا مختصر تعارف ہے لیکن آخر میں اس کی شخصیت کا سسپینس بھی سامنے آجاتا ہے۔ کہانی دہلی کے ایک ہوٹل سے شروع ہوتی ہے اور راس کماری (کنیا کماری) ہندوستان کا انتہائی جنوبی حصے کے جنگلوں کے گرد گھومتی ہے۔ وہاں کے جنگلات آج بھی حسین تو ہیں ساتھ ہی گھنے اور خوفناک بھی ہیں۔

کہانی جس دلچسپ انداز میں آگے بڑھتی ہے اتنی ہی سسپینس فل بھی ہے۔ فیروز جو کہانی کا ہیرو ہے، اس کی ہمت، جواں مردی، حاضر جوابی اور سعادت مندی جہاں ایک طرف ہندوستان کی تہذیب، بزرگوں کے ادب اور سنسکار کا آئینہ ہے وہیں مطالعہ کرنے والے بچوں کے لیے بھی سیکھنے کے لیے ہے۔ اسی کے ساتھ فیروز کے کردار کو کہانی کی مرکزی حیثیت دے کر بچوں کو ہمت، حوصلہ مندی، بہادری کا اور کسی بھی حالات سے نمٹنے کے لیے حاضر دماغی ایک اہم اور ضروری شے ہے، کا پیغام دیا گیا ہے۔

کہانی میں افریقی کردار بھی خاص اہمیت کا حامل ہے۔ اسی کے ساتھ عبدل اور جیک کے بھی کردار اہم ہیں۔ ایک طرف جہاں یہ کردار کہانی میں سسپینس پیدا کرتے ہیں وہیں اچھے برے کی تمیز بھی سکھاتے ہیں کہ افریقی جیک کی سیاہی اس کے کردار کی آئینہ نہیں ہے۔ اس کا دل بالکل شیشے کی طرح ہے جس میں ہمدردی، وفاداری اور اپنائیت کا بھرپور اظہار ہے۔ اسی کے ساتھ عبدل کا کردار منفی اثرات کی عکاسی کر رہا ہے جو بظاہر اچھا نظر آنے والا شخص یقیناً اچھا ہوگا، ایسا نہیں ہے۔ بوڑھے جادوگر کا کردار اس کہانی کا اہم اور ٹرننگ پوائنٹ ہے جو کبھی اس مہماتی ٹیم کا دشمن نظر آتا ہے کبھی دوست۔ غرض 'خوفناک جزیرہ' کے جہاں تمام کردار ہماری چلتی پھرتی زندگی کے عکس ہیں وہیں سبق آموز بھی ہیں۔ اسی کے ساتھ نئے جہانوں کی سیر بھی کراتے ہیں۔ جنگلوں کی دنیا کی بھی نئی نئی باتیں کہانی جیسے جیسے آگے بڑھتی ہے، سامنے آتی ہیں۔ پھر خزانے کی تلاش میں پیش آنے والی دشواریاں، ان کا حل، ان کے لیے انسانی کوشش ... یہ سب مل کر بچوں کو نہ

صرف کہانی سے بھرپور لطف اندوزی فراہم کرتے ہیں بلکہ قدم قدم پر پیش آنے والے حادثات سے نمٹنے کے لیے حوصلہ بھی فراہم کرتے ہیں۔

سراج انور صاحب نے کہانی کا اختتام بھی اتنے دلچسپ اور طنز سے بھرپور انداز میں کیا ہے کہ تعریف نہیں کی جاسکتی۔ اس سے یہ بھی سبق ملتا ہے کہ دنیا میں لالچی اور دھوکے باز بھی ہوتے ہیں جو کسی کی دولت کو دیکھ کر اس سے رشتہ استوار کرتے ہیں۔ ایسے وقت میں جان ولیم، جو مہماتی سفر کا سربراہ ہے، وہ فیروز کی مدد کرکے اس کے والدین کا پتا لگاتا ہے اور اس طرح کہانی اپنے خوب صورت انجام کو پہنچتی ہے۔

تحیر، تجسّس، دلچسپی، انوکھاپن اور دنیا کی نئی نئی معلومات سراج انور کی کہانیوں کی خصوصیات ہیں۔ ہم سمجھتے ہیں کہ ان کی کہانیوں کی خصوصیات ان کے اپنے فن فوٹوگرافی کے سبب ہے جس کے لیے انھوں نے دور دور کی خاک چھانی اور نئی نئی تصویریں نئے انداز سے کیمرے میں قید کیے۔

سراج انور کا پورا نام محمد سراج الدین تھا۔ دہلی کے رہنے والے تھے۔ وہیں تعلیم حاصل کی اور فوٹوگرافی کو اپنا پیشہ بنایا۔ دہلی کے ادبی ماحول نے 'کھلونا' جیسے بچوں کے مشہور رسالے میں چھوٹی چھوٹی کہانیاں شائع ہونے سے ان کا حوصلہ بڑھا اور انھوں نے بچوں کے لیے سائنسی، مہماتی اور تاریخی ناول بھی لکھے۔

ناول 'خوفناک جزیرہ' کی اشاعت کے ذریعے ہم سراج انور کو خراجِ عقیدت پیش کرتے ہیں تاکہ آج کے ادیب اور قارئین ان سے اور ان کی تحریروں سے واقف ہوں۔ یقین ہے یہ کتاب پہلے کی طرح آج بھی بچوں اور بڑوں کو یکساں پسند آئے گی۔

خان نوید الحق

اسپیشل آفیسر فار اُردو، بال بھارتی

B-10، تیسرا منزلہ، روہن اینکلیو،

پونے-ممبئی روڈ، داپوڑی، پونے-012 411

M.: 9970782076

khan18664@gmail.com

ایک ایسے نوجوان کے سمندری سفر کی حیرت انگیز داستان جس نے قدم قدم پر ہزاروں مصیبتیں جھیلیں۔ طوفانوں سے لڑا، خطروں کا مقابلہ کیا اور نہایت عجیب و غریب واقعات سے گزرنے کے بعد وہ ایک معمولی ملازم سے بڑھ کر بہت بڑا آدمی بن گیا!

فیروز کے خوفناک، بھیانک اور مہماتی سفر ناموں کے سلسلے کی پہلی طویل داستان۔

میرا نام فیروز ہے۔ ایک غریب ماں باپ کا لڑکا ہوں۔ ابھی میری عمر صرف بائیس سال کی ہے لیکن اس عمر میں ایسی ایسی تکلیفیں اور ایسی مصیبتیں میں نے جھیلی ہیں جن کو یاد کر کے کلیجہ منہ کو آتا ہے۔ ایسے عجیب وغریب واقعات اور اتنی حیرت انگیز باتیں مجھے اپنے سفر میں پیش آئی ہیں کہ میں انھیں اس وقت بیان کرتے ہوئے لرز رہا ہوں۔ میری اب تک کی زندگی آفتوں اور تکلیفوں میں ہی بسر ہوتی ہے۔ لوگ کہتے ہیں کہ میں بڑا باہمت ہوں۔ یہی وجہ ہے کہ میں اپنی یہ داستان لکھ رہا ہوں ورنہ کسی دوسرے کے بس کا یہ کام نہ تھا کیوں کہ ایسی داستان کو لکھنے کے لیے انسان کے سینے میں پتھر کا دل ہونا چاہیے۔

میں نے جس سفر کے بارے میں اوپر لکھا ہے وہ آج سے کوئی آٹھ سال پہلے شروع ہوا تھا۔ میں دلی کے ایک ہوٹل میں بیرا تھا اس ہوٹل میں دنیا بھر کے سیاح آتے جاتے رہتے تھے اس لیے مجھے نئے نئے لوگوں سے ملنے کا اتفاق ہوتا رہتا تھا۔ جب یہ لوگ اپنے ملکوں کی باتیں کرتے تو میں بھی سنتا، یہ باتیں سنتے سنتے میرے دل میں بھی اشتیاق پیدا ہوتا کہ کاش کسی طرح میں بھی دور دراز کا سفر کروں! مجھے کیا معلوم تھا کہ میری یہ خواہش جلد ہی پوری ہونے والی ہے۔ میں بھی سندباد جہازی کی طرح ایک طویل سفر کروں گا اور واپس آنے کے بعد پھر کبھی سفر کا نام نہ لوں گا!

ایک دن ہمارے ہوٹل میں تین غیر ملکی سیاح آ کر ٹھہرے۔ ہوٹل کا قاعدہ ہے کہ

ایک آدمی کو ایک ہی کمرہ دیا جاتا ہے اگر تین چار آدمی ایک ہی کمرے میں مل کر رہنا چاہیں تو نہیں رہ سکتے لیکن مجھے یہ دیکھ کر بڑا تعجب ہوا کہ ان تینوں نے ایک ہی کمرے میں رہنے کی اجازت حاصل کر لی اور یہ میری بدنصیبی تھی کہ ان کی خدمت کے لیے مجھے مقرر کیا گیا۔ پورے دو دن تک وہ تینوں اپنے کمرے میں ہی بند رہے، نہ انھوں نے چائے منگائی اور نہ کھانا۔ سب کو حیرت تھی کہ وہ اندر بیٹھے ہوئے کیا کرتے رہتے ہیں؟ میرا دل چاہتا تھا کہ وہ کسی نہ کسی طرح مجھے اپنے کمرے میں بلانے کے لیے گھنٹی بجائیں تاکہ میں ان کے راز سے واقف ہوسکوں۔ بچپن ہی سے مجھے لوگوں کے رازوں کو جاننے کا شوق ہے۔ خواہ مخواہ خطروں میں کود پڑنا بھی میری عادت میں شامل ہے، یہی وجہ ہے کہ میں ان پراسرار آدمیوں سے جلد سے جلد ملنا چاہتا تھا۔ میں کمرے میں بیٹھا ہوا یہ سوچ ہی رہا تھا کہ اچانک گھنٹی بجی، میں نے دیوار پر لگے ہوئے بورڈ کی طرف دیکھا کمرہ نمبر ۵ کا بلب روشن تھا۔ خوشی کے مارے میں اچھل پڑا کیوں کہ وہ تینوں آدمی اسی کمرے میں ٹھہرے ہوئے تھے۔ میں نے جلدی جلدی لباس ٹھیک کیا، ٹوپی اوڑھی اور تقریباً بھاگتا ہوا ان کے کمرے کے قریب پہنچا، دستک دینے پر اندر سے آواز آئی، ''آجاؤ۔''

میں نے دروازہ کھولا اور پھر ادب سے ان کے سامنے جا کھڑا ہوا۔ ان میں سے کسی نے میری طرف کوئی توجّہ نہ کی۔ جو سب سے بڑا تھا اس نے ایک سفید کاغذ کو احتیاط سے لپیٹتے ہوئے اپنے ساتھیوں سے کہا، ''آخر کار یہ کام تو ہوگیا، نقشہ اب تیار ہے۔''

اس کے یہ کہتے ہی میں سمجھ گیا کہ وہ کسی قسم کا نقشہ تیار کر رہے تھے کیوں کہ مڑے ہوئے کاغذ کی ایک ہلکی سی جھلک میں نے دیکھ لی تھی۔ رنگ برنگی پنسلوں سے بنائی گئی لکیروں سے یہ راز ظاہر ہوتا تھا کہ وہ کسی پوشیدہ جگہ کا نقشہ ہے میرے اس خیال کی تصدیق ان تینوں کی شکلیں دیکھ کر بھی ہوجاتی تھی، ان کے چہرے اترے ہوئے تھے۔ ڈاڑھیاں بڑھی ہوئی تھیں اور آنکھیں متواتر جاگنے کے باعث سرخ تھیں۔ وہ بار بار جمائیاں لے رہے تھے۔ نقشہ طے کر کے حفاظت سے ایک چرمی تھیلے میں رکھنے کے بعد اس شخص نے مجھ سے کہا، ''ارے تم آگئے، دیکھو ہم لوگوں کے لیے بہت عمدہ کھانا لاؤ۔''

میں نے پھر ادب سے سر جھکایا اور واپس آ کر جلدی جلدی ان کے لیے کھانا چنا۔ پھر کھانے کی ٹرالی لے کر ان کے کمرے میں داخل ہوا۔ انھوں نے کنگلوں کی طرح کچھ ہی دیر میں کھانا ختم کر دیا اور پھر ایک نے جیب سے پانچ روپے کا نوٹ نکال کر میری طرف بڑھا دیا۔

''فرمایئے؟ اِن روپیوں کا کیا لاؤں؟'' میں نے پوچھا۔

''اسے رکھ لو، یہ تمھاری ٹپ ہے۔'' اس شخص نے ہنس کر کہا۔

ٹپ کی لعنت ہمارے ہندوستان میں برسوں سے چلی آ رہی ہے بغیر کسی محنت کے ہم لوگ خواہ مخواہ اپنا ہاتھ دوسروں کے سامنے ٹپ لینے کے لیے پھیلا دیتے ہیں۔ یہ ایک طرح کی بھیک ہے جو ہم لیتے ہیں۔ مجھے شروع ہی سے اس ٹپ سے نفرت ہے اس لیے میں نے انکار کی صورت میں اپنا سر ہلاتے ہوئے کہا، ''جی شکریہ، میں ٹپ نہیں لیا کرتا۔'' ان کی آنکھیں حیرت کے مارے پھٹی کی پھٹی رہ گئیں۔ تعجب سے انھوں نے ایک دوسرے کو دیکھا اور پھر مجھ سے بولے، ''تمھارا نام کیا ہے؟ کہاں رہتے ہو؟''

میں نے مختصراً اپنے بارے میں انھیں سب کچھ بتا دیا۔ میری باتیں سن کر وہ بہت خوش ہوئے اور پھر وہی شخص جو اب تک مجھ سے مخاطب تھا کہنے لگا، ''سنو لڑکے! ہم لوگ ایک دُور دراز سفر پر جا رہے ہیں، ہمیں ایک خادم کی ضرورت ہے جو ہمارے ساتھ رہے اور ہمارا کہنا مانے، تم اگر ہمارے ساتھ چلنے پر راضی ہو جاؤ تو ہم تمھیں پانچ سو روپے مہینہ دیں گے۔ تنخواہ ہم نے جان بوجھ کر بہت زیادہ کہی ہے، وجہ یہ ہے کہ ہم لوگ جس چیز کی تلاش میں جا رہے ہیں وہ اگر ہمیں مل گئی تو پھر ہم اربوں روپے کے مالک ہو جائیں گے۔ تم ہمیں ایک شریف، ایماندار اور نڈر لڑکے نظر آتے ہو، اسی لیے ہم نے یہ پیشکش کی ہے۔ ہمیں ایک تو خزانہ ڈھونڈنا ہے جو راس کماری کے میدانوں میں دفن ہے اور دوسرا ایک جزیرہ۔ جس کے بارے میں آج تک کسی کو معلوم نہیں اور نہ ہی وہ جزیرہ دنیا کے نقشے پر موجود ہے لیکن ہمیں امید ہے کہ وہ لنکا سے بھی بہت دور چلے جانے پر ہمیں نظر آئے گا۔ اس جزیرے میں جو چیز ہمیں پکڑنی ہے اس کے بارے میں ہم تمھیں

ابھی نہیں بتا سکتے۔ اب تم یہ کہو کہ کیا تم ہمارے ساتھ چلنے پر رضا مند ہو؟ اگر نہیں تو پھر ہم تم سے یہ کہہ دیتے ہیں کہ ہماری ان باتوں کا کسی کو بھی پتا نہ چلنا چاہیے اگر ایسا ہوا تو پھر معاف کرنا، پھر تمھاری خیر نہیں۔" یہ کہہ کر اس نے پائپ سلگایا دو تین لمبے لمبے کش لیے اور پھر مجھ سے کہنے لگا، "ہاں، اب جواب دو، اُمید ہے تم نے اتنے عرصے میں ہر بات سوچ لی ہوگی۔"

سوچنا تو خیر کیا تھا، مجھے تو خود ہی ایسے واقعات میں حصہ لینے کا بے حد شوق تھا۔ بغیر سوچے سمجھے میں نے ہاں کر دی۔ یہ جواب پا کر وہ شخص بہت خوش ہوا اور میرے قریب آ کر میری کمر تھپتھپاتے ہوئے بولا، "شاباش! بہادر لوگ اسی طرح جلدی سے فیصلہ کر لیتے ہیں۔ میں تم سے بہت خوش ہوں، تمھارے ایک مہینے کی تنخواہ پیشگی میں تمھیں ابھی دے دیتا ہوں۔ کل ہم لوگ یہاں سے روانہ ہو جائیں گے لیکن خبردار! کسی کو اپنی روانگی کے بارے میں کچھ نہ بتانا۔ تمھاری آنکھیں کھلی رہنی چاہئیں لیکن زبان بند۔ سمجھ گئے؟"

"جی ہاں خوب اچھی طرح، بے فکر رہیے آپ مجھے ہمیشہ اپنا وفادار پائیں گے۔"

یہ جواب بھی سن کر وہ خوش ہوا اور پھر پانچ روپے دیتے ہوئے کہنے لگا کہ اب تم تیاری شروع کر دو۔ دروازے سے نکلنے سے پہلے اس نے مجھے پھر تنبیہ کی کہ میں کسی سے بھی ان باتوں کا ذرا سا بھی تذکرہ نہ کروں ورنہ میرا انجام اچھا نہ ہوگا۔

❖❖❖

دوسرے دن سویرے ہی ہم لوگ ہوٹل سے نکل لیے۔ دہلی ریلوے اسٹیشن پر آ کر میرے مالک نے (کیوں کہ اب میں اسے اپنا مالک ہی کہوں گا) چار ٹکٹ راس کماری کے لیے۔ اس کی فیاضی کا درحقیقت کوئی جواب نہ تھا۔ آپ لوگ اندازہ کر سکتے ہیں کہ اس نے میرے لیے بھی درجہ اوّل کا ٹکٹ لیا اور ہم چاروں ایک ہی ڈبے میں جا کر بیٹھ گئے۔ اب یہاں بہتر معلوم ہوتا ہے کہ میں ان تینوں مالکان کا آپ سے تعارف کرا دوں۔ وہ شخص جس نے مجھ سے باتیں کیں اور جو ادھیڑ عمر کا نظر آتا تھا، دراصل امریکن تھا، اس کا نام جان ولیم تھا۔ بہت زیادہ شریف اور با اخلاق آدمی تھا، میں نے اندازہ لگایا تھا کہ وہ ہرفن مولیٰ ہے، سائنس میں بھی ماہر تھا اور ڈاکٹری میں بھی، بہت اچھا حساب داں بھی تھا۔ دنیا کی تقریباً سبھی زبانیں جانتا تھا اس کے برعکس اس کے دو ساتھی مجھے زیادہ پسند نہیں آئے۔ ان میں سے ایک تو افریقی تھا۔ لمبا تڑنگا اور بہت ہی طاقتور، گرمی ہو یا سردی وہ ہمیشہ کالے کپڑے پہننے کا عادی تھا۔ اس کی کمر سے کارتوس کی ایک پیٹی ہر وقت بندھی رہتی تھی اور اپنی حفاظت کے لیے پستول بھی ہر وقت ساتھ رکھتا تھا۔ اتنا کالا تھا کہ رات میں نظر ہی نہ آتا تھا۔ اس شخص کا نام جیک تھا، اس کی آنکھوں کو دیکھتے ہی میرا دل کانپ جاتا تھا، اس کی آنکھیں بہت خطرناک تھیں۔ اب رہ گیا تیسرا آدمی تو وہ بہت دبلا پتلا اور چالاک تھا۔ مصر کا رہنے والا تھا اور اس کا نام عبدل تھا۔ پستول تو خیر اس کے پاس نہیں تھا، ہاں البتہ اپنے پاس ایک شکاری چاقو ہمیشہ رکھتا تھا۔ چاقو ہلال کی شکل کا تھا اور

وہ اسے اس انداز سے پھینکتا تھا کہ کسی بھی جانور کو زخمی کر کے چاقو پھر اس کے پاس آ جاتا تھا۔ بعد میں ہم لوگوں نے جب ایک بار ہرن کا شکار کیا تو بجائے گولی کے عبدل نے اسی چاقو سے ہرن کو زخمی کیا۔ ہرن دس گز کے فاصلے پر تھا، عبدل نے چاقو گھما کر پھینکا چاقو ہرن کی گردن کاٹنے کے بعد ہوا میں لہراتا ہوا پھر اس کے پاس واپس آ گیا۔ عبدل کے اس چاقو کو جیک بہت پسند کرتا تھا لیکن وہ زیادہ تر خاموش رہتا تھا۔ کسی بات کا جواب بھی بس صرف اپنی آنکھوں کے اشاروں سے دیتا تھا۔ جان جیسے عمدہ خوش اخلاق انسان کے ساتھ ایسے عجیب وغریب دوست کو دیکھ کر مجھے بڑی وحشت ہوتی تھی۔

ریل بڑی تیزی سے اپنی منزل کی طرف جا رہی تھی۔ جان اپنے پائپ کے کش لگاتا ہوا کچھ سوچ رہا تھا لیکن جیک اور عبدل بڑی عجیب نظروں سے مجھے دیکھ رہے تھے۔ میں پہلے ہی کہہ چکا ہوں کہ ان کی آنکھوں میں رحم نام کو بھی نظر نہ آتا تھا اس لیے مجھے اب ان آنکھوں کو دیکھتے ہوئے ڈر محسوس ہوتا تھا۔ وہ دونوں مجھ سے بالکل بات نہ کرتے تھے البتہ جان مجھ سے بہت نرمی سے پیش آتا تھا۔ ہم لوگ آہستہ آہستہ ہندوستان کے جنوب کی طرف جا رہے تھے، چند اسٹیشن جلدی جلدی گزر گئے تو جان نے نقشہ نکالا اُور سے سیٹ پر پھیلا دیا۔ نقشہ پھیلانے کے بعد اس نے اور اس کے ساتھ ہی اس کے عجیب ساتھیوں نے مجھے اس طرح دیکھا گویا کہہ رہے ہوں، ”ہم تم پر بھروسا کر سکتے ہیں؟“

میں نے ان نگاہوں کا مطلب سمجھ کر مسکراتے ہوئے اپنا سر ہلا دیا اور وہ مطمئن ہو گئے۔ نقشے کو دیکھتے ہوئے وہ آپس میں بحث کرنے لگے۔ ان کی بحث سے یہ بات ثابت ہو گئی کہ عبدل خزانے والی کہانی پر یقین نہیں رکھتا۔ یہی وجہ تھی کہ وہ بار بار ہر معاملے میں اپنی ٹانگ اڑا رہا تھا۔

اب یہ لکھنا تو بے کار سا معلوم ہوتا ہے کہ ہم کس طرح راس کماری تک پہنچے۔ راستے میں کچھ اتنی تکلیفیں بھی پیش آئیں جن کے بیان کرنے کی خاطر میں اس قصے کو خواہ مخواہ لمبا کروں۔ ہاں ایک بات ضرور کہوں گا اور وہ کہنی بھی ضروری ہے کہ دلی سے لے کر راس کماری تک جتنے بھی اسٹیشن پڑے، میں نے ریل کے ٹھہرنے پر ایک نہایت ہی مکروہ

اور ڈراؤنا چہرہ بار بار اسٹیشن پر دِکھا وہ کوئی عجیب شخص تھا۔ خدا نے پوری دنیا کی بدصورتی اسے دے دی تھی، اس کی آنکھیں پھٹی ہوئی تھیں۔ میرا تو خیال ہے کہ جب وہ سوتا ہوگا تب بھی کھلی ہی رہتی ہوں گی۔ ناک بن مانس جیسی تھی اور منہ کی جگہ ایک تھوتھنی سی تھی، کبڑا بھی تھا اور لنگڑا بھی۔ جب بھی ریل اسٹیشن پر ٹھہرتی یہ شخص کھڑکی کے قریب آ کر اندر ضرور جھانکتا۔ میں نے ایک بات محسوس کی اور وہ یہ کہ اُسے دیکھتے ہی جیک کے بھیانک چہرے پر ایک خوف ناک مسکراہٹ ضرور پیدا ہوجاتی، خدا جانے کیا راز تھا!

ریل کا سفر ختم ہوگیا تو پھر ہم نے موٹر سے سفر کیا۔ خدا جانے کہاں کہاں گئے۔ کتنے دریاؤں کو پار کیا، کتنے ندی نالے پھلانگے، غرض یہ کہ ہم آہستہ آہستہ ہندوستان کے بالکل جنوب میں پہنچ گئے۔ یہاں ہمیں اپنا سفر خچروں پر شروع کرنا پڑا کیوں کہ اب آگے نہایت ڈراؤنا اور خطرناک جنگل نظر آنے لگا تھا۔ زندگی میں مجھے کبھی اتنی گھبراہٹ نہیں ہوئی تھی جتنی کہ اس وقت ہوئی۔ ایک انجانا خطرہ سامنے نظر آ رہا تھا۔ خدا جانے کہ اس جنگل میں داخل ہونے کے بعد واپس باہر نکلنا بھی نصیب ہوگا یا نہیں؟ یہاں پہنچ کر جان نے اطمینان کا ایک لمبا سانس لیا اور کہنے لگا، ''دوستو! یہی جنگل ہماری منزلِ مقصود ہے اس کے اندر ہی کہیں وہ خزانہ چھپا ہوا ہے جس کی خاطر ہم اتنا لمبا سفر کر کے یہاں آئے ہیں۔ یہ جنگل اتنا گھنا ہے کہ دیکھ لو یہاں کتنا گہرا اندھیرا چھایا ہوا ہے، خطرناک جانور اور درندے بھی یہاں بہت بڑی تعداد میں ہیں، ہمیں ان سب کا مقابلہ کرنا ہوگا۔ آؤ اب خدا کا نام لے کر اندر بڑھیں۔''

سب نے اپنے اپنے خچروں کو ہانکا اور پھر ہم جنگل میں داخل ہوگئے۔ جانوروں کی آوازوں سے پورا جنگل کبھی کبھی گونج اٹھتا تھا ورنہ بس وہی ٹڈوں کا مدھم شور ہمارے دلوں کو ہر وقت سہائے جا رہا تھا۔ ہم پھونک پھونک کر قدم رکھ رہے تھے، ہمارے خچر کبھی کبھی اپنے کان کھڑے کر لیتے تھے۔ ہم بھی فوراً چوکنے ہو کر اِدھر اُدھر دیکھتے مگر خطرہ اس وقت تک کوئی پیش نہ آیا۔ اسی طرح گھنے درختوں کی شاخیں اِدھر اُدھر ہٹاتے، راستے کے جھاڑ جھنکار شکاری چاقوؤں سے صاف کرتے ہوئے ہم لوگ کوئی ایک میل اندر گھس

آئے۔ ابھی ہمیں اور آگے جانا تھا، تھوڑی دیر دم لینے کے بعد جیسے ہی ہم نے سفر دوبارہ شروع کرنے کا ارادہ کیا۔ سامنے کی جھاڑیاں ہلیں اور پھر ان میں سے ایک شخص نمودار ہوا مگر یہ دیکھ کر میرے جسم میں سنسنی سی دوڑ گئی کہ وہ شخص میرا جانا پہچانا وہی اسٹیشن پر بار بار آ کر جھانکنے والا کُبڑا تھا! کتنی حیرت انگیز بات تھی؟ اور کتنا عجیب واقعہ! جس شخص کی ہم نے کوئی اہمیت نہ سمجھی تھی اور جسے میں نے سرسری طور پر دیکھا تھا وہ انسان اب میرے سامنے کھڑا ہوا مجھے اور جان کو حقارت بھری نظروں سے دیکھ رہا تھا۔

❖❖❖

اس وقت اس کی کمان جیسی جھکی ہوئی کمر بڑی عجیب نظر آ رہی تھی اسے دیکھتے ہی جان نے اپنی بندوق کا رُخ اس کی طرف کر دیا۔ عبدل نے بھی اپنا ہلال نما چاقو نکال کر ہاتھ میں پکڑ لیا البتہ جیک بالکل خاموش کھڑا رہا۔ میں نے کنکھیوں سے جیک کو دیکھا تو اندازہ لگایا کہ وہ اس کبڑے اجنبی کی آمد سے خوش ہے۔ میں پہلے ہی لکھ چکا ہوں کہ مجھے اپنے مالکوں میں سب سے زیادہ جان پسند تھا اس لیے میں جلدی سے اس کے پیچھے جا کر کھڑا ہو گیا۔ سچی بات ہے مجھے بندوق وغیرہ چلانی تو آتی نہ تھی اس لیے مجبوراً مجھے پناہ ڈھونڈنی پڑی ورنہ دل تو میرا چاہتا تھا کہ اس اجنبی کبڑے کے کُب میں اتنے زور کا گھونسا ماروں کہ وہ ہمیشہ کے لیے سیدھا ہو جائے۔

آپ شاید پوچھیں گے کہ ہم لوگ جبکہ اس اجنبی کے بارے میں کچھ جانتے بھی نہ تھے، اچانک اس سے اتنے خوف زدہ کیوں ہو گئے؟ میں عرض کروں گا کہ خدا نے انسان کا چہرہ پورے جسم میں ایسا بنایا ہے جو اس کی عادت اور اس کے ارادوں کو فوراً ہی ظاہر کر دیتا ہے۔ یہی وجہ تھی کہ اس کی خوف ناک صورت کو دیکھتے ہی جان نے اس کی طرف بندوق تان لی تھی۔ بندوق کا رُخ اپنی طرف دیکھ کر وہ مسکرایا، ''کون ہو تم؟'' جان نے ذرا سخت لہجے میں پوچھا۔

''مجھ سے ڈریے مت۔ میں آپ کو کوئی نقصان نہیں پہنچاؤں گا۔'' کبڑے نے

جواب دیا۔

اس کی آواز سن کر مجھے بڑی حیرت ہوئی۔ عجیب تھرتھراتی ہوئی اور باریک آواز تھی۔ انگریزی وہ میری ہی طرح ٹوٹی پھوٹی بولتا تھا مگر آواز میں تھوڑا سا تو تلاپن شامل تھا جس کے باعث اس کا لہجہ کافی پراسرار محسوس ہوتا تھا۔ جان کی میں تعریف کیے بغیر نہیں رہ سکتا وہ اس کے جواب سے مطمئن ہو جانے کی بجائے اسی طرح بندوق تانے اس کے سامنے کھڑا رہا۔ میں باری باری ہر شخص کے چہرے کو غور سے دیکھ رہا تھا۔ سب سنجیدہ تھے، ہاں البتہ جیک کے ہونٹوں پر ہلکی سی مسکراہٹ نظر آتی تھی۔ عبدل اب تک تو خاموش تھا لیکن اس کبڑے کو بڑی ڈھٹائی سے ہنستے دیکھ کر کہنے لگا، ''نقصان بھلا تم کس طرح پہنچا سکتے ہو، ہم لوگ اتنے کمزور نہیں ہیں اور پھر تم سے ڈرنے کی کوئی وجہ بھی نظر نہیں آتی، ہمیں تو صرف یہ معلوم کرنا ہے کہ تم کون ہو اور اس دور دراز جگہ پر بھیانک جنگل میں جہاں پرندہ بھی پَر نہیں مار سکتا، کیا کرتے پھر رہے ہو؟'' کبڑا یہ سن کر ہنسا اور دو قدم آگے بڑھ کر کہنے لگا۔

کیا آپ نے کبھی کبڑے جادوگر کا نام نہیں سنا؟ خادم ہی کو کہتے ہیں مجھ سے دنیا کی کوئی بات پوشیدہ نہیں ہے۔ میں ہر شخص کے دل کا راز جانتا ہوں۔ مجھے معلوم ہو جاتا ہے کہ آئندہ کیا ہونے والا ہے اور گزشتہ دنوں میں کیا ہو چکا ہے۔ کبڑا جادوگر تو مجھے لوگ اس لیے کہتے ہیں کہ اب میں کیا بتلاؤں، آپ دیکھ ہی رہے ہیں۔ ویسے میرا نام چیتن ہے مگر میں چاہوں گا کہ آپ مجھے کبڑا جادوگر کہہ کر ہی پکاریں۔ کہیے کیا اس کے بعد بھی کوئی بات باقی رہ جاتی ہے جس کے بارے میں آپ معلوم کرنا چاہتے ہیں؟''

عجیب شخص تھا۔ سچ بات تو یہ ہے کہ میں خود اتنا خوف زدہ تھا کہ ابھی تک اپنے مالک جان کے پیچھے کھڑا ہوا تھا۔ مجھ میں اتنی ہمت نہ تھی کہ اس کے سامنے آ کر کھڑا ہوتا۔ میں نے دیکھا کہ اس کا یہ جواب سن کر جان کے ہونٹوں پر حقارت کا ایک تبسم پیدا ہوا اور وہ نڈر ہو کر کہنے لگا، ''تم جادوگر ہو یا شیطان، ہمیں اس سے کوئی سروکار نہیں۔ ہم تو یہ معلوم کرنا چاہتے ہیں کہ تم آخر اس جنگل میں کیوں پھر رہے ہو۔ تمھارا یہاں کیا کام؟''

''ارے صاحب کمال کرتے ہیں۔ جنگل کوئی آپ کا ہے؟ یا آپ نے اس جنگل میں دوسروں کو داخل ہونے سے روک رکھا ہے! میری مرضی جہاں دل چاہے گا جاؤں گا۔ آخر میں جادوگر ہوں اور میرا کام...''

''سنو اجنبی!'' عبدل نے پھر گفتگو میں حصہ لیتے ہوئے کہا۔ ''جادو وادو کو تو ہم مانتے نہیں۔ صاف صاف کہو تم کیا کہنا چاہتے ہو؟''

''حیرت ہے!'' کبڑے نے ہنس کر کہا، ''میں تو کچھ بھی کہنا نہیں چاہتا آپ ہی لوگ زبردستی پوچھ رہے ہیں۔ اب رہی یہ بات کہ میں جادوگر ہوں یا نہیں تو لیجیے میں آپ کو چند باتیں بتاتا ہوں۔ ذرا غور سے سنیے۔''

اتنا کہہ کر وہ آنکھیں بند کر کے کھڑا ہو گیا۔ اس نے اپنے دونوں ہاتھ آسمان کی طرف اٹھائے، کچھ دیر تک منہ ہی منہ میں بڑبڑاتا رہا اور پھر آنکھیں کھول کر ہم کو غور سے دیکھنے لگا۔ اس کے بعد آہستہ سے کہنے لگا، ''چونکیے گا مت، لیجیے سنیے، آپ جو میرے سامنے بندوق تانے کھڑے ہیں، امریکہ سے آئے ہیں اور آپ کا نام جان ولیم ہے، اچھے دل کے آدمی ہیں۔ جن صاحب کے ہاتھ میں مڑا ہوا چاقو ہے وہ مصری ہیں اور ان کا نام عبدل ہے، یہ آپ کے دوسرے ساتھی ہیں۔ تیسرے صاحب جیک ہیں، افریقہ سے آئے ہیں، رہ گیا وہ ننھا سا چوہا۔'' اس نے میری طرف اشارہ کیا۔ سچ بات یہ ہے کہ اچانک یہ خطاب سن کر میرا خون کھولنے لگا مگر مصلحت اسی میں تھی کہ خاموش رہتا اس لیے کچھ نہیں بولا۔

''رہ گیا وہ ننھا سا چوہا۔'' کبڑے نے ہنس کر کہا، ''تو اِسے آپ دلّی سے لے کر آئے ہیں۔ غریب لڑکا ہے بے چارہ اور اس کا نام فیروز ہے۔ یہ تو ہوا آپ سب کا تعارف۔ اب یہ سنیے کہ آپ لوگ کیوں اس جنگل میں آئے ہیں؟ مسٹر جان! آپ کے پاس ایک خزانے کا نقشہ ہے جو اسی جنگل میں کہیں دفن ہے۔ خزانہ پانے کے بعد آپ لوگ ایک نامعلوم جزیرے میں جائیں گے۔ یہ جزیرہ صرف چودھویں رات کو جب کہ چاند پورا ہوتا ہے سمندر میں سے نمودار ہوتا ہے۔ ٹھیک ہے نا؟''

کبڑا اتنا کہہ کر خاموش ہوگیا۔ گویا ہمارے چہروں سے ہمارے دلوں کا راز جان لینے کا خواہش مند تھا۔ میرے ساتھ ساتھ سب ہی حیرت زدہ تھے۔ سب تعجب سے اسے دیکھ رہے تھے۔ اس کا جادو بالکل سچا معلوم ہوتا تھا۔ اسی پر بس نہ کر کے اس نے پھر کہنا شروع کیا۔

''اب یہ بھی بتا دیتا ہوں کہ آپ اس جزیرے میں کیا تلاش کرنے جارہے ہیں۔ سنیے جناب، وہ ایک عجیب سی دیوزاد مکھی ہے جس کا قد اونٹ سے بھی اونچا ہے، لمبائی میں وہ گینڈے سے بھی لمبی ہے، ہاتھی جتنی موٹی ہے۔ اس کے پَر معلوم ہوتا ہے کہ دو بڑے ہوائی جہاز ہیں، اس کی ناک سے شعلے نکلتے ہیں، وہ بے حد خطرناک ہے اور سمندر میں رہتی ہے۔ صرف چاندرات کو جب کہ جزیرہ سمندر کی سطح پر نمودار ہوتا ہے وہ شکار کی غرض سے ہوا میں اڑتی ہے، اُسے آج تک کسی نے نہیں دیکھا۔ اس کے بارے میں صرف سنا ہی ہے مگر اس پر پورا یقین رکھتے ہیں۔ اتنی خطرناک ہونے کے باوجود وہ بہت کارآمد ہے۔ اس کی آنکھیں اگر احتیاط سے نکال لی جائیں تو چھپے ہوئے دفینوں کو خود بخود زمین میں سے کھینچ کر باہر نکال لیتی ہیں، ان آنکھوں میں یہی تاثیر ہے۔ ایک کام ان آنکھوں سے اور بھی لیا جاسکتا ہے اور وہ یہ ہے کہ اگر اس مکھی کی آنکھوں کے آگے کوئی بھی چیز رکھ دی جائے وہ سونا اور ہیرا بن جاتی ہے۔ پتھر ہیرے بن جائیں گے اور دھاتیں سونا، اسی لیے آپ اس جزیرے میں جانا چاہتے ہیں۔ فرمایئے میں نے کوئی بات غلط تو نہیں کہی؟''

اتنا کہہ کر وہ خطرناک کبڑا بالکل خاموش ہوگیا۔ اس کے خاموش ہوتے ہی مجھے ایسا محسوس ہوا گویا جنگل کے اُن نظر نہ آنے والے ٹڈوں کا شور اب ایک لخت کم ہوگیا ہے جن کی آوازوں سے کچھ دیر پہلے پورا جنگل گونج رہا تھا۔ ہوا کی سائیں سائیں ابھی اچانک رک گئی ہے اور اس خاموشی میں اب صرف ہمارے دلوں کی دھڑکن صاف سنائی دے رہی تھی۔ میں نے حیرت بھری نظروں سے اپنے مالک جان کی طرف دیکھا۔ کیا بتاؤں آپ کو کہ اس کی اس وقت کیا حالت تھی؟ چہرہ بالکل زرد تھا اور وہ بالکل گم سم کھڑا

تھا، اس کی حالت بتاتی تھی کہ جس راز کو اس نے ہر ایک سے چھپایا اب اس کے ظاہر ہو جانے سے اسے بہت زیادہ دکھ پہنچا ہے۔ جیک اور عبدل بھی آنکھیں پھاڑے حیرت سے اس اجنبی کبڑے کو دیکھ رہے تھے مگر میرا دل اندر سے کہتا تھا کہ جیک کی وہ حیرت بناوٹی تھی جو وہ اندر سے تھا باہر سے ہرگز نظر نہ آتا تھا۔ جان اور عبدل کے اس طرح حیرت زدہ ہو جانے سے ایک بات تو کم از کم میری سمجھ میں آ گئی اور وہ یہ کہ کبڑا جادوگر جو کچھ کہہ رہا ہے وہ بالکل ٹھیک ہے اور وہ سچ مچ جادو جانتا ہے۔ کافی دیر تک تو جان خاموش کھڑا سوچتا رہا۔ آخر پھر اطمینان کی ایک لمبی سانس لینے کے بعد آہستہ سے بولا، ''میں جھوٹ نہیں بولا کرتا۔ مجھے اعتراف ہے کہ تم جو کچھ کہہ رہے ہو بالکل سچ ہے لیکن میری سمجھ میں نہیں آتا کہ آخر اس سے تمھیں کیا؟ اگر واقعی ہم لوگ خزانے کی تلاش میں جا رہے ہیں تو تم دخل دینے والے کون ہو؟ خواہ مخواہ ہمارے معاملات میں ٹانگ اڑانے سے آخر تمھارا مطلب کیا ہے؟''

''بالکل ٹھیک ہے۔'' عبدل نے بھی اپنی لمبی گردن جھٹک کر کہا۔

''آخر یہ کہانی سنانے سے تمھارا مطلب کیا ہے؟'' جیک نے دانت پیس کر پوچھا۔

''مطلب تو صاف ظاہر ہے۔'' کبڑے نے مسکرا کر کہا، ''میں صرف خزانے کا وہ نقشہ چاہتا ہوں جسے مسٹر جان نے تیار کیا ہے۔''

اوہ! جان صرف اتنا کہہ کر خاموش ہو گیا لیکن عبدل نے کہا، ''ہرگز نہیں وہ نقشہ تمھیں ہرگز نہیں مل سکتا۔ تم اُسے نہیں لے جا سکتے۔''

''مجھے کوئی نہیں روک سکتا وہ نقشہ میں ضرور لے جاؤں گا۔'' کبڑے نے ڈھٹائی سے کہا۔ اس کے ہونٹوں پر خطرناک مسکراہٹ کھیل رہی تھی۔

میں خاموش کھڑا ان لوگوں کی باتیں سن رہا تھا اور دل ہی دل میں پیچ و تاب کھا رہا تھا میں سوچ رہا تھا کہ کسی نہ کسی طرح ایک بڑا سا پتھر اٹھا کر اس کبڑے کی ٹانگ پر جما دوں۔ اس منحوس شخص کی مسکراہٹ مجھے بری طرح کھل رہی تھی۔ آخر مجھ سے

برداشت نہ ہوسکا۔ میں نے یہ خیال بھی نہ کیا کہ اپنے مالکان کی موجودگی میں میرا بولنا ٹھیک نہیں ہے۔ لہٰذا بس جلدی سے آگے بڑھ کر اس کبڑے جادوگر سے پوچھ ہی لیا۔

''اگر تم جادوگر ہو تو پھر تمھیں نقشے کی کیا ضرورت ہے؟ تم اپنے جادو کے زور سے کیوں یہ معلوم نہیں کر لیتے کہ خزانہ کہاں ہے؟''

میری یہ بات سن کر میرا مالک جان مسکرانے لگا اور اس کے چہرے پر سرخی دوڑ گئی اور پھر خوشی ظاہر کرنے کے لیے اس نے میرا کندھا تھپتھپایا۔ عبدل نے بھی میرے اس سوال کو پسندیدگی کی نظر سے دیکھا۔ البتہ جیک کے بھیانک چہرے پر خفگی کے آثار نظر آنے لگے۔ ایک لمحہ کے لیے تو میرا یہ سوال سن کر وہ جادوگر بھی چکرا گیا لیکن پھر جلدی سے اپنی حالت پر قابو پا کر مسکرایا اور بولا، ''یہ ننھا چوہا تو کافی عقلمند معلوم ہوتا ہے! کیوں نہ ہو، آخر ہمارے ہندوستان ہی کا ہے۔ اس نے سوال تو اچھا کیا ہے لیکن میرے پاس اس کا جواب بھی موجود ہے۔'' اتنا کہہ کر اب وہ مجھ سے مخاطب ہوا، ''سنو لڑکے، تمھارا نام فیروز ہی ہے نا؟ شاید میں نے تمھارا یہی نام بتایا تھا۔ خیر جو کچھ بھی ہو تمھارے سوال کا جواب یہ ہے کہ تم نے الہ دین اور جادو کے چراغ کی کہانی تو پڑھی ہوگی؟ اس میں جادوگر الہ دین کو ایک غار میں لے جاتا ہے اور اس سے کہتا ہے کہ وہ اکیلا غار کے اندر جا کر جادوئی چراغ لے کر آئے۔ صرف الہ دین ہی وہ چراغ لا سکتا تھا، جادوگر اپنے جادو کے زور سے نہیں منگوا سکتا تھا۔ کچھ ایسی ہی حالت میرے ساتھ بھی ہے۔ میں دنیا میں ہر ناممکن بات ممکن بنا سکتا ہوں لیکن بس صرف دفینوں کے بارے میں نہیں جان سکتا۔ میرا جادو یہاں آ کر بے کار ہو جاتا ہے، سمجھ گئے؟''

بات اس نے ایسی معقول کہی تھی کہ مجھے کوئی جواب بن نہ پڑا اور میں پھر دوبارہ جلدی سے جان کی کمر کے پیچھے جا کر کھڑا ہو گیا۔ کبڑا تھوڑی دیر تک عجیب نظروں سے ہر ایک کو باری باری دیکھتا رہا اور پھر بولا، ''ہاں تو مسٹر جان لائیے وہ نقشہ، اب میں زیادہ دیر انتظار نہیں کر سکتا۔''

''لیکن میں وہ نقشہ تمھیں ہرگز نہیں دوں گا۔'' جان نے بندوق مضبوطی سے پکڑ کر

جواب دیا۔

''آپ ضدی آدمی ہیں لیکن خیر کوئی بات نہیں، میں آپ کو کل تک کا وقت دیتا ہوں۔ اب رات ہونے والی ہے کل صبح مجھے آپ کا جواب مل جانا چاہیے جس کے بارے میں مجھے یقین ہے کہ 'ہاں' میں ہی ہوگا۔ اچھا میں اب چلتا ہوں، کل ملاقات ہوگی۔''

اتنا کہہ کر وہ جانے کے لیے مڑا مگر پھر اچانک رک کر کہنے لگا، ''اور ہاں، بھاگنے کی کوشش مت کیجیے گا، آپ لوگ مجھ سے بچ کر نہیں جا سکتے۔''

کبڑا تو اتنا کہہ کر چلا گیا مگر ہم سب کو عجیب کشمکش کی حالت میں چھوڑ گیا۔ بڑی دیر تک ہم خاموش رہے آخر جان نے اس خاموشی کو توڑتے ہوئے کہا، ''رات اب قریب ہی ہے اس لیے بہتر ہے کہ ہم اپنے خیمے لگا لیں میرے خیال میں یہ جگہ خیمے گاڑنے کے لیے بالکل ٹھیک ہے۔''

یہ سن کر میں نے جلدی سے خچروں کی کمر سے بندھا ہوا سامان اُتارا اور خیمے نکال کر اِنھیں جلدی جلدی زمین پر پھیلایا۔ اس کام میں میری مدد عبدل نے بھی کی۔ ہم دونوں نے مل کر خیمے گاڑ دیے اور پھر سامان ان کے اندر رکھ کر بستر بچھا دیے۔ ہر شخص اپنے اپنے خیمے میں چلا گیا، خیمے ویسے قریب قریب تھے لیکن اس کے باوجود بھی میں باری باری ہر خیمے میں جاتا رہتا تھا۔ میں آخر ان تینوں کا ملازم تھا اور ان کا خیال رکھنا میرے فرض میں شامل تھا۔ رات کے آٹھ بج رہے تھے ہر طرف ہُو کا عالم طاری تھا۔ جنگل کے درمیان سے کبھی کبھار کسی درندے کی آواز آ جاتی تھی ورنہ ہر طرف خاموشی تھی۔ چاند ابھی پوری طرح نکلا بھی نہ تھا، ہلکی ہلکی روشنی چاروں طرف پھیلی ہوئی تھی۔ اس منحوس کبڑے کو ہم سے جدا ہوئے تین گھنٹے سے زیادہ ہو گئے تھے مگر ہمیں یہی محسوس ہوتا تھا کہ وہ ابھی گیا ہے۔ میں یہ سوچتا رہا کہ دیکھیے اب قسمت کیا گُل کھلاتی ہے اور آگے کیا پیش آتا ہے۔ عبدل خیمے کا پردہ اٹھا کر باہر نکل آیا، چاند کافی اوپر آ چکا تھا اور جنگل کی ہر چیز صاف نظر آ رہی تھی۔ میری جیب میں ایک چھوٹا سا ہلکا پستول تھا جسے میرے مالک جان نے مجھے اپنی حفاظت کے لیے کچھ دیر پہلے دیا تھا اور جس سے نشانہ لگانے کی مشق میں

اچھی طرح کر چکا تھا۔ جنگل کی یہ ہیبت ناکی دیکھ کر میرا دل دھڑکنے لگا اور بے اختیار میرا ہاتھ اپنے پستول پر گیا۔ ہلکے ہلکے قدم بڑھاتا ہوا میں جان کے خیمے کی طرف جا ہی رہا تھا کہ اچانک دور جنگل میں ایک سایے کو دیکھ کر ٹھٹک گیا۔ کوئی مجھے دیکھ کر جلدی سے ایک درخت کی اوٹ میں چھپ گیا تھا۔ اس نئی بات کی اطلاع دینے کے لیے میں فوراً خیمے کے اندر پہنچا۔ میرا مالک جان اپنی بندوق کی نال صاف کر رہا تھا، مجھے دیکھ کر کہنے لگا، ''آؤ فیروز آؤ۔ میں تمھیں ہی بلانے والا تھا۔''

''فرمائیے! میں حاضر ہوں۔'' میں نے ادب سے کہا۔

''بات یہ ہے فیروز! کہ میرا دل آپ ہی آپ تمھاری طرف کھنچا چلا جا رہا ہے۔ تم شاید خود کو میرا ملازم سمجھتے ہو لیکن میں ایسا نہیں سمجھتا۔ تم مجھے اب اپنے بیٹے کی طرح عزیز ہو۔ تم نے اس نالائق کبڑے سے بڑا اچھا سوال کیا تھا۔ اب ذرا یہاں میرے قریب آؤ، میں تمھیں ایک خاص بات بتاتا ہوں۔''

میں اس کے قریب جا کر کھڑا ہو گیا۔ اس نے مجھے بیٹھ جانے کا اشارہ کیا اور جب میں بیٹھ گیا تو بولا، ''سنو بیٹا! مجھے اپنے ساتھیوں میں سب سے زیادہ بھروسا صرف تم پر ہے۔''

''جی مجھ پر!''

''ہاں اور اس کی وجہ یہ ہے کہ میں دراصل تم جیسے بے شمار بچوں کا باپ ہوں۔ کئی سو بچوں کا باپ! سمجھے؟''

''جی میں سمجھا نہیں؟''

''میں دراصل جو ہوں وہ میں ظاہر نہیں کرتا۔ تم شاید سمجھتے ہوں گے کہ میں ایک لالچی انسان ہوں جسے خزانہ پانے اور اس مکھی کی آنکھیں حاصل کرنے کی تمنا ہے لیکن یہ بات نہیں ہے۔ خزانہ مجھے اپنے لیے نہیں چاہیے، میری کوئی اولاد نہیں ہے جس کے لیے میں اسے حاصل کرنے کی فکر کروں۔ میں یہ چیزیں خدا کے بندوں کی خدمت کے لیے حاصل کرنا چاہتا ہوں۔''

''جی میں سمجھ گیا۔''

''امریکہ میں اندھے بچوں کا ایک اسکول ہے اُسے میں ہی چلاتا ہوں ایک یتیم خانہ اور بیوہ عورتوں کا چھوٹا سا گھر ہے۔ اس کا بار بھی مجھے ہی اٹھانا پڑتا ہے۔ اس عجیب و غریب مکھی کی آنکھوں میں ایک تاثیر یہ بھی ہے کہ اگر وہ آنکھیں اندھے لوگوں کی آنکھوں سے مل جائیں تو ایک ہفتے کے اندر ان کی بینائی واپس آجائے گی۔ اس کبڑے جادوگر نے جو باتیں بتائی ہیں بالکل ٹھیک ہیں مگر مَیں اس کے جادو پر یقین نہیں رکھتا۔ کسی نہ کسی طرح اسے میرے بارے میں بہت سی باتیں معلوم ہوگئی ہیں اور وہی اس نے مجھے سنا دی ہیں، اس کے علاوہ اور کوئی بات نہیں ہے۔''

''جی ہاں، میرا بھی یہی خیال ہے۔'' میں نے آہستہ سے کہا۔

''اب جو میں تم سے کہنا چاہتا ہوں وہ غور سے سنو'' اس نے ہلکی آواز میں کہنا شروع کیا، ''عبدل اور جیک دونوں میرے ساتھی ہیں، میں جانتا ہوں کہ وہ اچھے انسان نہیں ہیں مگر مجھے انھیں مجبوراً اس کام میں شامل کرنا پڑا ہے۔ ان دونوں کی مدد کے بغیر میں اتنے لمبے سفر پر روانہ نہیں ہوسکتا تھا۔ تمھیں اب ان لوگوں سے ہوشیار رہ کر ان کی نگرانی کرنی ہوگی۔ ان کے ہر ارادے کی اطلاع مجھے دینی ہوگی۔ سمجھ گئے؟''

''جی ہاں خوب سمجھ گیا۔''

''خزانہ مل جانے کے بعد مَیں کوشش کروں گا کہ اسے فوراً امریکہ روانہ کردوں۔ مجھے اُن یتیم اور اندھے بچوں کا خیال بہت ستاتا ہے۔ میں چاہتا ہوں کہ ان کی زیادہ سے زیادہ خدمت کروں کیوں کہ انسان صرف پیدا ہی اس لیے ہوا ہے کہ دوسروں کے کام آئے۔ تمھارا کیا خیال ہے؟''

''آپ درست فرماتے ہیں۔ آپ بے فکر رہیے۔ میں آپ کی ہدایتوں پر پوری طرح عمل کروں گا مگر اس وقت میں آپ کے پاس ایک بہت ہی ضروری خبر لے کر آیا ہوں۔''

''خبر!؟'' وہ ایک دم چونک گئے۔''

''جی ہاں اہم خبر! اور وہ یہ ہے کہ یہاں خیمے میں آنے سے پہلے میں نے دور جنگل میں ایک پر اسرار سایہ دیکھا ہے۔ مجھے دیکھ کر وہ درخت کی آڑ میں ہوگیا۔ خدا جانے وہ کون ہے؟''

جان یہ سنتے ہی اچھل پڑا، اس کے چہرے پر بے چینی صاف جھلکنے لگی۔ بڑی بے تابی کے ساتھ اس نے میرے کندھے پر ہاتھ رکھ کر کہا، ''ہوسکتا ہے کہ وہ وہی منحوس کبڑا ہو؟ فیروز! ہمارے کئی دشمن پیدا ہو چکے ہیں اور کئی اور پیدا ہوجائیں گے۔ اب وقت آ گیا ہے کہ میں تمھارا اعتبار کرلوں۔ تم ایک شریف اور ایماندار لڑکے ہو۔ مجھے اُمید ہے کہ تم میرے اس اعتبار کو ٹھیس نہ پہنچاؤ گے۔''

''میں پہلے ہی عرض کر چکا ہوں کہ آپ ہمیشہ مجھے اپنا وفادار پائیں گے۔'' میں نے جواب دیا۔

''اس کے لیے تمھارا شکریہ!'' اُس نے کچھ دیر خاموش رہ کر سوچنے کے بعد کہا، ''اچھا لو، خزانے کا یہ نقشہ اب تم اپنے پاس رکھو۔ کسی کو بھی یہ خیال نہ ہوگا کہ نقشہ تمھارے پاس ہے اور سچ تو یہ ہے کہ میرا دل گواہی دیتا ہے کہ نقشہ صرف تمھارے پاس ہی محفوظ رہے گا۔ میں رات بھر اُس کبڑے کا انتظار کروں گا وہ کسی وقت بھی خیمے کا پردہ اٹھا کر اندر آ سکتا ہے۔''

نقشہ ایک چمڑے کے بٹوے میں بند تھا۔ میں نے بٹوا اپنی قمیص کے اندر والی جیب میں رکھ لیا۔ اچانک ایک ہیبت ناک آواز باہر سے آتی سنائی دی۔ بڑی پر اسرار سنسناہٹ سی تھی، کسی کے بھاری قدموں کی چاپ۔ یہ آواز دھیرے دھیرے قریب آ رہی تھی۔ قریب اور قریب! اور میں سوچ رہا تھا کہ دیکھیے اب کیا ہوتا ہے؟

ہم دونوں سانس روکے خیمے کے دروازے کی طرف دیکھ رہے تھے۔ میں بزدل نہیں ہوں لیکن ایمان کی بات ہے کہ اس وقت میری روح بھی فنا ہو رہی تھی۔ احتیاطاً میں نے اپنا ہاتھ اپنے پستول پر رکھا ہوا تھا اور میرا مالک جان سہمی ہوئی نظروں سے دروازے کو دیکھے جا رہا تھا۔ پردے کو ذرا سی حرکت ہوئی، ایک سوکھے سے مریل ہاتھ نے پردہ

ایک طرف سرکایا اور پھر آواز آئی، ''میں اندر آ رہا ہوں مسٹر جان، اجازت مانگنے کی مجھے ضرورت نہیں کیوں کہ میں جانتا ہوں کہ آپ دونوں میرے ہی انتظار میں یوں ڈرے اور سہمے کھڑے ہیں۔ٹھیک ہے نا؟''

اس میں کوئی شک نہیں آواز کبڑے جادوگر کی تھی۔ اپنے ہونٹوں پر وہی بھیانک مسکراہٹ پیدا کیے، عجیب سی خوف ناک نظروں سے وہ ہمیں گھور رہا تھا۔ جان نے ہلنے کی کوشش کی تو وہ فوراً بولا، ''نہ۔ نہ۔ ایسی حرکت مت کیجیے، میں جانتا ہوں کہ آپ دونوں مسلح ہیں مگر میرے حضور ایک حقیر سا پستول تو اس خاکسار کے پاس بھی موجود رہا کرتا ہے اور ذرا غور سے دیکھیے وہ پستول خادم کے کوٹ کی جیب میں سے پہلے ہی آپ دونوں کو جھانک رہا ہے۔'' اتنا کہہ کر اس نے پھر وہی بھیانک قہقہہ لگایا جس سے میری جان جلتی تھی۔ عجیب ہنسی تھی معلوم ہوتا تھا جیسے کوئی چھچھوندر کسی بل میں سے بول رہی ہو۔ ہنستے وقت وہ دوہرا ہوجاتا تھا اور تب اس کا کُب بہت زیادہ نمایاں ہوجاتا تھا۔ جیسے ہی وہ ہنستے ہنستے نیچے جھکا میں نے موقع غنیمت جان کر جلدی سے اپنا چھوٹا سا پستول باہر نکال لیا۔ میں نے یہ بھی پروا نہ کی کہ اپنے مالک کی موجودگی میں مجھے اپنا پستول نہیں نکالنا چاہیے۔ بس اچانک ہی یہ حرکت سرزد ہوگئی، پستول کا رخ اپنی طرف دیکھ کر وہ کہنے لگا، ''اوہو! ننھے چوہے تم نشانے کی مشق کرنا چاہتے ہو! مجھ جیسے بڑے جادوگر پر گولی چلانا چاہتے ہو؟ شاید تمھیں معلوم نہیں کہ گولی مجھ پر اثر نہیں کرسکتی۔ جان صاحب آپ نے اچھا ملازم رکھا ہے جو ذرا سی بات پر پستول نکالتا ہے۔ آپ لوگوں کو معلوم نہیں کہ میرے آدمی باہر کھڑے ہیں، گولی چلتے ہی وہ آپ کو زندہ نہ چھوڑیں گے اس لیے مہربانی کر کے اپنے اپنے پستول زمین پر ڈال دیجیے۔ دیکھیے جلدی کیجیے میرے پاس زیادہ وقت نہیں ہے۔''

جان نے مجھے اور میں نے جان کو دیکھا۔ آخر مجبوراً ہم دونوں نے اپنے اپنے پستول نکال کر زمین پر پھینک دیے۔ اس منحوس کبڑے نے وہ پستول اپنے پاؤں کی ٹھوکر سے کافی دور پھینک دیے اور پھر اپنا پستول جیب سے نکال کر ہم دونوں کو نشانہ بناتے ہوئے کہنے لگا، ''ہاں تو سرکار اب سیدھی طرح وہ نقشہ نکال کر مجھے دے دیجیے۔''

''نقشہ!'' جان نے مصنوعی حیرت سے کہا۔
''جی ہاں نقشہ! معمولی سا نقشہ۔''
''مگر میں یہ پوچھنا چاہتا ہوں کہ جب تم نے ہمیں کل رات تک کی مہلت دی تھی تو پھر اب اسی رات کو تم کیوں ہمارے خیمے میں آ گئے؟''
''صاحب بات یہ ہے کہ بڑے آدمیوں کا اعتبار ذرا کم کیا کرتا ہوں۔'' اُس نے مسکراتے ہوئے جواب دیا اور پھر اپنی بات پوری کرتے ہوئے کہنے لگا، ''کون جانے اس عرصے میں آپ نقشہ کہیں چھپا دیتے، کہیں زمین میں دفن کر دیتے یا اپنے اس چوہے کے ہاتھ کہیں بھیج دیتے۔''
''خبردار! منہ سنبھال کر بات کرو۔ تم مجھے بار بار چوہا کیوں کہتے ہو؟'' میں نے طیش میں آ کر پوچھا۔
''واہ بھئی!'' اس نے ہنس کر کہا، ''دن کو تو میں دن ہی کہوں گا رات کو رات۔ اب تمھیں چوہا نہ کہوں تو کیا کہوں؟ تم کل آئینے میں اپنی شکل دیکھنا بالکل چوہا نظر آتے ہو۔''
''اور تم چھچھوندر۔'' میں نے غصّے سے کہا۔
''میں اس نئے خطاب کا شکریہ ادا کرتا ہوں۔'' اس نے جھک کر کہا، ''خدا نے مجھے کبڑا بنا کر ہر قسم کا خطاب برداشت کرنے کی طاقت دے دی ہے۔ میں اس خطاب کا برا نہیں مانتا۔''
بہت ہی ڈھیٹ تھا کمبخت جس انداز اور جس طریقے سے وہ طنزیہ باتیں کرتا تھا، میرا جی جل جاتا تھا انھیں سن کر۔ میرے چہرے کو خوب غور سے چند بار دیکھنے کے بعد وہ کہنے لگا، ''ہاں تو صاحب یہ باتیں بعد کے لیے اٹھا رکھیے۔ اب ذرا مطلب کی بات کیجیے، بولیے مسٹر جان وہ نقشہ کہاں ہے؟ لائیے مجھے جلدی دیجیے۔ میرا ایک ایک منٹ بہت قیمتی ہے۔''
''نقشہ میرے پاس نہیں ہے۔'' جان نے مسکرا کر کہا۔

''آپ کے پاس نہیں ہے تو پھر کس کے پاس ہے؟''
''یہ مجھے نہیں معلوم، میں شروع ہی سے اس قسم کا کوئی نقشہ لے کر نہیں چلا تھا۔''
جان نے جواب دیا۔ اب وہ نڈر ہو کر بات کر رہا تھا۔
''جھوٹ مت بولیے، مجھے اس سے سخت نفرت ہے۔ سیدھی طرح بتائیے کہ نقشہ کہاں ہے؟''

جان تو خاموش رہا مگر میں نے سینہ تان کر کہا، ''جب وہ تم سے کہہ چکے ہیں کہ نقشہ ان کے پاس نہیں ہے تو پھر کیوں انھیں پریشان کر رہے ہو؟ جاؤ اپنا کام کرو۔''

کبڑے جادوگر نے یہ سن کر میری آنکھوں میں غور سے دیکھا اور پھر حقارت بھرے لہجے میں کہنے لگا، ''انھیں پریشان تو میں اس لیے کر رہا ہوں کہ وہ سچ بات خود اپنے منہ سے کہہ دیں مگر خیر کوئی بات نہیں وہ اگر نہیں بتانا چاہتے تو میں خود معلوم کرلوں گا کہ نقشہ کہاں ہے؟''

''ضرور ضرور، آخر تمھارا جادو کس دن کام آئے گا؟'' میں نے اُس کا مذاق اُڑاتے ہوئے کہا۔

''لڑکے!'' کبڑے کے چہرے پر اچانک زبردست غصّے کے آثار نمودار ہو گئے اور وہ خوف ناک آواز میں بولا، ''میں بار بار کہتا ہوں کہ تو اور تیرا مالک میری قوت سے واقف نہیں ہے۔ میرا جادو بتاتا ہے اور میں اچھی طرح جانتا ہوں کہ خزانے کا نقشہ کس کے پاس ہے۔''

''جب تمھیں معلوم ہے تو جا کر خود اُس سے لے لو۔ ہمارا دماغ کیوں کھا رہے ہو؟'' میں نے مسکرا کر کہا۔ اُسے جلا کر مجھے مزہ آرہا تھا۔

''رحم! رحم! اے دیوتاؤ! تم نے کیوں میرے دل میں یہ رحم پیدا کر دیا ہے؟'' اس نے آسمان کی طرف نگاہیں اٹھا کر کہنا شروع کیا، ''تمھارا منظورِ نظر چیتن اسی لائق ہے کہ اس لڑکے کے جیسے معمولی چوہے اس کا مذاق اُڑائیں۔'' اس نے اتنا کہہ کر مجھے پھر غور سے دیکھا اور کہا، ''میری طاقت دیکھنا چاہتا ہے تو؟ دیکھ اب میں تجھے اپنے جادو کا کرشمہ

دِکھاتا ہوں۔ تم بھی دیکھو جان! تم سمجھتے ہو کہ نقشہ محفوظ ہے لیکن اب وہ میں چند سیکنڈ ہی میں اس حقیر چوہے سے حاصل کر لیتا ہوں کیوں کہ وہ اسی کے پاس ہے۔''

اُس نے اس گفتگو کے بعد پھر بھیانک قہقہہ لگایا۔ میں نے چونک کر جان کو دیکھا اس کا چہرہ بالکل پیلا پڑ گیا تھا اور خوف زدہ نظروں سے وہ میرے منہ کو تک رہا تھا۔

''یہ تم نے کیا کیا فیروز؟'' جان نے کہنا شروع کیا، ''میں نے غلطی کی جو تم پر اعتبار کیا۔ اب شاید تم نادم ہو گے، تم نے خواہ مخواہ ہماری گفتگو میں حصہ لے کر اس احمق کبڑے کو اپنی طرف متوجہ کر لیا۔ تمھیں معلوم نہیں کہ یہ دوسروں کے چہرے دیکھ کر ان کے دلوں کا حال پڑھنا خوب جانتا ہے۔ بزرگوں نے کہا ہے کہ کسی کی باتوں کے درمیان مت بولو۔ کاش تم اس پر عمل کر کے خاموش ہی رہتے، اب میں کیا کہہ سکتا ہوں۔''

''کچھ بھی نہیں کہہ سکتے مسٹر جان۔'' کبڑے جادوگر نے مسکرا کر کہا، ''اس لڑکے میں یہی تو ایک عیب ہے۔ چھٹانک بھر کا چھوکرا اور باتیں بڑی بڑی بناتا ہے۔ واقعی اگر یہ خاموش رہتا تو مجھے مشکل ہی سے یہ بات معلوم ہوتی کہ نقشہ اس کے پاس ہے۔ گو میرا جادو مجھے بعد میں یہ بتا دیتا لیکن اتنا معلوم کرنے کے لیے مجھے بڑی محنت کرنا پڑتی۔ خیر کوئی بات نہیں، لاؤ بیٹے، اب تم وہ نقشہ مجھے دے دو۔''

''تو کیا آپ کو یہ بھی معلوم ہے کہ نقشہ کس چیز میں بند ہے؟'' میں نے پژمردہ آواز میں کہا۔ میں جان کی باتیں سن کر افسردہ ہو گیا تھا۔

''کیوں نہیں! نقشہ ایک چمڑے کے بٹوے میں بند ہے اور تم نے اُسے کہیں چھپا رکھا ہے۔''

''آپ بتا سکتے ہیں کہ کہاں چھپا رکھا ہے؟''

''اب میں یہ دردسری کیوں مول لوں۔ جب مجھے معلوم ہے کہ نقشہ تمھارے پاس ہے تو ظاہر ہے وہ تم نے اپنی قمیص میں کہیں چھپا کر رکھا ہوگا۔ لاؤ اب جلدی کرو، پہلے ہی کافی رات ہو چکی ہے اور ابھی مجھے بہت دور جانا ہے۔''

کبڑے نے اپنا ہاتھ پھیلایا اور پھر آہستہ آہستہ چلتا ہوا بالکل میرے قریب

آ گیا۔ جان کا بس نہ چلتا تھا کہ اسے کچا کھا جائے مگر غریب مجبور تھا۔ پستول کی نال اس کی طرف تھی۔ میں بالکل خاموش کھڑا تھا۔ کبڑے نے میرے پاس آ کر کہا، ''اپنے دونوں ہاتھ اوپر اٹھالو۔''

میں نے مجبوراً ہاتھ اوپر اٹھا لیے، اس کے بعد وہ مردود پستول کو اپنے ہاتھ میں پکڑ کر اس طرح کھڑا ہوگیا کہ اگر ہم دونوں میں سے کوئی بھی ذرا سا ہلتا تو پستول کی گولی ایک ہی وقت میں ہم دونوں کو زخمی کر سکتی تھی۔ شرم کے مارے میری نگاہیں نیچی تھیں اور جان کے چہرے پر مردنی چھائی ہوئی تھی۔ اس ظالم کبڑے نے اپنے اُلٹے ہاتھ سے میری تلاشی لی، جب باہر کی جیبوں میں اُسے کچھ نہیں ملا تو پھر اس نے اندر کی جیب میں ہاتھ ڈال کر وہ چمڑے کا بٹوا نکال لیا۔ بٹوا نکلتے دیکھ کر جان کی رہی سہی ہمت بھی جاتی رہی اور پریشان ہوکر اُس نے منہ پھیر لیا۔ ایسا لگتا تھا اس کی ٹانگوں میں کھڑے رہنے کی سکت نہ رہی ہو۔

بٹوے پر قبضہ کرتے ہی کبڑا جادوگر حیرت انگیز پھرتی کے ساتھ پیچھے ہٹا اور پستول کا رخ بدستور ہم دونوں کی طرف رکھتے ہوئے اس نے اُلٹے ہی ہاتھ سے بٹوا کھولا ساتھ ہی وہ کہنے لگا، ''بڑے ہوشیار بنتے تھے جان، خزانے کا نقشہ اپنے ملازم کے پاس رکھ کر تم یہ سمجھتے تھے کہ میں نقشہ نہیں پاسکوں گا؟ مگر ارے یہ کیا؟''

اس نے چونک کر بٹوے کے اندر جھانکا اس کے چہرے پر حیرت کے آثار پیدا ہوگئے۔ اس کی پوری توجہ بٹوے کی طرف لگ گئی اور وہ بار بار بٹوے کو ہلا ہلا کر دیکھنے لگا وہ اپنے اس کام میں اتنا منہمک ہوا کہ پستول بھی اس سے ٹھیک طرح پکڑا نہ جاسکا۔ بٹوے کو الٹا کر کے اور اس کو تھپتھپا کر وہ اس انداز سے زمین کو دیکھنے لگا گویا نقشہ بٹوے کے کسی پوشیدہ کونے سے نکل کر اب وہاں جا پڑے گا۔ میرے لیے یہی موقع تھا، کبڑا جادوگر یہ بالکل بھول چکا تھا کہ اس نے کچھ دیر پہلے اپنے پستول سے ہم دونوں کو نشانہ بنا رکھا تھا۔ بار بار وہ بٹوے کو ہلا رہا تھا اور اس میں جھانکنے کی کوشش کر رہا تھا۔ ایک بار جیسے ہی اس نے بٹوے کے اندر جھانکا، میں نے اپنی جگہ سے جست کی اور ایک زوردار ہاتھ

اپنی پوری قوت سے کبڑے جادوگر کے پستول پر مارا۔ پستول اس کے ہاتھ سے چھوٹ کر جان کے قدموں میں جا پڑا، جان کو خود حیرت تھی کہ یہ سب کچھ کیا ہو رہا ہے؟ بٹوے میں نقشہ رکھ کر اُس نے مجھے خود دیا تھا اور نقشہ اب بٹوے میں موجود نہیں تھا مگر یہ وقت حیرت کرنے کا نہیں تھا۔ وقت کی نزاکت کو محسوس کرتے ہوئے اس نے جلدی سے پستول پر قبضہ کرلیا اور پھر کھڑے ہو کر اس کا رخ کبڑے جادوگر کی طرف کر دیا۔

کبڑا خوں خوار نظروں سے مجھے گھور رہا تھا کیوں کہ اس کی توقع کے خلاف میں بہت زیادہ ہوشیار ثابت ہوا تھا۔ وہ خواب میں بھی یہ نہ سوچ سکتا تھا کہ میں اس کے لیے اس قدر خطرناک بن جاؤں گا۔ اُسے احمقوں کی طرح اپنی طرف تکتے دیکھ کر میں نے کہا، ''کہیے حضور جادوگر صاحب! آپ کی جادوگری کیا ہوئی؟ چوہا وقت آنے پر شیر بھی بن سکتا ہے، یہ آپ نے دیکھ لیا نا؟ آپ تو خزانے کا نقشہ لینے آئے تھے، اب آپ تشریف لے جائیے ورنہ خواہ مخواہ آپ کا اپنا پستول آپ کے حق میں برا ثابت ہوگا۔

''میں جاتا ہوں۔'' کبڑے نے کھا جانے والی نظروں سے مجھے دیکھ کر کہا، ''مگر میں اس کا انتقام زبردست لوں گا۔ تم نے مجھ سے دھوکا کیا۔''

''دھوکا! کیسا دھوکا؟ حضور دھوکا تو آپ کے جادو نے آپ سے کیا ہے۔ جب آپ کو یہ معلوم تھا کہ بٹوہ میرے پاس ہے تو کیا آپ اپنے جادو کے زور سے یہ معلوم نہیں کر سکتے تھے کہ وہ بٹوہ خالی بھی ہے؟''

''خیر ان باتوں کو چھوڑو۔ تم مجھے صرف اتنا بتا دو کہ نقشہ تم نے کہاں چھپا کر رکھا تھا؟ میں فوراً چلا جاؤں گا۔ سچ کہتا ہوں ایک منٹ بھی اس خیمے میں نہیں رہوں گا۔''

''اجی حضرت بٹوہ شروع سے تھا ہی خالی۔ آپ کو بے وقوف بنانے کے لیے ہم نے یہ اداکاری کی تھی۔'' میں نے اتنا کہہ کر جان کی طرف دیکھا وہ میرے اس جھوٹ سے اتنا خوش ہوا کہ خوشی کے مارے اس کے ہاتھ بری طرح کپکپانے لگے۔

''تم جھوٹ بول رہے ہو، سچ سچ بتا دو۔'' کبڑے نے کہا۔ اس کی آنکھوں میں میرے خلاف نفرت ہی نفرت دکھائی دیتی تھی۔

''اگر تم اسے جھوٹ سمجھتے ہو تو لو میں تمھیں سچ بتا دیتا ہوں۔ نقشہ میں نے ایک سیپ مین بند کر کے سمندر میں پھینک دیا تھا۔ وہ سیپ ایک مچھلی نے نگل لی اور اس مچھلی کو ایک بڑی مچھلی نے نگل لیا۔ بڑی مچھلی سمندر کی تہہ میں رہتی ہے اور وہیں اس کے پیٹ میں وہ نقشہ محفوظ ہے۔''

میرے اس مذاق سے کبڑے کی آنکھوں میں خون اُتر آیا اور وہ اپنا پاؤں زمین پر پٹختے ہوئے کہنے لگا، ''اچھا میں سمجھ گیا کہ تم بتانا نہیں چاہتے، خیر کوئی بات نہیں۔ ایک ہی دریا میں رہ کر مگرمچھ سے بَیر اچھا نہیں ہوتا۔ میں خزانے کا نقشہ ضرور حاصل کر کے رہوں گا، اب تو میں جاتا ہوں لیکن پھر آؤں گا۔ میں تمھیں چین سے نہیں بیٹھنے دوں گا۔

''تم جاتے ہو یا پھر میں پستول استعمال کروں؟ جان نے ذرا سخت آواز میں کہا۔

ہم دونوں کو باری باری دیکھنے کے بعد وہ منحوس کبڑا خیمے کا پردہ اٹھا کر باہر چلا گیا، اس کے باہر جاتے ہی میں نے اپنا چھوٹا سا پستول اٹھا کر جیب میں رکھا اور اپنے مالک جان کا ہاتھ پکڑ کر خیمے کے دوسرے دروازے سے باہر نکلا۔ جان نے کچھ پوچھنا چاہا تو میں نے ہونٹوں پر انگلی رکھ کر اُسے خاموش رہنے کا اشارہ کر دیا۔ جان نے کچھ نہیں کہا بس حیرت سے مجھے دیکھنے لگا۔

خیمے سے باہر آ کر ہم دونوں تیزی سے جنگل میں مخالف سمت بڑھنے لگے۔ جان بہت حیران تھا مگر بے چارہ میری وجہ سے بالکل ہی خاموش تھا۔ دونوں جھاڑیوں، ٹیلوں اور گڑھوں کی پروانہ کرتے ہوئے اور انھیں پھلانگتے ہوئے خیمے سے کوئی چار فرلانگ دور نکل آئے۔ یہاں چاند کی ہلکی روشنی گھنے جنگل کی وجہ سے بالکل ہی مدھم ہوگئی تھی۔ تھوڑے ہی فاصلے پر ایک بہت بڑا درخت تھا، میں اس درخت کی آڑ میں جلدی سے جا کر چھپ گیا۔ پلٹ کر پیچھے دیکھا تو دور دور تک کسی آدمی کا نام ونشان نہ تھا۔ جان اب بھی حیران تھا مگر میری وجہ سے بولنا نہیں چاہتا تھا حالانکہ مجھے یقین ہے کہ اس کے دل میں ہزاروں سوال اٹھ رہے ہوں گے۔

چند لمحوں تک خاموش رہ کر میں نے سننے کی کوشش کی کہ کوئی ہمارے تعاقب میں تو

نہیں آ رہا؟ یا کسی قسم کی کوئی آواز تو نہیں آ رہی؟ جب مجھے اطمینان ہوگیا کہ ایسی کوئی بات نہیں ہے تو میں نے جان سے کہا، ''ہاں اب آپ فرمائیے کیا پوچھنا چاہتے ہیں؟''

''یہ! یہ سب کیا ہے؟''

''آپ کو شاید حیرت ہے کہ آخر یہ سب کیا ہوگیا؟ نقشہ کیا ہوا؟ میں نے آپ کی بغیر اجازت کبڑے پر کیوں پستول تان لیا اور پھر آپ کو کیوں اس گھنے جنگل کے اندر لے آیا۔ آپ یہی سوچ رہے ہیں نا؟''

''ہاں فیروز! لیکن مجھے تم پر اتنا اعتبار ہے کہ میں سمجھتا ہوں تمھاری ان حرکات کی کوئی نہ کوئی وجہ ضرور ہے۔ پھر بھی میں وہ وجہ معلوم کرنا چاہتا ہوں۔'' جان نے میرے کندھے پر ہاتھ رکھ کر کہا۔

میں نے جواب دینے سے پہلے اِدھر اُدھر دیکھ لینا بہتر سمجھا۔ جب مجھے اطمینان ہوگیا کہ کوئی چھپ کر ہماری باتیں نہیں سن رہا ہے تو میں نے آہستہ سے کہا، ''سنیے، بات اصل میں یہ ہے کہ جیسے ہی مجھے اس بات کا علم ہوا کہ کبڑا جادوگر کسی بھی لمحے میں خیمے کے اندر آنے والا ہے اور اندر آ کر وہ لازمی ہمیں پستول دِکھا کر ہم سے نقشہ مانگے گا۔ اسی وقت میں نے سوچ لیا کہ اب مجھے کیا کرنا ہے۔ میں نے فوراً ایک ترکیب سوچی اور اس پر عمل کرنے کا ارادہ بھی کرلیا۔ کبڑے کے اندر آتے ہی بغیر آپ کی اجازت کے اس پر پستول تان لینا بھی اصل میں اسی ارادے کی ایک کڑی تھا۔ مجھے یقین تھا کہ کبڑا مجھ سے میرا پستول یا تو چھین لے گا یا پھر اسے زمین پر پھینک دینے کے لیے کہے گا اور جیسا کہ آپ نے دیکھا ایسا ہی ہوا۔ پستول پھینک دینے کے بعد اس نے میری تلاشی لی اور بٹوا حاصل کرلیا مگر اس بٹوے میں سے کیا نکلا؟ تھوڑی سی خاک اور بس...''

''یہی تو مجھے حیرت ہے کہ بٹوے میں سے نقشہ کیوں نہیں نکلا؟'' جان نے جلدی سے پوچھا، ''بتاؤ ایسا کیوں ہوا؟''

''نکلتا بھی کیسے جناب!'' میں نے مسکرا کر جواب دیا، ''نقشہ تو میرے پستول کی نال میں رکھا ہوا تھا۔''

میرا مالک جان یہ سنتے ہی خوشی کے مارے ایک دم اچھل پڑا اور جلدی سے اس نے مجھے اپنے سینے سے لگا لیا۔ جب اس نے اپنی اس مسرت پر قابو پا لیا تو بولا، ''لیکن تم نے یہ نہیں سوچا کہ اگر کبڑا تم سے تمھارا پستول لے کر اپنی جیب میں رکھ لیتا تب کیا ہوتا اور تم کیا کرتے؟''

اس صورت میں ہمیں زبردستی اس کی جیب سے وہ پستول نکالنا پڑتا وہ اکیلا تھا اور ہم دو، کیا ہم مل کر اس پر قابو نہیں پا سکتے تھے؟ کم از کم ہمیں اتنا خطرہ تو ضرور مول لینا پڑتا۔''

''ٹھیک کہتے ہو، بالکل ٹھیک کہتے ہو۔'' جان نے جوش میں آ کر جواب دیا، ''لیکن فیروز اب ہمیں کیا کرنا چاہیے؟''

''دیکھیے میں بتاتا ہوں نقشہ جب تک کبڑے جادوگر کو نہ ملے تب تک یہ ہمارے حق میں بہتر ثابت ہوگا۔ نقشے کے لالچ میں وہ کم از کم ہمیں مارنا پسند نہیں کرے گا وہ کوشش یہی کرے گا کہ ہم زندہ رہیں۔ دوسری بات یہ کہ ہمیں اب ہر قدم پھونک کر اٹھانا ہوگا، ہمیں اپنے ساتھیوں پر بھی آنکھیں بند کر کے بھروسا نہیں کرنا چاہیے۔''

''ہاں یہ ٹھیک ہے لیکن ہم اب اس نقشے کو کہاں چھپائیں؟''

''اس کی ترکیب بھی میں نے سوچ لی ہے۔ آپ کے پاس کیا کوئی ایسی روشنائی ہے جو پانی میں بھی ویسی ہی رہتی ہے یعنی اگر اس پر پانی لگ جائے تو پھیلتی نہیں ہے۔''

''ہاں ہاں! ہے تو سہی۔'' جان نے جلدی سے جواب دیا۔

''بس تو پھر آیئے، خیمے میں واپس چلتے ہیں اور آدھی رات کے بعد ہم وہ روشنائی ٹارچ اور چند دوسری چیزیں لے کر یہاں واپس آتے ہیں۔''

''ان چیزوں کا تم کیا کرو گے؟''

''آپ کے خزانے کی حفاظت کا مستقل انتظام۔ ایک ایسا انتظام جس سے آپ کے خزانے کو اب کوئی نہ چرا سکے گا۔ آیئے اب واپس چلیں، کہیں ایسا نہ ہو کہ وہ کبڑا ہماری غیر حاضری میں وہاں پہنچ جائے!''

جان میرا ہاتھ پکڑ کر درخت کی آڑ میں سے نکلا اور پھر ہم دونوں آہستہ آہستہ اپنے خیموں کی طرف روانہ ہوئے مگر جیسے ہی ہم نے آگے بڑھنے کے لیے قدم اُٹھایا یکایک سامنے جھاڑیوں میں ایک کھڑ کھڑاہٹ ہوئی۔ ایک عجیب سی آواز آئی اور ہم دونوں چونکنے ہوکر اندھیرے میں آنکھیں پھاڑ کر سامنے جھاڑیوں میں دیکھنے کی کوشش کرنے لگے۔

✤✤✤

جھاڑیاں اب آہستہ آہستہ ہل رہی تھیں، رات پہلے ہی اندھیری تھی۔ جنگلی جانوروں کی خطرناک آوازوں سے جنگل گونج رہا تھا۔ کیڑے مکوڑوں کے گھاس میں سر سرانے کی آوازیں بھی صاف سنائی دے رہی تھیں۔ مجھے اب تک اتنے عجیب وغریب اور حیرت ناک واقعات پیش آچکے تھے کہ شاید کسی نوعمر لڑکے کی زندگی میں پیش نہ آئے ہوں گے۔ میں ایک حد تک اب بالکل نڈر بن چکا تھا مگر جھاڑیوں کے اس طرح ہلنے سے میرے دل کی دھڑکن پھر تیز ہوگئی۔ خیال آیا کہ ہو نہ ہو وہی منحوس کبڑا ہوگا! اپنی چیل جیسی آنکھوں سے اس نے ہمیں خیمے سے باہر آتے ہوئے دیکھ لیا ہوگا اور اب ہمارا تعاقب کرتے کرتے یہاں تک آ گیا ہے، یہ سوچ کر میں نے آہستہ سے جان سے کہا، ''میرے خیال میں یہ وہی کمبخت ہے۔''

''معلوم تو ایسا ہی ہوتا ہے۔'' جان نے کنکھیوں سے ہر سمت میں دیکھا۔

''پھر کیا گولی چلادوں؟''

''خواہ مخواہ خون بہانے سے کیا فائدہ؟ پہلے یہ تو دیکھ لو کہ وہ کس ارادے سے آیا ہے؟''

''دیکھیے میں اسے للکارتا ہوں، اگر اس کا ارادہ وہ خطرناک ہوا تو وہ جھاڑیوں سے باہر ہرگز نہ آئے گا۔'' اتنا کہہ کر میں نے زور سے پکار کر کہا ''سنو چیتن! اب تم کب تک ان جھاڑیوں میں چھپے رہو گے۔ بہتر ہوگا کہ باہر آجاؤ۔''

جواب تو کچھ بھی نہ آیا البتہ جھاڑیاں اور زور سے ہلنے لگیں یہ دیکھ کر اب جان

نے اپنی بندوق کا رخ جھاڑیوں کی طرف کرتے ہوئے کہا، ''یوں چھپنے سے کچھ فائدہ نہیں، تم باہر آ جاؤ ورنہ میں گولی چلا دوں گا، میں تین تک گنوں گا اس کے بعد بھی اگر تم باہر نہیں آئے تو نتیجے کے ذمے دار تم خود ہوگے۔''

جان نے آہستہ آہستہ ایک سے تین تک گننا شروع کیا اور پھر جیسے ہی اس نے تین کہا، جھاڑیوں کو جنبش ہوئی اور پھر فوراً ہی کوئی چیز پھدک کر ہماری طرف آئی، ہم دونوں گھبرا کر جلدی سے نیچے جھک گئے وہ چیز ہمارے سروں پر سے گزرتی ہوئی ہمارے پیچھے جا پڑی۔ ہم نے جلدی سے پلٹ کر دیکھا تو حیران رہ گئے۔ میں نے حیرت سے جان کو اور جان نے مجھے دیکھا۔ مجھے اب یہ حقیقت بیان کرتے ہوئے شرم آ رہی ہے کہ وہ کیا چیز تھی؟ آپ سب جو میری اس داستان کو شوق سے پڑھ رہے ہیں یقیناً میری حماقت اور بزدلی پر قہقہے لگائیں گے، بیشک لگایئے، میں آپ سے کوئی بات نہ چھپاؤں گا۔ جب میں اپنی بہادری کی داستان یوں مزے لے لے کر آپ کو سنا رہا ہوں تو اپنی بے وقوفیاں بھی ضرور سناؤں گا۔

جس چیز سے ڈر کر ہم دونوں اچانک رُک گئے تھے اور جھاڑیوں میں سے اچھل کر ہماری طرف آئی تھی۔ دراصل ایک سفید رنگ کا خرگوش تھا۔ ہم اسے پھدک پھدک کر جاتے ہوئے دیکھنے لگے۔ اس کے بعد ہم نے اطمینان کا ایک لمبا سانس لیا اور پھر احتیاط سے اِدھر اُدھر دیکھ کر خیموں کی طرف آہستہ آہستہ چلنا شروع کر دیا۔ چاند تھوڑی دیر کے لیے بادلوں میں سے نکلا اور ہم اس کی روشنی کو غنیمت جان کر جلدی جلدی خیموں کی طرف بڑھنے لگے۔ جان نے اپنے خیمے کا پردہ اُٹھا کر اندر دیکھا احتیاطاً اس نے بندوق کی نال بھی سامنے کی طرف کر رکھی تھی۔ کون جانے کہ وہ کمبخت کبڑا اندر بیٹھا ہوا ہم دونوں کا انتظار کر رہا ہو۔

مگر ہمارا یہ اندیشہ غلط ہی ثابت ہوا، اندر کوئی نہ تھا۔ میں نے فوراً ہر طرف نظر دوڑا کر یہ معلوم کرنے کی کوشش کی کہ ہماری غیر حاضری میں خیمے کے اندر کوئی آیا تو نہیں تھا؟ پھر جلدی ہی مجھے اطمینان ہو گیا کیوں کہ خیمے کی چیزیں جوں کی توں پڑی ہوئی تھیں۔

انھیں کسی نے ایک انچ بھی نہ سرکایا تھا۔

جان تب مجھے چھوڑ کر جلدی سے اپنے سوٹ کیس کی طرف بڑھا۔ اسے کھولنے کے بعد اس نے اس میں سے ایک شیشی نکالی جس میں گہرے اودے رنگ کی روشنائی بھری ہوئی تھی۔ شیشی میری طرف بڑھاتے ہوئے اس نے کہا، ''لو بھئی یہ ہے وہ روشنائی۔ میں تو امریکہ سے ہی انتظام کر کے چلا تھا، بستر بند پر اور دوسرے سامان پر اس روشنائی سے میں نے اپنا نام اور پتا لکھ دیا تھا۔ مجھے معلوم تھا کہ میں ہندوستان جا رہا ہوں اور وہاں بارش بہت زیادہ ہوتی ہے۔ بارش میں یہ نام اور پتا دھل نہ جائے اس لیے میں نے یہ واٹر پروف روشنائی استعمال کی ہے لیکن تم اس کا کیا کرو گے؟''

''ششش!'' میں نے ہونٹوں پر انگلی رکھ کر اسے خاموش رہنے کا اشارہ کیا وہ خاموش تو ہو گیا مگر پھر حیرت سے اِدھر اُدھر دیکھنے لگا اور جب اسے کوئی بھی آواز سنائی نہ دی تو بولا، ''کیا وہی کبڑا ہے؟''

''جی نہیں۔'' میں نے آہستہ سے جواب دیا لیکن راز کی باتیں ہمیں راز ہی رکھنی چاہئیں۔ آیئے اب وہیں جنگل میں چلیں، میں آپ کو وہاں سب کچھ بتاؤں گا۔''

جیسا کہ آپ کو معلوم ہے میرا مالک جان اب میرا بہت زیادہ اعتبار کرنے لگا تھا۔ بعض دفعہ تو مجھے یوں محسوس ہوتا جیسے اس میں عقل بالکل ہی نہیں ہے اسی لیے ہر بات میں مجھ سے مشورہ لیا کرتا ہے۔ میں ایک معمولی سا نوکر بھلا مجھ سے مشورہ کرنے اور میرا کہا ماننے کی اسے کیا ضرورت تھی؟

بہرحال ٹارچ، بندوق اور روشنائی ساتھ لے کر ہم دونوں پھر دبے پاؤں خیمے سے باہر نکلے۔ آسمان پر اب بادل بالکل نہیں تھے، چاند کی تیز روشنی اب چاروں طرف پھیلی ہوئی تھی، لمبے لمبے قدآور درخت دیوؤں کی طرح جگہ جگہ کھڑے تھے۔ پتوں کی سرسراہٹ تیز ہو گئی تھی اور ماحول بڑا بھیانک ہو گیا تھا۔ میں جان کو وہیں چھوڑ کر جلدی سے دوسرے خیموں کی طرف بڑھا، میں یہ دیکھنا چاہتا تھا کہ جیک اور عبدل بھی اپنے اپنے خیموں میں موجود ہیں یا نہیں؟ مجھے یہ دیکھ کر اطمینان ہو گیا کہ وہ دونوں اپنے خیموں میں

گہری نیند سو رہے تھے البتہ کبڑے جادوگر کا دور دور بھی پتا نہ تھا۔ میں جانتا تھا کہ وہ کہیں آس پاس ہی موجود ہوگا اور اس کی تیز مگر چیل جیسی آنکھیں اب بھی کہیں سے ہماری نگرانی کر رہی ہوں گی مگر ہم مجبور تھے۔ ہمیں اپنا تو کام کرنا ہی تھا اس لیے جلدی جلدی ہم دونوں جنگل میں اسی سمت بڑھنے لگے جہاں کچھ دیر پہلے کھڑے ہوئے تھے۔ ہر ہر قدم ہم چونکنے ہوکر اٹھاتے ایسا لگتا گویا کبڑا اب آیا اور اب آیا مگر خدا کا شکر ہے ہمیں اس کی ذرا سی بھی آہٹ سنائی نہ دی۔

درخت کے نیچے پہنچنے کے بعد ہم دونوں جلدی سے جھاڑیوں کی اوٹ میں چھپ گئے۔ یہ کام ہم نے اس لیے کیا تھا کہ اگر کبڑا جادوگر ہمارا پیچھا کرتا ہوا اس طرف آ رہا ہو تو ہمیں پتا لگ جائے۔ کوئی پندرہ منٹ تک ہم خاموش بیٹھے رہے جب کسی بھی قسم کی کوئی آواز سنائی نہ دی تو میں نے جان سے کہا، ''اب ہم آرام سے باتیں کر سکتے ہیں۔''

''ٹھیک ہے مگر تم یہ تو بتاؤ کہ تم کرنا کیا چاہتے ہو؟''

''میں پہلے ہی کہہ چکا ہوں کہ آپ کے خزانے کی حفاظت کا مکمل انتظام کرنا چاہتا ہوں۔ ایسا انتظام کہ پھر کوئی آپ سے نقشہ نہیں طلب کر سکتا۔''

''مگر کس طرح؟'' جان نے حیرت سے کہا، ''ایسا کیسے ہوگا۔''

''آپ پہلے روشنائی اور برش نکال لیجیے۔''

جان نے میرے کہنے پر اپنی جیب سے روشنائی اور برش نکال لیا، میں نے جلدی سے اپنی قمیص اتار ڈالی اور اپنی کمر کا رُخ اس کی طرف کرتے ہوئے بولا، ''اب آپ ٹارچ جلا کر خزانے کا یہ پورا نقشہ میری کمر پر بنا دیجیے۔''

جان کو یہ سن کر اتنی حیرت ہوئی کہ برش اس کے ہاتھ سے چھوٹ کر نیچے گر پڑا وہ تعجب سے میری شکل دیکھنے لگا لیکن ساتھ ہی اس کی آنکھوں میں تعریف کی چمک بھی تھی، آخر کار وہ بولا، ''فیروز! آخر تم کون ہو؟ تم روز بروز مجھے حیرت میں ڈالتے جا رہے ہو۔ تم کوئی معمولی لڑکے نظر نہیں آتے، معمولی لڑکوں کے ذہن میں ایسی باتیں نہیں آیا کرتیں۔''

آپ تعریف تو بعد میں کیجیے گا مگر پہلے یہ نقشہ میری کمر پر اتار دیجیے۔'' میں نے جلدی سے کہا، ''دشمن ہم سے زیادہ دور نہیں ہے۔''

جان برش زمین سے اٹھانے کے بعد کچھ دیر تک سوچتا رہا، میں نے اسے تذبذب میں دیکھ کر پوچھا، ''کیوں آخر کیا بات ہے؟ کیا آپ کو مجھ پر اعتماد نہیں ہے؟''

''کیسی باتیں کرتے ہو بیٹے؟'' جان نے افسوس ظاہر کرتے ہوئے کہنا شروع کیا۔ ''کون ہے جس پر اب مجھے سب سے زیادہ اعتماد ہو۔ میں تمھیں اب اپنا بیٹا ہی سمجھتا ہوں، یہ میں تم سے بار بار کہہ چکا ہوں اور اپنے عزیز لڑکے سے میں نہ تو کوئی بات چھپا سکتا ہوں نہ ہی اس پر شک کر سکتا ہوں۔''

''پھر آخر بات کیا ہے؟'' میں نے پوچھا، ''آپ سوچ کیا رہے ہیں؟''

''فیروز۔'' جان نے تشویش ناک لہجے میں کہا، ''اس طرح تمھاری زندگی خطرے میں پڑ جائے گی۔ دشمن کوشش کریں گے کہ کسی طرح تمھیں ختم کر دیں اور تمھاری کمر سے یہ نقشہ نقل کر لیں۔ میں جان بوجھ کر تمھیں موت کے منہ میں دھکیلنا نہیں چاہتا۔''

''آپ کے ان جذبات کی میں قدر کرتا ہوں اور آپ کا شکریہ بھی ادا کرتا ہوں کہ آپ میرا اتنا خیال کرتے ہیں مگر آپ میرا کہنا مان کر یہ نقشہ میری کمر پر نقل کر ہی دیجیے۔ اللہ نے چاہا تو میرا ذرا بھی بال بیکا نہ ہوگا، آپ کے سوا کسے معلوم ہوگا کہ نقشہ میری کمر پر بنا ہوا ہے۔ ہم اصل نقشہ تلف کر دیں گے۔''

''جیسی تمھاری مرضی۔'' جان نے ہار مانتے ہوئے کہا، ''ہاں مگر اس میں کوئی شبہ نہیں کہ اس طرح نقشہ ہمیشہ کے لیے محفوظ ہو جائے گا۔ اتنا کہہ کر اُس نے ٹارچ کی روشنی میں جلدی جلدی نقشے کی نقل میری کمر پر بنانی شروع کر دی۔ مجھے گدگدیاں محسوس ہونے لگیں مگر میں دل پر جبر کیے بیٹھا رہا۔ پندرہ بیس منٹ کے اندر ہی یہ کام ختم ہو گیا۔ قمیص دوبارہ پہننے کے بعد میں نے ٹارچ اور دوسری چیزیں اُٹھائیں اور پھر جان کو ساتھ لے کر خیموں کی طرف چلنا شروع کر دیا۔

احتیاط کے طور پر ہم نے راستے میں ایک دوسرے سے کوئی بات نہیں کی۔ ہمیں

ڈر تھا کہ اگر چیتن کہیں آس پاس موجود ہوا تو کہیں ہمارے منہ سے خزانے کی اس نئی حفاظت کے بارے میں کوئی لفظ نہ سن لے۔ کچھ ہی دیر بعد ہم اپنے خیموں کے پاس پہنچ گئے۔ جان کو باہر چھوڑ کر میں بلی جیسے پاؤں رکھتا ہوا جیک کے خیمے کے قریب گیا۔ ایک چھوٹے سے سوراخ سے میں نے اندر جھانک کر یہ معلوم کرنے کی کوشش کی کہ آیا جیک بے خبری کی نیند سو رہا ہے یا نہیں؟ کیوں کہ سچ بات تو یہ ہے کہ مجھے جیک پر ابھی اطمینان نہیں ہوا تھا۔ اچانک میں چونک کر پیچھے ہٹ گیا۔ شاید آپ میری حیرت کا اندازہ نہ کر سکیں گے کہ میں نے کیا چیز دیکھی؟ جلدی سے میں اُلٹے پاؤں اپنے خیمے کی طرف واپس آیا اور جان کو خاموش رہنے کا اشارہ کرتے ہوئے اندر چلنے کے لیے کہا۔

خیمے کا پردہ اٹھا کر جیسے ہی ہم دونوں اندر داخل ہوئے ایک نرالی بات ہمارے دیکھنے میں آئی۔ مجھے چوں کہ اس کا پہلے ہی سے یقین تھا اس لیے مجھے زیادہ اچنبھا نہیں ہوا۔ ہاں البتہ جان حیرت کے مارے جہاں کھڑا تھا وہیں کھڑا کا کھڑا رہ گیا۔ ہمارے خیمے کا تمام سامان کسی نے اُلٹ پلٹ کر رکھ دیا تھا۔ ایسا لگتا تھا جیسے کسی نے جلدی میں ہمارے پورے سامان کی تلاشی لی ہو۔ میں جانتا تھا کہ یہ کام اس منحوس کبڑے کے علاوہ اور کسی کا نہیں ہوسکتا۔

''دیکھا؟'' جان نے مجھ سے کہا، ''کیا یہ کسی دشمن کا کام نہیں ہے!''

''جی ہاں وہی احمق کبڑا آیا ہوگا۔'' میں نے جواب دیا۔

''بجا فرمایا حضور نے، یہ کام آپ کے اس خادم ہی نے کیا ہے۔'' ہمارے پیچھے سے وہی بھیانک آواز آئی۔ ہم نے پلٹ کر دیکھا تو دروازے میں چیتن کھڑا مسکرا رہا تھا، ہاں مگر اس وقت اس کے ہاتھ میں پستول نہیں تھا۔ ہمیں حیرت سے اپنی طرف تکتے دیکھ کر اس نے پھر طنزیہ لہجے میں کہا۔

''خادم کی اس حرکت سے آپ ضرور خوش ہوئے ہوں گے؟''

''بکواس بند کرو۔'' جان نے غصّے سے کہا، ''دوسروں کی غیر حاضری میں ان کے سامان کی تلاشی لینا کہاں کی شرافت ہے۔''

''شرافت!'' کبڑا زور سے ہنسا۔ میں تو شریف ہی نہیں ہوں اس لیے مجھ میں شرافت کہاں لیکن میں یہ اطمینان آپ کو ضرور دِلا سکتا ہوں کہ میں نے آپ کے سامان میں سے ایک ننھی سی سوئی تک نہیں نکالی۔ یہ دوسری بات ہے کہ سامان کو اچھی طرح دیکھ ڈالا۔ کیوں دیکھ ڈالا؟ یہ آپ خود سمجھتے ہوں گے۔ مجھے خزانے کے نقشے کی تلاش ہے اور ظاہر ہے کہ وہ نقشہ مجھے اس سامان میں نہیں ملا، مجھے اس نقشے کی سخت ضرورت ہے میں آپ سے بڑی نرمی سے گزارش کرتا ہوں کہ آپ وہ نقشہ اب مجھے دے دیجیے۔''

''نقشہ تو تمھیں نہیں مل سکتا۔'' میں نے کبڑے کی بے بسی کو دیکھ کر کہنا شروع کیا۔

''تمھیں شاید یہ سن کر خوشی ہوگی کہ ہم دونوں دو مرتبہ اس خیمے سے نکل کر اندر جنگل میں گئے تھے۔''

''مجھے افسوس ہے کہ یہ بعد میں معلوم ہوا، میں نے آپ کو تلاش کرنے کی کوشش کی مگر آپ نہیں ملے۔ ویسے مجھے یقین ہے کہ آپ دونوں حضرات نقشے کو کہیں دبا کر آئے ہوں گے۔'' چیتن نے کہا۔

''یہ بات نہیں ہے۔'' میں نے اچانک اپنا پستول نکال کر اس کا رُخ کبڑے کی طرف کرکے کہنا شروع کیا، ''خزانے کا نقشہ اب بھی ہمارے پاس ہے۔ ہم نے یہ سوچا کہ جب تک یہ نقشہ ہمارے پاس رہے گا تم اسے حاصل کرنے کے لیے ہمیں پریشان کرتے رہوگے اس لیے ہم نے نقشہ زبانی یاد کرلیا ہے۔''

''زبانی یاد کرلیا ہے!'' کبڑے نے حیرت سے کہا، ''زبانی یاد کرنے سے کیا مطلب! مگر تم نے یہ پستول مجھ پر کیوں تان لیا جب کہ میں بالکل تنہا ہوں؟'' میں نے اس کی بات کا جواب دیے بغیر پھر کہا، ''نقشے کی ایک ایک بات اور ذرا ذرا سی تفصیل ہم دونوں نے اپنے ذہن میں محفوظ کر لی ہے اور اصل نقشہ اب یہیں تمھارے سامنے تلف کر دیتے ہیں۔''

''یعنی ...یعنی...!'' کبڑے سے حیرت کے مارے کچھ کہا نہیں گیا۔ وہ پھٹی پھٹی آنکھوں سے مجھے دیکھ رہا تھا۔

''یعنی اسے ابھی دیا سلائی دکھائی دیتے ہیں ساتھ ہی اس بات کا حلف اٹھا کر یہ کہتے ہیں کہ نقل کسی دوسرے کاغذ پر ہم نے بالکل نہیں کی۔''

''وہ تو ٹھیک ہے۔'' کبڑے نے کہا، ''مگر یہ پستول تو ہٹاؤ۔''

''یہ کیسے ہوسکتا ہے۔ نقشہ تمھارے سامنے جلایا جائے گا۔ پستول تم پہ یوں تانا گیا ہے کہ کہیں تم جلتے ہوئے نقشے کو حاصل کرنے کے لیے جھپٹ نہ پڑو۔ کیا سمجھے! ہاں جان صاحب اب آپ نقشے کو دیا سلائی دکھا دیجیے۔''

جان اب تک خاموش کھڑا حیرت سے میری سب باتیں سن رہا تھا۔ اس نے بھی غالباً میری اس رائے سے اتفاق کیا ہوگا اس لیے اس نے نقشہ فوراً جیب سے نکال لیا اور ماچس بھی اپنے ہاتھ میں لے لی۔

''حضور جادوگر صاحب! اس نقشے کو آپ بھی خوب غور سے دیکھ لیجیے، کہیں آپ کو حسرت نہ رہ جائے کہ آپ نے نقشہ دیکھا ہی نہیں۔ جان صاحب نقشہ انھیں دور سے اچھی طرح دکھا دیجیے۔''

جان نے میرے کہنے پر عمل کیا۔ نقشہ دیکھتے ہی کبڑے نے آگے بڑھنے کی کوشش کی مگر پستول کا رُخ اپنی طرف دیکھ کر پھر رُک گیا۔ جان نے اس عرصے میں نقشے کو آگ لگا دی تھی اور نقشہ اب آہستہ آہستہ جل رہا تھا۔ اس وقت کبڑے کی شکل دیکھنے کے لائق تھی اس کا چہرہ بالکل زرد تھا۔ غصّے کے مارے وہ بری طرح کپکپا رہا تھا۔ اس کا بس نہ چلتا تھا کہ مجھے کچا چبا جائے۔ نقشہ جب اچھی طرح جل چکا تو میں نے کبڑے سے کہا، ''اب اگر آپ چاہیں تو اس راکھ پر جادو کر کے اسے دوبارہ نقشے میں تبدیل کر لیجیے۔

''تم...!'' وہ پیر زمین پر پٹخ کر بولا، ''تم میرا مذاق اُڑاتے ہو؟ تمھیں اپنی جان کی ذرا بھی پروا نہیں؟ میں کہتا ہوں پچھتاؤ گے، بہت پچھتاؤ گے۔''

''چھوڑیے اس پچھتانے کو، اگر ہماری قسمت میں پچھتانا ہی لکھا ہے تو پچھتا لیں گے مگر اب آپ یہاں سے تشریف لے جایئے کیوں کہ مجھے سخت نیند آ رہی ہے اور اب میں آرام کرنا چاہتا ہوں۔''

''میں چلا جاؤں؟ ہا ہا ہا!'' کبڑا ہنسی کے مارے پھر دوہرا ہوگیا۔'' ضرور چلا جاؤں گا ننھے چوہے! مگر تمھاری قسمت کا حال بتا کر جاؤں گا۔ یہ بتا کر جاؤں گا کہ آگے تمھاری تقدیر میں کیا ہونا لکھا ہے، جو کچھ میں کہوں اسے کان کھول کر سن لو اور جب میں چلا جاؤں تو تنہائی میں میری اِن کہی باتوں پر خوب غور کرنا۔ نہیں نہیں، میری بات کاٹنے کی کوشش نہ کرو اور اب سنو کہ آئندہ تمھارے ساتھ کیا پیش آنے والا ہے۔ یہاں سے آگے بڑھنے پر کل تمھیں ایک میل کے اندر جنگل میں دو بڑے بڑے پتھر کے بُت نظر آئیں گے، تم اپنے آپ کو ان سے خواہ کتنا ہی بچاؤ مگر وہ تم پر ضرور گریں گے۔ اچانک طوفان آئے گا، درخت ٹوٹ ٹوٹ کر زمین پر گریں گے اور بڑی تیز ہوا چلے گی۔ ایسے وقت وہ بُت تم پر گر جائیں گے مگر تم ان سے میرے جادو کی وجہ سے بچ جاؤ گے۔ اس کے بعد تیسرے دن تم ایک پہاڑی راستے سے گزر رہے ہوں گے کہ اچانک زلزلہ آئے گا اور زمین پھٹ جائے گی تم اس زمین میں دھسنے لگو گے مگر میرا جادو تم کو بچا لے گا۔ میرے تم پر یہ دو احسان ہوں گے اور میں ان احسانوں کے بدلے میں یہ چاہوں گا کہ تم خزانے کا وہ نقشہ جو اب تمھارے ذہنوں میں محفوظ ہے دوبارہ کاغذ پر اتار دو۔ میں تمھیں دو دن کا یہ وقت اس لیے دے رہا ہوں کہ تم میری طاقت سے واقف ہو جاؤ، میری عزّت کرو اور میرا کہا مان لو۔ بس مجھے اس کے علاوہ اور کچھ نہیں کہنا اب میں جاتا ہوں تم سے پرسوں ملاقات ہوگی اور وہ ملاقات ایسی ہوگی کہ میرا رعب تم پر طاری ہو چکا ہوگا اور تم میری بات ماننے کے لیے بے قرار ہوں گے۔

اتنا کہہ کر وہ جلدی سے مڑا اور بغیر پیچھے دیکھے فوراً خیمے کا پردہ اٹھا کر باہر چلا گیا۔ میں نے اب جان کو دیکھا وہ کچھ سوچ رہا تھا کہ جو کچھ کبڑے نے کہا ہے اس پر یقین کیا جائے یا نہیں؟

''آپ کچھ سوچیے نہیں۔'' میں نے جان سے کہا، ''میں اچھی طرح جانتا ہوں کہ وہ محض ہمیں خوف زدہ کر کے ہم سے وہ نقشہ دوبارہ بنوانا چاہتا ہے مگر میں اس کی چالوں سے اچھی طرح واقف ہو چکا ہوں اور خوب سمجھتا ہوں کہ اس کو اُکسانے والا کون ہے وہ

کس کے کہنے پر یوں ہمیں بار بار آ کر ڈراتا ہے۔''

''کس کے کہنے پر ڈراتا ہے؟'' جان نے حیرت سے دریافت کیا۔

میں نے پہلے خیمے کا پردہ اٹھا کر یہ اطمینان کر لیا کہ کبڑا آس پاس کہیں ہے تو نہیں، پھر میں نے جان کے قریب جا کر آہستہ سے اُسے وہ وقت یاد دلایا جب کہ وہ نقشہ میری کمر پر بنانے کے بعد واپس خیمے میں آیا تھا اور میں نے جیک کے خیمے میں ایک شخص کو دیکھ کر بہت تعجب کیا تھا بلکہ سب سے زیادہ تعجب اس بات کا ہوا تھا کہ جو شخص بہت کم بولا کرتا تھا اور جسے ہم اب تک گونگا سمجھتے رہے تھے وہ چپکے چپکے دوسروں سے باتیں کرنے کا عادی ہے۔ آپ شاید نہیں سمجھے، ''خیمے میں گونگا جیک کبڑے جادوگر سے باتیں کر رہا تھا!''

اگر کوئی بم پھٹ جاتا تو جان کو اتنی حیرت نہ ہوتی جتنی یہ سن کر ہوئی۔ جیک! جسے وہ سمجھتا تھا کہ اس کا دایاں بازو اور برے وقت میں کام آنے والا بہادر ساتھی ہے۔ اپنی مطلب براری یا اپنی کسی مصلحت کی وجہ سے کبڑے چیتن سے ساز باز رکھتا ہے؟ آخر اس میں اُس کی کیا مصلحت تھی؟ سچ پوچھیے تو مصلحت بھی اس کے سوا اور کیا ہوگی کہ اس طرح وہ کبڑے جادوگر کو ہماری خبریں پہنچاتا رہے! بلکہ میں تو یہ کہوں گا کہ جیک اور کبڑا دراصل ایک ہی تھیلی کے چٹے بٹے تھے۔ جیک جس انداز سے اس سے رات کو خیمے میں باتیں کر رہا تھا، اسے دیکھ کر یہ محسوس ہوتا تھا کہ اس کا اثر کبڑے پر بہت زیادہ ہے۔ میرے مالک جان کا خیال تھا کہ جیک ہمارا ایسا دشمن تھا جو ہر وقت ہمارے ساتھ رہ کر ہمارے دلوں کا بھید معلوم کرنا چاہتا تھا اور موقع ملنے پر ہمیں قتل بھی کر سکتا تھا۔ ایسے دغاباز انسان سے اب ہوشیار رہنے کا وقت آ گیا تھا۔

رات اب بہت زیادہ ہوگئی تھی، ہوا میں ہلکی ہلکی نمی بھی پیدا ہونے لگی تھی۔ مچھر اتنے تھے کہ ہمیں کسی صورت سے بھی نیند نہیں آ رہی تھی۔ نیند کا نہ آنا ہی ہمارے لیے بہتر تھا کیوں کہ دشمن اب ہماری تاک میں تھے اور کسی وقت بھی ہم پر وار کر سکتے تھے مگر وہ جو کسی نے کہا ہے نا کہ نیند تو سولی پر بھی آ جاتی ہے تو ایسا ہی کچھ ہمارے ساتھ بھی ہوا۔

بستروں پر لیٹتے ہی ہم ایسے سوئے کہ پھر صبح سورج کی پہلی کرن نے ہی ہمیں جگایا۔ میں نے اس سفر میں ایک خاص بات کو اپنی عادت بنا لیا تھا اور وہ بات یہ تھی کہ سونے کے بعد جب میں جاگتا تو بغیر ہلے جلے آنکھیں پہلے ہلکی سی کھولتا تاکہ اگر کوئی خطرہ آس پاس ہوا تو اُسے محسوس کرلوں۔ میری یہ عادت اس وقت بہت کام دے گئی، جیسے ہی میں نے آنکھیں ہلکی سی کھولیں تو مجھے پلکوں کی چلمن سے دروازے میں ایک دبلا پتلا سایہ کھڑا نظر آیا۔ میں نے جلدی سے آنکھیں بند کرلیں، اب میں صرف آہٹ سن رہا تھا۔ قدموں کی چاپ آہستہ آہستہ میرے قریب آنے لگی پھر کوئی میرے پہلو میں آکر بیٹھ گیا۔ شاید اس نے جھک کر میری شکل کو دیکھا کیوں کہ اس کی گرم سانس میرے گالوں کو چھو رہی تھی اور پھر یکایک مجھے ایک آواز سنائی دی، ''فیروز! بنو مت، میں جانتا ہوں تم جاگ رہے ہو، خدا کے لیے اُٹھو اور میری بات سنو۔''

میں نے اطمینان کی لمبی سانس لی اور آہستہ سے اُٹھ کر بیٹھ گیا کیوں کہ یہ آواز عبدل کی تھی اور جہاں تک مجھے یقین تھا عبدل ایسا آدمی نہیں تھا جس سے مجھے یا جان کو ڈر لگتا لیکن خطرے کے وقت غیروں سے تو کیا اپنوں سے بھی خدشہ ہوتا ہے کہ کوئی غلط قدم نہ اٹھا بیٹھیں اس لیے میں مجبور تھا کہ عبدل کو بھی شک کی نظر سے دیکھوں۔ میں نے لیٹے ہی لیٹے اپنے پستول پر ہاتھ رکھ کر کہا، ''کیا بات ہے آپ اس طرح چوری چھپے ہمارے خیمے میں کیوں آئے ہیں؟''

''فیروز! میری بات سنو۔'' عبدل نے میرے شانے پر ہاتھ رکھ کر کہا، ''مجھے یقین ہے کہ تم بہت بہادر اور نڈر لڑکے ہو مگر میں ایک خطرے سے آگاہ کرنے آیا ہوں۔''

''خطرہ؟ کیسا خطرہ؟'' میرے ساتھ ہی جان بھی یکایک ہڑبڑا کر اُٹھ بیٹھا۔

''مسٹر جان! تم آرام سے پڑے سوتے رہو لیکن تمھیں کچھ بھی معلوم نہیں کہ یہاں کیا کچھ ہونے والا ہے؟ ہم تینوں اس وقت سخت خطرے میں گھرے ہوئے ہیں۔ فیروز جاگ رہا تھا اس لیے میں نے اسے ہی بتانا مناسب سمجھا۔ میں تم سے ایک راز کی بات کہنا چاہتا ہوں اور وہ یہ ہے ...'' اتنا کہہ کر اس نے اِدھر اُدھر دیکھا۔ پھر خیمے کے

پردوں سے کان لگا کر باہر کے ماحول کا اندازہ لگایا۔ جب کوئی آہٹ سنائی نہ دی تو اُس نے مطمئن انداز میں گردن ہلائی اور پھر ہمارے پاس آ کر کہنے لگا، ''اور وہ راز یہ ہے کہ ہمیں جیک سے ہوشیار رہنا ہوگا۔ ہم سمجھتے ہیں کہ وہ خاموش رہنے والا آدمی بہت معصوم ہے، نہیں بلکہ وہ کبڑے جادوگر کا آقا ہے۔ اس نے کبڑے کو ہمارے پیچھے خزانے کا وہ نقشہ حاصل کرنے کے لیے لگا رکھا ہے۔'' اس سے پہلے کہ جان کچھ بولتا میں نے چہرے پر مصنوعی مسکراہٹ پیدا کر کے کہا، ''ارے! یہ... یہ آپ کیا کہہ رہے ہیں؟''

''بالکل ٹھیک کہہ رہا ہوں۔ حقیقت یہی ہے، میں نے ابھی ان دونوں کو آپس میں باتیں کرتے سنا ہے۔'' عبدل نے دانت پیس کر جواب دیا۔

میں نے پھر حیرت ظاہر کی۔ میں چاہتا تھا کہ اگر عبدل بھی دشمنوں کے ساتھ ہے تو ہمیں خود اسے یہ نہیں بتانا چاہیے کہ ہم ان کے راز سے واقف ہوگئے ہیں۔ اس طرح وہ ہمارے اور دشمن ہو جائیں گے مگر مجھے جلدی ہی معلوم ہوگیا کہ عبدل ایسا نہیں ہے کیوں کہ اس کی آنکھوں میں سچ کی چمک تھی اور اس کے لہجے کی گھبراہٹ سے ظاہر ہوتا تھا کہ وہ ہمارا وفادار ہے۔ یہ اندازہ لگانے کے بعد میں نے جان سے کہا، ''جان صاحب عبدل ٹھیک کہہ رہے ہیں۔ آپ انھیں بتا دیجیے کہ یہ بات ہمیں پہلے ہی سے معلوم ہے اور اب ہم جلدی ہی یہاں سے کوچ کر دیتے ہیں۔''

جان نے پھر مختصراً تمام باتیں عبدل کو بتائیں مگر میں اس موقع پر اس کی تعریف کیے بغیر نہیں رہ سکتا کہ احتیاطاً اس نے نقشے کا میری کمر پر نقل ہو جانے والا راز اب بھی عبدل سے چھپایا۔ جہاں تک میں سمجھتا ہوں اس نے پہلی بار یہ کام عقل مندی کا کیا تھا۔ عبدل لاکھ اپنا ہی آدمی سہی مگر اپنوں کو غیر بنتے کیا دیر لگتی ہے؟ جیک کی مثال ہمارے سامنے تھی!

عبدل نے جب سب باتیں سن لیں تو اس نے بھی یہی رائے دی کہ اب جلد سے جلد یہاں سے روانہ ہو جانا چاہیے۔ میں نے غور سے عبدل کا چہرہ دیکھا تو اندازہ ہوا کہ اس وقت وہ سخت غصّے میں ہے۔ بار بار اپنے چمڑے کے تھیلے میں سے اپنا وہی خاص قسم

کا کمان جیسا ہتھیار نکال کر اس کی دھار پر اپنی انگلی پھیر کر دیکھتا تھا۔ جان اس کے ارادے کو بھانپ کر بولا، خبردار عبدل! خواہ مخواہ کسی سے انتقام لینے کی کوشش نہ کرنا۔ ہم یہاں خون بہانے نہیں آئے بلکہ خزانے کو اور اس مکھی کو تلاش کرنے آئے ہیں جس کے سامنے ساری دُنیا کے خزانے ہیچ ہیں۔ سمجھے؟''

''میں سمجھ تو گیا مسٹر جان! مگر۔'' عبدل نے وہ ہتھیار اپنے تھیلے میں رکھنے کے بعد کہا، ''مگر میں جیک کو اس کی اس غداری کی سزا ضرور دوں گا۔''

''نہیں ایسا ہرگز نہ ہونا چاہیے۔'' جان نے کہا۔

''خیر آپ کہتے ہیں تو میں اپنے غصّے پر قابو پانے کی پوری کوشش کروں گا۔

''خدا کرے کہ میں اپنے ارادے میں کامیاب ہوں۔''

اتنا کہنے کے بعد وہ ہمارے خیمے سے باہر نکل گیا۔

❖❖❖

سورج نے جو اُجالا پورے جنگل میں پھیلایا تھا اس نے ہمارے دلوں کو ڈھارس دی کیوں کہ یہی جنگل رات کو بہت بھیانک نظر آ رہا تھا اور اب دن میں اس کی ہیبت ایک حد تک کم ہوگئی تھی۔ جو لمبے لمبے درخت رات کو دیوؤں کی طرح نظر آتے تھے اب صبح کے اُجالے میں اتنے بھیانک دِکھائی نہ دیتے تھے۔ ہم مل جل کر اپنا سامان باندھ چکے تھے اور اب یہ سامان خچروں پر لادنا باقی تھا۔ جیک ہم سب سے الگ تھلگ ایک بڑے سے پتھر پر بیٹھا ہوا اپنا پستول صاف کر رہا تھا۔ میرے ان تینوں مالکوں کے رویے میں اب عجیب و غریب تبدیلی آ چکی تھی۔ جان اور عبدل تو اب مجھے نوکر کے بجائے اپنا ساتھی سمجھتے تھے، ہاں البتہ جیک کی آنکھوں میں مَیں نے ہمیشہ بے رحمی جھلکتی دیکھی تھی۔ جب بھی وہ مجھے دیکھتا بڑی خطرناک اور غصیلی نظروں سے دیکھتا، پہلے تو میں ان نظروں سے مرعوب ہو جایا کرتا تھا مگر اب میں بھی ان نگاہوں میں نگاہیں ڈال کر دیکھا کرتا اور تب جیک مجھے بڑی

حیرت سے بار بار دیکھتا!

اب ہم سب تیار ہو چکے تھے سامان کو ایک نظر دیکھنے کے بعد ہم نے اپنا سفر پھر شروع کر دیا۔ جنگل پھر بہت گھنا ہونے لگا تھا اور قدم قدم پر مشکلات سے واسطہ پڑ رہا تھا۔ خچروں کے لیے راستہ بنانے کی خاطر ہمیں تیز دھار والے خنجروں سے راستے کے جھاڑ جھنکار اور بل کھاتی ہوئی بیلیں صاف کرنی پڑتی تھیں، یہ بات لکھنے کو تو میں نے صرف دو لفظوں میں لکھ دی ہے لیکن اس کام کو کرنے کے لیے ہمیں جتنی محنت کرنا پڑی وہ بس ہمارا ہی دل جانتا ہے۔

ہمارے جسم لہولہان ہو گئے تھے۔ کپڑے جگہ جگہ سے پھٹ گئے تھے اور ٹانگوں سے خون بہہ بہہ کر ہمارے جوتوں میں جم گیا تھا۔ اس سفر میں تھکے ہوئے جسم کو آرام دینے کی خاطر میرے علاوہ باقی سبھی لوگ جنگل کے درمیان ملنے والے چھوٹے چھوٹے تالابوں میں کئی بار نہائے تھے۔ جی چاہتے ہوئے بھی میں جان بوجھ کر نہیں نہایا تھا۔ میری کمر پر جو نقشہ بنا ہوا تھا اس کے کُھل جانے کا تو ڈر تھا نہیں مجھے۔ ہاں البتہ قمیص اُتارنے سے میری کمر ننگی ہو جاتی اور نقشہ سب کی نظروں میں آ جاتا۔ یہ میں کسی صورت سے نہیں چاہتا تھا۔ خیر یہ تو اس وقت کی بات تھی جب کہ سب لوگوں نے نہانے کی خواہش ظاہر کی تھی مگر اب جب کہ میری قمیص بھی تار تار ہونے لگی تھی۔ زخموں سے میں چور چور تھا اور مجھے اپنی بھی خبر نہ تھی۔ فرض کر لیجیے اگر ایسے موقع پر قمیص میں سے وہ نقشہ دشمنوں کو نظر آ جاتا تو؟ جگہ جگہ درختوں سے کمر لگا کر میں بظاہر سستانے کے لیے کھڑا ہو جاتا لیکن دراصل ایسا کر کے میں دوسروں سے اپنی کمر کو چھپاتا تھا۔ اس کے علاوہ کوشش کرتا کہ سب سے پیچھے چلوں مگر ایسا کرنے کے باوجود بھی دل مطمئن نہ تھا۔ کون جانے کب راز کھل جائے! آخر اچانک مجھے ایک ترکیب سوجھ ہی گئی۔ میں نے اپنے چہرے پر یکایک ایسا اثر پیدا کر لیا جس سے یہ ظاہر ہوتا تھا کہ میں بہت تکلیف میں ہوں۔ آنکھیں اس انداز سے کھول لیں جیسے میں بے ہوش ہونے والا ہوں۔ ہلکی ہلکی سی ہائے ہائے کی آواز بھی نکالنی شروع کر دی۔ اس 'ہائے ہائے' نے سب کو میری طرف متوجہ

کرلیا۔ جان دوڑ کر میرے پاس آیا اور گھبرا کر پوچھنے لگا، ''کیا بات ہے فیروز؟ کیا ہوا؟ تم کراہ کیوں رہے ہو؟''

''مجھے... مجھے بخار سا محسوس ہو رہا ہے۔'' میں نے کراہتے ہوئے جواب دیا، ''جلدی سے کوئی کمبل اُڑھا دیجیے۔''

یہ سن کر جان فوراً خچروں کی طرف دوڑا۔ عبدل اور جیک بھی سامان میں سے کمبل تلاش کرنے لگے۔ درخت کے تنے سے ٹیک لگائے مَیں دل ہی دل میں ہنس رہا تھا۔ جیک، میرا دشمن بھی اس وقت مجھے بچانے کی فکر میں تھا۔ میں اچھی طرح جانتا تھا کہ اسے میری جان اتنی عزیز نہیں ہے جتنا کہ نقشہ۔ نقشہ چونکہ اس کے خیال میں میرے ذہن میں محفوظ تھا اس لیے وہ مجھے بچانے کی کوشش کرنا ضروری سمجھتا تھا۔

سامان میں سے سب سے پہلے کمبل جان ہی نے نکالا اور پھر دوڑ کر میری طرف آیا جلدی سے اس نے مجھے کمبل اڑھا دیا اور مجھے سہارا دے کر آگے آگے چلنے لگا۔ باقی لوگ ہمارے پیچھے آنے لگے۔ راستے میں جان نے بہت ہلکی سی آواز میں مجھ سے کہنا شروع کیا، ''شاباش فیروز! اتنی سی عمر میں تم ایسی عقلمندی کی باتیں کر کے مجھے حیرت میں ڈال دیتے ہو۔ سچ بات تو یہ ہے کہ راستے بھر میں بھی یہی سوچتا ہوا آیا تھا کہ اب جب کہ تمھاری قمیص پھٹ چکی ہے، خزانے کے نقشے کی حفاظت کا انتظام کیا ہونا چاہیے؟ میں تمھاری اس ہوشیاری کی داد نہیں دے سکتا جو تم نے ابھی کی ہے۔ شاباش!''

میں نے مسکرا کر جواب دیا اور مجھے خود بھی آپ کے اس طرح سے یہ بات جان لینے کی تعریف کرنا پڑتی ہے۔ آپ نے بھی خوب پہچانا کہ میری اس اداکاری کا مطلب کیا ہے۔

''خیر یہ تو ہوا۔'' جان نے کہا، ''اب کوشش یہ کرو کہ جب تک تمھارے لیے کپڑے مہیا نہ ہو جائیں تم اسی طرح اداکاری کرتے رہو۔ جہاں تک مجھے یاد پڑتا ہے وہ خزانہ اسی جنگل میں کہیں چھپا ہوا ہے۔ نقشے میں صرف جنگل ظاہر کیا گیا ہے، خزانے کی اصل جگہ نہیں دکھائی گئی۔ وہ جگہ ہمیں خود تلاش کرنی پڑے گی لیکن ان دشمنوں کی موجودگی

میں یہ کام بہت مشکل نظر آتا ہے۔ ہم جس جگہ بھی جائیں گے یہ لوگ ہمارے پیچھے پیچھے ضرور آئیں گے۔''

بات واقعی معقول تھی لیکن اب اس کے علاوہ چارہ بھی کیا تھا۔ ہمیں دشمنوں کی موجودگی ہی میں سب کام پورا کرنا پڑ رہا تھا۔ جنگل کا راستہ، اگر ہم اسے راستہ کہیں تو بہت ہی دشوار ہونے لگا تھا۔ ہم لوگ اب شاخوں پر چڑھ کر اور دوسری طرف کود کود کر راستہ طے کرر ہے تھے۔ خچر چوں کہ ایسے گھنے درختوں کو پھلانگ نہیں سکتے تھے اس لیے ان کے لیے ہمیں راستہ ضرور صاف کرنا پڑتا تھا۔ جیک ہم سب میں سب سے زیادہ طاقتور تھا اس لیے وہی درختوں کو کاٹ کاٹ کر پھینکتا تھا۔ دشوار گزار اور گھنے جنگل کے درختوں اور کانٹے دار پودوں سے رگڑ کھانے کے بعد خچروں کے جسموں پر بھی جگہ جگہ خراشیں آ گئی تھیں۔ ہمیں ان کی بھی فکر تھی کیوں کہ اس خطرناک سفر میں خچر ہی ہمارے لیے سب سے بڑا سرمایہ تھے۔ راستے کی دشواریوں کا اندازہ میری یہ داستان پڑھنے والے اس بات سے کر سکتے ہیں کہ آدھے میل کا یہ فاصلہ ہم لوگوں نے پورے ایک دن میں طے کیا۔ صبح ہم نے سفر شروع کیا تھا اور اب شام ہونے والی تھی یہ حالت دیکھ کر جان نے عبدل سے کہا، ''میرے خیال میں ہمیں جلد از جلد اس جنگل کو پار کر لینا چاہیے ایسا نہ ہو کہ رات ہو جائے اور ہم یہیں پھنسے کے پھنسے رہ جائیں۔''

''مگر جس رفتار سے ہم چل رہے ہیں اس طرح تو ہم یہ جنگل دو دن میں بھی پار نہیں کر سکتے۔'' عبدل نے جواب دیا۔

جان کچھ دیر تک سر جھکائے سوچتا رہا اور پھر بولا، ''عبدل! میرے خیال میں بہتر ہوگا اگر تم جیک سے بھی دریافت کر لو وہ گونگا تو خیر بنا ہوا ہے مگر گردن ہلا کر جواب تو دے سکتا ہے۔''

عبدل بھی اس رائے کو مانتے ہوئے جیک کی طرف مڑا مگر یہ دیکھ کر اسے بڑی حیرت ہوئی کہ جیک وہاں نہیں تھا۔ ہم نے درختوں کے تنوں کی اوٹ سے جھانک کر دور دور تک اسے دیکھا مگر اب صرف اس کا خچر کھڑا ہوا زمین پر اپنے پیر مار رہا تھا اور جیک

اس پر سوار نہ تھا۔

فوراً ہی ہمیں خطرے کا احساس ہوا۔ جیک ہماری نظروں میں پہلے ہی کچھ اچھا نہ تھا اب اس کے اس طرح کہیں چھپ جانے سے وہ پہلے سے بھی زیادہ برا نظر آنے لگا۔ عبدل نے سرگوشی کرتے ہوئے جان سے کہا، ''میرے خیال میں وہ صرف اس کبڑے جادوگر کے پاس گیا ہے۔ آخر اس کبڑے کی کہی ہوئی باتیں پوری بھی تو ہوں گی۔ پتھر کے بتوں کا ہم پر گرنا، بڑے بڑے درختوں کا ہمیں کچل دینا اور زلزلے کا آنا، آخر یہ سب کب ہوگا؟''

''ابھی اور اسی وقت۔'' میں نے آہستہ سے کہا۔

''کیا مطلب؟'' جان نے حیرت سے کہا۔

''وہ دیکھیے، اس بڑے درخت کی آڑ سے وہ دونوں پتھر کے لمبے بت نظر آ رہے ہیں۔''

جان نے غور سے دیکھا تو واقعی اسے بہت حیرت ہوئی کیوں کہ وہ بت ہم سے کوئی بیس قدم کے فاصلے پر ہوں گے۔ بڑی ڈراؤنی شکلوں والے یہ قد آدم بت اتنے لمبے تھے کہ اگر وہ گرتے تو ہم پر ضرور آتے۔ ہم چونکہ ایک قسم کے پنجرے میں بند تھے (درختوں کے اس جھنڈ کو میں پنجرہ ہی کہہ سکتا ہوں) اس لیے فوراً بھاگ بھی نہیں سکتے تھے۔ کبڑے کی پیش گوئی بالکل صحیح ثابت ہونے والی تھی۔

یکایک چند ہی لمحوں کے اندر درختوں کی سائیں سائیں تیز ہوگئی۔ میں پہلے ہی کہہ چکا ہوں کہ جنگل بہت گھنا تھا اس لیے آسمان تو نظر آتا نہ تھا البتہ درختوں کے بری طرح ہلنے اور پتوں کے لگاتار بڑھتے ہوئے شور سے ہم یہ سمجھ گئے کہ طوفان آ گیا ہے۔ بڑی سخت ہوا چلنے لگی، یہ ہوا آہستہ آہستہ بڑھتی ہی جا رہی تھی جو درخت کمزور تھے وہ دہرے ہو کر زمین سے لگنے لگے۔ بعض دفعہ تو ایسا محسوس ہوتا کہ درخت ہم پر اب گرا اور اب گرا۔ جان نے مجھے اچھی طرح کمبل اوڑھا دیا۔ اسے ڈر تھا کہ کہیں کمبل ہی ہوا میں نہ اُڑ جائے۔ درختوں کے پتوں پر اب نئی قسم کا شور پیدا ہوگیا۔ میں سمجھ گیا کہ بارش بھی شروع

ہو گئی ہے، میرے خیال کی تصدیق کڑک اور چمک نے فوراً ہی کر دی۔ جان نے عبدل کو آواز دی کہ وہ خچروں کو درختوں سے باندھ دے مگر اچانک یہ معلوم کر کے بڑی نا امیدی ہوئی کہ عبدل بھی غائب ہے۔ جان کو بڑی حیرت ہوئی مجبوراً اس غریب نے خود ہی خچروں کو باندھا اور جب وہ واپس آ رہا تھا تو اچانک درختوں کے درمیان سے کوئی چیز زمین پر کودی۔

یہ عبدل تھا۔ جان کے پوچھنے پر اس نے بتایا کہ وہ جیک کو تلاش کرنے گیا تھا مگر جیک اسے کہیں نہ ملا۔ ہوا اب اتنی تیز ہو گئی تھی کہ عبدل کی باتیں بھی مشکل ہی سے سنائی دیتی تھیں۔ آخر ہم تینوں ایک جگہ ایک دوسرے کو پکڑ کر بیٹھ گئے کیوں کہ اگر نہ بیٹھتے تو ہوا ہمیں ضرور الگ الگ کر دیتی۔

طوفان بڑھتا ہی جا رہا تھا۔ خوفناک کڑک اور بجلی کی چمک نے ماحول کو اور بھیانک بنا دیا تھا، درختوں نے ایسا شور مچا رکھا تھا کی بس توبہ ہی بھلی۔ اچانک مجھے بڑی ہیبت ناک آواز سنائی دی، ایسی آواز جیسے کوئی چیز ٹوٹی ہو۔ نظر اُٹھا کر دیکھا تو پتھر کے بنے ہوئے وہ لمبے لمبے بت جڑ سے اکھڑ کر ہماری طرف ہی گر رہے تھے۔ یقیناً اگر وہ ہم پر گرتے تو ہمیں پیس کر سرمہ بنا دیتے۔ خوف کے مارے میں نے اپنی آنکھیں بند کر لیں اور انتظار کرنے لگا کہ بت کب نیچے گرتے ہیں۔

خوف کے مارے میری آنکھیں بند تھیں اور دل بری طرح دھڑک رہا تھا۔ مجھے یقین تھا کہ بت مجھ پر گرنے ہی والے ہیں مگر ایسا نہ ہوا۔ پتھر کے ان لمبے بتوں کے گرنے سے ذرا سی بھی آواز پیدا نہ ہوئی، یہ بڑی حیرت کی بات تھی، میں نے فوراً آنکھیں کھول دیں۔ آپ میری حیرت کا اندازہ کر سکتے ہیں جب میں نے دیکھا کہ بت ایک لمبے اور مضبوط درخت کے سہارے ہمارے سروں کے اوپر جھکے ہوئے تھے اگر وہ درخت نہ ہوتا تو ہم لوگوں کا پیس جانا یقینی تھا۔

اچانک ہوا کا وہ طوفان، وہ کڑک اور چمک سب ختم ہو گئی۔ بس کبھی کبھی بھیگے ہوئے پتوں سے پانی کے قطروں کے نیچے ٹپکنے کی آواز آ رہی تھی ورنہ ہر طرف سناٹا تھا۔

ہمارے دل ابھی تک قابو میں نہ آئے تھے۔ سب دبکے ہوئے درخت کے نیچے بیٹھے ہوئے تھے ہوش اس وقت آیا جب خچروں کے ہنہنانے کی آوازیں ہمارے کانوں میں پڑیں۔ جان نے چیخ کر کہا، ”ارے، بچارے خچروں پر ایک درخت آ گرا۔“

یہ سنتے ہی ہم تینوں اٹھ کر تیزی سے خچروں کی طرف بھاگے کیوں کہ میں یہ پہلے ہی لکھ چکا ہوں کہ اس خطرناک سفر میں یہ خچر ہمارا سب سے بڑا سرمایہ تھے۔ جا کر دیکھا تو خچروں کو اتنا زیادہ نقصان نہ پہنچا تھا۔ دوسرے جو درخت ٹوٹ کو ان پر گرا تھا وہ کچھ اتنا زیادہ وزنی بھی نہیں تھا۔

جان نے خچروں کو تھپکتے ہوئے کہا، ”ہمیں اپنا سفر پھر فوراً شروع کر دینا چاہیے۔ ہمیں خزانہ تلاش کرنا ہے، خزانہ گو اسی جنگل میں کہیں چھپا ہوا ہے مگر ہمیں اس کا صحیح مقام نہیں معلوم۔ صرف کوئی غیبی طاقت ہی ہماری مدد کر سکتی ہے ورنہ اگر ہم برسوں تک بھی یہاں سر کھپائیں تو اسے نہیں پا سکتے۔ چلو جلدی کرو، اب اس کام میں دیر اچھی نہیں۔“

یہاں مَیں پڑھنے والوں کی ایک غلط فہمی دور کر دوں۔ جان بار بار یہی کہہ رہا تھا کہ اسے خزانے کی اصل جگہ کا پتا نہیں ہے مگر درحقیقت ایسا نہیں تھا وہ نقشہ جو میری کمر پر بنا ہوا تھا اس میں وہ جگہ صاف طور پر دِکھائی گئی تھی جہاں خزانہ دفن تھا۔ ایک بہت ہی گھنے اور دشوار گزار جنگل کے بعد پرانے زمانے کے کچھ زمین دوز کھنڈرات میں ایک خاص مقام پر وہ خزانہ دفن تھا۔ ہم کو یقین تھا کہ ایک یا دو دن کے اندر اندر ہم ان کھنڈرات تک ضرور پہنچ جائیں گے مگر یہ جان کی عقلمندی تھی کہ وہ جان بوجھ کر سب کے سامنے جھوٹ بول رہا تھا۔ وہ جانتا تھا کہ دشمن ہمارے پیچھے پیچھے آ رہے ہیں اس لیے اس کی زبان سے کوئی غلط بات نہیں نکلنی چاہیے۔ جان کی زبان سے ابھی یہ فقرے ادا ہوئے ہی تھے کہ اچانک ایک بہت بڑی چٹان کی اوٹ میں سے وہ چیز نمودار ہوئی جسے دیکھتے ہی نفرت کا ایک دریا میرے سینے میں لہریں مارنے لگتا تھا اور جو اس وقت میرا سب سے بڑا دشمن تھا یعنی کبڑا چیتن!

”آپ بالکل ٹھیک کہتے ہیں مسٹر جان۔“ اس منحوس نے اپنی اسی زہریلی

مسکراہٹ کے ساتھ کہنا شروع کیا، ''واقعی اس طرح خزانہ آپ کو کبھی نہیں مل سکتا۔ بہتر طریقہ یہ ہے کہ آپ اسے پھر ایک کاغذ پر نقل کر دیں تا کہ ہم سب ایک ساتھ اس میں دماغ لڑائیں۔''

''ایسا ہرگز نہیں ہوسکتا۔'' میں نے چلا کر کہا، ''یہ ناممکن ہے۔''

''ارے ننھے چوہے یہ تم بولے تھے...؟ کیا بات ہے بخار میں پھنکنے کے باوجود بھی تمھاری آواز اتنی کراری نکل رہی ہے؟ خیر کائی بات نہیں تم لوگ اگر نقشہ نہیں دینا چاہتے تو نہ سہی، تمھاری مرضی۔ مجھے پہلے ہی معلوم ہو چکا تھا کہ تمھاری یہ خواہش نہیں ہے۔''

''کس سے معلوم ہوا تھا؟ کیا جیک سے؟'' جان نے پوچھا۔

''چلیے اب میں مان لیتا ہوں کہ جیک میرا آقا ہے اور میں اس کے لیے کام کر رہا ہوں۔ کیا فائدہ یہ بات چھپانے سے جب کہ آپ کا ننھا چوہا پہلے ہی سب کچھ جان چکا ہے۔ مجھے جیک سے سب باتیں معلوم ہوتی رہتی ہیں مگر اب آپ کہیے کہ کیا آپ میرے جادو کے قائل ہوئے یا نہیں؟ بت آپ پر گرنے والے تھے مگر آپ بچ گئے۔ اب زلزلہ بھی آئے گا، میں نے آپ سے پہلے کہا تھا کہ تین دن بعد ایسا ہوگا مگر اب یہ دوسری پیش گوئی کرتا ہوں کہ وہ زلزلہ ابھی ایک گھنٹے کے اندر اندر آئے گا مگر اس زلزلے سے آپ لوگوں کو کوئی نقصان نہیں پہنچے گا۔ اب میں چلتا ہوں اور ساتھ ہی یہ بات بھی آپ لوگوں کو بتا دیتا ہوں کہ جیک اب آپ کے پاس نہیں آئے گا۔ ہم دونوں اب اسی وقت آپ کی خدمت میں حاضر ہوں گے جب کہ آپ خزانہ پا چکے ہوں گے۔''

اتنا کہہ کر وہ طنزیہ انداز میں تھوڑا سا جُھکا۔ اس کی کمر کا کُب دیکھ کر مجھے متلی ہونے لگی۔ اپنی تیز اور چیل جیسی آنکھوں سے ہمیں دیکھنے کے بعد وہ پھر جھاڑیوں میں غائب ہوگیا۔ کبڑا دراصل جو بات بھی کہہ رہا تھا میرے خیال میں بالکل ٹھیک تھی۔ دیکھا جائے تو اس کی پیش گوئیاں حرف نہ حرف سچ ثابت ہوئی تھیں۔ میرا دل چاہتا تھا کہ اسے فوراً قتل کر دوں مگر قتل کا نام لینا تو آسان ہے اور یہ کام کرنا بہت مشکل۔ مجھ جیسے کمزور لڑکے

سے یہ کام کسی طرح بھی نہ ہوسکتا تھا۔ دوسرے مَیں اور جان دونوں خون خرابے سے بہت دور بھاگتے تھے۔ خواہ مخواہ کسی کو جان سے مار دینا کوئی بہادری نہیں اگر ہمیں کسی سے کوئی تکلیف پہنچتی بھی ہے تو اس سے بدلہ لینا خدا کا کام ہے ہمارا نہیں!

کبڑے کے جانے کے بعد جان نے عبدل سے کہا کہ وہ خچروں کو ہانکے، مجھ سے کہا گیا کہ میں بھی کسی خچر پر بیٹھ جاؤں کیوں کہ میری طبیعت ٹھیک نہیں ہے۔ جان کا کہنا مان کر میں فوراً خچر پر جا بیٹھا اور کمبل کو اچھی طرح اپنے جسم سے لپیٹ لیا۔

اب ہمارا سفر پھر شروع ہوا۔ جنگل میں درخت آپس میں اس طرح مل گئے تھے جیسے طوطے کے پنجرے کے تار آپس میں ملے ہوتے ہیں۔ میں بیان نہیں کرسکتا کہ کتنی مصیبتوں اور تکلیفوں کے بعد ہم اس گھنے جنگل میں آگے بڑھے۔ قدم قدم پر مشکلات پڑتی تھیں، بارش کی وجہ سے جگہ جگہ چھوٹے سے تالاب بن گئے تھے اور کوئی راستہ تو تھا نہیں اس لیے مجبوراً ہمیں ان تالابوں ہی میں گھسنا پڑتا تھا۔ بعض گڑھے تو اتنے گہرے تھے کہ ہم کمر کمر تک پانی میں دھنس جاتے۔ جب کوئی ایک دوسرے کو پکڑ کر باہر کھینچتا تب اس مصیبت سے چھٹکارا ہوتا، بعض دفعہ تو میری آنکھوں میں آنسو آجاتے کہ یا خدا میں یہ کس مصیبت میں پھنس گیا۔ اپنے ہوٹل میں اگر اسی طرح بیرا گیری کر رہا ہوتا تو آج ان تکلیفوں میں نہیں گھرا ہوا ہوتا مگر اب گزری ہوئی باتوں کو یاد کر کے رونا بے کار تھا۔ اب تو مجھے یہ سوچنا تھا کہ آگے چل کر مجھے کیا کرنا چاہیے۔

❖❖❖

کوئی دو گھنٹوں کے بعد ہم ایک چھوٹے سے راستے سے گزر رہے تھے کہ میں ایکا ایک خچر کی کمر سے نیچے گر پڑا۔ گرتے گرتے میں نے دیکھا کہ درخت بڑے زور سے ہل رہے ہیں۔ زمین اس طرح ہچکولے لے رہی ہے جیسے وہ زمین نہ ہو کوئی دریا ہو۔ ساتھ ہی بڑے زور کی گڑگڑاہٹ اور چٹانوں کے آپس میں ٹکرانے کا شور بھی سنائی دیا۔

چیزیں گھومنے لگیں، بڑے بڑے پتھر اس طرح ہلنے لگے جیسے ربڑ کے بنے ہوئے ہوں۔ میں سمجھ گیا کہ کبڑے کی یہ دوسری پیش گوئی ہے جو سچ ثابت ہو رہی ہے۔ جان اور عبدل بھی خوف زدہ نظروں سے اِدھر اُدھر دیکھ رہے تھے۔ عبدل ایک زور کی چیخ مار کر ایک بڑے درخت کے تنے سے جا کر لپٹ گیا۔ اچانک مجھے ایسا محسوس ہوا جیسے میرے نیچے کی زمین سرکتی جا رہی ہے اور پھر یوں لگا جیسے میں کنویں میں گرتا جا رہا ہوں۔ دھائیں سے ایک آواز آئی اور تکلیف کی وجہ سے میں نے زور کی ایک چیخ ماری۔ میرے سارے جسم میں بہت درد ہو رہا تھا جب میرے ہوش وحواس درست ہوئے تو میں نے دیکھا کہ میں ایک اندھیرے کنویں میں پڑا ہوا ہوں۔ زمین سے یہ کنواں کوئی پندرہ فٹ نیچے ہوگا۔ مجھے خیال آیا کہ شاید زلزلے کی وجہ سے زمین پھٹ گئی ہوگی اور یہ کنواں نما گڑھا زمین سے پیدا ہوا ہوگا۔ میں نے خدا کا شکر ادا کیا کہ میں کسی گہرے کھڈ میں نہیں گرا اور زلزلے کے بعد اوپر زمین کی سطح برابر نہیں ہوئی کیوں کہ اگر ایسا ہو جاتا تو پھر جیتے جی میں ایک اندھیری قبر میں ہمیشہ کے لیے دفن ہو جاتا۔ زمین کے جھٹکے اب ختم ہو گئے تھے اس لیے میں کمبل جھاڑ کر اٹھا اور چیخ چیخ کر جان کو آوازیں دینے لگا۔ شکر ہے کہ جان نے میری آواز سن لی وہ دوڑ کر ایک رسہ لایا اور پھر اس رسّے کی مدد سے اس نے مجھے باہر نکالا۔ باہر نکل کر میں نے ایک عجیب بات دیکھی جس حصے میں ہم لوگ کھڑے ہوئے تھے زلزلہ صرف وہیں آیا تھا ورنہ دور دور تک دکھائی دینے والے درخت اور چٹانیں اسی طرح کھڑی تھیں۔ یہ بات میری سمجھ میں نہیں آئی اور سچ تو یہ ہے کہ میں نے اس پر زیادہ غور کرنا مناسب بھی نہیں سمجھا کیوں کہ ... کیوں کہ اب میں کبڑے اور اس کے جادو سے پوری طرح مرعوب ہو چکا تھا۔

اب مجھے معلوم ہوا کہ کبڑا جو کچھ کہتا ہے بالکل سچ کہتا ہے اور درحقیقت وہ بڑی پراسرار قوتوں کا مالک ہے۔ میں دل ہی دل میں سوچ رہا تھا کہ اب اس سے اُلجھنا ٹھیک نہیں۔ اب میں اس کی کسی بات کا مذاق نہیں اُڑاؤں گا اور کوشش کروں گا کہ اس کا ادب کروں۔ آپ میری داستان کو پڑھ رہے ہیں۔ ممکن ہے یہاں آ کر یہ سوچیں کہ میں

بزدل تھا جو اس قسم کی باتیں سوچ رہا تھا۔ٹھیک ہے آپ بے شک میرے بارے میں یہ رائے قائم کیجیے مگر میں پوچھتا ہوں کہ اگر ایسے موقع پر میری جگہ آپ ہوتے تو کیا کرتے؟ یقیناً آپ بھی یہی کرتے اس لیے میں بھی ایسا سوچنے میں حق بجانب تھا۔

خچروں پر سے زلزلے کی وجہ سے سامان نیچے گر گیا تھا۔ ہم تینوں نے مل کر وہ سامان پھر سے ان کی کمر پر لادا اور پھر دوبارہ اپنا سفر شروع کیا کیوں کہ اب تو صرف یہ سفر ہی ہمارے لیے ضروری ہو کر رہ گیا تھا۔معلوم ہوتا تھا کہ یہ سفر ہی اب اپنی تقدیر ہے۔ ہماری ٹانگیں ابھی تک لرز رہی تھیں۔ یوں لگتا تھا جیسے ہمارے جسم میں ابھی تک زلزلے کے آثار باقی ہیں۔ اپنے خیالوں میں گم میں آگے ہی آگے بڑھتا چلا جارہا تھا۔ بار بار میرا دل چاہتا کہ کہیں سے کبڑا نمودار ہو جائے اور میں اس کے سامنے اپنا سر جھکا دوں۔ وہ اتنی بڑی شخصیت تھی اور افسوس میں آج تک اس کا مذاق اڑاتا رہا۔شاید میں اپنے اس خیال کو جان پر ظاہر کر ہی دیتا اگر مجھے اس کی آواز سنائی نہ دیتی۔ وہ مجھے جلدی جلدی آگے آنے کے لیے کہہ رہا تھا۔ میں جب وہاں پہنچا تو میں نے دیکھا کہ جان کے چہرے پر خوشی کے آثار پیدا تھے اور وہ ٹکٹکی باندھے سامنے کی طرف دیکھ رہا تھا۔ میں نے بھی اس طرف جب نظر ڈالی تو خوشی کے مارے میرا جسم بھی کپکپانے لگا کیوں کہ سامنے ہی اس گھنے جنگل کی آخری سرحد نظر آرہی تھی۔ سورج کی روشنی اب تیز نظر آنے لگی تھی۔ اندھیرا ختم ہو گیا تھا اور آدھے فرلانگ کے فاصلے پر جنگل ختم ہوتا دکھائی دیتا تھا مگر ایک چیز جس نے میری اور شاید جان کی بھی خوشی کو دوبالا کر دیا تھا (اُف! اس کا نام لکھتے ہوئے بھی میرے ہاتھ خوشی کے مارے لرز رہے ہیں) وہ کھنڈر تھے جو نقشے کے مطابق ہم سے اب کوئی سات فرلانگ کے فاصلے پر نظر آرہے تھے۔ ہماری پہلی منزل جس کے لیے ہم نے اتنے پاپڑ بیلے، اب ہم سے کتنی قریب تھی!

جان نے مجھے آنکھوں ہی آنکھوں میں اشارہ کیا۔ میں اس اشارے کو فوراً سمجھ گیا کیوں کہ اس سے پہلے بھی ایسے ہی بہت سے اشاروں کو میں نے سمجھا تھا اور اس اشارے کا مطلب تھا کہ مجھے رفع حاجت کا بہانا کرنا چاہیے۔ پہلے بھی جب میں نے

ایسے بہانے کیے تھے تو جان مجھے پکڑ کر عبدل اور جیک کی نظروں سے بچاتا ہوا دور جنگل میں لے جاتا تھا اور وہاں کمبل اتار کر خوب غور سے میرے بدن کو دیکھتا۔ خزانے کی بابت ایک ایک بات کو تفصیل سے نوٹ کرتا، مجھ سے مشورہ کرتا اور پھر ہم دونوں واپس آجاتے مگر جب واپس آتے تو ہمارے دماغ خزانے کو ڈھونڈ نکالنے کے حل سے بہت قریب ہوتے اور مزے کی بات تو یہ کہ ہمارے دشمن ہمارے ان ارادوں سے بالکل واقف نہ ہوتے۔ اس وقت بھی وہ مجھے جنگل میں ایک طرف لے گیا اور پھر میرے جسم سے کمبل اتار کر خزانے کے نقشے کو اچھی طرح دیکھا۔ نقشہ دیکھ کر اس نے مجھے بتایا کہ اگر خدا نے ہماری مدد کی تو ہم آج رات ہی خزانہ پالیں گے۔ کھنڈرات اب نظر آ ہی رہی ہیں۔ بس اب صرف زمین دوز بارہ دری تلاش کرنے کے بعد سنگھار کا کمرہ تلاش کرنا ہے۔ آج سے ہزاروں سال پہلے کسی نا معلوم اور گمنام قوم کے یہ محلات اب جس حالت میں کھڑے تھے، اسے دیکھ کر دراصل آنکھوں میں آنسو آنے چاہیے تھے مگر ہمارے دل خوشی سے پُر تھے کیوں کہ ان ہی تباہ شدہ محلوں میں ہمارے لیے وہ کچھ موجود تھا جس کی خواہش ہر انسان کو ہوا کرتی ہے یعنی دولت، لازوال دولت!

خیر، مَیں بے کار کی باتوں سے یہ صفحہ نہیں بھرنا چاہتا۔ مختصر یہ کہ ہم لوگ سہ پہر سے پہلے ان کھنڈروں کے پاس پہنچ ہی گئے۔ اب ہمیں پہلے کہ طرح درخت پھلانگ پھلانگ کر راستہ طے نہیں کرنا پڑا بلکہ صاف میدان میں ہم اپنے خچروں پر سوار ہو کر آئے۔ عبدل ہم سے پیچھے تھا۔ میں بیچ میں اور جان سب سے آگے۔ احتیاطاً ہم نے اپنے پستول نکال کر ہاتھوں میں لے لیے، مانا کہ یہ کھنڈ ہزاروں سال سے ویران پڑے ہوئے تھے مگر کون جانے کہ ان کے اندر ہمارے دشمن پہلے ہی سے جا کر چھپ گئے ہو؟ کھنڈر کی عمارت کبھی اتنی زیادہ اونچی ہوگی کہ یقیناً آسمان سے باتیں کرتی ہوگی مگر اب صرف اس کی دیواریں نظر آتی تھیں اور چھت غائب تھی، یہ دیواریں بھی جگہ جگہ سے ٹوٹی ہوئی تھیں اور ان کی دراڑوں میں اب گھاس اُگ رہی تھی۔ کائی ان پر اتنی جمی ہوئی تھی کہ اگر کوئی ان پر چڑھنے کی کوشش کرتا تو یقیناً نیچے آ گرتا۔ چاروں سمت نحوست منڈلاتی محسوس ہوتی

تھی۔ بالکل ہُو کا عالم تھا۔ سناٹا، گہری خاموشی! اور اس خاموشی میں پرانی طرز کی یہ ٹوٹی پھوٹی عمارت اور بھیانک معلوم ہوتی تھی۔ اب ذرا خود سوچیے کہ اس عمارت کے دروازے میں داخل ہونا کتنی ہمت کا کام تھا؟

آخر یہ ہمت کا کام بھی جان نے ہی انجام دیا جیسے ہی اس نے ٹوٹے ہوئے اونچے سے دروازے میں قدم رکھا الوؤں کا ایک جوڑا ہُو ہُو کی آواز لگاتا ہوا ہمارے سروں پر سے گزر گیا۔ ان کے پیچھے پیچھے چمگادڑوں کا ایک غول چیختا چلاتا آیا اور ہمارے سروں پر منڈلانے لگا۔ صرف یہی دو جاندار ہمیں نظر آئے ورنہ کسی بھی جاندار چیز کا گزر وہاں ناممکن تھا۔ ہم لوگ تو بہت سخت جان تھے جو کسی نہ کسی طرح اس جگہ تک آ پہنچے تھے۔ میرا اور عبدل کا حلق ڈر کے مارے خشک ہو رہا تھا ہم نے فوراً ایک چھاگل سے بہت سارا پانی پی لیا البتہ جان اسی ہمت اور بہادری کے ساتھ آگے بڑھتا چلا جا رہا تھا۔

شام ہونے والی تھی۔ اُلو اور چمگادڑ اب ہزاروں کی تعداد میں کھنڈر کے اوپر منڈلا رہے تھے شاید وہ اپنے اپنے آشیانوں میں جا کر دُبکنے کے لیے بے قرار تھے۔ جان ایک پرانے صحن میں کھڑا ہوا چاروں طرف گھور گھور کر دیکھ رہا تھا۔ شاید اس کے ذہن میں نقشے میں دکھائی گئی کوئی عمارت تھی جسے وہ تلاش کرنا چاہتا تھا۔ میرے خیال میں اسے نا اُمیدی ہوئی کیوں کہ وہ تھک کر پھر ہمارے پاس آ کھڑا ہوا اور پھر عبدل سے بولا، ''یہ رات اگر ہم لوگ اس سامنے والے کمرے میں بسر کرلیں تو ٹھیک ہے کیوں کہ رات کو ہم خزانہ ہرگز تلاش نہیں کر سکتے، ہماری تمام ٹارچوں کی بیٹری بھی اب کمزور ہوگئی ہے اس لیے اب سوائے مشعل کے اور کوئی چیز روشنی نہیں دے سکے گی۔ اس پرانے کمرے میں ہم مشعلیں جلا کر آرام سے سو جائیں گے۔ جہاں تک میں سمجھتا ہوں ہمیں یہاں کسی قسم کا خطرہ بھی پیش نہ آئے گا۔''

''خطرہ! ؟ خطرہ کیوں پیش نہ آئے گا؟'' عبدل نے جلدی سے خوف زدہ لہجے میں کہا۔ آپ دیکھتے نہیں ہیں کہ زمین پر سانپوں کے چلنے کے نشانات صاف دکھائی دے رہے ہیں۔ میں بھلا ایسی جگہ آرام سے کس طرح سو سکتا ہوں جہاں ہر وقت سانپوں کی

پھنکاریں سنائی دیتی ہوں اور جہاں زندگی ہر وقت خطرے میں ہو؟''

''لیکن پھر اس کے علاوہ اور کیا بھی کیا جاسکتا ہے۔'' میں نے کہا۔ یہ سن کر عبدل بغلیں جھانکنے لگا۔ واقعی ہم تینوں سخت خطرے میں گھرے ہوئے تھے ایک خطرہ تو یہی تھا کہ ہم اس صدیوں پرانے کمرے کی خاک پر کس طرح سوئیں جبکہ اس خاک پر ہر سائز کے سانپوں کے لہرانے کے نشان تھے۔ اگر باہر سوتے ہیں تو اپنی حفاظت کے لیے کچھ نہیں کر سکتے اور فرض کر لیجیے کہ کسی طرح ان دونوں خطروں پر ہم قابو بھی پا لیتے تو تیسرا اور سب سے بڑا خطرہ یعنی ہمارے دشمن جیک اور وہ کبڑا! بڑی لمبی بحث کے بعد آخر کار یہ طے پایا کہ ہم اندر ہی سوئیں اور باری باری ایک ایک آدمی کمرے کے دروازے پر پہرہ دیتا رہے۔ ہم نے مل جل کر سوکھے ہوئے پتوں اور درختوں کی چھال میں چربی ملا کر مشعلیں بنائیں۔ دو مشعلیں جلا کر ہم نے کمرے کے اندر لگا دیں، اس کے بعد جہاں تک ممکن ہوسکا کمرے کی اچھی طرح صفائی کر ڈالی۔ سانپوں کے بلوں کو بھی پتھروں سے بند کر دیا، رات ہو چکی تھی، عجیب عجیب آوازیں آ رہی تھیں، ان آوازوں میں اُلو کی آواز سب سے ڈراؤنی لگ رہی تھی۔ کبھی کبھی کسی چیز کے سرسرانے کی آواز سنائی دیتی اور پھر سناٹا چھا جاتا۔ نیند کس کمبخت کو آنی تھی بس میں اور جان آنکھیں زبردستی بند کیے پڑے تھے۔ عبدل بندوق سنبھالے پہرہ دے رہا تھا۔ پہلے چار گھنٹے جاگنے کی باری اسی کی تھی اس لیے وہ چوکنا ہو کر پہرہ دے رہا تھا۔

آخر نیند آ ہی گئی، عرصے کی تھکن سوار تھی۔ مجھے ایسا لگا جیسے سونے سے پہلے میں نے اپنے تمام گھوڑے بیچ دیے ہوں۔ پھر مجھے عجیب سے ڈراؤنے خواب نظر آنے لگے۔ میں نے دیکھا کہ جیک اپنا تیز دھار والا خنجر لیے مجھے مارنے کے لیے مجھ پر جھکا چلا آ رہا ہے۔ ڈر کر میں نے چیخ ماری اچانک میری آنکھ کھل گئی مگر یہ دیکھ کر میرے پورے جسم میں سنسنی سی دوڑ گئی کہ ایک سایہ مجھ پر جھکا ہوا ہے؟ یہ خواب ہرگز نہ تھا اس لیے کہ اس سایے نے ہلکی مگر خوف ناک آواز میں مجھ سے کہا، ''خبردار! چپ چاپ میرے ساتھ باہر آ جاؤ۔ ذرا بھی ہلے تو بندوق کی گولی تمھارا کام تمام کر دے گی۔''

میں نے خیریت اسی میں سمجھی کہ اس آواز کا کہنا مان لوں۔ میں خاموشی سے باہر آ گیا۔ اب اس سایے نے اپنے ہاتھوں میں ایک مشعل بھی لے لی تھی۔ اس کی روشنی میں جب میں نے اس سایے کو دیکھا تو حیرت کے مارے میری چیخ نکل گئی۔

میرے سامنے عبدل کھڑا تھا!

جی ہاں عبدل! اس وقت اس کے چہرے پر بھیڑیوں جیسی درندگی برس رہی تھی۔ اس کو میں نے اس رنگ میں کبھی نہ دیکھا تھا، مجھے بڑا تعجب ہوا کہ آخر اسے اچانک کیا ہو گیا؟

''کیا بات ہوئی عبدل؟'' میں نے اس سے پوچھا، ''مجھے کہاں لے جا رہے ہو؟''

میری بات کا جواب دیئے بغیر وہ بولا، ''میں اگر چاہتا تو تمھیں وہیں کمرے میں ختم کر سکتا تھا مگر میں نے ایسا اس لیے نہیں کیا کہ میں تم سے خزانے کا نقشہ حاصل کرنا چاہتا ہوں، وہ نقشہ جو اس وقت تمھارے ذہن میں محفوظ ہے۔''

''وہ نقشہ اس کے ذہن میں محفوظ نہیں ہے۔'' کہیں اندھیرے میں سے آواز سنائی دی۔ میں نے اس طرف آنکھیں پھاڑ پھاڑ کر دیکھا اور پھر اندھیرے میں مجھے ایک دوسرا سایہ ہلتا ہوا نظر آیا۔ غور سے دیکھنے پر معلوم ہوا کہ میرا سب سے بڑا دشمن کبڑا جادوگر لنگڑاتا ہوا ہماری طرف چلا آ رہا ہے۔ قریب پہنچ کر اُس نے کہا، ''وہ نقشہ اس کے ذہن میں محفوظ نہیں ہے بلکہ... بلکہ... کیوں ننھے چوہے بتا دوں کہ وہ نقشہ کہاں ہے؟''

''تمھارا دماغ تو خراب نہیں ہے۔'' میں نے چِلّا کر کہا، ''کیا تمھیں یاد نہیں کہ نقشہ تمھارے سامنے ہی ہم نے جلا دیا تھا؟''

''یاد ہے، اچھی طرح یاد ہے۔'' کبڑے نے ہنس کر کہا، ''مگر جناب جب تم بخار میں مبتلا تھے، مطلب یہ کہ جب تم پر جھوٹا بخار سوار تھا تو تمھارے کمبل کی ایک جھلک نے تمھارا راز فاش کر دیا تھا۔ کہو تو اور تفصیل سے بتاؤں؟''

یہ سنتے ہی میرا خون خشک ہو گیا۔ تو یہ منحوس اس راز سے بھی واقف ہے۔ میرے خدا اب کیا ہوگا۔ میں اس جنگل سے کس طرح نکلوں گا؟ میں یہ سوچ ہی رہا تھا کہ کبڑے

کی آواز آئی، ''یہ کمبل اُتار دو پیارے چوہے۔''

اس کے ساتھ ہی وہ دونوں بدمعاش آہستہ آہستہ میری طرف بڑھنے لگے اور میرے پورے جسم میں لرزہ پیدا ہونے لگا۔

❖❖❖

ذرا میری اس وقت کی حالت کا اندازہ لگائیے۔ جس راز کو میں نے اپنی سمجھ کے مطابق بڑی حفاظت سے اپنی کمر پر چھپایا تھا اب وہ ظاہر ہو چکا تھا اور اس راز سے کون واقف تھا۔ کبڑا چیتن !

میرے لیے یہ وقت اس لمبے سفر میں سب سے کٹھن تھا کیوں کہ اس وقت مجھے دو بڑے بھیانک راز معلوم ہوئے تھے۔ پہلا تو یہ کہ کبڑا چیتن نقشے کے راز سے اچھی طرح واقف ہے اور دوسرا یہ کہ عبدل ہمارا سب سے اچھا ساتھی اور سب سے بڑا راز دار، خود بھی ہمارے دشمنوں میں سے ایک ہے۔ اندازہ لگائیے کہ ہماری اس سے بڑی بدقسمتی اور کون سی ہوسکتی تھی کہ جنھیں ہم نے اپنا سمجھا تھا اب وہی غیر ثابت ہورہے تھے! کبڑے کو تو خیر جانے دیجیے اس کا ذکر فضول ہے کیوں کہ وہ شروع ہی سے ہمارا دشمن تھا مگر حیرت تو عبدل اور جیک پر ہوتی ہے، انھیں کیا ہوگیا؟ سچ ہے سانپ کو چاہے کتنا ہی دودھ پلا کر پالو مگر وقت آنے پر وہ ڈستا ضرور ہے۔ عبدل اور جیک دراصل ہماری آستینوں کے سانپ تھے۔

جوں جوں وہ بدمعاش میرے قریب آتے جارہے تھے میں سوچ رہا تھا کہ اب ان سے بچنے کا کیا طریقہ ہو؟ اس وقت سوائے خدا کے اور میرا کوئی مددگار نہ تھا۔ میں یہ اچھی طرح جانتا تھا کہ یہ ظالم، نقشہ مجھ سے ضرور حاصل کرلیں گے اور اگر میں نے ذرا بھی انکار کیا تو یہ مجھے قتل کرنے سے بھی نہ چوکیں گے۔ اپنے انجام کا خیال کرکے میرے رونگٹے کھڑے ہوگئے۔ مجھے یاد آیا کہ جان نے ایک بار مجھ سے کہا تھا۔ ''فیروز، نقشہ میں

تمھاری کمر پر نقل نہیں کر سکتا کیوں کہ اس طرح تمھاری زندگی خطرے میں پڑ جائے گی۔ دشمن کوشش کریں گے کہ کسی طرح تمھیں ختم کر دیں اور تمھاری کمر پر سے نقشہ حاصل کرلیں۔''

یہ الفاظ یاد آتے ہی میرے آنسو نکل آئے۔ کاش میں اس وقت جان کا کہنا مان لیتا اور نقشے کو اپنی کمر پر نقل نہیں کراتا۔ مجھے یقین ہو گیا کہ موت اب قریب آ گئی ہے، یہ ظالم مجھے ہرگز زندہ نہ چھوڑیں گے۔ نقشہ اگر انھیں مل گیا تو بھلا پھر انھیں میری کیا پروا ہوگی، مجھے یہ بھی یقین تھا کہ جان کو ان دونوں نے مل کر ضرور ختم کر دیا ہے ورنہ میرے چیخنے چلانے کی آوازیں سن کر اسے اب تک میری مدد کو آ جانا چاہیے تھا۔

''ہاں تو ننھے چوہے۔'' کبڑا ایک چمک دار اور تیز دھار والا خنجر نکال کر اُسے میری آنکھوں کے سامنے لہراتے ہوئے بولا، ''کیوں اب کیا کہتے ہو، تم سمجھتے تھے کہ تم ہمیں بے وقوف بنا رہے ہو لیکن برخوردار بھلا تم میرے جادو سے کس طرح بچ سکتے تھے۔ مجھے تمھاری ایک ایک بات معلوم ہوتی رہی اور تم سمجھتے رہے میں احمق ہوں۔'' اتنا کہنے کے بعد اُس کی آنکھوں میں نفرت پیدا ہوگئی اور بڑی حقارت سے وہ کہنے لگا، ''لیکن موری میں رہنے والے ذلیل کیڑے! تُو کیا جانے کہ چیتن کے قبضے میں کیا ہے۔ وہ سب کچھ دیکھ اور سن سکتا ہے۔ تیرے فرشتے بھی اس کی تہہ تک نہیں پہنچ سکتے۔''

''چیتن باتوں میں وقت ضائع نہ کرو۔ کام کی بات کرو۔'' عبدل نے عجیب سے لہجے میں کہا۔

یہ لہجہ سن کر مجھے اور تعجب ہوا کیونکہ میں نے محسوس کیا کہ اس لہجے میں حکم چھپا ہوا تھا۔ اس سے ظاہر ہوتا تھا کہ عبدل کبڑے جادوگر کا آقا ہے اور پھر فوراً ہی میرے اس خیال کی تصدیق ہوگئی کیونکہ اتنا سنتے ہی چیتن ادب سے جھکا اور بولا، ''بہت بہتر ہے، میں اب اسے اُلٹا لٹا کر نقشہ دو منٹ میں نقل کر ڈالتا ہوں۔ آپ ذرا اِسے لٹانے میں میری مدد کیجیے۔''

''نقل کرنے کی کیا ضرورت ہے؟'' عبدل نے بڑی بے رحمی سے کہا، ''جب ہمیں

معلوم ہے کہ خزانہ یہیں کہیں آس پاس دفن ہے تو کیوں نہ اس کی ٹھیک جگہ کا پتا لگائیں؟ صرف اتنا دیکھ لو کہ ان کھنڈروں میں آنے کے بعد اب ہمیں کہاں جانا چاہیے اور اگر یہ احمق لڑکا ذرا بھی چوں چرا کرے تو پھر تمھارے اس خنجر کی تیز دھار کس دن کام آئے گی؟''

میرے خدا! کتنے خوفناک الفاظ تھے، یہ عبدل بول رہا تھا۔ عبدل جو ان تینوں میں سب سے زیادہ نیک دل انسان نظر آتا تھا۔ ذرا سوچیے کہ عبدل جیسا بھولا آدمی جب اچانک اتنا بے رحم بن سکتا ہے تو بھلا جیک کیسا ہوگا!؟ وہ تو صورت ہی سے نہایت ظالم نظر آتا تھا پھر بھی مجھے عبدل کی شرافت کا قائل ہونا پڑا جو وہ اس طرح سے پیش آرہا تھا۔ اگر اس کی جگہ جیک ہوتا تو بغیر کہے سنے وہ پہلے مجھے گولی مارتا اور پھر نقشہ نقل کرتا۔

''ہاں تو ننھے چوہے اب تم مہربانی کر کے زمین پر اوندھے لیٹ جاؤ یا اگر تمھیں ننگے جسم زمین پر لیٹنا پسند نہیں تو پھر اپنا یہ کمبل خاموشی سے اتار دو۔ مجھے صرف اتنا ہی دیکھنا ہے کہ یہاں تک آنے کے بعد اب ہمیں کہاں جانا ہے؟'' کبڑے نے بڑی ملامت سے کہا۔

''میں نہ تو کمبل اتاروں گا اور نہ زمین پر لیٹوں گا۔ میں تمھاری باتوں میں ہرگز نہ آؤں گا۔'' میں نے چلا کر کہا۔

''بڑا بہادر ہے بھئی۔'' کبڑے نے مذاق اڑاتے ہوئے کہا، ''اس مصیبت کے وقت موت کو سامنے دیکھ کر بھی تیرے ماتھے پر بل نہیں۔ سچ ہے ایسی خطرناک مہم پر تجھ جیسے ہی بہادر لڑکے کی ضرورت تھی ورنہ جان اگر اسکول میں پڑھنے والے کسی طالب علم کو لے آتا تو وہ تو اب تک کبھی کا ختم ہو چکا ہوتا۔ خیر اگر تجھے وقت سے پہلے مرنا نہیں ہے تو ہمارا کہنا مان لے۔''

''وہ بے وقوف! موت اور زندگی خدا کے اختیار میں ہے۔ کیا وقت سے پہلے تجھ جیسا کبڑا نیولا مجھے مارے گا! احمق تجھے اتنا معلوم نہیں کہ موت ہمیشہ اپنے وقت پر آتی ہے، وقت سے پہلے کوئی نہیں مرا کرتا۔ اگر ابھی میرا وقت نہیں آیا ہے تو مجھے سوائے خدا

کے اور کوئی نہیں مار سکتا، سمجھا نیولے!'' میں نے بڑی حقارت سے جواب دیا۔

کبڑے کا چہرہ یہ نیا خطاب سن کر غصّے کے مارے سرخ ہو گیا، اس کی آنکھوں سے شعلے نکلنے لگے اور میرے قریب آ کر اس نے ایک زوردار تھپڑ میرے منہ پر مارا۔ ان سوکھی سی ہڈیوں میں اتنی طاقت تھی یہ میں سوچ بھی نہ سکتا تھا۔ سچ کہتا ہوں کہ تھپڑ کھا کر میری آنکھوں کے آگے اندھیرا آ گیا۔ میں زمین پر گرا اور اسے خوف زدہ نظروں سے دیکھنے لگا۔ غصّے کے مارے وہ بری طرح کپکپا رہا تھا۔ مجھ سے مذاق کرتا ہے، مجھ سے، کبڑے جادوگر سے، جو خدا کا منظور نظر ہے۔ بے وقوف تو اتنا نہیں جانتا کہ اگر میں چاہوں تو تجھے بکری کی طرح زمین پر لٹا کر ابھی ذبح کر ڈالوں اور پھر تیری کھال اس تیز خنجر سے اتار کر اپنے پاس رکھ لوں، پھر تو میرا کیا کر لے گا۔ ارے احمق تو سمجھتا ہے کہ ہم تجھ سے ڈر رہے ہیں جو اس طرح تیری خوشامد کر رہے ہیں۔ بے وقوف صرف یہ رحم ہے رحم۔ مجھے تجھ جیسے خوب صورت اور بہادر لڑکے پر رحم آتا ہے اور کچھ نہیں۔ ''تم پھر وقت ضائع کر رہے ہو چیتن۔'' عبدل نے کہا، ''میں اس کمبخت کی ضدی طبیعت سے اچھی طرح واقف ہوں، تم اب اس کی ایک نہ سنو اور اسے قتل کر کے اس کی کھال اتار کر اپنے پاس رکھ لو۔'' عبدل نے پھر اسے حکم دیا۔

اور اس حکم کو سن کر کبڑے کے چہرے سے رحم کے جذبات اچانک غائب ہو گئے۔ اس کی آنکھوں میں ایک ایسی چمک پیدا ہو گئی جیسی بلی کی آنکھوں میں اپنا شکار دیکھ کر ہوتی ہے۔ میں تو گرا ہوا تھا ہی اس لیے اب وہ اپنا خنجر لہراتا ہوا آہستہ آہستہ مجھ پر جھکنے لگا۔ اس کی آنکھوں میں واقعی مجھے اپنی موت نظر آنے لگی، مجھے یقین ہو گیا کہ اب یہ مجھے ہرگز نہ چھوڑے گا۔ جی میں آیا کہ لاؤ اس آخری وقت میں اس کمبخت کو کمبل اتار کر نقشہ دکھا دوں مگر پھر مجھے اپنا عہد یاد آیا۔ میں ایک شریف ماں باپ کا لڑکا تھا اور میں نے اپنے مالک جان سے ہمیشہ اس کا وفادار رہنے کا عہد کیا تھا، پھر بھلا اس وقت یہ عہد کیسے توڑ دیتا؟ ہو سکتا ہے کہ ان کمبختوں نے اسے ختم نہ کیا ہو اور اگر کسی طرح وہ زندہ بچ نکلا ہو تو اسے یہ جان کر کتنی خوشی ہو گی کہ فیروز مرتے مر گیا مگر اس نے اپنی زندگی میں خزانے کا

نقشہ کسی کو نہیں دکھایا۔

میرے اس نیک جذبے نے مجھ میں اچانک جوش پیدا کر دیا۔ بزدلوں کی طرح مجھے مرنا پسند نہ تھا اس لیے کبڑا جادوگر جیسے ہی اپنا خنجر تان کر میرے اوپر آیا میں نے زور کی ایک لات اس کے رسید کی۔ لات اس کے منہ پر پڑی اور وہ بری طرح پیچھے گرا۔ خوش قسمتی سے اس کا سر ایک نوکیلے پتھر پر پڑا۔ اس کے منہ سے ایک چیخ نکلی۔ یقیناً اس کو چوٹ لگی تھی مگر پھرتیلا کمبخت اتنا تھا کہ چوٹ کا خیال نہ کرتے ہوئے فوراً پھر کھڑا ہو گیا۔ اب میں نے غور سے دیکھا تو پتا چلا اس کی کنپٹی سے خون نکل رہا ہے۔ اس وقت وہ بالکل زخمی شیر لگ رہا تھا اور دوسرے حملے کی تیاری کر رہا تھا۔ غصّے کے مارے اس کی آنکھیں اُبل رہی تھیں چہرہ اور بھیانک ہو گیا تھا اور کمر کا کُب جلدی جلدی ہل رہا تھا۔ چاقو مضبوطی سے ہاتھ میں تھام کر وہ مینڈک کی طرح اچھل کر مجھ پر آیا۔ میں تھا تو ایک چھوٹا سا لڑکا مگر اس وقت میں نے اس سے مقابلہ کرنے کی ٹھان لی۔ سچ بات تو یہ ہے کہ اب اس کے سوا کوئی دوسرا راستہ بھی نہ تھا حالانکہ میں جانتا تھا کہ اس خطرناک کبڑے سے جیتنا بالکل ناممکن ہے مگر آخری وقت میں تو ایک معمولی سا بکرا بھی قصائی کے سینگ مار دیتا ہے، میں تو پھر انسان تھا اس لیے جیسے ہی وہ مجھ پر آ کر گرا میں نے زور سے اس کے خنجر والے ہاتھ میں کاٹ کھایا۔ وہ تلملایا تو بے شک مگر اس نے اپنے ہاتھ سے خنجر نہ چھوڑا۔ اس نے خنجر والا ہاتھ پھر بلند کیا اور چاہتا ہی تھا کہ اس چمکتے ہوئے خنجر کو میرے سینے میں اتار دے کہ یکایک کہیں سے آواز آئی، ''خبردار! فیروز کو چھوڑ دو ورنہ یہ گولی تمھاری کمر کے پار ہو جائے گی۔''

کبڑا بے شک جادوگر سہی جیسا کہ وہ خود کہتا تھا مگر گولی کے آگے بھلا کون جی دار ٹھہر سکتا ہے۔ اس کا اونچا اٹھا ہوا ہاتھ وہیں ہوا میں اٹھا ہوا رہ گیا، گھبرا کر اس نے مجھے چھوڑ دیا اور جلدی سے الگ کھڑا ہو کر اِدھر اُدھر دیکھنے لگا۔ میں بھی جلدی سے کمبل کو اپنے جسم سے لپیٹ کر اُٹھ گیا۔ عبدل حیرانی سے ہر طرف دیکھ رہا تھا، اس کے چہرے سے ظاہر ہوتا تھا کہ اس وقت بری طرح سہما ہوا ہے۔ میں نے بھی غور سے ہر سمت دیکھا مگر

اپنے محسن کو کہیں نہ پا کر بے حد حیرت ہوئی۔ میرا خیال تھا کہ وہ ہم دونوں کے پیچھے ہی کہیں پستول تانے کھڑا ہوگا مگر وہ کہیں نہ تھا۔ میں ابھی ان باتوں پر غور کر ہی رہا تھا کہ یکایک پھر آواز آئی۔

''فیروز! تم آگے بڑھ کر ان دونوں کے ہتھیار نکال لو اس کے بعد میں انھیں ان کی غداری کا بڑا اچھا سبق دوں گا۔''

آواز سنتے ہی میرے چہرے پر رونق آ گئی۔ پہلے میں اس آواز کو پہچان نہ سکا تھا، بلاشبہ آواز میرے مالک جان کی تھی۔ یہ سوچ کر مجھے اور بھی خوشی ہوئی کہ وہ زندہ ہے اور ان ظالموں کے چنگل میں نہیں پھنسا۔

''تم سامنے کیوں نہیں آتے؟ بزدلوں کی طرح چھپ کر گولی چلانا چاہتے ہو؟'' کبڑے نے چلا کر کہا۔

''اور تم نے تو بڑی بہادری کا کام کیا ہے۔ ایک ننھے سے لڑکے پر خنجر لے کر پل پڑے۔ بزدل کہیں کے، تمھیں اب تمھاری اس مکاری کی سزا ضرور دوں گا۔ فیروز کھڑے کیا سوچ رہے ہو؟ آگے بڑھ کر ان کے ہتھیار اپنے قبضے میں کیوں نہیں کرتے؟'' جان نے دور کی کسی جگہ سے پکار کر کہا۔

اس کی ہدایت کے مطابق میں آگے بڑھا اور پہلے کبڑے کے ہاتھ سے خنجر لے لیا۔ حیرت کی بات ہے کہ اس نے ذرا سی بھی مزاحمت نہ کی۔ یہ کام کر کے میں عبدل کی طرف بڑھا، اس وقت اس کا چہرہ غصّے کے باعث سرخ ہو رہا تھا۔ اس کا ہتھیار وہی ہلال نما عجیب وغریب چاقو تھا جس کے بارے میں مَیں پہلے لکھ چکا ہوں کہ وہ اسے گھما کر پھینکتا تھا اور دشمن کو زخمی کر کے وہ چاقو پھر اس کے پاس آ جاتا تھا۔ چاقو لینے کے لیے جیسے ہی اس کے پاس پہنچا اس نے لپک کر مجھے دبوچ لیا اور پھر میرے پیچھے چھپ کر کہنے لگا،

''لو مسٹر جان اب چلاؤ گولی۔ میں تمھاری آواز سے اندازہ لگا چکا ہوں کہ تم کس طرف چھپے ہوئے ہو؟ لو اب چلاؤ گولی؟ تمھیں اپنا وفادار ملازم اگر پیارا نہیں تو گولی ضرور چلاؤ کیوں کہ وہ اس کے سینے کے پار ضرور ہو جائے گی۔''

تھوڑی دیر تک سناٹا رہا، کوئی آواز نہ آئی اور پھر اچانک سامنے کی چٹان میں سے جان نمودار ہوا۔ اس کے ہاتھ میں اس کی بندوق تھی اور گلے میں کارتوس کی پٹی جھول رہی تھی۔ ہلکے ہلکے قدم بڑھاتا ہوا وہ آہستہ آہستہ عبدل کی طرف بڑھ رہا تھا۔ عبدل نے مجھے ابھی تک اپنی ڈھال بنا رکھا تھا۔ یہ دیکھ کر جان نے کبڑے سے کہا، ''چیتن تم آگے بڑھ کر عبدل کا خطرناک چاقو اپنے قبضے میں کر لو، جلدی کرو تم میرے نشانے کی زد میں ہو۔''

''لیکن آپ یہ بھول رہے ہیں کہ آپ بھی میرے نشانے کی زد میں ہیں، آپ کی پشت میرے پستول کی طرف ہے، جتنی دیر میں آپ مڑیں گے میرا پستول آگ اُگل دے گا اور آپ زمین پر لوٹتے نظر آئیں گے۔ آپ کو شاید وہم تھا کہ میرے پاس صرف خنجر ہی ہے لیکن حضور میں اپنے بچاؤ کے لیے پستول رکھنے کا بھی عادی ہوں۔ جس وقت آپ کے اس ننھے چوہے نے آگے بڑھ کر میرا خنجر لیا تھا تو میں فوراً ہی آہستہ آہستہ اندھیرے میں کھسک گیا تھا لیکن آپ سمجھتے رہے کہ میں اسی جگہ کھڑا ہوا ہوں۔ اب میں آپ سے عرض کروں گا کہ آپ میرے نشانے کی زد میں ہیں اس لیے مہربانی فرما کر آپ اپنی بندوق نیچے ڈال دیجیے۔''

جان کچھ سوچنے لگا تو کبڑے نے ایک ہوائی فائر کرنے کے بعد کہا، ''دیکھ لیجیے میں آپ کو بہکا نہیں رہا۔ اس ہوائی فائر سے آپ پر ظاہر ہو جائے گا کہ میں جھوٹ نہیں بول رہا ہوں۔ جلدی کیجیے ہمارے پاس وقت نہیں ہے۔''

جان نے مجبوراً اپنی بندوق نیچے ڈال دی اور پھر کبڑے نے اسے جو حکم دیا اس غریب نے اُسے مانا۔ کبڑے نے کہا کہ وہ ایک درخت سے ٹیک لگا کر کھڑا ہو جائے۔ جان نے ایسا ہی کیا پھر مجھ سے کہا کہ میں زمین پر اوندھا لیٹ جاؤں مگر میں نے صاف انکار کر دیا۔ اس پر عبدل نے زوردار ایک گھونسا میرے منہ پر رسید کیا۔ یہ گھونسا اتنا سخت تھا کہ میرا ہونٹ پھٹ گیا اور تکلیف کی تاب نہ لا کر میں بے ہوش ہو گیا۔

جب مجھے حوش آیا تو میں نے دیکھا کہ کبڑا اپنے خنجر کی دھار پر انگلی پھیر رہا تھا۔

جان اسی طرح درخت سے لگا کھڑا تھا، ہاں البتہ اب اس کے جسم کو رسیوں کے ذریعے درخت کے تنے سے باندھ دیا گیا تھا۔ عبدل کے ہاتھ میں جلی ہوئی ٹارچ تھی اور اس کی روشنی میری ننگی کمر پر پڑ رہی تھی۔ اس کے ساتھ ہی وہ ایک کاغذ پر کچھ لکھنے کی کوشش کر رہا تھا مگر دوسرے ہاتھ میں ٹارچ ہونے کی وجہ سے اس کا ہاتھ خالی نہ تھا اور وہ لکھ نہیں سکتا تھا۔ آخر اس نے کبڑے کو آواز دی، کبڑا جادوگر خنجر ہاتھ میں لیے میری طرف آیا۔ میں اس وقت ہوش میں تھا مگر جان بوجھ کر میں نے اپنی آنکھیں بند رکھی تھیں۔ آ کر وہ دونوں مجھ پر جھک گئے اور میری کمر سے نقشہ نقل کرنے لگے۔ بڑی بے بسی کا عالم تھا، میرے ہونٹ سے خون بہہ رہا تھا، پورے جسم کی طاقت آپ ہی آپ ختم ہوتی محسوس ہو رہی تھی اور میرا سب سے بڑا رفیق اور ہمدرد جان درخت سے بندھا ہوا کھڑا تھا۔

اس مجبوری کو دیکھتے ہوئے میں نے سوچ لیا کہ چاہے جان چلی جائے اپنے بچاؤ کی ایک آخری کوشش اور کروں گا جیسے ہی عبدل اور کبڑا جھک کر نقشے کو دیکھنے لگے میں نے لیٹے لیٹے فوراً پلٹا کھایا اور پھر اپنے دونوں پیر ان کے چہروں پر مارے وہ دونوں زمین پر کمر کے بل جا گرے اور پھر فوراً ہی اٹھ کھڑے ہوئے وہ مجھے بڑی حیرت سے دیکھ رہے تھے کیوں کہ انھیں اب کم از کم مجھ سے یہ توقع نہیں تھی کہ اتنا پٹنے کے باوجود بھی میں ان پر دوبارہ حملہ کروں گا۔ عبدل کی آنکھوں میں اچانک بے رحمی کے آثار نظر آنے لگے۔ اس نے فوراً سیدھے ہاتھ سے پستول نکال کر مجھ پر تان لیا اور دوسرے ہاتھ سے ٹارچ کی راشنی مجھ پر ڈال کر کہنے لگا، ”وہ کمبخت یہ تجھ پر رحم کرنے کا نتیجہ ہے۔ اس بے وقوف کبڑے کو تو صرف باتیں بنانی آتی ہیں یہ کسی کو قتل نہیں سکتا مگر میں تو کر سکتا ہوں؟ اب بہت ہو چکا، اب مرنے کے لیے تیار ہو جا۔“

”نہیں، خدا کے لیے نہیں۔“ درخت کی طرف سے جان کی سہمی ہوئی آواز آئی وہ خود کو آزاد کرنے کی جدوجہد کر رہا تھا مگر عبدل نے اس آواز کی طرف ذرا بھی دھیان نہ دیا۔ پستول کی لبلبی دبا کر اس نے اچانک مجھ پر فائر کر دیا مگر یہ کیا؟ درحقیقت وہ بڑی ہی عجیب بات تھی جو میں نے دیکھی۔ گولی چلنے کی آواز ضرور سنائی دی تھی مگر میں ابھی تک

بالکل محفوظ تھا البتہ عبدل کے چہرے پر تکلیف کے آثار تھے، پستول اس کے ہاتھ سے چھوٹ کر دور جا گرا تھا اور اب اس کے ہاتھ سے خون نکل رہا تھا اور وہ اسے دوسرے ہاتھ سے دبائے ہوئے تھا۔ میں نے جلدی سے پلٹ کو جان کی طرف دیکھا کہ ممکن ہے وہ کسی طرح آزاد ہوگیا ہو اور گولی اسی نے چلائی ہو مگر یہ دیکھ کر مجھے اور بھی تعجب ہوا کہ وہ اسی طرح بندھا ہوا کھڑا تھا۔ کبڑا جادوگر چوکنا ہوکر اِدھر اُدھر دیکھ رہا تھا۔ چاند کی تیز روشنی میں مجھے ان کی ایک ایک حرکت نظر آ رہی تھی۔

''تم دونوں برابر برابر کھڑے ہوجاؤ'' اچانک اندھیرے کھنڈر میں سے آواز آئی۔

''تم کون ہو؟'' عبدل نے لرزتی آواز میں پوچھا۔

''تم دونوں کی موت ! احمقو! تمھیں شرم نہیں آئی۔ جس تھالی میں کھاتے ہو اُسی میں چھید کرتے ہو۔ اپنے مالک سے غداری کرتے ہو؟ میں تمھاری ایک ایک رگ سے واقف ہوں۔ تم جیسا کمینہ شخص شاید اس زمین پر دوسرا کوئی ہو، تم اتنے جلاد ہو کہ اپنے مطلب کے لیے ایک معصوم لڑکے کا خون لینے سے بھی باز نہ رہے۔ تم نے جو جو سوانگ بھرے، میں اُن سب کی پول کھول دوں گا۔ فیروز، تم کھڑے کیا تک رہے ہو؟ جاؤ جا کر اپنے مالک جان کو آزاد کرو۔ اس کے ساتھ ہی اس کمینے عبدل کا پستول بھی اپنے قبضے میں کرلو کیوں کہ کسی نہ کسی دِن یہ اسی پر استعمال کرنے کے کام آئے گا۔''

میں ابھی تعجب سے یہ سب باتیں سن ہی رہا تھا کہ اچانک اندھیرے میں سے کوئی آہستہ آہستہ پستول تانے چاند کی روشنی میں آ گیا اور اب جو میں نے غور سے اسے دیکھا تو حیرت اور خوشی کی ایک چیخ میرے منہ سے نکل گئی۔ میرے سامنے جیک کھڑا تھا!

جیک جو ہمارا سب سے بڑا دشمن تھا لیکن جو اس وقت رحمت کا فرشتہ بن کر آیا تھا۔ سچ بات تو یہ ہے کہ ہم اتنے عجیب وغریب حالات سے دوچار ہو چکے تھے کہ اب کسی نئی بات پر یقین کرتے ہوئے جھجک محسوس ہوتی تھی۔ جیک کو ہم غدار سمجھ رہے تھے لیکن اب وہ ہمارا مددگار بنا ہوا تھا، آخر یہ سب کیا تھا؟ اچانک میرے دل میں خیال آیا کہ کہیں

یہ اِن کی ملی بھگت نہ ہو مجھ سے ہمدردی جتا کر یہ کوئی کام نہ نکالنا چاہتے ہوں مگر جب میں نے کبڑے جادوگر اور عبدل کے چہروں کو دیکھا تو اپنا یہ خیال بدلنا پڑا۔ وہ دونوں بڑی نفرت بھری نگاہوں سے جیک کو دیکھ رہے تھے اور جیک بھی انھیں اسی انداز سے دیکھ رہا تھا۔ میں نے اس موقع سے فائدہ اٹھا کر جلدی سے آگے بڑھ کر جان کے بندھن کھول کر اُسے آزاد کر دیا۔ آزاد ہوتے ہی اُس نے میری پیشانی چوم لی اور بھرائی ہوئی آواز میں بولا، ''تم ہندوستانی واقعی قول کے پکے ہوتے ہو۔ فیروز! تم نے مجھے اب بالکل اپنا بنا لیا ہے۔ خدا کی قسم! میں نے تم جیسا لڑکا آج تک نہیں دیکھا، تم نے مرجانا قبول کیا مگر نقشہ ان کم بختوں کو نہیں دِکھایا۔ میں کس طرح تمھارا شکریہ ادا کروں؟''

❖❖❖

جان کی یہ باتیں سن کر میرا سینہ فخر سے تن گیا۔ میں سوچنے لگا یورپ کے لوگوں کو اپنی تہذیب اور تمدن پر کتنا ناز ہے؟ وہ سمجھتے ہیں کہ دنیا میں وہی سب سے افضل اور تہذیب یافتہ ہیں لیکن اس وقت انگریز قوم کا ایک شخص مجھ جیسے معمولی اور غریب لڑکے کی کتنی تعریف کر رہا تھا! کیا یہ حیرت کی بات نہیں تھی! ایک ہندوستانی ہونے کی حیثیت سے کیا مجھے اس پر ناز نہیں کرنا چاہیے تھا؟

جیک کے جبڑوں کی ہڈیاں بار بار دب اور بھر رہی تھیں یوں لگتا تھا جیسے اسے دشمنوں پر سخت غصہ ہے اور جیسے وہ انھیں کچا چبا جانا چاہتا ہے۔ جان نے مجھے اپنے سینے سے لگا رکھا تھا اور محبت بھری نظروں سے دیکھ رہا تھا۔ میری کمر تھپتھپا کو اس نے کہا، ''بخدا میں تم پر جتنا بھی ناز کروں کم ہے۔ تم نے آج وہ کام کر دکھایا ہے کہ سمجھ میں نہیں آتا کہ کس طرح تمھارا شکریہ ادا کروں؟''

''شکریے کو تو چھوڑیے اور پہلے جیک کی مدد کیجیے۔'' میں نے جلدی سے کہا۔

''کہیں یہ دونوں اس پر جھپٹ نہ پڑیں؟''

''ہاں یہ بات ٹھیک ہے مگر مجھے بار بار جیک کے اس رویے پر حیرت ہو رہی

ہے۔ آخر یہ سب کیا ہے؟''

''آپ کے ساتھ مجھے بھی حیرت ہے لیکن یہ باتیں بعد میں ہوں گی۔ پہلے ہمیں جیک کے پاس پہنچنا چاہیے۔''

جان کی بندوق درخت کے قریب ہی پڑی ہوئی تھی، شاید دشمنوں نے بھول سے اُسے اپنے قبضے میں نہیں کیا تھا۔ ان کا خیال ہوگا کہ ہم دونوں کو مرنا تو ہے ہی اس لیے بھلا ہم بندوق سے کیا کریں گے؟ اگر انھیں معلوم ہوجاتا کہ آزاد ہوجانے کے بعد بندوق پھر ہمارے قبضے میں آجائے گی تو وہ ہرگز اسے وہاں نہ رہنے دیتے مگر اب کیا ہوسکتا تھا۔ ان کی ہر سوچی ہوئی بات اُلٹی ہو رہی تھی۔

جب ہم جیک کے پاس پہنچے تو وہ کبڑے جادوگر سے کہہ رہا تھا، ''تم ذلیل انسان! تمھاری حقیقت کیا ہے، میں چاہوں تو تمھیں چٹکیوں میں مسل کر رکھ دوں مگر مَیں ہمیشہ خاموش رہا۔ مَیں اپنے ساتھی جان کے ساتھ غداری کرنے کی بابت سوچ بھی نہیں سکتا تھا مگر تم دونوں کا شروع ہی سے یہ خیال تھا ہم افریقی رنگ کے تو کالے ہوتے ہیں مگر ہمارے دل کالے نہیں ہوتے۔ ہمارا خون تمھاری طرح سفید نہیں ہوتا، ہم جس کے ایک بار ہوجاتے ہیں بس ہمیشہ اس کے وفادار رہتے ہیں۔ تمھیں معلوم ہے کہ میں جان بوجھ کر گونگا جیسا کیوں بنا ہوا تھا؟''

وہ دونوں خاموش رہے تو جیک نے غصّے سے چلّا کر کہا، ''جواب دو، جواب کیوں نہیں دیتے۔''

''ہمیں نہیں معلوم۔'' کبڑے نے خوف کے مارے لرزتے ہوئے کہا اور مجھے اس پر بڑی حیرت ہوئی کہ جادوگر ہوکر بھی وہ خوف کے باعث کپکپا رہا ہے!

''میں بتاتا ہوں۔'' جیک نے زہریلی مسکراہٹ کے ساتھ جواب دیا۔

''سنو! اور آپ بھی سنیے مسٹر جان! میں ان دونوں کی پول کھول رہا ہوں۔ عبدل کو آپ نے اپنا ساتھی بنانے سے پہلے یہ نہیں سوچا کہ آیا یہ شخص وفادار بھی ہے یا نہیں۔ میں چوں کہ آپ سے وفادار رہنے کا عہد کر چکا تھا اس لیے مجھے سوچنا پڑا کہ جس شخص کو ہم اپنا

ساتھی بنا رہے ہیں وہ دراصل ہے کیسا؟ میں نے آپ سے نیویارک میں ہی یہ بات کہہ دی تھی کہ عبدل اچھا آدمی نہیں ہے مگر آپ نے اس کا جواب دیا تھا کہ وقت اسے اچھا بنا دے گا لیکن اب آپ دیکھ لیجیے کہ وقت نے اسے کتنا برا بنا دیا ہے، مجھے فیروز کی عقل کی داد دینی پڑتی ہے کہ اس نے شروع ہی سے اس کبڑے پر نظر رکھی۔ یہ بدمعاش اصل میں نیچ ذات کا ہے، پھر عبدل نے ہندوستان آتے ہی اسے پٹی پڑھائی کہ وہ ایک جادوگر کی سی اداکاری کرے اور ہم لوگوں کے سامنے بار بار اس طرح آئے کہ ہم اس سے ڈر جائیں۔ اس میں کوئی شک نہیں کہ ان دونوں کی اسکیم کامیاب رہی اور آپ سچ مچ سہم گئے کیوں کہ یہ احمق عجیب عجیب باتیں کرتا تھا۔ فیروز کی عقلمندی سے نقشہ اس کے ہاتھ نہیں لگا تو ایک دن میں نے اسے اپنے خیمے میں بلا کر گفتگو کی۔ میں نے اسے ہیرے کی ایک انگوٹھی انعام میں دی اور کہا کہ عبدل کی طرح میں بھی آپ کا دشمن ہوں۔ اگر یہ نقشہ عبدل کی بجائے مجھے دے دے تو میں اسے افریقہ لے جاؤں گا اور وہاں سونے کی کانوں کا مالک بنا دوں گا۔ یہی وقت تھا جب فیروز نے مجھے خیمے میں اس سے باتیں کرتے سنا اور مجھ سے بدگمان ہوگیا۔ میں چاہتا بھی یہی تھا کہ آپ مجھ سے بدگمان ہو جائیں اس طرح میں آپ کی زیادہ حفاظت کرسکتا تھا۔ اس کے بعد جو کچھ بھی ہوا وہ سب آپ کو معلوم ہے۔ اس کبڑے احمق نے کچھ عجیب وغریب پیش گوئیاں کیں جو سچ بھی ثابت ہوگئیں مگر کس طرح؟ آپ سنیں گے تو حیرت زدہ رہ جائیں گے ۔ میں گھوم پھر کر سب معلوم کر چکا ہوں، اس جنگل کے مغربی حصے میں ایک ایسی قوم آباد ہے جس تک ابھی تہذیب کا گزر نہیں ہوا۔ چیتن کی عقل کی داد دینی پڑتی ہے کہ اس نے جادو کے کچھ عجیب سے کرتب دِکھا کر اس قوم کو اپنا بنا لیا۔ آپ سمجھتے ہیں کہ یہ جادو جانتا ہے! جادو وادو کچھ نہیں بلکہ اسے مداریوں کے سے کچھ شعبدے معلوم ہیں۔ انھیں دکھا کر یہ دوسروں پر اپنا رعب ڈال دیتا ہے۔ خبردار چیتن! ہلو مت۔"

جیک نے کبڑے کو بری طرح ڈانٹا کیوں کہ وہ اپنی جگہ سے ہلنے کی کوشش کر رہا تھا۔ کبڑے کے چہرے پر اس وقت زردی چھا رہی تھی اور چاند کی مدھم روشنی میں اس کا

چہرہ بھی ستا ہوا نظر آ رہا تھا۔

''اس نے اس وحشی قوم سے ان کے دیوتا بنوائے، یہ دیوتا دو بت تھے جو لکڑی اور کاغذ سے بنائے گئے تھے۔ جب آپ سب جنگل کے درمیان سے گزرنے لگے تو یہ بت آپ پر اسی قوم نے گرائے تھے جو جنگل میں چھپی ہوئی تھی۔ کبڑے نے ان لوگوں کو بتایا تھا کہ آپ لوگ انھیں تباہ و برباد کرنے آئے ہیں۔ اگر وہ اپنے دیوتا آپ پر گرا دیں گے تو آپ مر جائیں گے اور وہ قوم زندہ رہے گی۔ وہ کالے کلوٹے جاہل لوگ اس کی باتوں میں آ گئے اور نتیجہ کے طور پر بت آپ پر گرے مگر اس بات کا پہلے ہی انتظام کر لیا گیا تھا کہ بت کہیں درخت ہی میں اٹک کر رہ جائیں تا کہ آپ لوگوں پر یہ قلعی نہ کھلے کہ وہ کاغذ اور لکڑی کے بنے ہوئے ہیں بلکہ آپ انھیں پتھر کا ہی سمجھتے رہیں۔''

جیک کی یہ باتیں میں اور جان بڑی حیرت سے سنتے رہے۔ کبڑا چیتن اور عبدل اتنے چالاک ہوں گے ہمیں اس کا ذرا بھی سان و گمان نہ تھا۔ پھر بھی میرے دل میں ایک سوال پیدا ہوا اور آخر مَیں نے جیک سے پوچھ ہی لیا، ''اور مسٹر جیک، وہ زلزلہ؟ میں سمجھتا ہوں وہ زلزلہ بھی بالکل مصنوعی تھا؟''

''بالکل ٹھیک سمجھے فیروز!'' جیک نے تعریفی نظروں سے مجھے دیکھتے ہوئے کہا، ''راتوں رات زمین میں ایک گڑھا کھودا گیا اور اس پر لکڑی کے تختے بچھا دیے گئے اوپر سے ان تختوں پر مٹی ڈال دی گئی۔ کبڑے کے آدمیوں نے وہ تختے نیچے سے ہلائے، زمین پھٹ گئی اور تم ایک خاص گڑھے میں گر گئے جو پہلے ہی سے اس مقصد کے لیے تیار کر لیا گیا تھا۔ کبڑا تمھیں دیکھتا رہا، تمھارے کمبل کے اُڑنے سے تمھاری کمر ننگی ہوگئی اور کبڑا تمھارا راز جان گیا۔''

''آپ بالکل سچ کہہ رہے ہیں مسٹر جیک۔'' میں نے خوش ہو کر کہا۔

''زلزلے کے وقت مجھے خود یہی محسوس ہوا تھا کہ زلزلہ صرف ایک خاص حصے میں آیا تھا حالانکہ اسے پورے جنگل میں آنا چاہیے تھا لیکن مسٹر جیک میں ایک بات آپ سے پوچھنا چاہتا ہوں۔''

''پوچھو۔'' جیک نے کبڑے کو دیکھتے ہوئے کہا جو پھر ملنے کی کوشش کر رہا تھا۔ کبڑے کے وہ ساتھی جن کے بارے میں آپ نے کہا ہے کہ وحشی ہیں اب کہاں ہیں؟ ایسا تو نہیں کہ وہ اس نیولے کی مدد کرنے یہاں آ پہنچیں؟ تب تو ہم مصیبت میں پھنس جائیں گے؟''

''نہیں ایسا نہیں ہوسکتا۔ وہ لوگ اب ادھر نہیں آ سکتے، ایک تو وہ ان سب کھنڈرات کو بہت مقدس خیال کرتے ہیں اس لیے اِدھر کا رخ نہیں کر سکتے۔ دوسرے میں جو اتنے عرصے غائب رہا تو خالی نہیں بیٹھا رہا، کچھ نہ کچھ کر کے ہی آیا ہوں۔'' جیک نے آہستہ سے جواب دیا۔

''جیک مجھے تم پر فخر ہے۔'' جان نے خوش ہو کر کہا، ''تمھارے بارے میں ہم نے غلط رائے قائم کر لی تھی، معاف کرنا۔''

جیک نے جواب تو کچھ نہیں دیا بلکہ مسکرانے لگا۔ اس کے بعد وہ کبڑے کی طرف مڑا اور خوف ناک آواز میں کہنے لگا، ''چیتن! تم خود ہی بتاؤ کہ تم کون سی موت مرنا پسند کرو گے۔ اس کا فیصلہ میں تم پر ہی چھوڑتا ہوں؟''

''مجھے معاف کر دو۔ میں بالکل بے قصور ہوں۔ مسٹر جان! مجھے معاف کر دیجیے۔'' کبڑے نے یکایک کہنا شروع کر دیا اور اس کی یہ حالت دیکھ کر عبدل نے غصّے میں آ کر زور سے زمین پر تھوک دیا۔ گویا اس نے حقارت ظاہر کی تھی، کبڑے کی یہ بزدلی اُسے پسند نہ آئی تھی۔ جیک یہ دیکھ کر زور سے ہنسا اور پھر بولا، ''تمھاری حالت اس وقت عجیب ہے۔ ابھی کچھ دیر پہلے تم ایک مظلوم لڑکے کو قتل کرنے والے تھے اور اب معافی مانگ رہے ہو۔ دنیا کے ظالم لوگ ظلم کرتے وقت آخر یہ کیوں بھول جاتے ہیں کہ ایک دن کہیں انھیں بھی معافی مانگنی نہ پڑ جائے۔ بہرحال تمھیں معاف نہیں کیا جائے گا، میں نے تمھارے بارے میں یہ سوچا ہے کہ جس گڑھے میں تم نے فیروز کو گرایا تھا اسی جیسے ایک گڑھے میں تمھیں گرا کر اسے اوپر مٹی سے ڈھک دیا جائے۔''

''نہیں۔'' کبڑا خوف کے مارے بری طرح چلایا، ''ایسا غضب مت کرو۔ مجھے

معاف کردو، میں ظالم نہیں ہوں، مجھے ظلم کرنے پر عبدل نے مجبور کیا تھا، جو سزا دینی ہے اسے دو، میں بالکل بے قصور ہوں۔ مجھے لالچ نے اندھا کردیا تھا مگر یہ سب کچھ اس بدمعاش عبدل کا کیا دھرا ہے۔ اسے سزا دو اور مجھے چھوڑ دو۔''

او احمق کبڑے! چپ رہ۔'' عبدل کافی دیر کی خاموشی کے بعد آخر کار ایک خوف ناک آواز میں بولا، ''موقع ملتے ہی میں تجھے تیری غداری کا ایسا سبق دوں گا کہ تو ہمیشہ یاد رکھے گا۔''

''اگر تم زندہ رہے، کیوں کہ میرا ارادہ ہے کہ چیتن کے ساتھ تمھیں بھی زمین میں زندہ دفن کر کے تمھاری قبر پر ایک اہرام بنوادوں۔ تم مصری ہونا اس لیے، بولو کیا خیال ہے؟'' جیک نے مسکرا کر کہا۔

''اہرام تیری قبر پر بنے گا حبشی کی اولاد۔'' عبدل نے چیخ کر کہا، ''اس دنیا میں ایسا کوئی جی دار نہیں جو عبدل کو مار سکے کیوں کہ عبدل اس ہتھیار سے خود کو بچانا جانتا ہے۔''

اتنا کہتے ہی عبدل نے اپنا وہی چاند نما خنجر لہرا کر جیک کی طرف پھینکا اور پھر جو بھی ہونا تھا وہ ایک سیکنڈ میں ہوگیا۔ جیک کے بجائے عبدل زمین پر پڑا تڑپ رہا تھا اور وہ عجیب سا مڑا ہوا خنجر جیک کے ہاتھ میں تھا۔ عبدل بری طرح چیخ رہا تھا۔ چاند کی اس ہلکی روشنی میں دیکھنے کی اب مجھے کافی عادت ہوگئی تھی۔ آنکھیں پھاڑ کر جب میں نے غور سے دیکھا تو معلوم ہوا کہ عبدل کی ران سے خون بہہ رہا ہے۔

''کیوں اب کیوں پڑے سسک رہے ہو؟'' جیک نے بے دردی سے کہا، ''بے وقوف آدمی اتنا نہیں جانتے کہ یہ ہتھیار اصل میں ہم افریقی لوگوں کی ایجاد ہے۔ جب ہم اسے استعمال کرنا جانتے ہیں تو اس سے بچنے کا گُر بھی جانتے ہیں۔ تم سمجھتے تھے کہ تمھارا یہ ہتھیار مجھے زخمی کر کے تمھارے پاس واپس چلا جائے گا مگر احمق انسان دیکھ لے اب کیا ہوا؟ تو خود ہی زخمی ہوگیا ہے اور تیرا یہ چاقو تجھے زخمی کر کے اب میرے پاس واپس آ گیا ہے!''

''مجھے معاف کرو جیک۔'' عبدل نے کراہتے ہوئے کہا، ''میں تمھاری چالاکی سے واقف نہ تھا۔ اب ہم دونوں تم سے اور جان سے معافی مانگتے ہیں۔ یقین کرو اب ہم کبھی غداری نہیں کریں گے۔''

''نہیں، تم دونوں کو اب ہمارا ساتھ چھوڑ دینا ہوگا۔'' جان نے بڑی دیر بعد اس گفتگو میں حصہ لیتے ہوئے سخت لہجے میں کہا۔

''ایسا ظلم مت کیجیے۔'' کبڑے نے عاجزی سے کہا، ''اس طرح تو ہم مرجائیں گے۔ ہمارے پاس اب کوئی ہتھیار نہیں ہے۔ ہتھیار کے بغیر ہم کس طرح اس بھیانک جنگل میں واپس جاسکتے ہیں؟''

میں نے یہ سن کر مسکرا کر کہا، ''تمھارا جادو پھر کس دن کام آئے گا۔ اپنے جادو کے زور سے ایک بندوق بنالو۔''

''ٹھیک ہے فیروز! بیٹا اب تم کو مذاق اڑانے کا پورا حق پہنچتا ہے۔'' کبڑے نے سر جھکا کر جواب دیا وہ واقعی شرمندہ تھا۔

''اچھا میں تمھاری یہ درخواست مان لیتا ہوں۔ مجھے تم پر رحم آتا ہے تم اب ہمارے ساتھ ہی رہو گے مگر یاد رکھنا اگر آئندہ تم نے ہم سے غداری کی تو انجام اچھا نہ ہوگا۔'' جان نے بندوق اپنے کاندھے پر لٹکاتے ہوئے کہا۔

جیک نے اس بات پر بہت زور دیا کہ ان دونوں کو فوراً ختم کردیا جائے۔ اُس کا خیال تھا کہ بچھو ڈنک ضرور مارتا ہے مگر جان نے اس خیال سے اتفاق نہیں کیا اور مجبوراً جیک کو جان کی بات ماننی ہی پڑی۔ اس کے بعد ہم نے عبدل کی مرہم پٹی کی، عبدل واقعی اب شرمندہ تھا اور کبڑے کی بھی کچھ ایسی ہی حالت تھی۔ اس کی نگاہیں نیچی تھیں اور اب وہ مجھ سے نظر ملا کر بات بھی نہ کرتا تھا۔ اگر سچ پوچھے تو میں بھی ان دونوں سے خوف زدہ تھا۔ میں نے دل میں سوچ لیا تھا کہ چاہے سورج مشرق کے بجائے مغرب سے نکلنے لگے مگر میں ان دونوں بدمعاشوں کا کبھی اعتبار نہ کروں گا۔

رات بغیر کسی خاص واقعے کے آرام سے گزر گئی۔ وہیں بارہ دری کے قریب ہم

نے زمین صاف کر کے دوبارہ بستر بچھا دیے اور پہلے کی طرح باری باری پہرا دے کر آرام سے سوتے رہے۔ صبح ہوئی تو بندروں کے ایک غول نے ہمیں خوں خوں کر کے جگایا۔ بار بار وہ ہمارے قریب آتے اور بھبکی دیتے، عجیب عجیب حرکتیں کرتے۔ ان کی ان حرکتوں سے میں بہت خوش ہوا، دن بھی خدا نے کیا چیز بنائی ہے ہر قسم کا ڈر اور خوف اس کی روشنی میں ختم ہو جاتا ہے۔ صبح ہوتے ہی ہماری تھکن دور ہو گئی اور ہم نے پھر سے تازگی محسوس کی۔ اب چونکہ عبدل اور کبڑے سے نقشہ کا راز چھپانا ضروری نہ تھا اس لیے جان اور جیک نے ان دونوں کے سامنے ہی میرا کمبل ہٹا کر خزانے کا نقشہ دیکھا۔ نقشے میں دِکھائے گئے راستے سے ظاہر ہوتا تھا کہ جس جگہ ہم کھڑے ہیں اس کے شمال مغرب میں پچیس گز کے فاصلے پر ایک زینہ ہے اور یہی زینہ اس مقام پر جاتا ہے جہاں خزانہ موجود ہے۔ خزانے سے خود کو اس قدر قریب محسوس کر کے ہر ایک کے چہرے پر مسرت کی لہر دوڑ گئی۔ یکایک سب میں کام کرنے کا جوش پیدا ہو گیا، خچروں پر سے ضروری سامان اتارا گیا۔ عبدل کے ذمے یہ کام لگایا گیا کہ جب جان فاصلہ ناپ کر اسے جگہ بتائے تو وہ فوراً کھدائی شروع کر دے۔ عبدل اب ہمارا ہر حکم ماننے پر مجبور تھا اس لیے جان نے جب اسے وہ جگہ بتائی جہاں کھدائی کرنی تھی تو اس نے کدال اور پھاوڑا لے کر اپنا کام شروع کر دیا۔ کبڑا مٹی ہٹاتا جاتا اور عبدل لگاتار کدال زمین پر چلاتا جاتا۔ ہم حیرت، اشتیاق اور تعجب سے اس جگہ کو اس طرح دیکھ رہے تھے جیسے ابھی کوئی عجوبہ دیکھیں گے!

اور سچ بات تو یہ ہے کہ وہ عجوبہ جلد ہی ہمارے دیکھنے میں آ گیا۔ ایک بار عبدل نے جب پوری طاقت سے کدال زمین میں ماری تو وہ ایک خطرناک چیخ مارتے ہوئے زمین میں دھنستا چلا گیا، زمین اندر سے کھوکھلی نکلی۔ یہ بات جان کی مرضی کے مطابق تھی اور اس کی یہی خواہش تھی کہ کہیں سے کسی کھوکھلی زمین کا پتا چلے وہ کھوکھلی جگہ اب مل گئی تھی۔ دراصل یہ زینہ تھا جو اوپر سے بند کر دیا گیا تھا، عبدل نے جب مٹی ہٹائی تو وہ اس زینے کے اندر جا گرا تھا۔ پھر فوراً ہی اس کی آواز آئی کہ اس کے قدموں کے نیچے کچھ سیڑھیاں محسوس ہوتی ہیں۔ جلدی جلدی باقی سب مٹی بھی ہٹائی گئی اور اب جو ہم نے غور

سے دیکھا تو عبدل ایک زینے کی سیڑھیوں پر کھڑا تھا۔ آگے جا کر یہ سیڑھیاں ختم ہو جاتی تھیں اور وہاں سے ایک زمین دوز راستہ شروع ہو جاتا تھا۔ جان نے یہ دیکھ کر جلدی سے ٹارچ اٹھائی اور ہمیں پیچھے آنے کا اشارہ کر کے خود بھی اس زینے میں اتر گیا اب ہم خزانے تک پہنچنے والی زمین دوز سرنگ میں داخل ہو رہے تھے۔

❖❖❖

سرنگ میں داخل ہوتے ہی ہمیں ایسی بدبو محسوس ہوئی جو کسی جگہ کے ہزاروں سال تک بند رہنے کے باعث پیدا ہو جاتی ہے۔ ہمیں ایسا لگا جیسے کوئی اَن دیکھا ہاتھ ہمارا گلا گھونٹ رہا ہے۔ وہم کے ہم قائل نہیں تھے، جان خود بھی ایک بہت اچھا سائنسداں تھا اس لیے اس نے بتایا کہ آکسیجن کی کمی کے باعث اس سرنگ میں دم گھٹتا ہوا محسوس ہوتا ہے اور کوئی خاص بات نہیں ہے۔ ہمیں چاہیے کہ جلدی جلدی مگر لمبے سانس لیں، صدیوں کے بعد یہ دروازہ آج کھلا ہے اس لیے ہوا بھی اس میں دیر سے داخل ہوگی۔ ہم نے اس کی ہدایت پر فوراً عمل شروع کر دیا۔ جوں جوں ہم سرنگ میں اندر بڑھتے جا رہے تھے اندھیرا اتنا ہی بڑھنے لگا تھا۔ ٹارچ کی روشنی ناکافی محسوس ہونے لگی تھی، ہمارا قاعدہ تھا کہ ٹارچوں کو زیادہ استعمال نہیں کرتے تھے۔ ضرورت کے وقت صرف ایک ٹارچ جلاتے اور باقی بند رہنے دیتے مگر اس جگہ ہم نے مشعلیں جلا لی تھیں۔

ہلکے ہلکے قدم بڑھاتے ہوئے آہستہ آہستہ ہم آگے بڑھتے گئے۔ سرنگ تھی کہ ختم ہونے کا نام ہی نہ لیتی تھی، گھپ اندھیرا، عجیب قسم کی پراسرار خاموشی۔ ختم نہ ہونے والی لمبی سرنگ، ہلکی سی سرسراہٹ جو نہ جانے سانپوں کی تھی یا شاید زہریلے جانوروں کی، ایک انجان سا خوف دلوں پر طاری تھا۔ کچھ سمجھ میں نہ آتا تھا کہ کیا کریں؟ مجھے اس ماحول اور ایسی خطرناک جگہوں پر چلنے پھرنے کی اب عادت سی ہو گئی تھی جیسا کہ آپ کو معلوم ہے میں ایسے بہت سے حادثوں سے دوچار ہو چکا تھا اس لیے اب زیادہ ڈر نہیں لگتا تھا۔ دیکھا جائے تو ان حادثوں کی چکی میں پِس کر اب میں بے حد نڈر بن چکا تھا۔

آخرکار ایک وقت ایسا آیا جب کہ یہ سرنگ آگے جا کے ہمیں بائیں طرف مڑتی ہوئی دکھائی دی۔ اُدھر مڑنے کے بعد ہم اندازاً پندرہ منٹ تک لگاتار چلتے رہے مگر سرنگ ختم نہ ہوئی۔ عجیب جگہ تھی ہم اس تنگ سرنگ میں چلتے چلتے گھبرا گئے تھے مگر خزانے کی خواہش اتنی تیز تھی کہ واپس لوٹا بھی نہیں جا سکتا تھا۔ مجبوراً خدا پر بھروسا کر کے ہم آگے ہی آگے چلتے گئے۔ میں آپ سے جھوٹ بولنا نہیں چاہتا، یقین مانیے کہ پورے تین گھنٹے تک ہم سرنگ میں اِدھر اُدھر بھٹکتے رہے۔ کبھی یہ سرنگ دائیں طرف مڑ جاتی اور کبھی بائیں طرف۔ ناامید ہو کر ہم لوگ واپس لوٹنے ہی والے تھے کہ یکایک سرنگ میں ہمیں ایک دروازہ نظر آیا۔ دروازے کے کواڑ شیشم کی لکڑی کے تھے مگر اتنے مضبوط ہونے کے باوجود بھی جگہ جگہ سے کھوکھلے ہو گئے تھے۔ ایک موٹی رسّی سے دروازے میں مہر لگی ہوئی تھی، خدا جانے وہ کون سے ہاتھ تھے جنھوں نے اُس دروازے پر یہ مہر لگائی ہوگی؟ ہم پانچوں سانس روکے ہوئے حیرت سے اس دروازے کو دیکھ رہے تھے۔ یہ وہ دروازہ تھا جس کے کھلتے ہی ہماری تقدیر بھی کھل جانے والی تھی!

کچھ اشتیاق اور کچھ خوف کے ملے جلے انداز میں جان نے اس رسّی کو ہاتھ لگایا۔ ہاتھ لگاتے ہی رسّی اس طرح جھڑ گئی جیسے مٹی کی بنی ہوئی ہو، پھر جیک نے آہستہ سے دروازے کو اندر کی طرف دھکیلا۔ دروازے کی لکڑی کے اندر ہاتھ یوں داخل ہو گیا جیسے وہ لکڑی نہ ہو بلکہ کاغذ ہو۔ کبڑے اور عبدل کے چہروں پر بے حد خوف چھایا ہوا تھا اور اس سناٹے میں ان کی سانسوں کی آوازیں صاف سنائی دے رہی تھیں۔ دروازہ کھلتے ہی ہماری آنکھیں چندھیا گئیں، مشعلوں کی ہلکی سی سسکتی ہوئی روشنی ہیروں کے ایک عظیم الشان ڈھیر سے ٹکرا کے سورج کی روشنی کے برابر ہو گئی تھی۔ ہیروں سے نکلتی ہوئی کرنوں نے پورے کمرے کو بقعۂ نور بنا دیا تھا۔ ہمیں جیسے سکتہ سا ہو گیا، جہاں کھڑے تھے وہیں کھڑے کے کھڑے رہ گئے۔ روشنی اتنی تیز تھی کہ ہماری آنکھیں بند ہوئی جا رہی تھیں۔ میں نے کمرے میں اِدھر اُدھر نظریں دوڑائیں، جگہ جگہ آئینے لگے ہوئے تھے اور ان آئینوں کے کناروں پر کئی کئی سو قیراط وزنی ہیرے جڑے ہوئے تھے۔ اس سے ظاہر ہوتا

تھا کہ سنگھار کا کمرہ یہی ہے، ہیروں کے علاوہ ہونے کے لاتعداد زیور۔ ایسے زیور جنھیں آج ہم دیکھ لیں تو دنگ رہ جائیں، وہاں قرینے سے چنے ہوئے تھے۔ خدا جانے اتنے بھاری زیورات صدیوں پرانے زمانے کی عورتیں کس طرح پہنتی ہوں گی! اس خزانے کی اگر میں تعریف بیان کرنے لگ جاؤں تو میرے خیال میں کئی ہزار صفحے بھی ناکافی ہوں گے اس لیے آپ یوں سمجھ لیجیے کہ یہ خزانہ اتنا بڑا تھا، اتنا بڑا تھا کہ پوری دنیا کے خزانے اس کے آگے ہیچ تھے۔ اس خزانے کو دیکھ کر ہم کس طرح زندہ رہے یہ ایک معجزے سے کسی طرح کم نہیں۔ بس مَیں خزانے کی تعریف میں اتنا ہی کچھ کہہ سکتا ہوں۔

خزانہ دیکھ کر عبدل اور کبڑے چیتن کی آنکھیں پھٹی کی پھٹی رہ گئیں۔ جان نے بڑے ضبط سے کام لیا، حالانکہ اتنی دولت دیکھ کر انسان کو خوشی سے پاگل ہوجانا چاہیے مگر ایک لمبی سانس لینے کے بعد اس نے کہا، ''یہ دولت مجھے اپنے لیے نہیں چاہیے، مجھے محل تعمیر نہیں کرنے جو اس خزانے کو پا کر خوشی سے ناچنے لگوں۔ مجھے تو ان اندھے لڑکوں کی قسمت پر رشک آرہا ہے جن کی آنکھیں اس خزانے کی مدد سے ٹھیک ہوجائیں گی مگر آپ لوگوں نے چوں کہ میرے ساتھ ہمدردی کہ ہے، اتنے لمبے اور کٹھن سفر میں میرا ساتھ دیا ہے اس لیے خزانے کا دسواں حصہ آپ سب میں برابر بانٹ دیا جائے گا۔ کیا میری یہ بات آپ کو منظور ہے؟''

''ہمیں آپ کی ہر بات منظور ہے۔'' صرف عبدل اور کبڑے نے خوشی سے چلا کر کہا۔

''بس تو اب ہمیں اس خزانے کو اسی طرح چھوڑ دینا چاہیے اور اپنے اگلے سفر کے لیے روانہ ہوجانا چاہیے کیوں کہ وہ سفر اس خزانے سے کہیں زیادہ ضروری ہے۔ سرنگ کو ہم دوبارہ باہر سے بند کردیتے ہیں اور تمام اہم نشانات مٹا کر سمندر کی طرف چلتے ہیں، وہاں سے کوئی کشتی لے کر اس جزیرے کی تلاش کرتے ہیں جو ہماری اصلی منزلِ مقصود ہے۔ کیا خیال ہے آپ حضرات کا؟'' جان نے مشعل بجھا کر ٹارچ نکال کر جلا لی۔

''بالکل بجا فرماتے ہیں آپ۔'' صرف میں نے اور جیک نے جواب دیا کبڑا اور

عبدل دونوں خاموش رہے۔"

"بس تو آیئے اب واپس چلیں۔"

یہ کہہ کر جان واپس مڑا لیکن عبدل اور کبڑا چیتن بار بار پیچھے مڑ کر خزانے کے ڈھیر کو دیکھتے رہے۔ دروازہ دوبارہ بند کرنے کے بعد صرف میں نے ہی یہ محسوس کیا کہ جان کی اس حرکت سے وہ دونوں بدمعاش خوش نہیں ہیں۔ میں نے ان سے چوکنا رہنے کا تہیہ کرلیا تھا اس لیے اب ان کی ہر بات کو شک کی نظر سے دیکھنے پر مجبور ہوگیا تھا۔ اب میری یہ حالت تھی کہ بھرے ہوئے پستول پر ہر وقت میرا ہاتھ رہتا تھا۔ جان اور جیک کی حفاظت اب بہت ضروری تھی اور مجھے یقین تھا کہ یہ پستول کسی نہ کسی وقت ضرور کام آئے گا۔ عبدل ہم سے آگے تھا۔ جان اس کے پیچھے اور اس کے بعد ہم سب، جان نے اپنی ٹارچ عبدل کو دے کر کہا کہ وہ اس کی روشنی آگے پھینکتا رہے تا کہ سب آسانی سے سرنگ کا راستہ طے کرتے رہیں۔ میں نے یہ محسوس کیا کہ عبدل سرنگ سے جلد سے جلد نکل جانا چاہتا ہے اور پھر مجھے جس بات کا خدشہ تھا وہ ہو کے ہی رہی۔

سرنگ ایک بار جیسے ہی دائیں طرف مڑی عبدل نے ٹارچ بند کردی۔ اب چاروں طرف گھپ اندھیرا تھا اور اس کے ساتھ ہی کسی کے اندھا دُھند آگے بھاگنے کی آواز آرہی تھی۔ جیک نے گھبرا کر جان سے کہا، "مسٹر جان، یہ کمبخت ضرور دغا کرے گا۔ جلدی دوسری ٹارچ جلایئے اور فیروز تم کہاں ہو؟"

"جی فرمایئے۔" میں نے جلدی سے جواب دیا، "میں آپ کے پیچھے ہوں۔"

"خبردار! کبڑا جانے نہ پائے۔"

"بے فکر رہیے اس کی کمر سے میرے پستول کی نال لگی ہوئی ہے۔"

"شاباش! مجھے تم سے یہی امید تھی۔"

اتنا کہہ کر جیک نے بھی اندھیرے میں آگے بھاگنا شروع کردیا کیوں کہ جان کو ٹارچ ڈھونڈنے اور اسے جلانے میں کافی دیر لگ گئی تھی۔ ٹارچ جلتے ہی جان نے بھی جیک کا تعاقب کیا۔ پستول کو کبڑے کی کمر سے لگا کر میں نے بھی اسے آگے بھاگنے پر

مجبور کر دیا۔ اب حالت یہ تھی کہ ہم لگا تار آگے بھاگے جارہے تھے مگر عبدل کا کہیں پتا نہ تھا۔ ہم اُسے نظروں سے اوجھل ہونے نہیں دینا چاہتے تھے کیوں کہ ایسے خطرناک دشمن کو آزاد کر دینے سے ہماری مہم خطرے میں پڑسکتی تھی۔ بھاگتے بھاگتے ہمیں ایک گھنٹا ہو گیا مگر عبدل کا پتا نہ چلنا تھا نہ چلا۔ جو راستہ پہلے ہم نے آہستہ آہستہ تین گھنٹے میں طے کیا تھا وہی اب بھاگ کر صرف ایک گھنٹے میں پورا کر لیا۔ جب ہم اُس جگہ پہنچے جہاں سے ہم پہلی بار اس سرنگ میں داخل ہوئے تھے تو ہمیں اچانک رک جانا پڑا کیونکہ زینے میں اب مٹی اور پتھر تیزی سے گر رہے تھے۔ سیڑھیاں ایک حد تک چھپ چکی تھیں، اگر ہم چاہتے کہ کسی طرح اُچک کر اوپر کھلی ہوا میں پہنچ جائیں تو اب یہ تقریباً ناممکن ہو گیا تھا کیوں کہ اوپر کی زمین کھودنے کے بعد جو زینہ نمودار ہوا تھا اور جس میں ہم پہلی بار داخل ہوئے تھے اب اس زینے میں عبدل اوپر سے مٹی او پتھر ڈال رہا تھا۔ وہ چاہتا تھا کہ زینہ ہمیشہ کے لیے بند کر کے ہمیں جیتے جی اس سرنگ میں دفن کر دے۔ ایک حد تک وہ اپنے اس ارادے میں کامیاب بھی ہو چکا تھا کیوں کہ زینہ اوپر تک مٹی سے لبالب بھر گیا تھا۔ صرف اتنا سا سوراخ باقی رہ گیا تھا جس میں سے عبدل ہمیں اوپر کھڑا ہوا نظر آرہا تھا۔ ہمیں تو صرف اس کے ہاتھ ہی نظر آرہے تھے اور ان ہاتھوں میں پھاؤڑا تھا۔ ہم اگر چاہتے کہ کسی طرح گولی چلا دیں تو ہماری یہ کوشش بے کار ہی جاتی کیوں کہ مٹی وہ اس تیزی سے ڈال رہا تھا کہ ہاتھ کا نشانہ نہیں لیا جاسکتا تھا اور پھر یہ بھی ڈر تھا کہ گولی مٹی میں اِدھر اُدھر ہی دھنس جائے گی۔ سمجھ میں نہیں آتا تھا کہ اب کیا کریں کیوں کہ سوراخ بند ہونے میں اب کوئی کسر نہ رہ گئی تھی۔ دو تین بار عبدل مٹی ڈالتا تو وہ سوراخ ضرور بند ہو جاتا اور ساتھ ہی ہم سب بھی جیتے جی موت کے منہ میں پہنچ جاتے۔

یکایک مجھے ایک ترکیب سوجھی، میں نے جلدی سے جان اور جیک کے کانوں میں وہ ترکیب بتائی اور فوراً چیخا۔

''یہ کیا کر رہے ہو عبدل؟''

میرا خیال تھا کہ عبدل جواب دینے کے لیے کچھ دیر کے لیے ضرور رُک جائے گا

اور یہی ہوا اُس نے فوراً جواب دیا۔

''اپنے بجائے اب تمھیں زندہ دفن کر رہا ہوں۔ جیک چاہتا تھا نا کہ مجھے دفن کر کے اہرام بنا دے، اب میں اُس کی قبر پر اہرام بناؤں گا۔''

''لیکن اس سے تمھیں کیا فائدہ ہوگا۔'' جان نے چلا کر پوچھا اور اس موقع سے فائدہ اٹھا کر جیک جلدی جلدی زینہ کے اندر کی مٹی ہاتھوں میں اٹھا کر سرنگ میں اندر کی طرف ڈالنے لگا۔ میں اس کا مقصد سمجھ گیا توقع تھی کہ مٹی کم ہونے کے بعد زینہ کے اوپر کی مٹی خود بخود اندر دھنسے گی اور راستہ ضرور کھلے گا۔

''فائدہ؟'' عبدل نے ایک بھیانک قہقہہ لگا کر جواب دیا، ''فائدہ یہ ہوگا مسٹر جان کہ اوپر سے یہ زمین برابر کر دینے کے بعد آپ لوگ ہمیشہ کے لیے یہاں دفن ہو جائیں گے۔ انسان کی لاش کو سڑنے میں دیر ہی کیا لگتی ہے؟ مشکل سے ایک یا ڈیڑھ ہفتہ، یہ عرصہ میں اوپر انتظار کرتے ہوئے گزار لوں گا۔ جب آپ کے ڈھانچے ہی ڈھانچے رہ جائیں گے تو میں پھر اس جگہ کو دوبارہ کھودوں گا اور آپ کے ڈھانچوں میں ٹھوکریں مارتا ہوا خزانے تک پہنچ جاؤں گا۔ پھر کون مجھے اس عظیم خزانے کو حاصل کرنے سے روک سکتا ہے؟ کیوں کیسی ترکیب ہے؟ سن کر جی خوش ہو گیا نا؟ آپ میں سے بھلا کسی کو ایسی ترکیب سوجھ سکتی تھی؟''

میرا پورا جسم یہ سنتے ہی سن ہو گیا۔ کتنا خوف ناک ارادہ تھا، اگر خدانخواستہ اس کا یہ ارادہ پورا ہو گیا تو پھر ہمارا خدا ہی حافظ تھا یہ سوچ کر میں نے پھر کہا، ''مگر تمھارا ساتھی؟ یعنی یہ کبڑا؟ اس کا کیا ہوگا؟''

''وہ غدار ہے اور اس کی غداری کی یہی سزا ہے جو اب اُسے ملے گی۔''

اتنا کہہ کر ظالم نے پھر مٹی ڈالنی شروع کر دی۔ خوف کے مارے میں بری طرح لرز رہا تھا اور کبڑا موت کے ڈر سے سہم کر بار بار چیخیں مار رہا تھا، صرف جان اور جیک سکون سے کھڑے تھے۔ ہماری سمجھ میں کچھ نہ آتا تھا کہ اب کیا کریں؟ اس وقت سوائے خدا کے اور ہمیں کوئی نہیں بچا سکتا تھا۔ میری آنکھیں ڈبڈبا آئیں۔ سچے دل سے میں نے

خدا سے لو لگائی۔ اپنے گناہوں سے توبہ کی اور دعا کی کہ یا اللہ صرف تیری ہی ذات ہے جو اس ظالم سے ہمیں چھٹکارا دِلا سکتی ہے۔ اگر ہماری زندگی باقی ہے تو ہمیں اس قید سے رہائی دلا۔ دل میں اتنی دعا مانگنے کی دیر تھی کہ اچانک مٹی پڑنی بند ہوگئی۔ ساتھ ہی بہت سے چھوٹے سے سوراخ سے ہمیں عبدل کا ہاتھ دکھائی دینا بھی بند ہوگیا تھا، نہ جانے کیا بات تھی جو عبدل اب مٹی نہیں ڈال رہا تھا۔ حیرت کی بات یہ تھی کہ نہ تو اس کے قدموں کی آواز سنائی دے رہی تھی اور نہ ہی اس کی اپنی آواز۔ بڑی حیرت کی بات تھی، جیک لگا تار اپنا کام کیے جا رہا تھا اور پھر آزادی کی اُمید میں کبڑے نے بھی اس کی مدد شروع کردی۔ جلد ہی میں اور جان بھی جیک کے ساتھ اس کام میں شریک ہوگئے۔ کم از کم پندرہ منٹ میں ہم نے وہ مٹی اندر سرنگ میں پھینک دی جس نے پہلے زینہ ڈھک لیا تھا۔ جلدی جلدی ہم سیڑھیاں طے کر کے اوپر پہنچے، پستول ہم تینوں کے ہاتھوں میں تھے۔ خیال تھا کہ عبدل کہیں چھپا ہوا ہوگا اور ہم اُس کی بے خبری میں اُسے جا کر پکڑ لیں گے مگر!

مگر باہر کا منظر دیکھ کر خوشی کے مارے میرے آنسو نکل آئے۔ ڈبڈبائی ہوئی آنکھوں سے میں نے آسمان کی طرف دیکھا۔ میرا دل بڑے خاموش انداز میں خدا کا شکر ادا کر رہا تھا کیوں کہ خدا نے میری دعا سن لی تھی۔ عبدل زمین پر چت پڑا ہوا تھا اس کا پورا جسم نیلا پڑ گیا تھا، آنکھیں پھٹی کی پھٹی رہ گئی تھیں اور چہرے پر تکلیف کے آثار تھے۔ پہلے تو میری سمجھ میں کچھ نہیں آیا کہ یہ کیا ہوا لیکن جب میری نظر قریب ہی ایک بل میں گھستے ہوئے سانپ پر پڑی تو حقیقت کا پتا چلا۔ ظالم عبدل کو ایک زہریلے سانپ نے ڈس لیا تھا اور وہ زہر اتنا تیز تھا کہ فوراً ہی اپنا اثر بھی کر گیا اور اب عبدل بالکل بے جان تھا!

ہم نے اسے عبرت کے ساتھ دیکھا اور تب ہی یہ حقیقت ہم پر ظاہر ہوگئی کہ دنیا میں کوئی شخص کسی پر ظلم کر کے خود آرام سے نہیں رہ سکتا۔ اسے اس کے ظلم کی سزا ضرور ملتی ہے۔ جیک نے عبدل کی طرف ذرا بھی توجہ نہ دی اور آگے بڑھ گیا۔ ہاں البتہ کبڑے نے اسے غور سے دیکھا اس وقت اس کے چہرے پر دہشت نظر آتی تھی اور سہمے ہوئے

انداز میں وہ عبدل کے حشر کو دیکھ رہا تھا۔ آخر وہ بھی خاموشی سے ہمارے پاس آ گیا۔

صبح کے گیارہ بج رہے تھے۔ دن کا وقت تھا مگر کھنڈروں کی سنسنی بدستور قائم تھی۔ جان نے جیک سے سامان باندھتے ہوئے پوچھا، ''اس کا؟ میرا مطلب ہے عبدل کا اب کیا کریں؟''

''ایسے ظالم انسان کو دفن مت کیجیے۔'' جیک نے حقارت سے جواب دیا، ''بلکہ گدھوں اور کوؤں کو اس کی بوٹیاں نوچ نوچ کر کھانے دیجیے، اس کا یہی حشر ہونا چاہیے۔''

اس کے بعد وہ کبڑے سے مخاطب ہوا۔

''اور تم؟ تم نے اپنے ایک ساتھی کا انجام دیکھ لیا۔ خدا کی لاٹھی بے آواز ہوتی ہے۔ اب تم سنبھل کر رہنا کیوں کہ ہم سے غداری کرنے کے بعد یہ لاٹھی تم پر بھی پڑ سکتی ہے۔''

کبڑا یہ سنتے ہی گڑگڑانے لگا، ہاتھ جوڑ کر اُس نے ہم سے وفادار رہنے کا وعدہ کیا اور پھر خود ہی سامان باندھنے میں ہمارا ہاتھ بٹانے لگا۔ کوئی ایک گھنٹے کے اندر ہم پھر اپنے نہ ختم ہونے والے سفر کے لیے تیار ہو گئے۔ اس زمین دوز زینے کا اوپر کا حصہ ہم نے اس طرح بند کر دیا کہ اب دوسرا کوئی بھی اس مقام کو نہیں پہچان سکتا تھا، زمین بالکل برابر ہو گئی تھی۔ ہاں البتہ جان نے ایک خاص نشانی وہاں ایسی لگا دی کہ صرف ہم لوگ ہی اس جگہ کو پا سکتے تھے کوئی اور نہیں۔

کھنڈرات سے نکلنے کے بعد ہم ایک چٹیل میدان میں پہنچے، اس جگہ کی ہوا سیلی ہوئی تھی۔ جان نے ہمیں بتایا کہ اب ہم ہندوستان کے بالکل جنوب میں پہنچ گئے ہیں اور سمندر اب ہم سے زیادہ دور نہیں ہے۔ ساتھ ہی اس نے یہ بھی بتایا کہ ہوسکتا ہے ہم سمندر کے کسی غیر آباد کنارے پر پہنچیں۔ اگر ایسا ہوا تو پھر ہمیں آبادی تلاش کرنی پڑے گی۔ یہاں میں یہ بتا دینا ضروری سمجھتا ہوں کہ ہمارے کپڑے بہت زیادہ پھٹ چکے تھے۔ میری پتلون جگہ جگہ سے پھٹ رہی تھی، ایک پائنچہ اوپر تھا تو ایک نیچے۔ قمیص تو میں نے کبھی کی الگ کر دی تھی۔ جنوبی ہند میں چونکہ گرمی کافی ہوتی ہے اس لیے کمبل بھی مجھے

جسم سے الگ کرنا پڑا۔ اب میرا بدن بالکل ننگا تھا، آبادی تک پہنچنے کے لیے یہ ضروری تھا کہ میں کمبل ہی سے دوبارہ جسم ڈھانکوں کیوں کہ کمر پر بنا ہوا خزانے کا نقشہ لوگوں کو غلط فہمی میں مبتلا کر سکتا تھا۔ اس لیے مجبوراً اسی حالت میں ہم آگے بڑھتے گئے، کپڑے دوسرے ساتھیوں کے بھی تار تار تھے۔ دور سے دیکھنے پر معلوم ہوتا تھا کہ ہم یا تو مجنوں کے خاندان سے ہیں یا پھر بالکل پاگل ہیں۔ اس وقت واقعی ہم عجیب لگ رہے تھے، ایک کبڑا، ایک کالا حبشی، ایک ادھیڑ عمر کا امریکن اور ایک نوعمر لڑکا۔ ذرا تصور کیجیے ہم لوگ کیسے نظر آتے ہوں گے! آبادی کی تلاش بہت ضروری تھی کیوں کہ ایک تو وہاں سے کپڑے لینے تھے اور دوسرے کسی تیز رفتار اسٹیمر یا بادبانی کشتی کا انتظام کرنا تھا۔ بغیر کسی اسٹیمر کے ہم سمندر میں اتنے لمبے سفر پر ہرگز نہ جا سکتے تھے۔

چلتے چلتے شام ہوگئی اور پھر یکایک ہمیں تاڑ کے لمبے لمبے درختوں کا ایک جھنڈ نظر آیا۔ اس کے پیچھے گہرا سمندر ٹھاٹیں مار رہا تھا، درختوں کے پاس ہی اونچی اونچی چٹانیں تھیں اور ان چٹانوں سے آگے دور تک پانی ہی پانی تھا۔ اپنی زندگی میں سمندر میں نے پہلی بار دیکھا تھا اس لیے بہت خوش ہوا، ہاں جان البتہ خاموش تھا۔ جلد ہی اس کی اس خاموشی کی وجہ بھی معلوم ہوگئی کیوں کہ آبادی کے آثار دور دور تک نظر نہ آتے تھے اور ہم ایک بالکل ہی غیر آباد کنارے پر آگئے تھے یہ دیکھ کر جان نے کہا، ''ہمیں راتوں رات کوئی نہ کوئی بستی یا چھوٹی سی بندرگاہ ضرور تلاش کرنی ہے، اگر ایسا نہ ہوا تو ہم کسی مصیبت میں پھنس جائیں گے۔ فیروز کی ننگی کمر لوگوں کو شبہ میں ڈال دے گی اور میں یہ نہیں چاہتا۔''

''پھر کیا کیا جائے؟'' میں نے پوچھا۔

''آبادی کی تلاش اور کچھ نہیں۔'' جان نے جواب دیا، ''کیوں کہ جہاں تک میں سمجھتا ہوں ہم اس وقت ہندوستان کے بالکل جنوب میں پالام کوٹا اور کومورِن کے درمیان میں ہیں۔ ساحل ساحل اگر ہم چلتے چلتے جائیں تو یقیناً کومورِن تک پہنچ جائیں گے۔ ہندوستان کے جنوب میں یہی آخری مقام ہے۔''

رات کا وقت تھا۔ آسمان پر تارے جھلملا رہے تھے، جدھر بھی نظر جاتی اندھیرا ہی اندھیرا دکھائی دیتا تھا جیسا کہ میں آپ کو پہلے بتا چکا ہوں کہ ہمیں اس وقت کسی بستی کی تلاش تھی۔ جہاں سے ہم کپڑے اور باربرداری کا سامان لینا چاہتے تھے لیکن چونکہ ہم بری طرح تھک چکے تھے اس لیے ایسے سوئے کہ پھر صبح بندروں کے ایک غول نے ہمیں خوٗ خوٗ کر کے جگایا۔ ایک بندر میرے سینے پر چڑھا ہوا تھا اور اپنی گلابی پپوٹوں والی آنکھوں سے مجھے غور سے دیکھ رہا تھا۔ بندروں سے نظر ہٹا کر جیسے ہی میں نے سامنے کی طرف دیکھا اچانک گھبرا کر اُٹھ بیٹھا۔

دو خوفناک صورت انسان جو ہتھیاروں سے لیس تھے، ہمیں غور سے دیکھ رہے تھے!

بندر کو سینے پر سے ہٹا کر میں نے آواز دے کر جان اور جیک کو جگایا۔ وہ دونوں گھبرا کر آنکھیں ملتے ہوئے اُٹھے اور اجنبیوں کو دیکھ کر حیرت زدہ رہ گئے۔ جان نے لپک کر اپنے بستر کے نیچے سے بندوق نکالنی چاہی مگر فوراً ہی اس نے گھبرا کر اپنا ہاتھ کھینچ لیا۔ بندوق وہاں نہیں تھی! ہم نے جلدی جلدی اپنے ہتھیار ٹٹولے مگر ان دونوں بھیانک شکل کے آدمیوں کو طنزاً مسکراتے دیکھ کر سمجھ گئے کہ تمام ہتھیار ان کے قبضے میں چلے گئے ہیں۔

''کون ہو تم؟'' جان نے ذرا سخت لہجے میں پوچھا، ''آخر اس بدتمیزی کا کیا مطلب ہے؟''

''زبان سنبھال کر بوڑھے آدمی۔'' اُن میں سے ایک نے جس کی مونچھیں کانوں کو چھو رہی تھیں کہا، ''بدتمیز کہنے والے کو ہم اس کی بدتمیزی کا مزہ چکھانا اچھی طرح جانتے ہے۔''

''کھڑے ہو جاؤ تم چاروں۔'' دوسرے نے جس کے منہ پر برص کے سفید داغ تھے اپنی بندوق ہماری سمت کرتے ہوئے کہا۔

''میں پوچھتا ہوں کہ آخر تم ہو کون؟'' اس بار جیک نے غصیلی آواز میں کہا۔

''ہم تمھارے آقا ہیں اور تم ہمارے غلام، سمجھ گئے؟''

''کیا بکواس کرتے ہو۔'' جان چلایا، ''ہمارے ہتھیار واپس کرو۔''

''دیکھو بڑے میاں۔'' دوسرے شخص نے کہا، ''زیادہ اکڑمت دکھاؤ، تمھارے ہتھیار، کھانے پینے کا سامان، کارتوسوں کی پیٹیاں اور خچر سب ہمارے قبضے میں ہیں۔ ہمیں چار غلاموں کی ضرورت ہے جو ہمارے ساتھ یہاں سے بیس میل مشرق کی طرف سامان اُٹھا کر چلیں۔ اگر مگر کی ضرورت نہیں، آفت سنگھ جو چاہتا ہے حاصل کر لیتا ہے اور اس کے معالات میں کوئی دوسرا دخل نہیں دے سکتا۔''

یہ سن کر جان نے جیک کو اور پھر جیک نے مجھے دیکھا درحقیقت یہ معمہ ابھی تک ہماری سمجھ میں نہیں آیا تھا۔ ویسے مجھے یہ یقین ہو گیا تھا کہ یہ دونوں ڈاکو ہیں مگر ڈاکوؤں کا کام تو صرف لوٹ مار کرنا ہے۔ ان دونوں نے ہمارا سامان لوٹ لیا ہے پھر اب انھیں اور کیا چاہیے؟ یہ ہمیں بیس میل مشرق کی طرف کیوں لے کر چلنا چاہتے ہیں!

''دیکھیے آپ لوگ خواہ کوئی ہوں مگر میں چاہتا ہوں کہ آرام سے بیٹھ کر ہمیں بتائیں کہ آپ کیا چاہتے ہیں اور ہمارے سامان پر قبضہ کرنے سے آپ کا مقصد کیا ہے؟'' جان نے اپنی جگہ سے کھڑے ہو کر ذرا ادب سے کہا۔

''تمھیں بحث کرنے کی بہت بری عادت ہے۔'' پہلے ڈاکو نے کہا، ''اگر تم معلوم کرنا ہی چاہتے ہو تو سنو، ہمیں چار ایسے آدمیوں کی ضرورت ہے جو ہمارا سامان کیوں کہ تمھارا یہ سامان اب ہمارا ہی ہے، اُٹھا کر ہمارے ساتھ بیس میل آگے پما کوٹی پہاڑ تک چلیں۔ گھبرانے کی ضرورت نہیں۔ ہم تمھیں ذرا بھی تکلیف نہیں پہنچائیں گے بلکہ اُلٹا تمھیں مالا مال کر دیں گے۔''

''تمھارا اسلحہ ہمارے پاس رہے گا۔'' دوسرے ڈاکو نے کہا، ''اور یہ تمھیں اُس وقت واپس ملے گا جب کہ ہم اپنا کام پورا کرنے کے بعد واپس چلے جائیں گے۔''

''اور اگر ہم ایسا نہ کریں تو؟'' جان نے پوچھا۔

تو پھر تمھیں گولی ماردی جائے گی اور تمھاری لاشیں گدھوں اور کوؤں کے رحم و کرم

پر چھوڑ کر ہم خود آگے چل پڑیں گے۔''

کبڑا اتنی دیر میں بیدار ہو چکا تھا اور وہ خاموشی سے ان ڈاکوؤں کی باتیں سن رہا تھا۔ اپنی جگہ سے کھسک کر وہ جان کے پاس آیا اور سرگوشی سے کہنے لگا، ''فی الحال ان کی باتیں ماننے کے علاوہ کوئی چارہ نہیں ہے مسٹر جان۔''

ہمیں ان سے نپٹنے کے لیے وقت چاہیے اور وہ اسی طرح مل سکتا کہ ہم ان کا اعتماد حاصل کرلیں اور ان کے ساتھ تھوڑی دور تک ضرور چلیں۔

''میرے خیال میں تم ٹھیک کہہ رہے ہو۔'' جان نے اتنا کہہ کو اس کی یہ بات مجھے اور جیک کو سنا دی۔ ہم نے بھی اس تجویز کو پسند کیا اور پھر جان نے اُن سے کہا، ''ٹھیک ہے، حالانکہ ہم کسی اور کام سے شمالی ہند جانا چاہتے تھے مگر اب نہیں جائیں گے۔ ہم تمھارا ساتھ دیں گے۔''

''جھوٹ مت بولو۔'' برص کے داغ والے ڈاکو نے کہا، ''ہمیں معلوم ہے کہ تم شمالی ہند نہیں جاؤ گے بلکہ وہاں سے آئے ہو۔ تم کسی خزانے کے چکر میں ہو جس کا نقشہ تمھارے اس لڑکے کی کمر پر بنا ہوا ہے۔ یہ لڑکا کروٹ کے بل لیٹا ہوا تھا تب ہی ہم نے اس کی ننگی کمر پر یہ نقشہ بنا ہوا دیکھا ہے سچ بتاؤ یہ نقشہ کہاں کا ہے؟''

''یہ نقشہ اسی علاقے کا ہے۔'' جان نے کچھ دیر خاموش رہنے کے بعد کہا، ''لیکن ہزار کوشش کے باوجود بھی خزانہ ہمیں نہیں مل سکا۔''

''یہاں تم سچ بول رہے ہو۔'' اسی ڈاکو نے کہا، ''کیوں کہ اگر تمھیں خزانہ مل گیا ہوتا تو وہ تمھارے سامان میں ہوتا۔ پھر ایک بات یہ بھی ہے کہ جن لوگوں کو خزانہ مل جاتا ہے اُن کے چہرے خوشی سے دمکتے رہتے ہیں اور تمھارے چہروں پر مردنی چھائی ہوئی ہے۔ کوئی بات نہیں تمھارا اور ہمارا راستہ ایک ہی ہے کیوں کہ جس خزانے کا نقشہ اس لڑکے کی کمر پر بنا ہوا ہے ہم اُسی جیسے ایک خزانے کو تلاش کرنے نکلے ہیں۔''

''یعنی!''

''یعنی یہ کہ ہم بھی پما کوٹی پہاڑ میں ایک چھپے ہوئے دفینے کو حاصل کرنے آئے

ہیں۔ جب وہ مل جائے گا تو بعد میں تمھارا خزانہ تلاش کرنے میں تمھاری مدد کریں گے۔ ٹھیک ہے نا؟ ویسے تمھارے اور ہمارے نقشے میں تھوڑا سا ہی فرق ہے اور کوئی خاص بات نہیں ہے۔‘‘

اتنا کہہ کر وہ خبیث بری طرح ہنسنے لگا۔ ادھر میں سوچنے لگا کہ اس شخص کی نیت میں ضرور کھوٹ ہے۔ پہلے وہ اپنا خزانہ تلاش کرے گا اور اگر اسے وہ مل گیا تو پھر ہمارا خزانہ حاصل کرنے کی بھی کوشش کرے گا۔ لالچی انسان کا لالچ کبھی ختم نہیں ہوتا وہ تو بڑھتا ہی چلا جاتا ہے۔ ویسے یہ بات ہمارے لیے قابل اطمینان تھی کہ وہ اپنے نقشے کو ہمارے نقشے جیسا سمجھ رہا تھا۔ بہرحال جان نے یہی کہا کہ اس وقت ان کی باتیں ماننی بہت ضروری ہیں، اگر ایسا نہ ہوا تو جان سے ہاتھ دھونے پڑیں گے۔ ہمارے ہتھیار ان کے قبضے میں تھے اور ہتھیار کے بغیر ہم کسی سے لڑنے کا تصور بھی نہیں کر سکتے تھے۔ پہلے میں نے اپنی کمر اُن سے چھپائی تھی مگر اب جب کہ یہ راز ظاہر ہو چکا تھا کہ میری کمر پر خزانے کا نقشہ بنا ہوا ہے تو پھر اس راز کو چھپانا بے کار تھا۔ بہتر یہ ہے کہ تم لوگ خود ہی کام میں لگ جاؤ۔ برص کے داغ والے ڈاکو نے جو اپنا نام آفت سنگھ بتا چکا تھا کہا، ’’میں اپنا نام تو تمھیں بتا ہی چکا ہوں، میرے ساتھی کا نام بھیروں ہے یہ کمبخت مجھ سے زیادہ خطرناک ہے۔ لہٰذا خیال رہے کہ ہم سے غداری کرنے کا کبھی مت سوچنا۔ غداری کی سزا ہر جگہ موت ہوتی ہے اور وہ ہمارے اختیار میں ہے۔‘‘

’’بے فکر رہیے، ہم آپ کو شکایت کا موقع نہیں دیں گے مگر آپ اپنا کام ہو جانے کے بعد ہمیں آزاد کر دیں گے نا؟‘‘ جان نے بڑی نرمی اور ملائمت کے ساتھ کہا۔

’’بالکل کر دیں گے۔‘‘ بھیروں نے کہا، ’’ہمیں تم سے کوئی مطلب نہیں۔ ہمیں اپنا خزانہ تلاش کرنا ہے جب وہ مل جائے تو تم لوگ آزاد ہو گے۔ جہاں چاہو گے جا سکو گے یہ ہمارا وعدہ ہے۔ بس باتیں بہت ہو چکیں، اپنے کبڑے ساتھی سے کہو کہ وہ ہمارے لیے ناشتہ بنا کر لائے۔‘‘

✤✤✤

تفصیل میں نہ جاتے ہوئے بس مجھے اتنا کہنا ہے کہ اُن دو ظالم اور بدمعاش آدمیوں نے ہمیں چوبیس گھنٹے تک اتنا پریشان کیا اور ہم سے اتنا کام لیا کہ شاید گدھے بھی ہماری حالت کو دیکھ کر آنسو بہانے لگتے۔ یوں سمجھئے کہ خچر میں اور ہم میں کوئی فرق نہ تھا۔ ہمارے جسم ننگے تھے پتلونیں پھٹ چکی تھیں، قمیص تارتار تھیں۔ اوپر سے جنوب کی گرمی! میں آپ سے سچ کہتا ہوں کہ بعض دفعہ تو ہم نے کام کرنے سے بہتر مرنے کو ترجیح دی، شاید یہاں آپ کے دل میں یہ سوال پیدا ہو کہ ہم تو بہت بہادر اور نڈر انسان تھے پھر آخر ہم نے دو خوفناک آدمیوں کی غلامی کو کیوں پسند کرلیا؟ اس کا جواب یہ ہے کہ ہم چاہتے تو کسی بھی وقت چپکے سے بھاگ سکتے تھے مگر ایک تو رات کے وقت بھیروں جاگتا رہتا تھا دوسرے سامان واپس لیے بغیر ہم بھاگ بھی نہیں سکتے تھے اور پھر سفر تو صحیح معنوں میں شروع بھی نہ ہوا تھا۔ ہمیں تو ہندوستان سے بہت دور جانا تھا لہٰذا ہماری یہی کوشش تھی کہ موقع ملتے ہی ان دونوں پر قابو پالیں اور پھر پالام کوٹا کے مقام پر واپس جائیں۔

ہمیں پیدل چلتے ہوئے دو دن ہوگئے تھے کہ ایک عجیب واقع پیش آیا۔ اچانک بھیگی ہوئی ہوائیں چلنے لگیں اور پھر ان ہواؤں میں اتنی تیزی پیدا ہوگئی کہ زمین پر قدم جمانے دشوار ہوگئے۔ جان نے آسمان کی طرف دیکھ کر بھیروں سے کہا، ''سب سامان ایک جگہ باندھ دیجیے اور ایک دوسرے کی کمر میں ہاتھ ڈال کر بیٹھ جائیے، جلدی کیجیے۔''

''کیوں کیا ہوا؟ کیا بات ہے؟'' بھیروں نے گھبرا کر پوچھا۔

''سائیکلون آنے والا ہے۔''

''سائیکلون!'' بھیروں اور آفت سنگھ نے ایک ساتھ چلّا کر کہا اور پھر دوڑ کر سامان

اُٹھانے لگے۔

سائیکلون کے بارے میں سن کر تو میرے بھی ہوش اڑ گئے۔ یہ دراصل سمندری بگولا ہوتا ہے جو سو سے لے کر ڈیڑھ سو میل فی گھنٹے کی رفتار سے گھومتا ہوا آبادی کی طرف بڑھتا ہے۔ اس میں اتنی طاقت ہوتی ہے کہ جو چیز بھی اس کی زد میں آ جائے، نیست و نابود ہو جاتی ہے۔ اگر کوئی انسان اس بگولے میں پھنس جائے تو اس کا پھر خدا ہی حافظ ہے۔ اول تو وہ اپنی جگہ پر ملتا ہی نہیں اور اگر ملتا بھی ہے تو کہیں بہت دور مُردہ حالت میں!

ہوا بڑھتی ہی جا رہی تھی اور پھر اس ہوا نے ہمیں اپنی جگہ سے دھکیلنا شروع کر دیا۔ یوں لگتا تھا کہ کوئی ان دیکھی طاقت ہمیں اس مقام سے آگے پھینک رہی ہو۔ جلد ہی ہم اس بھنور کی لپیٹ میں آ گئے، مجھے یوں لگا کہ جیسے میرے جسم کی رگیں کھنچ رہی ہوں، آنکھوں میں سمندر کے کھاری پانی کے بخارات سے جلن پیدا ہو گئی تھی۔ حقیقت یہ ہے کہ ہم چند لمحوں کے اندر ہی نیم مردہ ہو گئے تھے۔ سائیکلون ختم ہونے کے بعد ہماری حالت دیکھ کر کوئی نہیں کہہ سکتا تھا کہ ہم انسان ہیں، ہم مٹی اور کیچڑ سے لت پت تھے۔

ہوا کے تھپیڑے سہتے سہتے ہمارے جسم سوج گئے تھے، پیاس کے مارے زبانیں باہر نکل رہی تھیں اور جسم سے خون رِس رہا تھا۔ بھیروں آنکھیں پونچھتا ہوا سب سے پہلے اُٹھا اور بُری طرح چیخنے لگا۔ ہم نے دیکھا کہ ہمارا ایک خچر درخت سے ٹکرا کر مر چکا ہے۔ سامان چونکہ ہم نے اپنے گھیرے میں لے لیا تھا لہٰذا وہ محفوظ تھا۔ آفت سنگھ نے اٹھتے ہی سب سے پہلے اسلحے پر قبضہ کیا اور پھر ایک بندوق اُٹھانا ہی چاہتا تھا کہ اچانک ایک زرد ہاتھ نے آگے بڑھ کر وہ بندوق تھام لی۔ سب نے گھبرا کر اُس طرف دیکھا... یہ زرد ہاتھ اصل میں میری ہی جتنی عمر کے ایک چینی یا برمی نسل کے لڑکے کا تھا جو بندوق اُٹھا لینے کے بعد ہمیں مسکرا کر دیکھ رہا تھا۔ اس نے خلافِ توقع ہمیں جھک کر انگریزی میں سلام کیا اور بولا، ''اب کیسے ہیں آپ لوگ؟ ایسا لگتا ہے کہ اس قسم کے طوفانوں کا آپ کو کوئی تجربہ نہیں ہے۔''

''ٹھیک کہتے ہو، یہی بات ہے۔'' جان نے جواب دیا، ''مگر تم کون ہو؟ کہاں سے آئے ہو؟''

''تم چپ رہو؟'' بھیروں نے جان کو ڈانٹا، ''سوالات صرف ہم کریں گے۔ تمھیں بولنے کا کوئی حق نہیں ہے۔''

لڑکے نے بڑے تعجب سے بھیروں کو دیکھا اور ہماری بے بسی دیکھ کر سمجھ گیا کہ دال میں ضرور کالا ہے۔ میں نے دیکھا کہ وہ لڑکا تقریباً ننگا تھا البتہ اس نے ایک پھٹی پرانی پتلون ضرور پہن رکھی تھی۔ اس کا ہتھیار صرف ایک معمولی سا مگر مضبوط بانس تھا جو اس کے ہاتھ میں تھا اور اس کی لمبائی لڑکے کے قد سے دُگنی تھی۔ لڑکا پھر مسکرایا۔

''ایسا لگتا ہے کہ آپ پما کوٹی پہاڑ والا خزانہ تلاش کرنے آئے ہیں؟''

''تمھیں کیسے معلوم ہوا؟'' آفت سنگھ نے بے اختیار بندوق کا رخ اس کی طرف کر دیا۔

''اس مقام پر وہی لوگ آتے ہیں جنھیں پما کوٹی تک جانا ہوتا ہے اور پما کوٹی تک وہی لوگ جاتے ہیں جو شہنشاہ چی ای تھاؤ کا دفینہ تلاش کرنا چاہتے ہوں لیکن یہاں بڑے بڑے آئے اور جھک مار کر چلے گئے۔ آپ سے کچھ بھی نہ ہوگا۔''

بدتمیز! تو بہت کچھ جانتا ہے۔ اب تیری خیر نہیں، سچ بتا، کیا تو نے دفینہ نکال لیا ہے؟''

''کہاں نکالا؟'' لڑکا پھر ہنسا، ''مجھ جیسا کمزور لڑکا بھلا اتنا بڑا کام کیسے کر سکتا ہے؟ اب آپ چھے آدمی آئے ہیں، میں کھدائی کا کام آپ کے سپرد کر دوں گا۔ خزانہ ملنے کے بعد اسے نکال کر واپس چلا جاؤں گا اور آپ کی چھٹی کر دوں گا۔''

آفت سنگھ اور بھیروں کو تو حیرت تھی ہی مگر مجھے بھی کچھ کم تعجب نہ تھا۔ تھا تو وہ ایک معمولی سا لڑکا مگر دعوے بہت بڑے کر رہا تھا۔ ایسا لگتا تھا گویا ہم اس کے خادم ہوں اور وہ ہمیں کھدائی کرانے کے لیے ہی ساتھ لایا ہو۔ ہم میں سے تو کوئی نہ بولا البتہ بھیروں تڑپ کر کھڑا ہو گیا اور لڑکے کی طرف دو قدم بڑھتے ہوئے بولا، ''ایسا لگتا ہے

تجھے اپنی زندگی پیاری نہیں جو تو اس قسم کی بکواس کر رہا ہے۔ میرے خیال میں اسے مار ڈالو بھیروں!'' آفت سنگھ نے کہا، ''یہ لڑکا خطرناک معلوم ہوتا ہے۔ ہمارے کام میں خواہ مخواہ ٹانگ اڑائے گا؟''

چینی لڑکا گو ان کی باتیں نہ سمجھ سکا مگر ان کے لب و لہجے، ان کے چہرے کے اُتار چڑھاؤ، آنکھوں کی مکاری اور ان کے لالچی دماغ کو اچھی طرح جان گیا۔ میرے خیال میں اس نے محسوس کر لیا کہ صرف وہی دو اچھے آدمی نہیں ہیں۔ اس نے حقارت سے بھیروں اور آفت سنگھ کو دیکھا اور پھر یکایک غصّے میں آ کر بولا، ''سنو، مجھے کوئی معمولی لڑکا نہ سمجھو۔ میں بہت بڑی طاقت کا مالک ہوں، اگرچہ دیکھنے میں تمھیں کمزور دِکھائی دیتا ہوں، میں تمھاری زبان نہیں سمجھتا مگر تمھاری آنکھوں کی بے رحمی نے مجھے بتا دیا ہے کہ تم کون ہو۔ یاد رکھو میری ہستی بہت بڑی ہے، مجھ سے گفتگو کرنے میں تمیز سے کام لینا ورنہ نتیجے کے ذمے دار تم خود ہو گے۔''

''کیا بکتے ہو؟'' بھیروں نے ٹریگر پر انگلی رکھ لی۔ ''کیا تمھیں اپنی جان کا خوف نہیں؟''

''ایسا لگتا ہے کہ تمھیں بھی اپنی جان پیاری نہیں ہے۔'' چینی لڑکے نے کہا، ''بندوق رکھ دو اور غور سے سنو۔''

ہماری پارٹی حیرت اور توجہ کے ساتھ ان کی یہ باتیں سن رہی تھی۔ سچ بات تو یہ ہے کہ ہم آفت سنگھ اور بھیروں کی غلامی کا جوا فوراً اتار دینا چاہتے تھے کیوں کہ ہمارا وقت بہت ضائع ہو چکا تھا مگر مصیبت یہ تھی کہ دو مکار ڈاکو ہماری اتنی زبردست نگرانی کرتے رہے تھے کہ ہمیں بھاگنے کا ذرا سا بھی موقع نہیں ملا تھا وہ چلتے وقت ہمیں سب سے آگے رکھتے تھے۔ ہمارے سروں پر ان کا سامان لدا ہوا ہوتا تھا اور دونوں ہاتھوں سے ہم نے وہ سامان پکڑ رکھا ہوتا تھا۔ ہمارے پیچھے بندوقوں کی نالیں ہمیں دیکھتی رہتی تھیں۔ ان حالات میں ہمیں فرار کا ذرا سا بھی موقع نہیں ملا تھا مگر اب کچھ امید ہوئی تھی کہ اگر کسی طرح اُن تینوں میں ٹھن جائے تو شاید ہمیں بھاگنے کا موقع مل سکے گا۔ ویسے میں نے اور

جان نے یہ پکا ارادہ کرلیا تھا کہ موقع ملتے ہی اسے ہاتھ سے نہ جانے دیا جائے گا اور ان ڈاکوؤں کے چنگل سے نکلنے کی پوری کوشش کی جائے گی۔ چینی لڑکا کچھ بول رہا تھا لہٰذا میں نے توجہ سے سننا شروع کیا۔ ’’مجھے معمولی لڑکا مت سمجھو۔ میں شہنشاہ جی ای تھاؤ کی ساٹھویں نسل سے ہوں۔ چند ماہ پہلے ہی مجھے معلوم ہوا تھا کہ میرے جدامجد کا بہت بڑا خزانہ اس مقام پر دفن ہے۔ شہنشاہ کو جلا وطن کر دیا گیا تھا اور وہ پہلے سنگاپور آئے تھے اور پھر وہاں سے پما کوٹی نامی اس ضلع میں جس کے اونچے پہاڑ کو بھی اسی نام سے جانا جاتا ہے۔ میں نے اپنی اس چھوٹی سی عمر میں بہت دولت دیکھی ہے۔ مجھے دولت کی ہوس نہیں ہے لیکن ہاں ایک خاص کام کے لیے اب مجھے اس کی ضرورت ہے اور میں تمھیں بتا دوں کہ میں اُسے حاصل کر کے رہوں گا۔‘‘

’’تجھ جیسا بے وقوف لڑکا میں نے آج تک نہیں دیکھا۔‘‘ آفت سنگھ نے اکڑ کر کہا، ’’تو تو اِس طرح بات کر رہا ہے جیسے ہم سے زیادہ طاقتور ہو؟‘‘

’’بے شک میں تم سے زیادہ طاقتور ہوں، لو میں تمھیں ابھی اپنی طاقت دکھاتا ہوں۔ ہوانگ ہو کی طاقت!‘‘

لڑکے کے منہ سے سن کر پہلی بار معلوم ہوا کہ اس کا نام ہوانگ ہو ہے۔ بہرحال حالات دلچسپ ہوتے جا رہے تھے، ہمیں علم تھا کہ لڑکا یہ جان چکا ہے کہ ہم مظلوم ہیں اور ان ڈاکوؤں کے پھندے میں گرفتار ہیں۔ یہ ہمارے لیے بہت کافی تھا، ہم نے دیکھا کہ لڑکے نے اچانک ایک بھاگتے ہوئے سور کو پکڑ لیا اور پھر چند سیکنڈ میں ہی اس کی ٹانگیں باندھ کر اُسے بے بس کر دیا۔ بھیروں اور آفت سنگھ غور سے اس کی حرکتیں دیکھ رہے تھے۔ لڑکے نے اس کے بعد اپنی جیب میں ہاتھ ڈال کو ایک بڑی سیپ نکالی جو دونوں طرف سے بند تھی۔ اس نے سیپ کا ڈھکنا کھول کر اس کا کنارہ اپنی پھیلی ہوئی ہتھیلی سے لگا دیا۔ فوراً ہی ایک بہت بڑی کالی مکڑی سیپ میں سے نکل کر ہوانگ ہو کی ہتھیلی پر رینگنے لگی۔

’’تم جانتے ہو یہ کون سی مکڑی ہے؟‘‘ لڑکے نے پوچھا۔

''کیا مداریوں کے سے کرتب دکھا رہا ہے احمق۔'' بھیروں نے اس کا مذاق اڑاتے ہوئے کہا، ''خیر میں نہیں جانتا۔''

''میں جانتا ہوں یہ کون سی مکڑی ہے۔'' جان نے فوراً جواب دیا۔

''اچھا آپ جانتے ہیں!'' ہوانگ ہو نے جان کو آپ سے مخاطب کرتے ہوئے تعجب سے کہا، ''اچھا تو بتائیے؟''

''یہ مکڑی جنوبی امریکہ میں پائی جاتی ہے۔ اس کا نام ٹوڈا ہے، اس سے زیادہ زہریلا جانور دنیا میں اور کوئی نہیں ہے۔''

''بہت خوب، بہت خوب!'' لڑکا یہ سنتے ہی اُچھل پڑا۔ ''آپ تو واقعی بڑے قابل آدمی ہیں۔ جہاں تک میرا یقین ہے آپ ان دونوں کے ساتھی نہیں ہیں۔ آپ چاروں کو شاید ان ڈاکوؤں نے زبردستی اپنے ساتھ ملا لیا ہے۔''

جان نے کوئی جواب نہ دیا۔ بھیروں کو ایک نظر دیکھنے کے بعد اُس نے گردن جھکا لی۔

''ضرور یہی بات ہے۔'' لڑکے نے کہا، ''کہاں یہ خوفناک صورتیں اور کہاں آپ چاروں، خیر کوئی بات نہیں، وقت آنے پر آپ ضرور آزاد ہو جائیں گے۔ اچھا تو بھیروں، باتیں تو بہت ہو گئیں، لو اب میں تمھیں اپنی طاقت دِکھاتا ہوں۔''

دونوں ڈاکو لگاتار ہنستے رہے۔ ان کے خیال میں لڑکا ایک معمولی سا اور بے ضرر انسان تھا جس کو وہ جب چاہتے مسل کر رکھ دیتے اسی لیے وہ اس کو طرح دے رہے تھے اور ہنس ہنس کر اس کا مذاق اُڑا رہے تھے۔ ہوانگ ہو نے جھک کر اپنی ہتھیلی زمین سے لگا دی اور دوسرے ہاتھ کی انگلی سے مکڑی کو کچھ اشارہ کیا، مکڑی چند انچ تو زمین پر چلی اس کے بعد وہ اچانک پھدکی اور ایک تار بناتی ہوئی سور کے جسم پر جا کر بیٹھ گئی۔ میں نے صاف دیکھا کہ اس نے اپنا ڈنک سور کے جسم میں چبھو دیا اور یہ کام انجام دینے کے بعد وہ دوبارہ پھدک کر سور کے جسم سے لڑکے کے شانے پر آ کر بیٹھ گئی۔ پہلے تو بھیروں کی سمجھ میں کچھ نہ آیا مگر جب اس نے سور کو ایڑیاں رگڑتے دیکھا تو گھبرا کر پیچھے ہٹ گیا

اور اس وقت تو خوف کے مارے اس کی چیخ نکل گئی جب اس نے دیکھا کہ سور کا جسم یوں گھل رہا ہے جیسے برف گھلتی ہے۔

''دیکھا! یہ میرا ہتھیار ہے یعنی میری پالتو مکڑی۔ جو کوئی مجھے نقصان پہنچانا چاہے گا اس کا یہی حشر ہوگا جو سور کا ہوا ہے۔'' لڑکے نے فاتحانہ انداز سے کہا۔

''یہ... یہ تو بہت زہریلی ہے!'' آفت سنگھ کا چہرہ خوف کے مارے زرد ہوگیا۔

''اس کے علاوہ یہ میری محافظ بھی ہے۔ اگر کسی نے مجھے مار بھی ڈالا تب بھی یہ مکڑی قاتل کا پیچھا نہیں چھوڑے گی۔ اب ایک تماشا اور دیکھو۔'' ہوانگ ہو نے یہ کہہ کر اپنی مکڑی کو زمین پر رکھ دیا، کچھ دیر تک اس سے باتیں کرتا رہا اور پھر بھیروں سے بولا، ''تم چاہو تو اس پر گولی چلا کر یا خنجر سے وار کر کے اسے مار سکتے ہو۔ جاؤ تمھیں اجازت دی۔''

بھیروں بڑی دیر تک خاموش کھڑا رہا۔ لڑکا مسکرا رہا تھا اور اب اس کا مذاق اڑا رہا تھا۔ بھیروں کے ہاتھ میں بندوق تو تھی ہی مگر اس میں تو صرف ایک کارتوس آتا ہے لہٰذا اس نے بندوق رکھ کر پستول نکال لیا اور لڑکے کے بار بار اکسانے پر اس نے لگاتار چھے فائر مکڑی پر کر ڈالے مگر پھر یہ دیکھ اس کی جان نکل گئی کہ مکڑی ہر فائر پر پھدک کر جگہ بدل دیتی تھی۔ آخری فائر کے بعد تو وہ پھدک کر بھیروں کے کندھے پر ہی آ بیٹھی، بس اس وقت اس کی حالت دیکھنے کے لائق تھی یوں لگتا تھا کہ کسی نے اس کے قدم زمین میں گاڑ دیے ہیں وہ بالکل ساکت ہوگیا۔ ایسا معلوم ہوتا تھا گویا اس کا خون کسی نے نچوڑ لیا ہو۔

وہ ڈر کے مارے ہل بھی نہیں رہا تھا کہ کہیں ایسا نہ ہو کہ مکڑی ہلتے ہی ڈنک مار دے!

''بولو۔ اب کیا کہتے ہو؟ میرے اشارے پر یہ مکڑی تمھیں ڈنک مار سکتی ہے۔ اس کی چالاکی بھی تم نے دیکھ لی کہ یہ کتنی پھرتیلی ہے، تمھارے چھے کارتوس بے کار گئے۔'' چینی لڑکے نے اُن دونوں کا مذاق اُڑاتے ہوئے کہا۔ بھیروں تو جیسے گونگا بن گیا تھا۔ اس چھوٹے سے چینی لڑکے کی غیر معمولی طاقت کا اندازہ اُسے اب ہوا تھا۔ وہ سمجھ گیا تھا کہ کسی معمولی آدمی سے اس کی ٹکر نہیں ہے بلکہ ہوانگ ہو سے مقابلہ کرنا لوہے کے چنے

چبانے جیسا ہے۔ ادھر میں بھی یہی سوچ رہا تھا کہ اگر یہ لڑکا بھی ہماری پارٹی میں شامل ہو جائے تو کتنا اچھا رہے گا۔ ممکن ہے کہ اس کی پالتو مکڑی ہمیں کبھی کوئی کام دے جائے۔ میں نے جب جان سے یہ مشورہ کیا تو وہ بولا، ''خاموش رہو اور ان کے کسی معاملے میں دخل مت دو۔''

''دفینہ مل جانے کے بعد میں تمھیں صرف چوتھائی حصہ دوں گا۔'' ہوانگ ہو نے بھیروں سے کہا، ''بولو، کیا تمھیں یہ سودا منظور ہے؟''

بھیروں سر جُھکا کر کچھ دیر سوچتا رہا۔ آخر بولا، ''ہاں، مجھے منظور ہے۔''

''اور اگلا چوتھائی ان لوگوں کو جنھیں تم نے گرفتار کر رکھا ہے۔''

''مجھے یہ بھی منظور ہے۔'' بھیروں نے آہستہ سے کہا مگر اچانک یہ بات سن کر جان نے جلدی سے کہا، ''نہیں نہیں۔ ہمیں کوئی خزانہ نہیں چاہیے۔''

''تم نے دیکھا کہ ان شریف لوگوں نے کیا کہا؟'' ہوانگ ہو نے تعریفی نظروں سے جان کو دیکھتے ہوئے کہا، ''جن لوگوں کو علم ہوتا ہے کہ خزانے اور دفینے کتنی مصیبت اور پریشانی لاتے ہیں وہ انھیں پسند نہیں کرتے۔ خیر یہ تو میری مرضی ہے کہ میں کس کو کیا دوں۔ میں چاہوں تو اکیلا ہی اس خزانے تک پہنچ سکتا ہوں، مجھے یہ بھی معلوم ہے کہ وہ کس جگہ دبا ہوا ہے، میری مکڑی مجھے اس مقام کا پتا بتا دے گی۔ میں تم سے وہ جگہ کھدواؤں گا جو کنویں جیسی ہے، جنوبی ہند کے ان مقامی لوگوں کی زبان میں 'پما' کنویں کو اور 'کوٹی' پہاڑ کو کہتے ہیں۔ وہ پہاڑ ایک کنویں جیسا ہے۔ تم دیکھ ہی لوگے، اب مجھے یہ بتاؤ کہ کیا تمھیں معلوم ہے کہ شہنشاہ چی ای تھاؤ نے اتنی دور آ کر اپنا خزانہ پما کوٹی پر کیوں دبایا؟''

''نہیں۔ ہمیں نہیں معلوم۔'' آفت سنگھ اور بھیروں نے ایک ساتھ جواب دیا۔

''شہنشاہ چی ای تھاؤ جب معمولی آدمی تھا تو اس نے مہاتما بدھ کو ماننا چھوڑ دیا۔ اتفاق سے اسی زمانے میں اُسے عروج ہوا اور وہ بادشاہ بن گیا وہ یہ سمجھا کہ بھگوان کوئی چیز نہیں، خدا کا کوئی وجود نہیں جو کچھ بھی ہوں مَیں ہوں، یہ تمام دولت مَیں نے اپنے ہی بل

بوتے پر حاصل کی ہے، بس اس کا یہ سوچنا تھا کہ اسی دن سے اس کا زوال شروع ہوگیا۔ اسے کسی نے چین میں رہنے نہیں دیا۔ بغاوت ہوگئی اور وہ بھاگ کر یہاں آ گیا۔ اس نے ایک عقلمندی یہ کی کہ جس جگہ بھی گیا اپنی نشانیاں چھوڑتا گیا۔ جب وہ مر گیا تو اس کی انھی نشانیوں سے اس کے وارثوں کو اس کا پتا چلا۔ میں اس کا جائز وارث ہوں اور مجھے یہ معلوم ہے کہ اس نے اپنا خزانہ پما کوٹی کی چوٹی پر دبا دیا تھا۔ بس میں وہ خزانہ لینے آیا ہوں اور جیسا کہ میں نے تم سے کہا ہے، تم خزانہ کھودنے میں میری مدد کرو گے؟ بولو منظور ہے؟''

''منظور ہے، مجھے ہر بات منظور ہے۔'' بھیروں گڑگڑا کر بولا، ''مگر مگر بھگوان کے لیے اس مکڑی کو تو ہٹاؤ۔''

ہوانگ ہو نے اپنا ہاتھ بڑھایا اور مکڑی بھیروں کے شانے پر سے کود کو اس کی ہتھیلی پر جا بیٹھی، یہ بڑا عجیب وغریب لڑکا تھا۔ سچ تو یہ ہے کہ وہ تقریباً میری ہی عمر کا تھا مگر میں اس سے ڈرنے لگا۔ مجھے اس کی مکڑی سے بھی خوف محسوس ہونے لگا تھا۔ بعد میں جان ہم سے مشورہ کرنے لگا، اس کا خیال تھا کہ ہمیں لڑکے کا ساتھ تو دینا چاہیے مگر خزانے کے سلسلے میں کوئی لالچ نہیں ظاہر کرنا چاہیے۔ اگر خزانے کا ایک چوتھائی حصہ ہمیں مل گیا تو اسے ہم قبول کرلیں گے، اگر نہیں ملا تو ہم اصرار بھی نہیں کریں گے کیوں کہ ایک بے حد قیمتی اور نایاب خزانے کو ہم پچھلے کھنڈرات میں چھوڑ آئے ہیں۔ وہ خزانہ ہوانگ ہو والے خزانے سے بہت بڑا ہے اور ہمارے لیے وہی کافی ہے۔

وہ رات اسی مقام پر بسر ہوئی اور ہوانگ ہو کی مکڑی رات بھر اس کا پہرہ دیتی رہی اور صبح کے وقت اس نے مکڑی کو دوبارہ سیپ میں بند کرلیا۔ سچ تو یہ ہے کہ بھیروں اور آفت سنگھ اتنے خوف زدہ تھے کہ انھوں نے بھاگنے یا لڑکے کو مار ڈالنے کی ذرا سی بھی کوشش نہیں کی۔ سورج ابھی پوری طرح نکلا بھی نہ تھا کہ ہمارا قافلہ سب ساز و سامان کے ساتھ پما کوٹی کی طرف روانہ ہوگیا۔ ہم دیکھ بھال کر آگے قدم بڑھانے لگے۔ جنگل میں ایک عجیب قسم کی بو پھیلی ہوئی تھی اور چاروں سمت ایک پر اسرار اور گہرا سناٹا حاوی تھا۔ دل

خواہ مخواہ تیزی سے سینوں میں دھڑک رہے تھے، ہم جتنا آگے بڑھتے جھاڑیاں گھنی ہوتی جاتیں اور گنجان جنگل کو دیکھ کو سب کا کلیجہ منہ کو آرہا تھا۔ صرف ہوانگ ہو ہی تھا جو بڑی ہمت اور ہوشیاری سے آگے بڑھ رہا تھا۔

رہے ہم، تو ہم تو اس وقت ان تینوں کے رحم و کرم پر تھے۔ جو وہ چاہتے وہی ہو رہا تھا۔ جان کا مشورہ تھا کہ ہمیں بھاگنے کی کوشش نہیں کرنی چاہیے کیوں کہ اُس کے خیال میں یہی ہمارے حق میں بہتر تھا۔

چار گھنٹے کے بعد ہم پما کوٹی کے دامن میں کھڑے تھے۔ یہ پہاڑ بالکل سیدھا تھا، ہوانگ ہو کے حکم پر آفت سنگھ نے اس پر چڑھنے کی بار بار کوشش کی مگر ہر مرتبہ پھسل کر نیچے آرہا۔ آخر جان کے کہنے پر میں نے اسے مضبوط رسی سامان میں سے نکال کر دی۔ رسی کی مدد سے جیک چند ہی منٹ میں اوپر پہنچ گیا اور پھر ایک ایک کر کے ہم رسّی کو پکڑ کر اوپر چڑھنے میں کامیاب ہو گئے۔ میں نے دیکھا کہ پہاڑ کی چوٹی بہت خطرناک نظر آتی تھی اس چوٹی پر صرف ایک درخت تھا۔ بالکل سوکھا ہوا درخت جس کی ٹہنیاں یوں لگتی تھیں جیسے موت کے لمبے لمبے ہاتھ ہوں، جو اَب لپکے اور تب لپکے۔ درخت کے نیچے ایک انسانی ڈھانچا پڑا ہوا تھا۔ اسے دیکھ کر یہ جگہ دوزخ کا ایک سنسان کونا دکھائی دیتی تھی۔ ہمارے دل بری طرح دھڑک رہے تھے اور ہاتھ پیروں کا دم سا نکلا ہوا تھا، سب کے چہروں پر وحشت برس رہی تھی۔ یوں لگتا تھا جیسے ابھی کچھ نہ کچھ ہونے والا ہے!

''یہی وہ جگہ ہے جہاں لازوال دولت کسی اجنبی مسافر کی برسوں سے راہ تک رہی ہے۔'' ہوانگ ہو نے کہنا شروع کیا، ''اسی مقام پر کہیں نہ کہیں بے شمار دولت دفن ہے جو صرف قسمت والوں کو ملا کرتی ہے یا پھر ان لوگوں کو ملتی ہے جن کے دل صاف ہوتے ہیں۔ نیت میں کوئی کھوٹ نہیں ہوتا، یاد رکھو! یہ بہت مقدس جگہ ہے۔ شہنشاہ تھاؤ نے مرنے سے پہلے مہاتما بدھ سے توبہ کی تھی اور مرتے وقت اسے مہاتما کے درشن بھی ہوئے تھے بس میں نے بہت باتیں کرلیں اب فوراً دو کدالیں لے کر تم دونوں کُھدائی شروع کر دو۔''

آخری فقرے اس نے بھیروں اور آفت سنگھ کو مخاطب کر کے کہے۔ مرتے کیا نہ کرتے، دونوں نے کُدالیں زمین پر بجانے شروع کر دیں۔ خزانہ پانے کی خوشی میں دونوں کا خوف غائب ہو چکا تھا اور بھیروں کی نگاہوں میں پھر پہلے جیسی شیطانی چمک پیدا ہوگئی تھی۔ آفت سنگھ کا تو بس نہ چلتا تھا کہ ایک سیکنڈ میں گڑھے کی مٹی اٹھا کر باہر پھینک دے۔ دونوں کے جسم پسینے سے بھیگ چکے تھے اور وہ برابر زمین کھودے جا رہے تھے۔ آدھ گھنٹے کی جاں توڑ محنت کے بعد آخرکار ایک ایسا صندوق نظر آیا جس پر چینی نقش ونگار بنے ہوئے تھے۔ اسے دیکھتے ہی ان تینوں میں یکایک زبردست جوش پیدا ہوگیا البتہ جان اور جیک بالکل بے تعلق خاموش کھڑے رہے۔ کبڑے کی آنکھوں میں بھی حرص نظر آنے لگا۔ رہا میں، تو میں آپ سے سچ کہتا ہوں مجھے ایسے خزانوں سے ذرہ برابر بھی دلچسپی نہیں تھی۔

بھیروں اور آفت سنگھ نے ہوانگ ہو سے کہا کہ وہ صندوق کا ڈھکنا خود اٹھائے اور دیکھے کہ اس میں کیا ہے، یہ سن کر لڑکا رسی کی مدد سے سنبھل سنبھل کر گڑھے میں اترا۔ یہ گڑھا کھد جانے کے بعد تقریباً پندرہ فٹ گہرا ہوگیا تھا۔ جب وہ نیچے پہنچ گیا تو ہم نے بھی اس کنویں میں جھانکا۔ میں نے دیکھا کہ ہوانگ ہو ڈھکنا اٹھانے کی کوشش کر رہا ہے۔ بھیروں اور آفت سنگھ خاموش کھڑے تھے۔ اچانک میں نے دیکھا کہ بھیروں کا کدال والا ہاتھ اوپر اُٹھ رہا تھا۔ ہوانگ ہو کو جھکے دیکھ کر اس کی آنکھوں میں نفرت پیدا ہوگئی اور پھر اس نے کدال پوری قوت سے اُٹھا کر لڑکے کی کمر میں پیوست کر دی۔ وہ ایک زبردست چیخ مار کر پیچھے کی طرف گرا اور ایسا کرتے وقت صندوق کا ڈھکنا کھل گیا۔ ہم نے اوپر سے دیکھا کہ صندوق میں شہنشاہ چی ای تھاؤ کے بیش قیمت کپڑے نظر آ رہے تھے۔ بھیروں نے مرتے ہوئے لڑکے کی کوئی پروا نہ کی بلکہ دونوں ہاتھوں سے اس نے صندوق کا سامان باہر نکالنا شروع کر دیا۔ ہوانگ ہو ادھ کھلی آنکھوں سے اس کی یہ حرکت دیکھتا رہا۔ خزانہ تو کیا صندوق میں سے ایک چھوٹا سا سکہ بھی برآمد نہیں ہوا البتہ چینی زبان میں لکھی ہوئی ایک کاغذ پر چند سطریں ضرور نکلیں۔ بھیروں ڈاکو اپنی ناکامی

سے پاگل ہو گیا تھا۔ اس نے مرتے ہوئے لڑکے کو جھنجھوڑ کر رکھ دیا اور بولا، ”او بے وقوف! بتا یہ کیا لکھا ہے؟ بعد میں آسانی سے مَر جانا۔“

ہوانگ ہو مسکرایا۔ اس نے وہ تحریر پڑھی اور اٹک اٹک کر جو کچھ بتایا وہ میں نیچے لکھتا ہوں، اُس نے کہا۔

”یہی تو وہ دس خزانے ہیں جن کی ہر انسان کو تلاش رہتی ہے۔ سنو خزانے کا پہلا انمول موتی یہ ہے کہ ہمیشہ بزرگوں کا ادب کرو۔ دوسرا یہ کہ کسی کو حقیر نہ سمجھو، تیسرا یہ کہ کمزوروں کا خیال رکھو، ان پر ہاتھ نہ اٹھاؤ۔ چوتھا یہ کہ دولت سے دور رہو۔ یہ انسان کو اپنوں سے دور کر دیتی ہے۔ پھر پانچواں یہ کہ سب کے ساتھ بھلائی کرو۔ چھٹا یہ کہ مصیبت میں خدا کو یاد کرو۔ ساتواں یہ کہ عبادت کرو، یہ بُرائیوں سے دور رکھتی ہے۔ آٹھواں خزانہ یہ کہ چھوٹوں سے محبت کرو۔ نواں یہ کہ لالچ سے دل نہ بھرو اور دسواں خزانہ یہ کہ اپنی موت کو ہمیشہ یاد رکھو۔“

ہوانگ ہو نے اتنا کہنے کے بعد بڑی مشکل سے لرزتے ہوئے ہاتھوں سے اپنی سیپ نکالی اور اس کا ڈھکنا کھول دیا۔ ایسا کرتے ہی مکڑی تو آزاد ہو گئی مگر ہوانگ ہو ہمیشہ کے لیے موت کی قید میں جا بسا۔ مجھے اس چینی لڑکے پر ترس آ رہا تھا، اس غریب کو بھی کیا معلوم تھا کہ خزانہ دراصل دس انمول ہدایتیں ہوں گی اور اس میں کوئی شک نہیں کہ یہ ہدایات درحقیقت سمجھدار انسان کے لیے خزانے سے کسی طرح کم نہ تھیں۔ اچانک ایک بھیانک چیخ اس کنویں میں گونجی اور اس چیخ کے بعد دوسری چیخ۔ ہم نے جلدی سے جھانک کر دیکھا تو بھیروں اور آفت سنگھ کے جسم پانی بن کر بہہ رہے تھے۔ مکڑی نے ہوانگ ہو کا انتقام لے لیا تھا اور اب ہمارا بھی اس مقام پر کھڑے رہنے سے کوئی فائدہ نہ تھا۔ لہٰذا ہم نیچے اُترنے لگے۔ پما کوٹی پہاڑ سے اُترنے کے بعد ہم واپس اسی مقام یعنی پالام کوٹا گئے جہاں پر بھیروں نے ہمیں گرفتار کیا تھا۔ جان نے یہ طے کیا کہ ہم ایک دن وہاں گزاریں اور پھر اپنے اس سفر پر روانہ ہوں جس کے لیے ہم بمبئی سے روانہ ہوئے تھے۔

سفر۔ سفر۔ ہر وقت کا سفر! سچ تو یہ ہے کہ میں اب اس سفر سے عاجز آ گیا تھا۔ میری جگہ کوئی اور ہوتا تو کبھی کا اپنی جان چھڑا کر بھاگ چکا ہوتا مگر ایک تو نئے نئے واقعات میں حصہ لینے کا شوق اور دوسرا میرا عہد۔ اس لیے میں مجبور تھا کہ سفر میں ساتھ رہوں، راستے میں کیا ہوا؟ رات بھر ہم کس طرح چلتے رہے، کیا کیا مشکلات پیش آئیں؟ میرے خیال میں یہ سب کچھ مجھے آپ کو بتانے کی ضرورت نہیں کیوں کہ میں بے کار سی باتوں سے اپنی اس داستان کو بلاوجہ لمبا نہیں کرنا چاہتا۔ بس مختصراً یوں سمجھ لیجیے کہ ہم رات کے چار بجے کے قریب ماہی گیروں کی ایک بستی میں پہنچ گئے۔

یہ سب لوگ بالکل ننگ دھڑنگ تھے اور ان کا رنگ بھی بالکل کالا تھا۔ زبان ایسی بولتے تھے جو کم از کم میرے لیے عجیب تھی۔ خدا جانے ملیالم تھی، تامل تھی یا کیا۔ بہرحال جان، جسے دعویٰ تھا کہ دنیا کی بہت سی زبانیں سمجھ سکتا ہے، اس زبان کو بالکل نہیں جانتا تھا۔ بستی والے پہلے تو ہمیں پاگل سمجھ کر بھاگ گئے مگر جب ہم نے اشاروں سے انھیں قریب بلایا تو ڈرتے ڈرتے پاس آئے۔ ایسا لگتا تھا جیسے وہ ہمیں ڈاکو سمجھ رہے ہو کیوں کہ بندوق دیکھ کر ہر کوئی یہی سوچ سکتا تھا۔ ممکن ہے کہ بھیروں اور آفت سنگھ نے کبھی ان لوگوں کو پریشان کیا ہو اسی لیے وہ ہم سے ڈر گئے تھے۔ بڑی مشکل سے ہم نے انھیں سمجھایا کہ ہمیں کپڑے چاہئیں۔ ایک بوڑھا ماہی گیر ہمیں اپنے ساتھ لے کر بستی کے اندر گیا اور پھر ہمیں ایک جھونپڑی کے اندر چلنے کا اشارہ کیا۔

جھونپڑی کے اندر ایک بہت ہی بوڑھا شخص ناریل کی چٹائی پر بیٹھا ہوا تاڑی پی رہا تھا۔ ہمیں دیکھ کر وہ جلدی سے کھڑا ہو گیا، پیشتر اس کے کہ ماہی گیر اس سے کچھ کہتا۔ کبڑے چیتن نے آگے بڑھ کر ایک عجیب زبان میں اس سے باتیں شروع کر دیں۔

ہمیں بڑی حیرت ہوئی اور ساتھ ہی یہ تشویش بھی کہ خدا جانے یہ کمبخت اس اجنبی سے کیا کیا کہہ دے؟ بڑی مشکل کا سامنا تھا۔ ہم ان لوگوں کی ایک بات نہ سمجھ سکتے تھے اور وہ آپس میں برابر باتیں کیے جا رہے تھے۔ ڈر یہ تھا کہ کہیں کبڑا انھیں اپنا ہمدرد نہ بنا لے۔ اگر ایسا ہوگیا تو پھر ہم کہیں کے نہ رہیں گے۔ کافی دیر تک باتیں کرتے رہنے کے بعد بوڑھا ہم سے مخاطب ہوا۔ پہلے تو اُس نے ہم سب کو اوپر سے نیچے تک بڑے غور سے دیکھا اور پھر جان سے انگریزی میں بولا، ''آپ کا ساتھی کہہ رہا ہے کہ آپ کو سمندر میں کسی نامعلوم جزیرے پر جانا ہے اور اس کے لیے آپ کو کسی اسٹیمر یا کشتی کی ضرورت ہے؟''

بوڑھے کی زبان سے انگریزی سن کر ہم بہت خوش ہوئے اور ساتھ ہی یہ سوچ کر اطمینان بھی ہوا کہ کبڑا ابھی تک ہمارا وفادار ہے کیوں کہ اگر وفادار نہ ہوتا تو ہمیں پھنسانے کا اس کے لیے یہ بہترین موقع تھا۔ جان نے آگے بڑھ کر کہا، ''جی ہاں، ہمیں اسٹیمر یا کشتی کی سخت ضرورت ہے۔ کیا مل سکے گی؟''

''مل جائے گی مگر سمندری پولیس آپ کو ضرور پریشان کرے گی۔'' بوڑھے نے کہا۔

''آپ اس کی فکر مت کیجیے۔ پاسپورٹ کے علاوہ میرے پاس حکومت ہند کا خاص اجازت نامہ بھی موجود ہے۔''

''بس تو پھر ایک تیز رفتار بادبانی جہاز چار ملاحوں کے ساتھ آپ کو مل سکتا ہے یہ ہماری بستی کا جہاز ہے آپ کو ضرورت ہے تو آپ لے لیجیے اور اس کی قیمت دے دیجیے۔''

مختصر یہ کہ سب باتیں مکمل طور طے ہو جانے پر وہ چھوٹا سا جہاز ہم نے خرید لیا۔ پروگرام یہ تھا کہ ہم لوگ صبح کو روانہ ہو جائیں گے۔ اب شام ہو رہی تھی اس لیے اب ہم نے آرام کرنے کی ٹھانی تا کہ صبح کو سمندری سفر کے لیے تازہ دم ہو جائیں۔ سب ضروری کام کرنے کے بعد جب ہم آرام کرنے کے لیے لیٹے تو میں دل ہی دل میں کبڑے کے

بارے میں سوچتا رہا حالانکہ وہ اب شریف بن گیا تھا اور اب ہمیں اس سے کوئی خطرہ بھی نہیں تھا لیکن جو شخص ایک بار اپنے بھیانک روپ میں میرے سامنے آ چکا ہو، کیا پھر کبھی وہ دوبارہ ویسا ہی روپ اختیار نہیں کر سکتا! میرا دل بار بار گواہی دیتا تھا کہ یہ شخص ابھی تک خطرناک ہے اور ہمیں اس سے ہر وقت ہوشیار رہنے کی ضرورت ہے۔

اگلے دِن وہ ملاح جو اَب ہمارے ملازم تھے صبح گیارہ بجے ہمارے پاس آ گئے اور ہم سے کہا کہ سفر شروع کرنے کے لیے وہ ہر وقت تیار ہیں اور ضرورت کا سب سامان جہاز پر لاد لیا گیا ہے اس لیے بہتر ہوگا کہ سفر ابھی شروع کر دیا جائے۔ ہم تو تیار تھے ہی اس لیے اپنا اپنا سامان اٹھا کر بستی سے باہر نکلے۔ اس وقت ہم پیدل ہی چل رہے تھے کیوں کہ اپنے خچر ہم نے بستی کے بوڑھے شخص کی امانت میں دے دیے تھے۔ ارادہ تھا کہ اگر زندہ رہے اور واپس آئے تو لیں گے حالانکہ ہم نے اپنے سفر کا مقصد کسی کو بھی نہ بتایا تھا، پھر بھی لوگوں نے سمجھ لیا۔ ہم کسی خطرناک مہم پر جا رہے ہیں اس لیے ان لوگوں نے ہمیں جہاز پر بیٹھتے دیکھ کر زور زور سے نعرے لگانے شروع کر دیے۔ جان نے کبڑے سے پوچھا، ''تمھیں تو معلوم ہوگا کہ یہ لوگ کیا کہہ رہے ہیں؟''

''جی ہاں، معلوم ہے مگر بتاتے ہوئے میرا دل کانپتا ہے۔'' کبڑے نے گھبرائی ہوئی آواز میں جواب دیا۔

''پھر بھی، آخر کیا کہتے ہیں؟''

''وہ کہہ رہے کہ تم موت کے منہ میں جا رہے ہو۔ بھگوان کرے کہ تم زندہ واپس آؤ۔'' یہ کہہ کر کُبڑے نے ایک جھرجھری سی لی مگر جان نے بے پروائی سے جواب دیا، ''کوئی بات نہیں۔ مرنا تو سب کو ایک دن ہے ہی۔ پھر موت سے کیا ڈرنا!'' اتنا کہہ کر وہ جہاز میں بنے ہوئے ایک چھوٹے سے کیبن میں داخل ہوگیا اور اس کے پیچھے پیچھے ہم بھی اندر آ گئے۔ ایک چھوٹا سا کمرہ تھا جس میں چار بستر لگے ہوئے تھے اور ضرورت کی ہر وہ چیز موجود تھی جو ایک کمرے میں ہونی چاہیے۔ ہم ابھی بیٹھنے بھی نہ پائے تھے کہ جہاز ہلنے لگا اور تب ہم نے سمجھ لیا کہ ہم اب ایک ایسے بھیانک سفر پر روانہ ہو چکے ہیں جس کے

بارے میں ہمیں کچھ علم نہیں کہ کب ختم ہوگا اور جس سے بچ کر ہم واپس بھی آئیں گے یا نہیں؟

تقریباً چار بجے ہم بحری پولس کو مطمئن کرنے کے بعد آگے بڑھے۔ ہمارا قیمتی وقت بحری پولس نے بہت ضائع کیا۔ ہزاروں باتیں پوچھی گئیں اور ہزاروں جگہ اندراج کیا گیا کہ ہم کون ہیں اور کہاں جا رہے ہیں۔

اسٹیمر کے بجائے یہ چھوٹا سا بادبانی جہاز بہت مفید ثابت ہوا۔ اس لیے کہ اسٹیمر کے لیے ہمیں تیل بہت مقدار میں اپنے ساتھ رکھنا پڑتا۔ ایسے لمبے سفر کے لیے کتنا تیل جمع کرنا ہوتا! اس کا اندازہ میری بجائے آپ خود لگائیے۔ میں تو صرف اتنا سمجھ سکتا ہوں کہ تیل کے ڈرموں سے ہی پورا اسٹیمر بھر جاتا اور ہمارے لیے ذرا سی بھی جگہ نہ رہتی۔ بادبانی جہاز بہتر یوں تھا کہ ایک تو اس کے لیے کسی تیل کی ضرورت نہیں پڑتی تھی، دوسرے اس میں جگہ بھی کافی تھی۔

جہاز کی رفتار اس وقت ۱۵/ ناٹ فی گھنٹا تھی۔ چھے بج رہے تھے اور سورج اب چھپ رہا تھا۔ میں چونکہ قدرتی مناظر کا بہت دل دادہ ہوں اس لیے کمرے سے نکل کر باہر آ گیا۔ پورا سمندر اس وقت پگھلا ہوا سونا معلوم ہوتا تھا۔ سمندری پرندے بڑی تیزی سے اپنے آشیانوں کی طرف اُڑ رہے تھے۔ ہوا ہلکی ہوگئی تھی۔ اس لیے ملاح بادبانوں کا رُخ بدلنے میں مصروف تھے۔ سمندر بالکل خاموش تھا۔ لہریں بہت کم اُٹھ رہی تھیں۔ ہر طرف پانی ہی پانی دِکھائی دیتا تھا۔ سچ بات یہ ہے کہ اس طرح مجھے جہاز کی رفتار کا بھی صحیح اندازہ نہیں ہو رہا تھا۔ ریل میں تو یہ ہوتا ہے کہ برابر سے گزرتے ہوئے ٹیلی فون کے کھمبے اور درخت اس کی رفتار بتاتے رہتے ہیں مگر یہاں پانی میں آس پاس کچھ بھی نہ تھا! مجھے بھلا کیا معلوم تھا کہ جس سمندر کو میں اس وقت اتنی دلچسپی سے دیکھ رہا ہوں وقت آنے والا ہے کہ وہ اتنا خطرناک ہو جائے گا کہ مجھے اس سے بچنے کے لیے صرف موت ہی سب سے زیادہ آسان راستہ نظر آئے گی۔

میں نیچے کمرے میں جانے ہی والا تھا کہ جیک اور جان دونوں دوربینیں لیے

ہوئے اوپر آ گئے۔ جان بھی ڈوبتے سورج کو دیکھ کر بہت خوش ہوا اور ہم سے کہنے لگا، ''سمندر اس وقت بہت حسین لگ رہا ہے لیکن یہی سمندر چودھویں رات کو بپھر جاتا ہے۔ اس میں بڑا زبردست جوار بھاٹا آتا ہے اور جہاز ڈانواں ڈول ہو جاتے ہیں اور پھر اسی رات کو سمندر میں کہیں سے وہ جزیرہ نمودار ہوتا ہے جو درحقیقت ہماری منزل مقصود ہے!''

''مسٹر جان، میرے خیال میں اب وقت آ گیا ہے کہ آپ ہمیں تمام باتیں تفصیل سے بتائیں ...'' جیک نے آہستہ سے کہا، ''کیوں کہ بغیر کچھ جانے بوجھے ہم وقت پڑنے پر آپ کی مدد کس طرح کر سکتے ہیں؟''

''بالکل ٹھیک ہے۔'' جان نے کھنکار کر کہنا شروع کیا۔ ''سنانے کو تو میں سنا دوں مگر کہانی الف لیلہ یا طلسمِ ہوش رُبا جیسی ہے۔ مجھے بھی یقین نہ آتا اگر میں نے ایک جہاز راں سے اس جزیرے کا نام نہ سنا ہوتا۔ اس کا نام ولیم تھا۔ ایک بار اس پانی پر سفر کرتے وقت اُسے جزیرہ چاگس سے آگے جانے پر ایک بہت بڑا جزیرہ خود بخود پانی میں سے اُبھرتا ہوا نظر آیا۔ ولیم نے فوراً لنگر ڈال دیے اور اس جزیرے پر جا اُترا۔ وہیں اس نے وہ مکھی دیکھی جس کی ہمیں بھی تلاش ہے اور جس کی بابت کبڑا چیتن تم کو سب کچھ بتا ہی چکا ہے۔ ولیم ایک بہت اچھا سائنس داں تھا۔ اس نے اندازہ لگایا کہ یہ جزیرہ چاند رات کے بعد آدھے مہینے تک پانی کے اوپر رہتا ہے، اس کے بعد پھر آہستہ آہستہ پانی میں غرق ہونا شروع ہو جاتا ہے۔ ساتھ ہی اپنے مختلف آلات سے اس نے یہ بھی معلوم کیا کہ مکھی کی آنکھوں میں کیا تاثیر ہے، پورے چودہ دن اس جزیرے میں گزارنے کے بعد آخر ولیم مکھی کے بارے میں ایک ایک بات معلوم کر کے پھر اپنے جہاز میں بیٹھ گیا اور سالوں بعد امریکہ پہنچا۔ اپنے سفر کے حالات اس نے ایک کتاب میں لکھے تھے اور اُسی کتاب سے مجھے یہ باتیں معلوم ہوئی ہیں۔''

''مگر آپ نے ان باتوں کا یقین کیسے کر لیا؟ ہو سکتا ہے کہ یہ باتیں غلط بھی ہوں؟'' میں نے اتنا سن کر جان سے پوچھا۔

''یقین کیوں نہ کرتا! اپنے باپ کا کون یقین نہ کرے گا۔ ولیم میرا باپ تھا۔''
اتنا کہہ کر جان خاموش ہو گیا۔ کچھ دیر تک لہروں کو دیکھتا رہا اور پھر بولا، ''خزانے کی بابت مجھے کیسے پتا چلا یہ بتانے سے کچھ فائدہ نہیں کیوں کہ خزانہ اب ہم پا ہی چکے ہیں۔ ہمیں تو اَب یہ سوچنا ہے کہ آگے ہمارے ساتھ کیا پیش آنے والا ہے۔''

یہ سنتے ہی میرا دل دہل گیا۔ سورج کبھی کا غروب ہو چکا تھا اور ہر طرف اندھیرا پھیل گیا تھا۔ صرف پانی کی ہلکی سی آواز آ رہی تھی ورنہ ہر طرف خاموشی تھی۔ میرا دل آپ ہی آپ اندر بیٹھا جا رہا تھا۔ کسی آنے والے طوفان سے پہلے سمندر بالکل پرسکون ہوتا ہے۔ مجھے سمندر کی یہ خاموشی بری لگ رہی تھی۔ میرا جی چاہتا تھا کہ لہریں اُٹھیں اور جہاز تیز چلے مگر جہاز تو اس وقت تیز چلتا جبکہ ہوا بھی ہوتی۔ نہ جانے کس طرح یہ مَنوں وزنی جہاز سمندر کے سینے پر چل رہا تھا۔ جب ہم واپس کمرے میں آئے تو کبڑا اپنے بستر پر لیٹا ہوا کچھ سوچ رہا تھا۔ ہمیں آتا دیکھ کر وہ اُٹھ گیا اور بڑی بے قراری سے پوچھنے لگا، ''اب ہم کتنی دور آ گئے ہوں گے؟''

''میرے حساب سے صرف چند اِنچ۔ یوں سمجھو کہ میلوں لمبے فاصلے کے لحاظ سے چند اِنچ آئے ہیں۔'' جان نے جواب دیا۔

''مجھے ڈر لگ رہا ہے۔ نہ جانے کیا ہونے والا ہے۔'' کبڑا واقعی خوف زدہ تھا۔

''بے وقوفی کی باتیں مت کرو۔ جان ہتھیلی پر رکھنے کے بعد ہی ایسا سفر کیا جاتا ہے۔'' جیک نے ڈانٹا۔ ''اس طرح تم دوسروں کو بھی ڈرا دو گے۔''

رات بغیر کسی خاص واقعے کے گزر گئی۔ جان تمام رات ملاحوں کے پاس قطب نما لیے بیٹھا رہا اور انھیں راستہ بتاتا رہا۔ ہم تینوں یعنی میں، کبڑا اور جیک سوتے رہے۔ صبح کے وقت سمندری پرندوں کی چیخوں نے ہمیں جگایا۔ بے تابی اتنی تھی کہ اس اُمید پر تیزی سے دوڑتے ہوئے باہر آئے کہ ہوسکتا ہے کوئی نئی بات معلوم ہو! باہر آ کر دیکھا تو جان ایک تختے کا سہارا لیے سو رہا تھا اور چاروں ملاح اپنی زبان میں کوئی عجیب سا گیت گا رہے تھے۔ سچ بات تو یہ ہے کہ ہم میں سے کوئی بھی اس وقت جان کو جگانا نہیں چاہتا تھا۔

وہ رات بھر کا جاگا ہوا تھا اس لیے ہم نے سوچ لیا کہ اسے آرام کرنے دیا جائے۔ ملاحوں کو صحیح سمت بتا کر اور انھیں چند ہدایتیں دے کر ہم جہاز کے دوسرے کونے میں آ بیٹھے اور خاموش بیٹھ کر یہ سوچنے لگے کہ اب ہمیں کیا کرنا چاہیے؟

کرنا بھی کیا تھا سوائے اس کے کہ ہاتھ پر ہاتھ دھرے بیٹھے رہیں اور جہاز کے اس کونے سے اس کونے تک بار بار چکر لگاتے رہیں۔ اسی طرح سوچتے سوچتے رات ہوگئی۔ اور پھر ایک رات کیا، ایک ایک کرکے چار راتیں گزر گئیں مگر ہمارا سفر برابر جاری رہا۔ اس عرصے میں جان اپنے ناپ تول کے اوزار لیے بیٹھا رہا اور قطب نما سے ملاحوں کو راستہ بتاتا رہا۔ سچ تو یہ ہے کہ اب میں سمندری سفر سے اُکتا چکا تھا۔ نہ ختم ہونے والا پانی، اوپر آسمان اور ہمارا ڈگمگاتا ہوا جہاز ... یہی اب میری دنیا تھی۔ اس چھوٹے سے جہاز میں چلتے پھرتے اب میں تھک گیا تھا اور چاہتا تھا کہ جلد سے جلد میرے پاؤں زمین سے لگیں۔ مگر زمین ... ہائے یہ زمین اب کہاں تھی؟

کومورِن کی کسی قریبی بستی سے چلے ہوئے اب ہمیں پانچ دن گزر چکے تھے۔ اکتوبر کی دس تاریخ تھی اور ہندی مہینے کے حساب سے چاند رات ۱۹ر تاریخ کو پڑتی تھی۔ مطلب یہ کہ ہمیں آٹھ دن اور آٹھ راتیں اسی طرح پانی میں چلنا تھا۔ پھر کہیں جاکر اس جزیرے کا تصور کرنا چاہیے تھا۔ اس وقت سے پہلے جزیرے کے بارے میں سوچنا بھی حماقت سے کم نہیں تھا۔ میری سمجھ میں نہیں آتا تھا کہ سمندر کے بیچ یہ آٹھ دن کس طرح گزاروں گا مگر یہ دن گزارنے کا سامان بھی قدرت نے کردیا اور ایسے خوفناک طریقے سے کہ اب کے وہ وقت یاد آتا ہے تو رونگٹے کھڑے ہوجاتے ہیں۔

کوئی خاص بات نہیں تھی مگر شام ہی سے ہوا ذرا تیز ہوگئی تھی ... اکتوبر کی راتیں ویسے بھی سرد ہوتی ہیں، اوپر سے پانی میں بھیگی ہوئی یہ ہوائیں ایسا لگتا تھا جیسے لاتعداد سوئیاں جسم میں چبھی جارہی ہیں۔ سورج بھی ٹھٹھرتا ہوا غروب ہو رہا تھا۔ آسمان پر ایک بھی پرندہ نظر نہ آتا تھا۔ اگر اِکّا دُکّا کوئی دِکھائی بھی دیتا تو بالکل کٹی ہوئی پتنگ کی طرح جس طرف ہوا چاہتی، اسے بہا کر لے جاتی۔ ہمارے جہاز کا بھی یہی حال ہونے لگا۔

ملاحوں نے جلدی جلدی بادبان اُتار لیے اور خوف زدہ نظروں سے آسمان کو تکنے لگے۔ لہروں کا زور بڑھتا ہی جا رہا تھا اور سمندر کا پانی آہستہ آہستہ اوپر اُٹھنے کی کوشش کر رہا تھا۔ آسمان بالکل کالا ہو گیا تھا اور لہریں بار بار اپنا خوفناک منہ کھول کر جیسے ہمیں نگلنے کے لیے اوپر لپکتی تھیں۔ جلدی ہی طوفان شروع ہو گیا۔ ایسا طوفان جو میں نے زندگی میں کبھی نہ دیکھا تھا۔ کئی کئی سو فٹ اونچی لہریں اُٹھتیں اور جہاز کے اوپر سے ہو کر گزر جاتیں۔ ہم اپنے کمرے میں جامنوں کی طرح گھل رہے تھے۔ جہاز کے بائیں طرف ڈولنے سے ہم تیزی کے ساتھ کمرے کی دائیں دیوار سے جا ٹکراتے اور دائیں طرف ڈولنے سے بائیں دیوار سے۔ کبھی جہاز چکر کھانے لگتا تو ہم بھی لٹو کی طرح گھومنے لگتے۔ ملاح ایسی خوفناک حالت میں بھی اپنے اوسان قابو میں رکھے ہوئے تھے۔ وہ جہاز کو بچانے کے لیے اِدھر اُدھر بھاگے بھاگے پھر رہے تھے۔ حالانکہ جہاز میں بارش کے پانی کے نکلنے کے لیے نالیاں بنی ہوئی تھیں مگر سمندر کا پانی جب اوپر سے گزرتا تو جہاز پانی سے بھر جاتا۔ تب ملاحوں کو بالٹیوں سے پانی نکالنا پڑتا۔ طوفان بڑھتا ہی جا رہا تھا۔ ایسی زبردست آوازیں پیدا ہو رہی تھیں کہ ہم چیخ چیخ کر بھی ایک دوسرے سے بات نہ کر سکتے تھے۔ کھڑے ہونے کی کوشش کرتے تو پھر جلدی سے گر پڑتے اور گرتے ہی بیگن کی طرح لڑھکنے لگتے۔

خدایا! یہ کیسا عذاب تھا! ایسی آفت تو میں نے زندگی میں کبھی نہ جھیلی تھی۔ مجھے کچھ معلوم نہ تھا کہ جہاز کس سمت میں جا رہا ہے۔ یہ بھی ڈر تھا کہ کہیں کسی سمندری چٹان سے ٹکرا کر پاش پاش نہ ہو جائے مگر اس وقت ہم کر بھی کیا سکتے تھے۔ ملاح ہار چکے تھے اور جہاز لہروں کے تھپیڑے کھاتا ہوا کسی نامعلوم سمت کی طرف جا رہا تھا۔ رات کے دو بجے تک ہمارا یہی حشر ہوتا رہا۔ کمرے کی چیزوں سے ٹکراتے ٹکراتے ہمارے نئے کپڑے جگہ جگہ سے پھٹ گئے تھے۔ منہ چوٹیں کھاتے کھاتے سوج گئے تھے اور ہاتھ پیروں سے خون رِس رہا تھا۔ اوروں کے بارے میں تو کچھ کہہ نہیں سکتا، ہاں، اپنے بارے میں اتنا بتا سکتا ہوں کہ ایک بار جہاز کسی طوفانی لہر کی وجہ سے بری طرح ڈگمگایا تو میرا سر دیوار سے

ٹکرایا۔ چوٹ اتنی سخت آئی کہ پھر مجھے معلوم نہ ہوسکا کہ میں کہاں ہوں۔ بس ایسا محسوس ہوا کہ آہستہ آہستہ کسی خوفناک اندھیرے غار میں گرتا جارہا ہوں۔!

❖❖❖

شاید رات کے چار بجے کا وقت تھا کہ مجھے ہوش آیا۔ ممکن تھا کہ میں کافی دیر تک بے ہوش پڑا رہتا اگر ملاحوں کی چیخیں میرے کانوں میں نہ پڑتیں اور کبڑے چیتن کی بار بار دیوتاؤں کو پکارنے کی آوازیں مجھے نہ سنائی دیتیں۔ ساتھ ہی مجھے ایسا لگا جیسے کوئی طاقت جہاز کو سمندر سے اوپر اُٹھا رہی ہے۔ پہلے تو میں سمجھا کہ شاید کسی خطرناک لہر نے جہاز کو اوپر اُچھال دیا ہے مگر ایسا بالکل نہ تھا۔ جہاز بالکل نہیں ڈگمگا رہا تھا لیکن وہ لمبی ترازو کے پلڑے کی طرح آہستہ آہستہ اوپر اُٹھتا جارہا تھا۔ میں نے حیرت سے جان اور جیک کو دیکھا تو وہ بھی خاموش کھڑے تھے۔ یوں لگتا تھا جیسے انھیں سکتہ ہوگیا ہو! میرے حواس آہستہ آہستہ قابو میں آتے جارہے تھے۔ پہلے میرا خیال تھا کہ شاید میں خواب دیکھ رہا ہوں مگر پھر مکمل طور پر ہوش میں آجانے کے بعد یہ حیرتناک بات مجھے معلوم ہوئی کہ جہاز سچ مچ ہَوا میں اوپر اُٹھ رہا ہے اور ساتھ ہی ایک نہایت تیز روشنی، ایسی روشنی جس کے آگے شاید سورج بھی پانی بھرے، ہمارے جہاز کے چاروں طرف چھائی ہوئی ہے۔ تعجب کی بات یہ تھی کہ جب یہ روشنی کھڑکی سے گزر کر میری آنکھوں پر پڑی تو میری آنکھیں بالکل نہیں چندھیائیں! کافی اوپر اُٹھ جانے کے بعد جہاز اب آہستہ آہستہ آگے بڑھنے لگا، بالکل ہوائی جہاز کی طرح۔ میں نے کھڑکی سے جھانک کر نیچے دیکھا تو ڈر کے مارے میری چیخ نکل گئی۔ ہمارا جہاز اس وقت سطحِ سمندر سے کئی سو فٹ بلند تھا اور آہستہ آہستہ روشنی کے ایک راستے پر چلتا ہوا اس طرف بڑھ رہا تھا جہاں سے وہ تیز روشنی آرہی تھی۔ ایسا لگتا تھا جیسے وہ روشنی اُسے اپنی طرف کھینچ رہی ہو۔ میں نے جلدی سے اس مقام کو دیکھا جہاں سے روشنی آرہی تھی اور جو اندازہ میں نے اس وقت لگایا وہ بعد میں بھی ٹھیک ثابت ہوا۔ روشنی کسی سرچ لائٹ جیسی چیز میں سے نکل رہی تھی اور یہ سرچ لائٹ دو بڑے

بڑے پہاڑوں کے درمیان میں تھی اور وہ بڑے پہاڑ کسی قریب کے جزیرے ہی میں تھے۔

''ہم کہاں جارہے ہیں سر اور یہ کیا چیز ہے؟'' میں نے جلدی سے گھبرا کر جان سے پوچھا۔

''ہم کہاں جارہے ہیں!'' جان نے چونک کر کہا۔ ''یہ میں ابھی کچھ نہیں بتا سکتا۔ ہمارا جہاز اپنے راستے سے ہٹ گیا ہے۔ پھر بھی میں اتنا ضرور بتا سکتا ہوں کہ اس وقت ہم کسی نامعلوم لیکن بہت بڑی طاقت کے پنجے میں پھنس گئے ہیں کیوں کہ ایسی کوئی شعاع جو کئی سو من وزنی اس جہاز کو ہَوا میں اُٹھائے، دنیا میں آج تک دریافت نہیں ہوسکی۔ ہمیں اب خود کو حالات کے سپرد کردینا چاہیے۔ ہمارے حق میں یہی بہتر ہے۔''

''مگر آخر یہ ہے کیا؟'' کبڑے نے کپکپاتے ہوئے پوچھا۔

''میں نے کہا نا کہ میں کچھ نہیں بتا سکتا۔'' جان نے کہا۔ ''کچھ دیر بعد خود ہی پتا چل جائے گا مگر اتنا میں ہر ایک کو بتائے دیتا ہوں کہ اپنی مرضی سے خود کوئی کام نہ کیا جائے۔ جو میں کہوں اسے مانا جائے کیوں کہ ہم کسی معمولی طاقت کے اثر میں نہیں ہیں بلکہ کسی بہت بڑی سائنسی طاقت نے ہمیں کھلونا بنالیا ہے اور وہ طاقت ...''

اتنا کہہ کر جان خاموش ہوگیا مگر ہم نے بے تابی سے پوچھا، ''کون ہے وہ طاقت؟''

''وہ کم از کم اس دنیا کی نہیں معلوم ہوتی بلکہ کسی دوسرے سیّارے کی ہے۔'' جان نے آہستہ سے جواب دیا۔

میں بیان نہیں کرسکتا کہ یہ سن کر جسم کس بُری طرح لرزا ہے۔ طوفان نے پہلے ہی اَدھ مرا کردیا تھا لیکن یہ سن کر تو ایسا لگا جیسے ہمارے جسموں میں طاقت ہی نہیں ہے۔ میں اپنے آپ ہی جہاز کے تختے پر بیٹھ گیا۔ حالانکہ اس میں میرے اِرادے کو کوئی دخل نہ تھا۔ جہاز برابر اسی رفتار سے اس نامعلوم روشنی کی طرف کھنچا چلا جارہا تھا۔ خدا جانے وہ روشنی کیا تھی اور کون سے جزیرے میں تھی۔ جہاں تک میری معلومات کا تعلق ہے اور جیسا کہ

جان نے مجھے بعد میں بتایا تھا، طوفان ہمیں ۱۵ ڈگری عرض البلد کے قریب لے آیا تھا۔ خط استوا اس مقام سے بے حد قریب ہے مگر جغرافیہ دانوں کے حساب سے خط استوا کے نزدیک یا دور ایسا کوئی جزیرہ نہیں ہے جو اَب ہمیں نظر آ رہا تھا۔

جلد ہی ہمارا جہاز اُن پہاڑوں کے نزدیک پہنچ گیا جن کے درمیان سے سورج کی روشنی سے بھی تیز شعاع نکل رہی تھی۔ میں نے غور سے ان پہاڑوں کو دیکھا اور دیکھتے ہی چیخ مار کر جان سے لپٹ گیا کیوں کہ وہ پہاڑ اپنی جگہ سے ہل رہے تھے۔ ان کی لمبی لمبی ٹانگیں بھی تھیں اور ہاتھ بھی۔ نہ جانے یہ منظر دیکھ کر میں بے ہوش کیوں نہ ہوا۔ حالانکہ کبڑا اور چاروں ملاح چیخیں مار کر بے ہوش ہو چکے تھے! کچھ دیر بعد مجھے محسوس ہوا کہ ہمارا جہاز کسی کے بہت بڑے ہاتھ میں ہے۔ میں نے کھڑکی میں سے جھانک کر باہر دیکھا تو خوف کے مارے چکرا آ گیا۔ سطحِ سمندر سے کم از کم سو فٹ کی بلندی پر ہمارا جہاز کسی دیوزاد کی صرف تین اُنگلیوں والے ہاتھ میں تھا۔ غور سے دیکھنے پر ایک عجیب قسم کا سبز پردہ مجھے کھڑکی کے آگے ہلتا ہوا نظر آیا اور جب یہ پردہ ذرا دور ہٹا تو معلوم ہوا کہ بغیر بالوں کا ایک لمبوترا سر ہے جس میں اندر کو دھنسی ہوئی دو آنکھیں ہیں۔ میں جسے سبز پردہ سمجھا تھا دراصل وہ اس دیونما انسان کی آنکھ تھی۔ ہری آنکھ!

سچ بات تو یہ ہے کہ اپنی یہ کہانی لکھتے ہوئے وہ ڈر اور خوف میں اپنی تحریر میں پیدا نہیں کر سکتا جو درحقیقت اس وقت میرے دل میں پیدا ہوا تھا۔ صدمے برداشت کرنے کی دل کو اب عادت سی ہو گئی تھی۔ اس لیے یہ نئی قسم کا صدمہ بھی جھیل گیا۔ میں نے جو کچھ باہر دیکھا تھا وہ جان کو بتا ہی رہا تھا کہ ہمارے کمرے کی چھت ایک زوردار آواز سے اُڑ گئی اور پھر ہاتھی کی ٹانگ سے بھی کئی گُنا موٹی دو اُنگلیوں نے جیک کو کمر سے پکڑ کر اوپر اُٹھا لیا۔ اس غریب نے بہت چیخیں ماریں، بہت مدد کے لیے چلایا مگر سب بے کار۔ ہم میں سے کوئی بھی اُسے بچا نہ سکا۔ بندوقیں اور پستول تو ایسے دیو کو مارنے کے لیے بالکل بے کار سی چیز تھے اور پھر ہمیں معلوم بھی نہ تھا کہ وہ ہمارا کیا حشر کرے گا۔ اس لیے وقت سے پہلے کوئی حماقت کرنا اپنی موت کو آپ دعوت دینے کے برابر تھا۔ ابھی ہم

دونوں اپنے بچاؤ کی ترکیب سوچ ہی رہے تھے کہ وہی دو اُنگلیاں پھر نمودار ہوئیں اور اس بار بے ہوش کبڑے کو اُٹھا کر لے گئیں۔ ہم دونوں نے سمجھ لیا کہ بس اس کے بعد اب ہماری باری ہے۔ جہاز میں سے نیچے کودنا بھی بیکار تھا کیوں کہ اتنی بلندی سے جزیرے پر گرنے سے ہم کسی بھی طرح زندہ نہیں رہ سکتے تھے۔ جہاز میں اور کوئی جگہ بھی چھپنے کی نہیں تھی اس لیے مجبوراً خود کو تقدیر کے سپرد کر کے ہم خاموش کھڑے رہے۔ کچھ منٹ بعد وہی اُنگلیاں پھر اندر آئیں اور توقع کے مطابق جان کو اُٹھا کر لے گئیں۔ میں نے سوچ لیا کہ اب میری باری ہے۔ چاروں ملاح چونکہ باہر تھے اس لیے وہ یقیناً پہلے ہی سے اُٹھائے گئے ہوں گے۔ اچانک مجھے ایک خیال آیا۔ بارود کا ایک چھوٹا سا ڈبا اور ٹارچ اُٹھا کر میں نے اپنے سفری تھیلے میں ڈال لی اور پھر تھیلا اپنے کندھے سے لٹکا لیا۔ جب اُن اُنگلیوں نے مجھے پکڑ کر اُٹھایا تو میں نے محسوس کیا کہ انھوں نے اس بات کا خیال ضرور رکھا کہ مجھے ہلکے سے پکڑیں۔ کہیں ایسا نہ ہو کہ میں دب کر مر جاؤں!

صبح ہونے والی تھی اور ہلکی سی روشنی اب جزیرے پر پھیلنے لگی تھی۔ ڈر کے مارے میں نے اپنی آنکھیں بند کر لیں کیوں کہ میں نے محسوس کیا کہ وہ اُنگلیاں مجھے پکڑ کر کسی سمت میں لے جا رہی تھیں۔ اگر میں پھسل کر نیچے گر جاتا تو میری ہڈی پسلی کا بھی پتا نہ چلتا۔ جب میں نے آنکھیں کھولیں تو میرے پاؤں زمین سے لگ چکے تھے۔ فوراً ہی اِن اُنگلیوں نے مجھے چھوڑ دیا۔ جان، جیک، بے ہوش کبڑا اور چاروں ملاح مجھے اپنے سامنے کھڑے نظر آئے۔ میں نے دیکھا کہ بڑے بڑے پہاڑ کے پتھروں کو اوپر تلے رکھ کر ان دیونما انسانوں نے ایک پیالہ سا بنا دیا ہے اور ہمیں اس پیالے میں چھوڑ دیا ہے۔ پتھروں کا پیالہ اس لیے بنایا گیا تھا کہ ہم کہیں نکل کر بھاگ نہ سکیں۔ اس میں کوئی شک نہیں کہ ہم بھاگ نہیں سکتے تھے کیوں کہ اگر ہم پتھروں پر چڑھ کر بھاگنا بھی چاہتے یا کسی سوراخ سے نکلنے کی کوشش بھی کرتے تو پتھروں کے اپنی جگہ سے ہل کر نیچے لڑھکنے کا خطرہ تھا۔ اور تب نتیجہ ظاہر تھا۔ ہم پتھروں سے کچلے جا سکتے تھے!

✤✤✤

ایک بڑے سوراخ میں سے جھانکنے کے بعد معلوم ہوا کہ سورج آہستہ آہستہ بلند ہو رہا ہے۔ اس روشنی میں ہم نے ایک دوسرے کی شکل دیکھی۔ ایسا لگتا تھا جیسے ہمارا سارا خون کسی نے نچوڑ لیا ہے! سب کے چہرے پیلے پڑے ہوئے تھے۔ جیک جیسے طاقتور آدمی کا کالا چہرہ بھی اس وقت سفید تھا۔ سب ہی کے کپڑے بُری طرح پھٹ چکے تھے۔ جیک کو کالے کپڑے پہننے کی عادت تھی مگر کومورن کے نزدیک والی بستی سے بڑی مشکل سے اُسے اپنی ناپ کی عجیب سی قمیص اور پتلون منگوا کر پہننی پڑی تھی۔ یہ کپڑا مٹیالے رنگ کا تھا اور تب کپڑے کے رنگ میں اور جیک کے چہرے کے رنگ میں کوئی فرق نہیں تھا! ہم پر مصیبت ہی ایسی پڑی تھی کہ اب ہر ایک کو اپنی ہی فکر تھی۔ جان کے یہ پوچھنے پر کہ میرے تھیلے میں کیا ہے، جب میں نے اسے بارود اور ٹارچ کے بارے میں بتایا تو وہ بہت خوش ہوا اور کہنے لگا۔

''تمھاری زیادہ تعریف تمھیں کہیں مغرور نہ بنا دے اس لیے اب میں تعریف نہ کروں گا۔ صرف اتنا کہوں گا کہ یہ کام تم نے بہت عقل مندی کا کیا ہے۔ اس عجیب و غریب مخلوق سے ٹکر لینے کے لیے بارود بہت ضروری چیز ہے۔ اب میں تم سب سے ایک بات اور کہہ دوں۔ یہ دیو جو کچھ کہے اسے ضرور ماننا۔ ہم اس کی خوشامد کر کے ہی بچ سکتے ہیں ورنہ اور کوئی طریقہ اس مصیبت سے نجات پانے کا نہیں ہے۔''

''مگر ... مسٹر جان یہ ہے کون؟'' جیک نے پوچھا۔

''اس کا جواب میں پہلے ہی دے چکا ہوں۔'' جان نے کہنا شروع کیا۔ ''سائنس اور اس کے ماننے والوں کا ہماری دنیا نے ہمیشہ مذاق اُڑایا۔ ہم کہتے رہے کہ اُڑن

طشتریوں کا وجود ہے مگر لوگوں نے نہیں مانا۔ ہم نے یہ بھی کہا کہ زمین کی طرح دوسرے بہت سے سیاروں میں زندگی ہے مگر بہت کم لوگوں نے یقین کیا۔ ہم چاند پر بھی پہنچ گئے۔ وہاں کی مٹی اپنے ساتھ لائے۔ پھر ہم نے مریخ پر کمند ڈالی۔ اس کی تصویریں حاصل کیں اور دنیا کو بتایا کہ مریخ پر زندگی نہیں ہے۔ مگر لاتعداد سیارے ابھی باقی رہ گئے ہیں؛ زہرہ، نیپچون، مشتری، زحل وغیرہ۔ ان کے بارے میں ہم کچھ نہ جان سکے۔ میرے خیال میں یہ مخلوق بھی کسی ایسے ہی سیارے کی ہے۔ یہ میں ابھی نہیں بتا سکتا کہ یہ قوم اس جزیرے میں آباد ہے یا کچھ عرصے کے لیے عارضی طور پر یہاں آئی ہے! ویسے اندازہ یہ ہے کہ یہ دیونما انسان اس جزیرے میں نہیں رہتے کیوں کہ اگر رہتے ہوتے تو ان کے کئی کئی سو فٹ اونچے مکان میری اور دوسرے جہاز رانوں کی نگاہوں سے ہرگز نہیں چھپ سکتے تھے۔''

جان کچھ اور کہنا ہی چاہتا تھا کہ یکایک ہاتھی کی چنگھاڑ سے ملتی جلتی ایک آواز آئی۔ آواز میں اتنی گونج تھی کہ ہمارے پیالے نما قیدخانے کا ایک پتھر اس گونج کے اثر سے نیچے گر گیا مگر شکر ہے کہ اندر نہیں گرا۔ اس کے بعد کسی کے دبے دبے پاؤں رکھ کر آگے آنے کی چاپ سنائی دی اور پھر پیالے میں اندھیرا ہوگیا۔ میں نے اوپر دیکھا تو یہ ان دونوں عجیب انسانوں کے سر تھے جن کی وجہ سے روشنی اندر آنی بند ہوگئی تھی۔ میں بڑی دیر تک ان دونوں کو دیکھتا رہا۔ سچ، بڑی خوفناک اور ہیبت ناک شکلیں تھیں۔ سر لمبوترا تھا، پیشانی کے نیچے ہی دو بڑی بڑی لیکن بغیر پتلی کی سبز آنکھیں تھیں۔ ناک سرے سے ندارد تھی۔ ناک کی جگہ صرف چوہے جیسی تھوتھنی سی تھی اور اس تھوتھنی کے نیچے منہ، بالکل مچھلی کے منہ جیسا۔ چہرہ بالکل سرخ تھا، سر اور کندھوں کے درمیان گردن کا نام و نشان تک نہ تھا۔ جب وہ منہ کھول کر حیرت سے ہمیں دیکھ رہے تھے تو میں نے اندازہ لگایا کہ ان کے منہ میں ایک بھی دانت نہیں تھا۔ ہاتھوں میں صرف تین تین اُنگلیاں تھیں اور بازوؤں کی مچھلیاں بہت زیادہ تنی ہوئی تھیں۔ جسم بالکل ننگا تھا اور کپڑوں کی بجائے ایک کھال سی ان کے نچلے جسم پر منڈھی ہوئی تھی۔ یہ تھے وہ عجیب انسان! ہمیں دیکھ کر انھوں

نے خوشی کی چنگھاڑیں ماریں اور پھر ایک نے اپنا ہاتھ اندر ڈال کر دو بے ہوش ملاحوں کو ایک ساتھ اُٹھا لیا۔ ملاحوں کو اپنی ہتھیلی پر لٹا کر انھوں نے ہلا جلا کر دیکھا اور پھر یہ سوچ کر کہ یہ 'کھلونے' تو خراب ہوگئے ہیں، انھوں نے دونوں ملاحوں کی ٹانگیں پکڑ کر انھیں دور پھینک دیا۔ بالکل اس طرح جیسے ہم چوہے کی دُم پکڑ کر پھینک دیتے ہیں۔ خوف کے مارے میری چیخ نکل گئی۔ جان اور جیک نے جلدی سے پتھروں کا سہارا لے لیا۔ دونوں ملاحوں کی اس عبرت ناک موت سے ہمیں بہت رنج پہنچا مگر کر بھی کیا سکتے تھے؟

وہ دونوں اب پھر اندر جھانک رہے تھے۔ میں سمجھ گیا کہ اب شاید دونوں بے ہوش ملاحوں اور کبڑے چیتن کی باری ہے۔ سمجھ میں نہ آتا تھا کہ کیا کروں؟ خدا کی ذات پر مجھے پورا بھروسا تھا۔ مجھے یہ بھی معلوم تھا وہ مصیبت کے وقت اپنے بندوں کی ضرور مدد کرتا ہے اور پھر سچ بات تو یہ ہے کہ خدا نے ہی میرے دل میں وہ خیال پیدا کیا، جس نے بعد میں ہم سب کی زندگیاں بچالیں۔ میں نے جلدی سے آگے بڑھ کر اپنی چھاگل میں سے پانی نکال کر دونوں ملاحوں اور کبڑے کے چہرے پر چھڑکا۔ ایسا کرنے سے وہ فوراً ہوش میں آگئے اور ان کے ہوش میں آتے ہی میں نے آہستہ سے کہا، ''خبردار! دوبارہ بے ہوش ہونے کی کوشش مت کرنا ورنہ برا حشر ہوگا۔ ڈرو مت اور ہمت سے کام لو۔''

ملاح پھٹی پھٹی خوف زدہ نظروں سے اس مخلوق کو دیکھنے لگا۔ کُبڑا ابھی لرزتا کانپتا جان کے پاس آ کر کھڑا ہوگیا۔ دونوں دیو اب حیرت سے مجھے دیکھ رہے تھے۔ آخر ان میں سے ایک نے جھک کر باہر سے کوئی چیز اُٹھا کر اپنی ہتھیلی پر رکھ لی۔ میں نے غور سے دیکھا تو وہ ایک مردہ ملاح تھا۔ اپنے ساتھی کا یہ حشر دیکھ کر ملاحوں نے چیخیں مارنی چاہیں مگر جان نے اُنھیں ڈانٹ دیا اور وہ خاموش کھڑے لرزتے رہے۔

ہتھیلی پر ملاح کو لِٹانے کے بعد ان میں سے ایک نے اپنا ہاتھ میری طرف بڑھایا اور اشارے سے مجھ سے میری چھاگل مانگی۔ میں نے فوراً دے دی۔ چھاگل کی ڈاٹ اپنے ناخن سے کھول کر اس نے پانی مردہ ملاح پر چھڑکا۔ مگر پانی آبِ حیات ہوتا تو مردہ

زندہ ہو جاتا۔ وہ غریب تو مر چکا تھا۔ جب اس نے دیکھا کہ اس طرح ملاح زندہ نہیں ہوا تو اس نے پھر اُسے پہلے کی طرح ٹانگ پکڑ کر ایک طرف پھینک دیا۔ ملاحوں نے پھر بری طرح چیخیں ماریں۔ چیخوں کی آواز سن کر اس دیو نے پلٹ کر ہمیں دیکھا اور پھر وہ دونوں آپس میں اسی ہاتھی جیسی چنگھاڑ والی آواز سے باتیں کرنے لگے۔ میں اسے باتیں ہی کہوں گا کیوں کہ شاید یہی ان کی زبان تھی! مجھے خطرہ ہوا کہ کہیں وہ ناراض نہ ہو جائیں۔ اس لیے میں نے جلدی سے نٹوں کے سے کرتب دِکھانے شروع کر دیے۔ کبھی اُچھلتا، کبھی ہاتھوں کے بل چھلانگیں لگاتا اور کبھی قلابازیاں کھاتا۔ میری ان حرکتوں سے وہ اتنے خوش ہوئے کہ تالیاں بجا بجا کر قہقہے لگانے لگے۔ میں بیان نہیں کر سکتا کہ کیسی ہیبت ناک آوازیں تھیں اور کتنی خوف زدہ کرنے والی ہنسی تھی! اب تو چوں کہ ہم ان کے رحم و کرم پر تھے اس لیے خاموش کھڑے رہے۔

خوب دل کھول کر ہنس لینے کے بعد ان میں سے ایک نے اپنا ہاتھ ہمارے قید خانے میں ڈال کر ہتھیلی پھیلا دی اور اشارے سے مجھ سے کہا کہ میں ہتھیلی پر چڑھ جاؤں۔ اس کی دیکھا دیکھی دوسرے نے بھی اپنا ہاتھ آگے بڑھا دیا اور جان کو اشارہ کیا کہ وہ بھی اس کی ہتھیلی پر آ جائے۔ جان نے گھبرا کر مجھے دیکھا اور میں نے مسکرا کر آہستہ سے جواب دیا، ''انھیں خوش کرنے کا اس کے علاوہ اور کوئی طریقہ نہیں۔ جو یہ کہیں وہ مان لیجیے۔ یہ آپ کے ہی الفاظ ہیں اور ان پر عمل کرنا ضروری ہے کیوں کہ اگر ہم نے ان کا کہنا نہ مانا تو یہ ہمارا وہی حشر کر سکتے ہیں جو پہلے ملاحوں کا ہوا ہے۔''

''ٹھیک کہتے ہو۔'' جان نے اتنا کہا اور ہتھیلی پر چڑھ گیا۔ مزے کی بات یہ ہے کہ اس کو اوپر چڑھنے میں کبڑے نے مدد دی اور جیک مجھے اپنے کندھوں پر کھڑا کر کے ہتھیلی تک لے آیا۔ تب میں کود کر ہتھیلی پر چڑھا۔ ہتھیلی کی اونچائی کا اندازہ آپ خود لگا لیجیے۔ اب وہ وقت یاد کرتا ہوں تو ہنسی آ جاتی ہے۔ ایک زمانہ تھا کہ اسکول میں گلیور کی کہانی پڑھا کرتے تھے کہ وہ کس طرح بونوں کے ملک میں پہنچا اور پھر اس کے بعد دیووں کے دیش میں۔ مجھے کیا معلوم تھا کہ ایک دن میں خود بھی جیتے جاگتے دیووں کے جزیرے

میں پہنچ جاؤں گا۔ خیر، تو اپنی ہتھیلیوں پر اُٹھا کر وہ دونوں مجھے اور جان کو پیالے سے باہر لے گئے۔ میں یقیناً اس وقت ڈیڑھ سو فٹ کی بلندی پر تھا۔ سب سے پہلے میں نے ملاحوں کو دیکھا کہ وہ کس حالت میں ہیں اور ان کی حالت وہی تھی جس کی مجھے توقع تھی۔ ان کی ہڈی پسلی ایک ہو گئی تھی۔ جان نے انھیں دیکھ کر جلدی سے اپنے سینے پر صلیب کا نشان بنایا اور پھر دوبارہ ہتھیلی سے چپک گیا۔

ہمیں ہاتھوں پر اُٹھائے ہوئے وہ دونوں دیوزاد نیچے زمین پر بیٹھ گئے۔ پھر ایک نے قریب ہی پڑا ہوا اپنا ایک بکس کھول کر تقریباً بیس فٹ لمبا ایک راکٹ نکالا۔ راکٹ کا دروازہ کھول کر انھوں نے ہم دونوں کو باری باری اس کے اندر چھوڑ دیا اور پھر راکٹ انھوں نے زمین پر سیدھا کھڑا کر دیا۔ کھڑکی میں سے جھانک کر میں نے دیکھا کہ وہ اب بجلی کے چند تار بکس کے کسی خانے میں سے نکالنے میں مصروف تھے۔ ان کے ہاتھوں میں ایک چھوٹا سا ڈبا تھا جس میں کچھ ہینڈل اور بٹن سے لگے ہوئے تھے۔ یکایک ان میں سے ایک نے ہمیں دیکھ کر ایک ہینڈل گھما کر کوئی بٹن دبایا اور تب فوراً ہی ہمارے راکٹ کو ایک زوردار جھٹکا محسوس ہوا اور پھر میں نے دیکھا کہ وہ آہستہ آہستہ زمین سے اوپر اُٹھنے لگا!

میرے پاس وہ الفاظ نہیں ہیں کہ اپنی اس وقت کی پریشانی کے بارے میں کچھ لکھ سکوں۔ جان تو دونوں ہاتھوں سے سر پکڑ کر بیٹھ گیا مگر میں برابر کھڑکی سے لگا ہوا باہر جھانکتا رہا۔ راکٹ بہت ہی تیزی سے آسمان کی طرف جا رہا تھا۔ جزیرہ مجھے اب بالکل چھوٹا سا نظر آنے لگا تھا۔ کچھ ہی سیکنڈ بعد راکٹ بادلوں میں چھپ گیا لیکن رفتار وہی رہی۔ ٹھیک تو میں بتا نہیں سکتا، لیکن میرا خیال ہے کہ ہم دونوں اس راکٹ میں تقریباً بیس ہزار فٹ کی بلندی پر گئے۔ ہمارے سانس اب گھٹنے لگے تھے۔ آکسیجن کی کمی کی وجہ سے سانس لینے کے لیے ہمیں پورا منہ کھولنا پڑتا تھا۔ سردی اتنی ہو گئی تھی کہ جسم کپکپانے لگا تھا اور دانت آپس میں بجنے لگے تھے۔ پہلے تو میرا خیال تھا کہ شاید ہم دونوں اسی عجیب سی مخلوق کی دنیا میں جا رہے ہیں۔ اپنی بے بسی کا خیال کر کے دل رو رہا تھا کہ جانا کہاں تھا

اور جا کہاں رہا ہوں۔ مگر پھر اچانک راکٹ کی رفتار گھٹنے لگی اور وہ اوپر جانے کی بجائے اب آہستہ آہستہ نیچے اُترنے لگا۔ مجھے یقین تھا کہ راکٹ لازمی طور پر جزیرے کی کسی چٹان سے ٹکرا کر پاش پاش ہو جائے گا مگر ایسا نہ ہوا، آہستہ آہستہ وہ راکٹ پھر اسی جگہ آ کر ٹک گیا جہاں سے وہ اُڑا تھا۔

''تم کچھ سمجھے؟'' جان نے مجھ سے کہا۔ ''یہ راکٹ اس قسم کا ہے جو ریڈیو کی لہروں سے کنٹرول کیا جا سکتا ہے اور جہاں تک میں سمجھ سکا ہوں یہ کھلونا راکٹ ہے یا پھر ان لوگوں کے کسی بہت بڑے راکٹ کا نمونہ۔ بہرحال یہ تو اب نیچے اُترنے پر ہی پتا چلے گا۔''

فوراً ہی ہمارے راکٹ کا دروازہ کھلا اور پھر ایک چھوٹا سا زینہ ان دیوؤں میں سے ایک نے اپنی دو اُنگلیوں سے پکڑ کر دروازے سے لگا دیا۔ ہم جب اس زینے سے نیچے اُتر رہے تھے تو وہ دونوں خوشی سے تالیاں بجا رہے تھے اور ان تالیوں کی آواز سے ہمارے کانوں کے پردے پھٹے جا رہے تھے۔ نیچے اُترتے ہی ہم نے دیکھا کہ جیک، کبڑا اور دونوں ملاح بھی پیالے نما قید خانے سے باہر کھڑے ہمیں حیرت سے دیکھ رہے تھے۔ ان دیوؤں کے چہروں پر اس وقت بہت زیادہ خوشی تھی۔ اور بار بار وہ ایک دوسرے سے ہاتھ ملا کر ویسی ہی ہاتھی کی آواز جیسی چنگھاڑیں مار رہے تھے۔

دو بجے تک ان دونوں نے ہماری خوب گت بنائی۔ ہمیں چلا پھرا کر دیکھا، ملاحوں کو اشارے سے پانی میں تیرنے کے لیے کہا۔ ہمیں خوب دوڑایا۔ ہم سب سے کرتب دیکھے اور آخر میں ہمیں باری باری اُٹھا کر اسی قید خانے میں پہنچا دیا۔ وہ تو غنیمت ہوا انھوں نے ہمیں ہمارے جہاز تک جانے کی اجازت دے دی تھی اور ہم نے اس میں سے کھانے پینے کا بہت سا سامان نکال لیا تھا۔ بعد میں یہی سامان انھوں نے اُٹھا کر ہمارے قید خانے میں رکھ دیا تھا۔ ان کے اچھے برتاؤ سے ہماری ڈھارس بندھی اور ہمیں یقین ہو گیا کہ وہ ہمیں نقصان پہنچانا نہیں چاہتے۔ ہم نے آرام سے بیٹھ کر کھانا کھایا اور پھر پتھروں سے کمر لگا کر باتیں کرنے لگے۔ سب سے پہلے جیک نے کہا۔

''مسٹر جان! میرے خیال میں وہ دونوں کہیں دور چلے گئے ہیں۔ کیوں نہ ہم

یہاں سے بھاگ چلیں؟''

''بھاگ چلیں!'' جان نے پھیکی سی مسکراہٹ کے ساتھ کہا۔ ''کیسی بچوں کی سی باتیں کرتے ہو جیک۔ بھلے آدمی! ہم ان سے بچ کر کہاں جا سکتے ہیں اور فرض کرلو کہ ہم بھاگ بھی گئے تو اپنے جہاز کو سمندر میں کس طرح ڈالیں گے؟ کیا ہم سب مل کر جہاز اُٹھا سکتے ہیں! میرے خیال میں ہرگز نہیں، اور پھر یہ جہاز ساحل سے اس وقت یقیناً چار فرلانگ کے فاصلے پر کھڑا ہے۔ تم نے اسے کھینچنا بھی چاہا تو کیا اتنی دور تک کھینچ لوگے؟''

جان واقعی ٹھیک کہہ رہا تھا۔ ہماری آزادی میں یہ سب سے بڑی رکاوٹ تھی۔ کبڑا بڑی دیر سے خاموش تھا مگر اس وقت چونکہ اس کی جان پر بن رہی تھی اس لیے بولا، ''اس سے بہتر تو یہ ہے کہ ہم سمندر ہی میں ڈوب جائیں۔ یہ دیو تو پتا نہیں ہماری کیسی گت بنائیں گے؟''

ایک ملاح نے اس کی ہاں میں ہاں ملا کر کہا، ''ڈوبیں کیوں صاحب! اگر ہم بچ گئے تو اس جزیرے سے کوئی درخت کاٹ کر اس کی کشتی بنالیں گے۔ کشتی بنانا ہم دونوں کے لیے کوئی مشکل کام نہیں ہے۔ درخت کے تنے کو اندر سے کھوکھلا کر کے اس کی ایک معمولی سی کشتی آسانی سے بنائی جا سکتی ہے۔''

''چاہے تمھاری یہ کشتی کچھ دن بعد بیچ سمندر میں جا کر ڈوب ہی کیوں نہ جائے... نہیں، یہ طریقہ غلط ہے۔ اس سے تو اسی جگہ گھٹ گھٹ کر مرجانا بہتر ہے۔'' جیک نے جلدی سے جواب دیا۔ اس کے لہجے میں نا اُمیدی صاف جھلک رہی تھی۔

میں خاموشی سے ان سب کی باتیں سن رہا تھا۔ آخر میرے دماغ میں بھی اچانک ایک ترکیب آئی۔ میں نے جان سے کہا، ''میرے خیال میں ایک طریقہ آزاد ہونے کا ہوسکتا ہے۔''

''وہ کون سا؟'' سب نے ایک ساتھ پوچھا۔

''بارود اور چاقوؤں کی مدد سے ایک لمبی سی سرنگ بنائی جائے۔ یہ سرنگ ہمارے اس قید خانے سے کوئی آدھے فرلانگ کی دوری پر جا کر نکلے۔ ہم اس سرنگ کے راستے

قیدخانے سے باہر نکل سکتے ہیں۔ اس سرنگ کا دوسرا بڑا فائدہ یہ ہوگا کہ قیدخانے سے سرنگ میں داخل ہونے کا راستہ ہم اوپر سے کسی طرح ڈھک کر سرنگ میں چھپ جائیں گے۔ دیو سمجھیں گے کہ ہم کسی طرح نکل بھاگے ہیں۔ وہ ہمیں پورے جزیرے میں تلاش کرتے پھریں گے مگر ہم ان کے ہاتھ نہیں آسکیں گے۔ انھیں اس کا کیا علم کہ ہم نے سرنگ بنا لی ہے اور ہم اس میں چھپے بیٹھے ہیں۔ آزاد ہو جانے کے بعد جہاز کو سمندر میں واپس لے جانے کے بارے میں سوچنا بعد کی بات ہے۔''

سب ہی نے میری اس تجویز کو پسند کیا اور اسی وقت سرنگ کے کھودنے کا کام شروع ہوگیا۔ ملاحوں نے کھدائی کا کام اپنے ذمے لے لیا۔ جیک نے مٹی باہر نکالنے کا اور کبڑے نے اس مٹی کو زمین پر پھیلانے کا۔ مٹی ہم اس لیے زمین پر پھیلانا چاہتے تھے کہ اگر دیو آجائیں اور اندر جھانک کر دیکھیں گے تو انھیں مٹی کے ڈھیر نظر نہ آئیں ...کوئی دو گھنٹے کی لگاتار محنت کے بعد ہم لوگ صرف دس ہی فٹ لمبی سرنگ کھود سکے۔ کھودتے کھودتے جب ہم تھک جاتے تو کچھ دیر آرام کر لیتے۔ اس کے بعد فوراً اپنا کام شروع کر دیتے۔ شام کے پانچ بجے تک ہم نے تقریباً تیس فٹ لمبی سرنگ کھود لی۔ آگے کام جاری رکھنے کا ارادہ تھا کہ یکایک ہمیں پھر ہاتھی کی سی چنگھاڑیں سنائی دیں۔ ہم سمجھ گئے کہ وہ دونوں پھر آپہنچے۔ اس لیے جلدی جلدی ہم سرنگ کے منہ پر بیٹھ گئے تاکہ انھیں کچھ نظر نہ آئے۔ جلد ہی ان کے قدموں کی دھب دھب سنائی دی اور پھر انھوں نے اندر جھانک کر دیکھا۔ میں نے انھیں دیکھ کر خوشی سے تالیاں بجائیں۔ تالیوں کی آواز سن کر وہ بہت خوش ہوئے اور خود بھی تالیاں بجانے لگے۔ کچھ دیر تک یہی تماشا ہوتا رہا۔ آخر ان میں سے ایک نے جھک کر کوئی چیز اُٹھائی اور پھر اسے ہمارے قید خانے میں پھینک دیا۔ وہ چیز دراصل ایک تقریباً آٹھ فٹ لمبی مچھلی تھی اور اس وقت تک زندہ تھی۔ اپنے خیال میں انھوں نے ہمیں یہ چھوٹی سے چھوٹی مچھلی دی تھی مگر درحقیقت ہم سب کے لیے یہ کافی تھی۔ اپنی زندگی میں اتنی لمبی مچھلی میں نے شاید ہی کبھی دیکھی ہو!

سورج اب آہستہ آہستہ سمندر کی طرف جھک رہا تھا۔ نہ جانے اچانک کیا بات

ہوئی کہ انھوں نے جلدی سے پلٹ کر سورج کو دیکھا اور پھر ایک دوسرے سے آپس میں کچھ باتیں کیں اور گھبرا کر واپس چلے گئے۔ ہم نے اطمینان کا سانس لیا اور سرنگ کا کام ادھورا چھوڑ کر مچھلی پر پل پڑے مگر اب یہ سوال پیدا ہوا کہ بغیر لکڑیوں کے ہم مچھلی کو آگ پر کس طرح بھونیں؟ ''ایک طریقہ ہوسکتا ہے۔'' جان نے کہنا شروع کیا۔ ''ہم لوگ سرنگ کھود کر اس قید خانے سے باہر نکل جائیں اور جزیرے سے سوکھی ہوئی لکڑیاں چن کر لائیں۔ اس کے بعد سرنگ میں بیٹھ کر مچھلی بھونیں۔ شام ہو ہی رہی ہے، سرنگ کھودتے کھودتے رات ہوجائے گی اور رات کو یہ کام آسانی سے ہوسکے گا۔''

جان کی یہ تجویز سب کو پسند آئی اور ہم پھر سے اپنے کام میں جٹ گئے۔ جلد ہی ہم نے پندرہ فٹ لمبی سرنگ اور بنالی۔ اس طرح پینتالیس فٹ لمبی سرنگ جب جزیرے کی زمین میں سوراخ بنا کر اوپر کی طرف نکلی تو ہم نے جزیرے کی کھلی زمین پر قدم رکھا۔ چاند نکل آیا تھا اور اس کی ہلکی روشنی میں ہر چیز صاف نظر آرہی تھی۔ ہمیں لکڑیاں ملیں ضرور مگر سب کی سب گیلی تھیں۔ جان نے بتایا کہ دھوپ کے نکلنے کے بعد بھی یہ لکڑیاں گیلی ہیں۔ اس کا مطلب یہ ہوا کہ یقیناً یہاں رات کو پانی آجاتا ہوگا یا پھر ہوسکتا ہے کہ شاید یہ وہی جزیرہ ہے جس کی ہمیں تلاش ہے کیوں کہ وہ جزیرہ بھی چاند رات کو سمندر میں سے اُبھرتا ہے اور پندرہ دن تک پانی کے اوپر رہتا ہے۔

مجبوراً ہم نے وہی گیلی لکڑیاں اکٹھی کیں اور سرنگ میں آکر بڑی مشکل سے وہ مچھلی بھون کر کھائی۔ جب پیٹ بھر گیا تو جسم میں طاقت آگئی اور وہیں آگ کے قریب بیٹھ کر ہم آپس میں مشورہ کرنے لگے۔ ہر ایک اس وقت یہی سوچ رہا تھا کہ اب کیا ہوگا؟

جیک نے بہت سوچ بچار کے بعد کہا، ''میرا خیال ہے کہ ہمیں اس سرنگ ہی میں چھپ کر بیٹھ رہنا چاہیے یا پھر یہاں سے کچھ دور آگے جا کر کسی غار میں پناہ لینی چاہیے۔ اس طرح دو فائدے ہوں گے؛ پہلا تو یہ کہ ہم ان دیو نما انسانوں کا کھلونا نہیں بن سکیں گے اور دوسرا یہ کہ کسی آتے جاتے جہاز کو ہاتھ ہلا کر یا سگنل دے کر ہم اسے اپنی مدد کے لیے بلا سکیں گے۔''

''دوسرا خیال ٹھیک ہے۔'' میں نے کہا۔ ''کیوں کہ سرنگ میں چھپے رہنے سے بھی نقصان ہے۔''

''کیسا نقصان؟'' جیک نے دریافت کیا۔

''نقصان یوں ہے کہ ہمیں نہ پاکر وہ دیو غصّے میں آ جائیں گے اور اگر کسی نے ہماری سرنگ کے اوپر کوئی چٹان وغیرہ گرادی تو ہمارے لیے بڑی مشکل ہوگی۔ سرنگ اندر سے کھوکھلی ہوا کرتی ہے۔ چٹان کے گرنے سے وہ اندر سے دب جائے گی اور تب ممکن ہے ان پر ہمارا راز فاش ہو جائے۔ اس لیے بہتر یہی ہے کہ ہم کسی غار ہی میں پناہ لیں۔''

جان نے میری اس تجویز سے اتفاق کیا اور پھر ہم رات کے اندھیرے میں، چٹانوں کی آڑ لیتے ہوئے، اِدھر اُدھر غور سے دیکھتے ہوئے کسی غار کی تلاش میں نکلے۔ بڑی جان توڑ کوشش کے بعد ایسا ایک غار مل گیا مگر یہ غار ایک چٹان کے بالکل نیچے تھا اور سمندر اس کے دہانے سے بالکل لگ کر بہہ رہا تھا۔ ہم نے مجبوراً اسی غار کو اپنے لیے پسند کیا۔ ٹارچ یہاں بہت کام آئی۔ ہم نے اسے جلا کر پہلے غار کو دیکھا۔ نہایت صاف ستھرا غار تھا۔ اس میں قدم رکھنے کے بعد ہم نے اطمینان کا سانس لیا۔ چونکہ ہم بری طرح تھکے ہوئے تھے اس لیے غار میں پہنچتے ہی فوراً سو گئے۔

ہماری آنکھ اس وقت کھلی جبکہ سمندر کے پانی نے اندر غار میں آ کر ہمارے جسموں کو گیلا کر دیا۔ شاید یہ تیز ہوا کا کرشمہ تھا۔ ہوا نے سمندر میں پھر زبردست طوفان پیدا کر دیا تھا۔ لہریں بوکھلائی ہوئی آتیں اور غار میں جگہ ڈھونڈنے میں ناکام رہ کر پھر واپس چلی جاتیں۔ اس وقت صبح کے پانچ بج رہے تھے۔ جاگنے کا وقت تو ویسے بھی ہو گیا تھا لیکن اگر لہریں ہمیں اس طرح آ کر نہ اُٹھاتیں تو شاید ہم سوتے ہی رہتے۔ ڈرتے ڈرتے ہم لوگ غار میں سے باہر آئے۔ ہمارے سب کپڑے (اگر آپ انھیں چیتھڑے سمجھیں تو بہتر ہوگا) بھیگ چکے تھے اور اب غار میں جگہ بھی نہیں رہی تھی۔ باہر آتے ہی ایک عجیب نظارہ ہمارے دیکھنے میں آیا۔ وہ دونوں دیو غصّے میں بھرے ہوئے تھے اور ہمارے قید خانے کے پتھر اُٹھا اُٹھا کر اِدھر اُدھر پھینک رہے تھے۔ ہم جانتے تھے کہ ہمیں

قید خانے میں نہ پا کر وہ یہی کریں گے۔ ہم خاموشی سے ایک چٹان کی اوٹ میں کھڑے ہوئے ان کی حرکتیں دیکھ رہے تھے۔

ہمیں ایک ایک جگہ تلاش کرنے کے بعد آخر کار وہ جلدی جلدی پورے جزیرے میں چکر لگانے لگے۔ اُن کے ایک قدم کا فاصلہ تقریباً آدھے فرلانگ کا تھا۔ جلد ہی ان میں سے ایک اس جگہ آ گیا جہاں ہم چھپے ہوئے تھے۔ اس وقت ہم لوگوں نے ڈر کے مارے اپنے سانس تک روک رکھے تھے اور سب کے سب چٹان سے بالکل چھپکلی کی طرح چپک کر رہ گئے تھے۔ جہاں تک میں سمجھ سکا ہوں اس دیو نے شاید ہمیں سونگھ کر پہچانا۔ ہوسکتا ہے کہ اس کے نزدیک ہم زمین کے انسانوں کے جسموں سے کوئی خاص بو نکلتی ہو۔ حقیقت شاید یہی تھی کیوں کہ اس نے جھک جھک کر ہمیں ہر طرف دیکھنا شروع کر دیا۔ میں دل میں سوچ رہا تھا کہ بُرے پھنسے۔ اگر اس وقت ہم غار ہی میں ہوتے تو یہ کم بخت ہمیں پھر کسی طرح بھی نہ پا سکتا تھا! مگر یہاں کھلے میدان میں کسی بھی وقت ان کی نظروں میں آ جانے کا خطرہ تھا!

اور پھر آخر کار یہ خطرہ ہمیں پیش آ ہی گیا۔ اس نے ہمیں دیکھ لیا اور غصّے کے مارے اس نے بڑے زور کی چنگھاڑ ماری اور پھر فوراً ہی ہمیں پکڑنے کے لیے ہاتھ بڑھایا۔ ''بھاگو، بھاگو۔'' یہ کہہ کر جیک سب سے پہلے اس کی ٹانگوں کے نیچے سے نکل کر بھاگنے لگا۔ دیو اُسے بھاگتے دیکھ کر یکایک اُس کی طرف پلٹ گیا۔ حالانکہ وہ اپنی پوری قوت سے بھاگ رہا تھا مگر دیو نے ایک قدم بڑھایا تو جیک اُس کے دونوں قدموں کے درمیان آ گیا۔ دوسرا دیو جیک کو پھنستے ہوئے دیکھ کر ہماری طرف متوجہ ہوا اور پھر آہستہ آہستہ اس نے ہماری طرف اپنا ہاتھ بڑھانا شروع کیا۔

اس وقت وہ سخت غصّے میں تھے کیوں کہ ہم نے ان کی مہربانیوں کا ناجائز فائدہ اُٹھایا تھا۔ کسے معلوم تھا کہ وہ ہمیں پکڑ کر کیا سلوک کرتے؟ اب جب وہ وقت یاد آتا ہے تو روح لرز جاتی ہے اور سارے جسم میں سنسنی سی دوڑنے لگتی ہے اور میں بڑی دیر تک سوچتا رہتا ہوں کہ کتنے حیرت انگیز اور بھیانک حالات سے مجھے گزرنا پڑا تھا! دیو کا ہاتھ

اب جان تک پہنچ چکا تھا۔ جیک نے تو خیر بھاگنے کی ہمت بھی کر لی تھی مگر ہم اب بالکل بے بس تھے۔ ہمارے ایک طرف سمندر تھا، دوسری طرف چٹانیں اور تیسری جانب دیو۔ ہم بھاگ ہی نہیں سکتے تھے۔ ملاح بری طرح چیخ رہے تھے اور کبڑا چیتن بار بار دیوتاؤں کو یاد کر رہا تھا۔ میں اس زمانے میں بہت زیادہ بہادر تو تھا نہیں اس لیے خوف کے مارے میں نے بھی اپنی آنکھیں بند کر لیں۔

یکایک ایک بہت ہی زور کی چنگھاڑ سنائی دی۔ اتنے زور کی کہ اِن دونوں دیوؤں کی چنگھاڑ اُس کے آگے کچھ بھی نہیں تھی۔ پتھر لڑھکنے لگے، چٹانیں ٹوٹ ٹوٹ کر گرنے لگیں اور جزیرے کی زمین لرزنے لگی۔ ہم نے گردن اونچی کر کے دیکھا۔ اور ہم نے جو کچھ دیکھا اس کے بیان کرنے کو الفاظ نہیں ملتے۔ بس یوں سمجھو کہ ہمارے اوسان خطا ہو گئے اور جسم کی قوت اچانک ختم ہو گئی۔ ایک تیسرا لیکن سب سے بڑا دیو چٹانوں کے پیچھے سے نمودار ہوا اور آگے بڑھ کر اس نے ایک دیو کا ہاتھ پکڑ لیا۔ گویا منع کرنا چاہتا ہو کہ ہمیں نہ پکڑے، پہلے دونوں دیو اُس کے مقابلے میں بچے نظر آتے تھے۔ وہ دونوں سہم گئے اور خوف زدہ نظروں سے آنے والے دیو کو دیکھنے لگے۔ ہم خاموش کھڑے ان تینوں کو دیکھ رہے تھے۔ آنے والے دیو نے فوراً آگے بڑھ کر اُن دونوں دیوؤں کو اپنی گود میں اُٹھا لیا اور ہمیں بڑی خاموش لیکن رحم بھری نگاہوں سے دیکھنے کے بعد وہ واپس چلا گیا۔

تب ہمیں معلوم ہوا کہ جن دیوؤں کی ہم قید میں تھے دراصل وہ دونوں تو بچے تھے اور اسی لیے وہ بچوں کی سی حرکتیں کر رہے تھے۔ ہمیں کھلونا سمجھ کر کھیلنا، ہمارے کرتب دیکھ کر خوش ہونا، ہمیں اپنے کھلونے (راکٹ) میں بٹھا کر ہوا میں اُڑانا اور تالیاں بجانا، یہ سب بچوں کی سی ہی باتیں تو تھیں! جان نے ہمیں بتایا کہ یقیناً آنے والا دیو اُن دونوں کا باپ تھا اور انھیں چند انسانوں کو پریشان کرتے دیکھ کر فوراً آ گیا اور ہمیں نٹ کھٹ بچوں کی شرارتوں سے بچا لیا۔ اس کے چلے جانے کے بعد ہم بھی جلدی جلدی ایک اونچی چٹان پر چڑھ گئے تاکہ دیکھیں کہ وہ کون لوگ ہیں اور کہاں رہتے ہیں۔ چٹانیں پہلے

دیوار بنی ہوئی تھیں اور ان کی وجہ سے ہمیں پہلے جو نہیں دِکھائی دیتا تھا وہ بلندی پر آنے کے بعد اب دِکھائی دینے لگا۔

ہمارے بالکل سامنے تقریباً ہزار فٹ لمبا ایک بہت بڑا راکٹ کھڑا تھا۔ اس راکٹ کے دروازے کے قریب تیسرے دیو جیسے چار دیو اور کھڑے تھے، جب بچوں کا باپ انھیں گود میں لیے ہوئے دروازے کے اندر داخل ہوگیا تو وہ چاروں بھی جلدی سے راکٹ میں چڑھ گئے۔ کچھ ہی دیر بعد راکٹ کا نچلا حصہ شعلے اُگلنے لگا اور پھر ایک زوردار آواز کے ساتھ راکٹ پلک جھپکتے ہی میں کئی سو فٹ اوپر چلا گیا۔ چند سیکنڈ تک وہ تو ہمیں آسمان میں دِکھائی دیتا رہا اور پھر تارہ بن کر نظروں سے غائب ہوگیا۔ راکٹ کے غائب ہوجانے کے بعد ہم نے اطمینان کا لمبا سانس لیا اور پھر جزیرے پر ایک نظر ڈالی۔ جزیرہ بالکل سنسان تھا۔ آبادی کا ذرا سا بھی نشان نہیں تھا۔ لیکن ایک چیز ایسی تھی جس نے ہم کو حیرت زدہ کردیا اور وہ چیز کافی فاصلے پر نظر آرہی تھی۔ درحقیقت یہ عجیب قسم کی تراشی ہوئی چٹانیں تھیں اور اتنی دور سے بالکل انسانوں کے قد آدم مجسّمے نظر آتی تھیں۔ جان نے دوربین نکال کر انھیں بغور دیکھا اور پھر حیرت سے کہنے لگا، ''تعجب ہے! کسی صورت سے یقین نہیں آتا۔ کہیں میری نظریں دھوکا تو نہیں کھا رہی ہیں؟''

''کیا بات ہے؟'' ہم نے اشتیاق سے ایک ساتھ پوچھا۔

''یہ چٹانیں بڑی خوبی اور مہارت سے انسانوں کی شکل جیسی تراشی گئی ہیں۔ مجسّمے ملنا تو خیر حیرت کی کوئی بات نہیں، تعجب تو اس پر ہوتا ہے کہ اس ویران جگہ پر یہ مجسّمے کیسے آ گئے اور پھر ایسا لگتا ہے جیسے یہ مجسّمے چھوٹے بڑے پتھروں کو جوڑ کر بنائے گئے ہوں کیوں کہ ان میں جوڑ بھی نظر آتے ہیں!''

''جوڑ؟'' میں نے تعجب سے کہا۔

''ہاں فیروز!'' جان نے جواب دیا۔ ''ان میں جوڑ موجود ہیں اور میرے خیال میں یہ پتھر کے بت ان لوگوں نے بنائے ہیں جو ابھی آسمان میں اُڑ کر گئے ہیں۔''

''ہوسکتا ہے۔'' میں نے سوچتے ہوئے جواب دیا۔ ''لیکن سوال یہ ہے کہ اگر یہ

جزیرہ وہی ہے جو چاند رات کو سمندر میں سے نمودار ہوتا ہے تو اِن بتوں پر کائی ضرور جمی ہونی چاہیے جیسے کہ یہاں کی بہت سی چٹانوں پر جمی ہوئی ہے۔ ذرا غور سے دیکھیے کہ کیا اُن پر کائی ہے؟''

جان نے یہ سن کر دوربین پھر آنکھوں سے لگائی اور اچانک اس نے مجھے حیرت سے دیکھا اور کہا، ''نہیں فیروز، تم نے ٹھیک سوچا۔ ان بتوں پر کائی بالکل نہیں ہے۔''

''اس کا مطلب یہ ہوا کہ یہ وہ جزیرہ نہیں ہے جس کی ہمیں تلاش ہے۔'' جیک نے کہا۔

''مگر پتھر کے اِن بتوں کا راز ابھی تک ہماری سمجھ میں نہیں آیا۔'' میں نے خوف زدہ نظروں سے اس طرف دیکھتے ہوئے کہا۔

''اور میرا مشورہ یہ ہے کہ ہمیں یہ راز سمجھنے کی کوشش بھی نہ کرنی چاہیے۔'' کبڑے نے جلدی سے کہا۔ ''اور جلد سے جلد اس خطرناک جگہ سے دور چلے جانا چاہیے۔''

''بالکل ٹھیک ہے۔ بالکل ٹھیک ہے۔'' ملاحوں نے بھی ایک ساتھ کہا۔ اُن کے مطلب کی بات جو تھی!

جان نے پلٹ کر کبڑے کو دیکھا اور پھر کہا، ''چیتن! تم اتنے بہادر ہو کر ایسی باتیں کرتے ہو۔''

''ان باتوں سے بہادری کا کوئی تعلق نہیں۔ عقل مندی کا تقاضا ہے کہ جان بوجھ کر خطرے کے منہ میں کودنا مناسب نہیں۔ میں نہ تو بزدل ہوں اور نہ ہی خطروں میں کودنے سے گھبراتا ہوں۔ میں تو صرف یہ چاہتا ہوں کہ ہم جلد سے جلد اس منحوس جزیرے سے دور چلے جائیں کیوں کہ ایسا کرنے سے کم از کم دو فائدے ہوں گے۔''

''کون سے فائدے ہوں گے؟'' جان نے جلدی سے پوچھا۔

''پہلا تو یہ کہ ہم اس خطرے سے دور ہو جائیں گے۔'' کبڑے نے جواب دیا۔ ''جو اس جزیرے میں ایک بار پیش آ چکا ہے اور ہو سکتا ہے کہ پھر دوبارہ پیش آ جائے۔ دوسرا فائدہ یہ ہوگا کہ ہم سمندر میں دور جا کر اس جزیرے کا انجام دیکھیں گے۔ یہ

دیکھیں گے کہ آیا یہ وہی جزیرہ ہے جو پندرہ دن بعد سمندر میں آہستہ آہستہ غرق ہوجاتا ہے یا کوئی دوسرا۔ جہاں تک میں سمجھتا ہوں یہ طریقہ ہم سب کے حق میں بہتر ثابت ہوگا۔''

''لیکن میں سمجھتا ہوں کہ یہ بزدلی ہے!'' جان نے سنجیدگی سے کہا۔

''اگر یہ بزدلی ہے۔'' کبڑے نے آگے بڑھ کر غصّے سے کہا۔''اگر یہ بزدلی ہے تو پھر میں بزدل ہی بننا چاہتا ہوں۔ آپ اگر اِن بتوں کی طرف بڑھے تو میں سمندر میں کود کر اپنی جان دے دوں گا۔''

''تمھارے جان دینے یا نہ دینے سے مجھے کوئی فرق نہیں پڑتا اس لیے تم کو اجازت ہے۔'' جان نے خشک لہجے میں کہا۔

کہنے کو تو کبڑے نے سمندر میں کودنے کا نام لینا بہت آسان سمجھا تھا مگر جب جان نے اس کی اجازت دے دی تو سوچنے لگا اور پھر شاید ہمارے سامنے پہلی بار روتے ہوئے کہنے لگا،''میں نے عبدل کی بات مان کر زندگی میں سب سے بڑی حماقت کی ہے۔ میں اب مجبور ہوں۔ آپ جانتے ہیں نا کہ میں ایسا نہیں کرسکتا۔ مجھے اپنی جان پیاری ہے مگر... مگر...'' وہ منہ چھپا کر رونے لگا۔ ملاحوں کے چہرے بھی اُتر گئے اور وہ بھی خاموشی سے زمین پر بیٹھ گئے۔ یہ حالت دیکھ کر جان نے نرمی سے کہا۔

''میں تمھارا برا نہیں چاہتا چیتن۔ میں خود بھی یہی چاہتا ہوں کہ جلد سے جلد اس جزیرے کو چھوڑ دوں لیکن فرض کرو اگر یہ وہی جزیرہ ہوا جس کی ہمیں تلاش ہے تو پھر ہم کیا کریں گے؟ کیا سمندر میں دور کھڑے ہوکر ہم اس کے ڈوبنے کا تماشا دیکھیں گے؟ پورے پندرہ دن کے بعد یہ جزیرہ پھر سمندر سے باہر آئے گا۔ کیا ہم پندرہ دن تک سمندر میں لنگر ڈالے طوفان کا مقابلہ کرتے ہوئے اس کے اُبھرنے کا انتظار کرتے رہیں گے؟ ہرگز نہیں۔ نہ تو میں یہ خطرہ مول لے سکتا ہوں اور نہ ہی اپنا وقت ضائع کرسکتا ہوں۔''

''ٹھیک ہے۔'' کبڑے نے اپنے آنسو پونچھتے ہوئے کہا۔''اس وقت تو خیر ہم کنارے پر ہیں لیکن فرض کیجیے اگر آگے چلتے چلتے ہم جزیرے کے بیچ میں پہنچ گئے اور

پھر یہ جزیرہ آہستہ آہستہ ڈوبنے لگا تو کیا ہم بھاگ کر اپنے جہاز تک واپس آسکیں گے؟ کیا ہم جزیرے کے بیچ میں ڈوب نہ جائیں گے؟''

''میرے عزیز! بھلا ایسا کس طرح ہوسکتا ہے؟ اوّل تو ہم سب تیرنا جانتے ہیں اور تیرتے ہوئے اپنے جہاز تک جاسکتے ہیں۔ دوسری بات یہ ہے کہ جزیرے کے ڈوبنے کے بعد ہمارا جہاز خود بخود پانی میں آجائے گا۔ جبکہ اس وقت اس کو پانی میں کھینچ کر لے جانا ہی کٹھن ہے۔ اس وقت ہم آسانی سے جہاز تک پہنچ کر سمندر میں سفر کرسکتے ہیں۔''

بات معقول تھی اس لیے اس بار کسی نے جان کی بات نہ کاٹی اور سب ''جیسے آپ کی مرضی'' کہہ کر خاموش ہوگئے۔ میں نے کنکھیوں سے کبڑے چیتن اور ملاحوں کو دیکھا۔ اُن تینوں کے چہرے اُترے ہوئے تھے۔ ہماری نظر بچا کر چیتن نے ملاحوں سے کچھ کہا بھی مگر میں سمجھ نہ سکا کہ کہا کیا ہے؟ ہاں اتنا اب میں ضرور سمجھ گیا تھا کہ کبڑا ملاحوں سے مل کر پھر کوئی سازش کرنا چاہتا تھا۔ میرے ہوشیار رہنے کا وقت آگیا تھا اس لیے میں نے مناسب سمجھا کہ اپنے پستول کو ہر وقت ساتھ رکھوں ...مگر افسوس ہمارا سب ساز و سامان جہاز میں ہی تھا اور جہاز جزیرے کی زمین پر آڑا پڑا ہوا تھا۔

کچھ دیر بعد جب جان بتوں کی طرف بڑھنے لگا تو میں نے کہا، ''جناب! میں کچھ کہنا چاہتا ہوں کیوں کہ میرے خیال میں آگے بڑھنے سے پہلے یہ بہتر ہوگا کہ ہم اپنی حفاظت کے لیے اپنے پستول، بندوقیں اور دوسری چیزیں ساتھ لے لیں۔ اس وقت ہم بالکل نہتے ہیں اور ایسی حالت میں آگے بڑھنا خطرے سے خالی نہیں۔''

''کہتے تو ٹھیک ہو۔'' جان نے سوچتے ہوئے کہنا شروع کیا۔ ''فیروز! مگر ان پھٹی ہوئی پتلونوں اور قمیصوں کے علاوہ ہمارے پاس اور کوئی لباس بھی نہیں ہے۔ قمیصیں بھی اب شاید اُتار دینی پڑیں گی کیوں کہ گرمی کافی محسوس ہونے لگی ہے۔ سمجھ میں نہیں آتا کہ یہ گرمی یہاں اس قدر کیوں بڑھ گئی ہے؟''

''یہ مقام خط استوا سے قریب ہے اس لیے۔'' جیک نے جواب دیا۔

''پھر بھی۔ مگر اتنی گرمی!... میرے خیال میں اس کی کوئی نہ کوئی وجہ ضرور ہے۔

خیر، اس کی بابت تو پھر سوچا جائے گا۔ میرا مطلب تو صرف یہ تھا کہ ننگے بدن پر چمڑے کی پٹیاں لٹکانے سے ہماری کھال چھل جانے کا ڈر ہے مگر خیر، اس کے علاوہ اور کوئی چارہ بھی نہیں ہے۔ اس لیے آؤ پہلے ہم سامان نکال لیں۔'' یہ کہہ کر جان جہاز کی طرف بڑھنے لگا اور ہم بھی اس کے پیچھے ہولیے۔ جہاز کے اندر جانے کے بعد ہم اپنا اپنا ضروری سامان نکالنے لگے۔ دیکھا جائے تو یہ ہماری تیسری مہم کی تیاری تھی۔ خدا جانے ابھی ایسی ایسی کتنی مہمیں اور باقی تھیں! جب ہم جہاز سے نکل کر دوبارہ باہر آئے تو میں نے دیکھا کہ کبڑے نے اپنی کمر سے ایک پٹکا باندھ رکھا ہے۔ میرے پوچھنے پر کہ وہ کیا چیز ہے، اُس نے جواب دیا، ''بات یہ ہے بیٹا کہ میں اب کافی بوڑھا ہو چکا ہوں۔ اس عمر میں ایسے سخت سفر کرنا اور اتنے عجیب وغریب خطروں سے دوچار ہونا میرے لیے بہت مشکل ہے۔ اس لیے اپنی کمر سے یہ کپڑا باندھ لیا ہے تاکہ چلتے وقت تھکن محسوس نہ ہو۔ ٹھیک ہے نا؟''

اب یہ ٹھیک تھا یا نہیں یہ تو مجھے معلوم نہ تھا۔ ویسے میں اتنا ضرور جانتا تھا کہ کبڑے کی نیت میں کچھ نہ کچھ کھوٹ ضرور ہے۔ اس لیے میں نے اس سے کہا، ''ہوسکتا ہے کہ یہ ٹھیک ہو لیکن میں نے بھی احتیاطاً پستول اپنے ہاتھ میں رکھ لیا ہے کیوں کہ مجھے کسی بھی وقت اس کی ضرورت پڑ سکتی ہے۔ کیوں ٹھیک ہے نا؟''

کبڑے نے میرا طنزیہ لہجہ سن کر اپنا منہ دوسری طرف پھیر لیا اور پھر بڑبڑانے لگا۔ اس کی اس حرکت کے ساتھ ہی وہ دونوں ملاح بھی مجھے گھور کر دیکھنے لگے۔ اب میں پورے طور پر سمجھ چکا تھا کہ دال میں ضرور کچھ کالا ہے۔ کبڑے نے ان دونوں ملاحوں کو اپنا ساتھی بنا لیا ہے اور اب یہ چاہتا ہے کہ جلد سے جلد ہم سے الگ ہو کر پھر اسی جگہ پہنچ جائے جہاں ہم نے خزانہ ڈھونڈا تھا اور اس طرح پورے خزانے کا مالک بن جائے۔ سچ کہتا ہوں کہ یہ اندازہ لگا کر مجھے بڑی گھبراہٹ ہوئی۔ مجھے محسوس ہونے لگا کہ اب ہماری زندگیاں پھر خطرے میں ہیں اس لیے میں نے سوچ لیا، چاہے کچھ ہو جائے، اس منحوس کبڑے کی اسکیم کو ہرگز کامیاب نہ ہونے دوں گا۔

آہستہ آہستہ چلتے ہوئے اور پھونک پھونک کر قدم رکھتے ہوئے ہم اس مقام کی طرف بڑھنے لگے جہاں اب سے کچھ دیر پہلے وہ راکٹ کھڑا تھا اور جو نہ جانے زمین سے کتنے ہزار میل کی دوری پر نکل چکا تھا۔ کچھ ہی دیر بعد ہم وہاں پہنچ گئے۔ راکٹ جس مقام سے اُڑا تھا اب وہاں ایک گہرا گڑھا تھا۔ راکٹ کے نیچے سے جو شعلے نکلے تھے، یہ گڑھا دراصل انھوں نے ہی بنایا تھا۔ ہم گڑھے کو غور سے دیکھ ہی رہے تھے کہ یکایک چونک کر اُسی جگہ ٹھٹک گئے۔ ہماری نظریں گڑھے کے برابر ہی پڑی ہوئی ایک عجیب سی چیز پر گڑ کر رہ گئیں۔ یہ ایک نرالی قسم کا پہیہ تھا اور اس پہیے کے بیچ میں سے ایک اودی مائل نیلی روشنی نکل رہی تھی۔ ساتھ ہی یہ روشنی اس انداز سے گُپ چُپ کر رہی تھی جیسے ستارے کرتے ہیں۔ ہم حیرت سے اس پہیے کو دیکھ ہی رہے تھے کہ اچانک اس روشنی نے رنگ بدلنا شروع کر دیے؛ پہلے اودی روشنی سبز ہوئی پھر زرد اور سب سے آخر میں بے حد سرخ۔ اتنی سرخ کہ اس پر ہماری نظر ہی نہ ٹھہرتی تھی۔ ہم تو جلدی سے گھبرا کر پیچھے ہٹ گئے، البتہ جان وہیں کھڑا رہا۔ وہ چونکہ سائنس داں تھا اس لیے اُسے اس چمکتی ہوئی چیز سے دلچسپی پیدا ہوگئی تھی۔

اور پھر یکایک وہ بات دیکھنے میں آئی جس سے ہماری عقلیں دنگ رہ گئیں۔ اس پہیے میں سے ایک ہلکا سا سرّاٹا نکلنا شروع ہوا اور پھر یہ سرّاٹا آہستہ آہستہ بھرّائی ہوئی آواز میں تبدیل ہونے لگا اور جلد ہی صاف انگریزی میں کسی نے کہا، ”آپ حضرات سے میری ایک گزارش ہے اور وہ یہ کہ آپ جلد سے جلد اس جزیرے سے دور چلے جائیں۔ یہ بہت ضروری ہے۔“

”مگر ...مگر آپ کون ہیں؟“ جان نے پوچھا۔ ”میں اتنا تو جان چکا ہوں کہ یہ ایک قسم کا لاؤڈ اسپیکر ہے جس سے آپ کی آواز آرہی ہے مگر آپ ہیں کہاں؟“

”ہم اس وقت آپ سے ہزاروں میل دور خلا میں اُڑ رہے ہیں۔ ابھی کچھ ہی دیر پہلے آپ ہمارے بچوں کی قید میں تھے۔ آپ کو یاد ہے؟“

”جی ہاں، یاد ہے۔ ہمیں شرارتی بچوں کی قید سے چھُڑانے کا بہت بہت شکریہ۔“

جان نے ہنس کر کہا۔ ''مگر آپ ہمیں واپس چلے جانے کو کیوں کہتے ہیں؟''

''اس لیے کہ اسی میں آپ کی بہتری ہے۔'' آواز نے کہنا شروع کیا۔ ''ہمارے پاس اتنا وقت نہیں ہے کہ تفصیل سے آپ کو سب کچھ بتائیں۔ مختصراً اتنا سن لیجیے کہ ہم سیارہ عطون سے آتے ہیں یعنی وہی سیارہ جسے آپ زمین والے زہرہ کے نام سے جانتے ہیں۔ آپ کی دنیا کے اس جزیرے میں ایک خاص طاقت ہے جسے ہم 'سوبیا' کہتے ہیں۔ سوبیا عطون میں نہیں ہوتی مگر ہمارے لیے یہ وہی کام کرتی ہے جو آپ کی دنیا والوں کے لیے بجلی کرتی ہے۔ ہمارے کارخانے اور دوسری چیزیں سب اسی طاقت سے چلتی ہیں۔ اس جزیرے کے پتھروں میں چھپی ہوئی یہ طاقت ہمارے لیے کروڑوں سال تک کافی ہے۔ یہ طاقت اتنی حیرت انگیز ہے کہ پتھروں میں بھی جان ڈال سکتی ہے، جس مقام پر آپ آگئے ہیں اُس سے آگے بڑھنے پر ہماری حد شروع ہو جاتی ہے۔ ہم نے اُس حد کے اندر اپنے کچھ پہرے دار مقرر کر رکھے ہیں جو آپ کو آگے بڑھنے سے روک سکتے ہیں اور ان پہریداروں میں بھی وہی طاقت کام کر رہی ہے۔''

''مگر یہ طاقت کس جگہ چھپی ہوئی ہے؟'' جان نے جلدی سے پوچھا۔ اس کی نظریں جزیرے میں ہر طرف گھوم رہی تھیں۔

''ان پتھروں کے بتوں کے نزدیک جو اس وقت آپ سے دو برط یعنی آپ کے حساب سے دو فرلانگ کے فاصلے پر ہیں۔'' آواز نے کہنا شروع کیا۔ ''میں آپ کو پھر آگاہ کرتا ہوں کہ آپ واپس چلے جائیں۔ کل آدھی رات کو یہ جزیرہ پانی میں غرق ہونا شروع ہو جائے گا اور تب آپ کا یہاں سے نکلنا بہت مشکل ہوگا۔''

''بہت اچھا، ہم چلے جائیں گے مگر میں آپ سے دو باتیں اور پوچھنا چاہتا ہوں۔'' جان نے کہا۔ وہ گھومتے ہوئے پہیے کو غور سے دیکھ رہا تھا۔

''جلدی کہیے، کیوں کہ جلد ہی وہ مقام آنے والا ہے جبکہ آواز کی یہ لہریں آپ تک نہیں پہنچ سکیں گی اور میں آپ سے بات نہیں کر سکوں گا۔''

''میں یہ معلوم کرنا چاہتا ہوں کہ اِس جزیرے کے پانی میں غرق ہونے کا راز کیا

ہے؟'' جان نے پوچھا۔

''یہ ہمارے بنائے ہوئے خاص پروگرام کے ساتھ ڈوبتا اور اُبھرتا ہے۔ وہ طاقت سوبیا پندرہ دن تک پانی میں ڈوبے رہنے سے زیادہ قوت حاصل کرتی ہے اور پھر پندرہ دن بعد پانی سے اوپر آنے پر پچاس ہزار گنا طاقت بن جاتی ہے۔ ایسا سمجھ لیجیے کہ یہ ایک قسم کی بیٹری چارجنگ ہے جو ہم عطون میں بیٹھ کر ریڈیائی لہروں کے ذریعے کرتے ہیں مگر آپ بے فکر رہیے۔ ہم آپ کی دنیا کو غرق کرنے کا کوئی ارادہ نہیں رکھتے۔ ہاں، اگر ہم چاہیں تو ایسا کر سکتے ہیں مگر ہم عطونی لوگ بہت امن پسند ہیں اس لیے ایسا کبھی نہیں کریں گے۔ اچھا، اب دوسرا سوال؟''

''دوسرا سوال یہ ہے۔'' جان نے بڑی بے تابی سے کہا، ''براہِ کرم مجھے بتائیے کہ کیا آپ نے اس جزیرے میں کوئی خوفناک مکھی دیکھی ہے...؟''

''اس جزیرے میں نہیں۔ ہاں البتہ اس سے آگے ایک اور جزیرہ ہے جسے پہلے ہم نے اپنے مقصد کے لیے ڈوبنے اور اُبھرنے والا جزیرہ بنایا تھا لیکن...'' اسی آواز نے جواب دیا مگر جان کو اب کان لگا کر سننا پڑا کیوں کہ آواز ہلکی ہوتی جا رہی تھی۔ ''بعد میں ہمیں معلوم ہوا کہ سوبیا وہاں بہت کم مقدار میں ہے۔ اس کے علاوہ ہمیں اس خوفناک پرندے سے بھی سابقہ پڑا جسے... آپ... مکھی...''

اس کے بعد ایک زوردار زنّاٹے کی آواز آئی۔ اُس عجیب سے لاؤڈ اسپیکر کی روشنی اچانک غائب ہوگئی اور پھر فوراً ہی ایک کڑک اور چمک کے ساتھ اس میں آگ لگ گئی۔ معلوم ہوتا تھا کہ زہروی باشندے اب ہماری زمین سے بہت ہی دور پہنچ چکے تھے اس لیے اُن کی آواز بھی ہلکی ہوتے ہوتے بالکل ختم ہوگئی تھی۔ جب ریڈیائی لہریں ختم ہوگئیں تو اس لاؤڈ اسپیکر میں آگ لگ گئی تا کہ ہم زمین کے رہنے والے اُن کے راز سے واقف نہ ہو سکیں!

ہم کچھ دیر تک تو سہمے ہوئے کھڑے رہے۔ اس کے بعد جان نے کہا، ''اب بولیے کیا خیال ہے؟ کیا ہمیں آگے جانا چاہیے؟''

”بے شک جانا چاہیے۔“ جیک نے جواب دیا۔ ”ہوسکتا ہے کہ ان بتوں کے قریب جا کر ہمیں بھی اس طاقت کا پتا مل جائے جسے وہ زہروی سوبیا کہہ رہا تھا۔ جب دوسری دنیا کے رہنے والے ہماری دنیا کی ایک دھات سے ایسی طاقت پیدا کر لیتے ہیں جو ہماری ایٹمی طاقت سے کہیں زیادہ اچھی ہے تو کیا ہم دنیا والے اپنی اس دھات سے کام نہیں لے سکتے؟ لہٰذا بہتر یہی ہوگا کہ ہم آگے چلیں کیوں کہ میرے خیال میں وہ دیو ہمیں آگے بڑھنے سے صرف اس لیے روک رہا تھا کہ کہیں ہم دھات کے اس ذخیرے پر قبضہ نہ کر لیں۔“

”ٹھیک کہتے ہو جیک، میرا بھی یہی خیال ہے۔ ویسے تمھاری کیا رائے ہے فیروز؟“ جان نے پوچھا۔

”جو آپ سب چاہیں وہ ٹھیک ہی ہے۔“ میں نے جواب دیا۔

”مگر میں آگے نہیں جاؤں گا مسٹر جان۔“ کبڑے نے گھبرا کر کہا۔

”جیسی تمھاری مرضی چیتن! تم بے شک یہیں کھڑے ہو کر ہماری واپسی کا انتظار کر سکتے ہو۔“ جان نے کہا۔

”جی نہیں۔ میں اس شخص کا اعتبار نہیں کر سکتا۔“ میں نے اپنا پستول نکال کر اس کا رخ کبڑے کی طرف کر کے کہا۔ ”تم ہمارے ساتھ چلو گے کیوں کہ تمھارا انداز اور برتاؤ میری نظر میں ٹھیک نہیں ہے۔ تم جو چاہتے ہو وہ میں ہرگز نہ ہونے دوں گا۔ تم چاہتے ہو کہ واپس جا کر ہمارے سامان پر قبضہ کر لو اور جہاز کو کسی نہ کسی طرح سمندر میں لے جا کر واپس ہندوستان چلے جاؤ؟ جی نہیں، ہم لوگ ایسی کچی گولیاں نہیں کھیلے ہیں۔ تم ہمارے ساتھ ہی چلو گے، ہم اگر مریں گے تو تمھیں ساتھ لے کر ہی مریں گے۔“

میں نے دیکھا کہ جان میری یہ باتیں سن کر مسکرانے لگا۔ البتہ کبڑے اور ملاحوں کے چہروں پر زردی چھا گئی۔

”تو کیا تم زبردستی کرو گے؟“ کبڑے نے خوف بھرے لہجے میں کہا۔ وہ بے چینی اور اضطراب کے عالم میں اِدھر اُدھر دیکھ رہا تھا۔

’’یقیناً! جس شخص پر ہمیں اعتبار نہ ہو، اس کے ساتھ یہی کرنا پڑے گا۔ کیا سمجھے؟‘‘ جیک نے جواب دیا۔

کبڑا یہ سن کر خاموش ہوگیا اور کچھ دیر تک سوچتے رہنے کے بعد کہنے لگا، ’’اچھا، میں تیار ہوں۔ میں آپ کے ساتھ ہی چلوں گا۔‘‘

اس کے بعد ہم نے احتیاطاً اپنے پستول نکال کر ہاتھوں میں لے لیے۔ چاروں طرف گھوم پھر کر دیکھا کہ کوئی خطرہ تو نہیں ہے اور جب اطمینان ہوگیا کہ ایسی کوئی بات نہیں ہے تو آگے بڑھنا شروع کیا۔

جزیرے کی یہ زمین عجیب قسم کی تھی۔ بعض دفعہ تو ہمیں ایسا محسوس ہوا جیسے نیچے کی زمین ہلی ہو مگر پھر یہ سوچ کر کہ خطرے کے وقت عجیب سے خیالات دماغ میں آتے ہی ہیں، ہم نے اس کی کوئی پروا نہیں کی اور آگے ہی آگے بڑھتے چلے گئے۔ آدھ گھنٹے کے لگاتار سفر کے بعد ہم اُن پتھر کی چٹانوں کے قریب پہنچ گئے جو دور سے انسانی شکل کی دِکھائی دیتی تھیں۔ حیرت کی بات یہ تھی کہ حالاں کہ اُن کے ناک، کان اور منہ نہیں تھے مگر اس کے باوجود وہ بت جیسے دِکھائی دیتے تھے۔ ان بتوں کے صرف چہرے ہی زمین سے اوپر تھے۔ ایسا لگتا تھا جیسے کسی ماہر سنگ تراش نے پتھر کی بڑی بڑی چٹانوں کو جوڑ کر انھیں بنایا ہو۔ جان نے بتایا کہ امریکہ میں نیشنل پارک میں چٹانوں پر ایسے مجسّمے بنے ہوئے ہیں اور ان میں امریکہ کے پہلے صدر لنکن کا بت بھی ہے۔ میں سمجھا کہ زہروی لوگوں نے اسی طرح کے یہ بت بنا دیے ہیں مگر اب خیال آتا ہے تو جسم کانپ جاتا ہے۔ کسے معلوم تھا کہ ہمارے ساتھ کیا واقعہ پیش آنے والا ہے؟

❖❖❖

ہر طرف گھوم کر ہم نے پتھر کے اُن بتوں کا جائزہ لیا۔ باقی سب ساتھی تو انھیں قریب پہنچ کر دیکھتے رہے مگر میں صرف ایک ہی بات سوچتا رہا؛ بتوں کی گردنوں کے قریب کی چٹانیں جگہ جگہ سے اُکھڑی ہوئی تھیں۔ بار بار سوچتا تھا کہ آخر اس کا مطلب کیا ہے؟ کیا وہ خاص طاقت سوبیا ان بتوں کی گردنوں کے نیچے دفن ہے! اگر ہاں تو پھر زہرہ کے دیو یقیناً ان بتوں کی گردنیں ہاتھ سے پکڑ کر اُٹھا لیتے ہوں گے۔ ان کے نزدیک یہ سر ایک قسم کا ڈھکنا یا ڈاٹ تھے جو سوبیا کے منہ پر لگی ہوئی تھی۔ ان لوگوں کے لیے تو خیر اِن بتوں کا سر پکڑ کر اُٹھانا بہت آسان ہوتا ہوگا لیکن ہمارے لیے تقریباً ناممکن تھا۔ کئی ٹن وزنی چار بتوں کے سروں کو اُٹھانا ہمارے بس کا کام نہیں تھا۔

ایک طرف بیٹھ کر میں یہی سوچتا رہا کہ کس طریقے سے بتوں کے یہ سر ہٹائے جائیں۔ اس عرصے میں جان دوسروں کے ساتھ اِدھر اُدھر سوبیا کے ذخیرے کو تلاش کرتا رہا مگر وہ ذخیرہ شاید اس کو کہیں بھی نہ ملا تھا اور ملتا بھی کیسے؟ جہاں سوبیا موجود تھی وہ جگہ تو میں نے تلاش کر لی تھی۔ اپنی دریافت کا حال سنانے کے لیے میں جان کو آواز دینے ہی والا تھا کہ اچانک جیک کی تیز آواز مجھے سنائی دی۔

''فیروز، یہاں آؤ۔ جلدی۔''

میں دوڑتا ہوا اُس طرف پہنچا جہاں جیک اور جان حیرت سے ایک مقام کو دیکھ رہے تھے۔ میں نے بھی جب اس طرف دیکھا تو حیرت کے مارے میری آنکھیں بھی کُھلی کی کُھلی رہ گئیں۔ میرے سامنے ایک عجیب قسم کا غار تھا اور اس غار کے چاروں طرف ایک جنگلا سا بنا ہوا تھا۔ غار کے برابر ہی کچھ نرالی قسم کی مشینیں لگی ہوئی تھیں اور ان مشینوں میں ریلوے پلیٹ فارم پر سگنل گرانے کے ہینڈل جیسے کچھ اسٹینڈ سے لگے ہوئے

تھے۔ یقیناً یہ سب ان زہروی لوگوں کا ہی بنایا ہوا تھا۔ میرے لیے چوں کہ وہ چیزیں نئی تھیں اس لیے میں اُن کا صحیح نام بھی نہیں لے سکتا۔ یوں سمجھو کہ وہ مشینیں اس قسم کی تھیں جو ہم میں سے کسی نے بھی دنیا کے کسی بھی حصے پر نہیں دیکھی تھیں! غار کے قریب جا کر اس کے اندر جھانکنے سے معلوم ہوا کہ غار کا منہ پلاسٹک جیسی دھات سے ڈھکا ہوا ہے اور اس کی تہہ میں خون کے رنگ جیسی کسی دھات کے ٹکڑے پڑے ہوئے ہیں اور اس دھات میں سے ہلکی اودی روشنی خارج ہو رہی ہے۔

تو یہ تھی وہ سوبیا دھات! عطون یعنی زہرہ کے رہنے والے اسی دھات کو حاصل کرنے کے لیے ہماری دنیا میں آتے تھے۔ سوبیا کے لیے مشینیں انھوں نے لگائی تھیں اور چوں کہ وہ مشینیں ہمارے لیے نئی تھیں لہٰذا بغیر جانے بوجھے ہم کسی بھی مشین کو چھیڑتے ہوئے گھبرا رہے تھے۔ خدا جانے کیا واقعہ پیش آ جائے؟ شام ہونے والی تھی اور اب ڈوبتے ہوئے سورج کی روشنی میں پتھر کے وہ چار بت بہت خوفناک لگ رہے تھے۔

جان نے بہت دیر کے سوچ بچار کے بعد مشینوں کو دور سے جانچتے ہوئے کہا، ''یہ مشینیں ہمارے لیے نئی ہیں۔ میرا خیال یہ ہے کہ فی الحال یہاں اِس چٹان کے نیچے رات بسر کی جائے اور پھر صبح مشینوں کو غور سے دیکھ کر یہ معلوم کیا جائے کہ ہم سوبیا دھات کو کس طرح حاصل کر سکتے ہیں۔ اگر ہم ایٹمی طاقت کے بجائے یہ نئی طاقت دریافت کر لیں تو پوری دنیا میں تہلکہ مچ جائے گا اور ہمارا نام بھی ہو جائے گا۔ ہم اربوں روپے کے مالک ہو جائیں گے۔ میں سمجھتا ہوں کہ آپ سب میری اس رائے سے اتفاق کریں گے۔''

''آپ کا خیال بالکل درست ہے۔ ہم رات کو اسی مقام پر سو جاتے ہیں۔''

اتنا کہہ کر جیک چٹان کے نیچے کی جگہ کو صاف کرنے لگا۔ ملاحوں نے بھی اس کی دیکھا دیکھی جگہ کو صاف کیا اور پھر طے یہ پایا کہ جہاز میں سے بستر وغیرہ نکال کر لے آیا جائے مگر جان اس تجویز کا مخالف تھا۔ وہ کہنے لگا کہ اس طرح وقت بھی ضائع ہو گا اور ہم سب پھر الگ ہو جائیں گے۔ ایسی جگہ یہ ضروری ہے کہ ہم ہر وقت ساتھ ہی رہیں۔

مجبوراً اسی جگہ ہم نے اپنی کمر ٹکائی۔ تھکن اتنی سوار تھی کہ آنکھیں خود بخود بند ہوئی

جاتی تھیں۔ ملاحوں اور کبڑے نے تو لیٹتے ہی اپنی آنکھیں بند کرلیں۔ رات کا اندھیرا اب آہستہ آہستہ چاروں طرف پھیلنے لگا تھا۔ میں چٹان سے کمر لگائے لگاتار ان پتھرو ں کے بتوں کو دیکھے جارہا تھا جو رات کی سیاہی میں اور بھیانک دِکھائی دے رہے تھے۔ میں سوچ رہا تھا کہ نہ جانے اب کیا ہوگا؟ ہم نکلے کس کام سے تھے اور پھنس کہاں گئے؟ سوبیا دھات کے بارے میں سوچ کر خوشی بھی ہوئی اور افسوس بھی۔ خوشی تو اس لیے ہوئی کہ اتنی قیمتی دھات دریافت کرلی جائے گی اور افسوس یوں کہ زہروی باشندے کے منع کرنے کے باوجود بھی ہم اس عجیب دھات کے ذخیرے تک آ گئے تھے۔ شاید کسی خطرے کی وجہ سے اس نے ہمیں سوبیا کے قریب جانے سے منع کیا تھا۔ اس میں کوئی شک نہیں کہ اس وقت تک تو وہاں کچھ زیادہ خطرہ نہیں تھا مگر سوال یہ تھا کہ اس جزیرے سے نکلنے کے بعد جب ہم اُس جزیرے میں پہنچیں گے جہاں وہ خوفناک مکھی موجود ہے تو پھر کیا ہوگا؟ جس خوفناک جانور کا مقابلہ زہرہ کے رہنے والے دیو نہ کرسکے، کیا ہم کرلیں گے؟ ایسا ہی کچھ سوچتے سوچتے میری بھی آنکھ لگ گئی۔

اندازاً بتا سکتا ہوں کہ شاید اس وقت رات کے بارہ بجے ہوں گے، میری آنکھ نہ جانے کیوں کھل گئی۔ شاید میری کمر میں کوئی کنکر چبھ رہا تھا، یا پھر خدا نے مجھے اپنی حفاظت کرنے کے لیے جگا دیا ہوگا۔ آپ کو میری وہ پرانی عادت یاد ہی ہوگی جس کے بارے میں میں پیچھے لکھ آیا ہوں۔ یعنی جاگنے کے بعد بھی آنکھیں بند رکھنی اور پھر آہستہ آہستہ کرکے کھولنی۔ بس ایسا ہی میں نے اس وقت بھی کیا۔ آنکھیں آہستہ سے کھول کر میں نے دیکھا کہ کوئی دھیرے دھیرے جان کی طرف جارہا ہے۔ فوراً ہی آنکھیں پوری طرح کھول کر میں نے اچھی طرح دیکھا تو معلوم ہوا کہ کبڑا ہے! وہ جان کے پاس جاکر خاموش کھڑا ہوگیا اور پھر ہاتھ کا اشارہ کرکے کسی کو اپنی طرف بلایا۔ اب کے میں نے دیکھا کہ ایک ملاح آہستہ سے اُٹھ کر بلی جیسے بے آواز قدم رکھتا ہوا اُس کے پاس پہنچ گیا۔ اب دراصل عمل کا وقت آ گیا تھا۔ میں نے بغیر ہلے جلے آہستہ سے اپنا پستول ہاتھ میں لے لیا اور انتظار کرنے لگا کہ کبڑا اب کیا کرتا ہے؟ میرا خیال تھا کہ اس کی کمر میں

بندھے ہوئے پٹکے میں یقیناً کوئی دھاردار چھری ہوگی جس سے وہ جان کو ختم کرنا چاہتا ہوگا مگر یہ دیکھ کر میری حیرت کی کوئی حد نہ رہی کہ وہ ملاح کو خاموش رہنے کا اشارہ کر کے اور جان کو سوتا ہوا پا کر ملاح کے ساتھ سونا یا دھات کے ذخیرے کی سمت میں جانے لگا۔

اب کوئی بات ڈھکی چھپی نہیں رہی تھی۔ کبڑے کا ارادہ صاف ظاہر تھا۔ وہ ہماری لاعلمی میں اُس قیمتی خزانے کو حاصل کرنا چاہتا تھا جو ہم نے حال ہی میں دریافت کیا تھا۔ بجائے اس کے کہ میں اِن دونوں کو اس حرکت سے باز رکھتا، میں بھی ان کے پیچھے پیچھے چل پڑا۔ دراصل میں دیکھنا چاہتا تھا کہ کبڑا کیا کرتا ہے؟ چٹانوں کی آڑ لیتا اور ان کی نظروں سے بچتا ہوا میں جلد ہی اس جگہ پہنچ گیا جہاں وہ دونوں کھڑے تھے اور جہاں وہ نرالی قسم کی مشینیں تھیں مگر پھر یہ دیکھ کر حیرت کی وجہ سے میرے جسم میں سنسنی دوڑ گئی کہ اب ان مشینوں سے کچھ ہی فاصلے پر پتھر کا بنا ہوا ایک لمبا تڑنگا بُت کھڑا ہوا ہے۔ میں نے اپنے ذہن پر بہت زور ڈالا اور یہ سوچنے کی بہت کوشش کی کہ کیا شام سے پہلے وہ بُت اس جگہ موجود تھا؟ مگر اس وقت میرا ذہن اتنا بے کار ہو چکا تھا کہ کوئی معقول جواب نہ دے سکا۔ میں یہ سوچ کر مطمئن ہو گیا کہ شاید وہ بُت وہاں پہلے ہی سے موجود ہوگا اور جلدی میں ہم لوگوں کی نظر اس پر نہ پڑی ہوگی۔ تھوڑا آگے بڑھ کر میں نے چاند کی خاصی تیز روشنی میں اس بُت کو غور سے دیکھا۔ اونچائی میں وہ بُت کم از کم ساٹھ فٹ اونچا تھا۔ اس کی بناوٹ ایسی تھی کہ بڑا ہیبت ناک نظر آتا تھا۔ اس کے ہاتھ پاؤں سب کچھ تھے، میں اس کے مقابلے میں بالکل چیونٹی نظر آتا تھا۔ ڈر یہ تھا کہ اگر خدانخواستہ وہ بُت مجھ پر گر پڑتا تو میں یقیناً سرمہ بن جاتا!

میری طرح شاید کبڑا بھی یہ سوچ کر حیرت زدہ تھا کہ وہ بُت وہاں کس طرح آ گیا۔ مگر پھر وہ بھی یہ سمجھ کر کہ غالباً اس کی نظر کا دھوکا ہے، ملاح کو ساتھ لے کر آگے بڑھنے لگا۔ میں نے یہ مناسب سمجھا کہ چٹان کے پیچھے کھڑے رہ کر اس کی حرکتیں دیکھتا رہوں اور پھر موقع ملنے پر اس کا مقابلہ کروں۔ کبڑا آہستہ آہستہ پھونک پھونک کر قدم رکھتا ہوا ان مشینوں کے قریب پہنچا جہاں بہت زیادہ گیئر لگے ہوئے تھے۔ ان گیئرز کے

برابر ہی وہ غار تھا جس میں دہکتی ہوئی سوبیا تھی۔ کبڑے نے پہلے تو غار کے اندر جھانک کر دیکھا اور پھر اُن گیئرز کے قریب پہنچا۔

کبڑے کی بے وقوفی کا یہ سب سے بڑا ثبوت تھا۔ اگر کسی سمجھ دار شخص کو دہکتا ہوا انگارہ اُٹھانا ہوتا ہے تو وہ اُسے کسی چیز سے پکڑ کر اُٹھاتا ہے مگر کبڑے کو یہ بالکل معلوم نہ تھا کہ دھات کس قسم کی ہے اور اگر اُس نے اُسے حاصل بھی کرلیا تو اُسے لے کر کس طرح جائے گا؟ سچ ہے عقل مند وہی ہے جو آنے والے بُرے وقت کے بارے میں پہلے ہی سے سوچ لے! انسان کتنا لالچی ہے! اپنا مطلب حاصل کرنے کے لیے خواہ مخواہ خطرے میں کود پڑتا ہے اور ایسے موقعوں پر اُسے اپنی جان کی بھی پروا نہیں ہوتی۔ کبڑے کے ساتھ بھی ایسا ہی ہوا۔ اُس نے پہلے تو گیئرز کو چھو کر دیکھا اور پھر بغیر جانے بوجھے آہستہ سے ایک گیئر کھینچ لیا۔ کٹ کی آواز آئی۔ میرا خیال تھا کہ فوراً ہی کچھ نہ کچھ ہوگا مگر کچھ بھی نہ ہوا۔ کبڑا شاید اس سے مطمئن ہوگیا اور پھر اس نے آگے بڑھ کر دوسرا گیئر کھینچا۔ اس بار بھی کوئی خاص واقعہ نہ ہوا البتہ ایک ہلکی سی گڑگڑاہٹ سنائی دینے لگی۔

اس گڑگڑاہٹ کو سن کر میں نے چاروں طرف غور سے دیکھا۔ یہ ہلکی سی آواز دراصل کسی نظر نہ آنے والے خطرے کا پیش خیمہ تھی! اپنا سانس روکے ہوئے میں حیرت سے اس پتھر کے لمبے بت کو دیکھے جارہا تھا اور مجھے ایسا محسوس ہوتا تھا جیسے سوبیا دھات کا یہ عجیب محافظ یقیناً اپنا فرض ادا کرے گا۔ اتنی دیر میں کبڑا تیسرا گیئر کا ہینڈل بھی کھینچ چکا تھا۔ اچانک ایک زوردار کڑاکا ہوا اور پھر وہ پورا علاقہ ایک عجیب سی روشنی میں نہا گیا اور اس روشنی میں یکایک میری نظر پتھر کے اُس بت پر پڑی۔ میری آنکھیں پھٹی کی پھٹی رہ گئیں۔ خوف کے مارے میری گھگی بندھ گئی۔ ایسا لگا جیسے میرا سارا خون کسی نے نچوڑ لیا ہو۔ ہاتھ پیروں میں جان نہ رہی اور میں نے جلدی سے چٹان کا سہارا لے لیا۔ ملاح اور کبڑا سہمے ہوئے اس بت کو دیکھ رہے تھے اور ...اور وہ پتھر کا بت اب آہستہ آہستہ اپنی جگہ سے ہل رہا تھا! اس میں اچانک زندگی پیدا ہوگئی تھی۔ اس نے اپنا پہلا قدم بڑھایا۔ اب اس کا ایک ایک حصہ بالکل انسانوں کی طرح کام کررہا تھا! چال میں لڑکھڑاہٹ

ضرور تھی مگر منہ اوپر اُٹھائے ہوئے بڑے خوفناک انداز میں وہ لگاتار آگے بڑھ رہا تھا۔

میں نے بچپن میں محلے کے ایک بوڑھے سے دیو پری کی کہانیاں سنی تھیں۔ تب میں سن سن کر سہمتا تھا۔ اس وقت مجھے کیا معلوم تھا کہ میں خود بھی اسی قسم کی کہانیوں کا ایک کردار بن جاؤں گا! میں نے جلدی سے پلٹ کر کبڑے کو دیکھا۔ دہشت کے باعث وہ جس جگہ کھڑا تھا وہیں کھڑے کا کھڑا رہ گیا۔ ملاح نے نہ جانے کیسے خود میں ہمت پیدا کر لی کہ زمین سے ایک موٹا سا پتھر اُٹھا کر اس نے پتھر کے اس جیتے جاگتے دیو پر پھینک دیا اور وہ پتھر اُس بت میں اس طرح سما گیا جیسے تالاب میں کوئی چھوٹا سا کنکر ڈوب جاتا ہے! مگر اس حرکت کا اثر بہت غلط ہوا۔ پتھر کا وہ خوفناک بت اب ملاح کی طرف متوجہ ہو گیا اور اپنا ہاتھ بڑھا کر اس نے ملاح کو اپنی مٹھی میں دبوچ لیا اور پھر جو ہونا چاہیے تھا وہ ہوا۔ غریب ملاح کا کچومر نکل گیا۔ کچھ دیر تک تو وہ اس بت کی مٹھی میں لٹکا ہوا بے بسی سے اپنی ٹانگیں ہلاتا رہا اور اس کے بعد اس کا بھی وہی انجام ہوا جو اس کے پہلے دو ساتھیوں کا ہو چکا تھا۔

یہ حالت دیکھ کر کبڑے نے بڑی خوفناک چیخیں ماریں اور پھر بری طرح سر پر پیر رکھ کر بھاگا مگر بھاگتے بھاگتے بھی اس کے ٹھوکر لگی اور وہ منہ کے بل زمین پر گر گیا۔ پتھر کے جان دار بُت نے اسے بے بس پا کر جلدی سے جھک کر اُٹھا لیا اور پھر اپنی مٹھی میں دبا کر ... اُف خدا! آگے لکھتے ہوئے میرا کلیجا منہ کو آتا ہے۔ میں بیان نہیں کر سکتا کہ کبڑے نے کیسی سہمی ہوئی چیخیں ماریں، کس بری طرح وہ چلایا اور مدد کے لیے کس کس انداز سے اس نے آوازیں دیں۔ میں نے دونوں ہاتھوں سے اپنا منہ چھپا لیا تھا۔ اس لیے اس کے عبرتناک انجام کو نہیں دیکھ سکا۔ ابھی وہ بت کبڑے کو اپنے ہاتھ میں مسلنے میں مصروف ہی تھا کہ میں کسی قسم کی آواز پیدا کیے بغیر تیزی سے جان کی طرف بھاگا۔

ایسا لگتا تھا کہ جان خود بھی وہ زبردست کڑاکا سن کر اور اُس عجیب سی روشنی کو دیکھ کر جاگ چکا تھا اور میری ہی طرف بھاگا ہوا چلا آ رہا تھا۔ اس کے پیچھے پیچھے جیک اور چوتھا ملاح بھی تھا۔ میں انھیں اپنی طرف آتے ہوئے دیکھ کر ٹھٹک گیا۔ میرے رُک

جانے کی وجہ دراصل کچھ اور تھی کیوں کہ ایک حیرت انگیز اور عجیب بات میرے دیکھنے میں یہ آئی کہ پتھر کے وہ چاروں بت اب آہستہ آہستہ ان تینوں کے پیچھے آ رہے تھے۔ اُن بتوں سے گزرتی ہوئی میری نظر پھر اُن چٹانوں کی طرف گئی جہاں یہ بت گڑے ہوئے تھے مگر آپ میری حیرت کا اندازہ کر سکتے ہیں کہ وہ چٹانیں اب بالکل خالی تھیں۔ البتہ دو اور بت دوسری چٹانوں میں سے اس طرح اوپر نکل رہے تھے جس طرح کوئی شخص پانی میں سے آہستہ آہستہ اُبھرتا ہے۔

فوراً ہی مجھے اندازہ ہو گیا کہ اس وقت ہم سخت خطرے میں گھرے ہوئے ہیں۔ کوئی انسان ہوتا تو اس سے دو دو ہاتھ بھی کر لیتے مگر پتھر کے ان دیوؤں سے مقابلہ کرنے کا خیال بھی مشکل تھا۔ میرے پیچھے صرف ایک بت مصری ممیوں کی طرح لڑکھڑاتا ہوا آ رہا تھا اور میرے بالکل سامنے سے ایک نہ دو، پورے چھے پتھروں کے دیو ہلکے ہلکے قدم بڑھاتے ہوئے چلے آ رہے تھے! جان نے بھی پیچھے مڑ کر انھیں دیکھ لیا تھا اور وہ خود بھی خوف زدہ دِکھائی دیتا تھا۔ ہماری سمجھ میں نہ آتا تھا کہ کیا کریں اور کدھر بھاگیں۔ سچ تو یہ ہے کہ یہ ہماری حماقت تھی کہ زہروی باشندوں کے منع کرنے کے باوجود بھی ہم خواہ مخواہ ان چٹانوں تک آ گئے تھے۔ اب سوائے خدا کے ہمیں کوئی نہیں بچا سکتا تھا!

ہمارے تیز دوڑنے کے باوجود بھی وہ بُت ہم سے بہت قریب تھے، اسی طرح سینہ تانے اور بغیر نیچے دیکھے وہ ہماری طرف بڑھتے چلے آ رہے تھے۔ یکایک مجھے جان کی آواز سنائی دی، ''سب لوگ جتنی تیزی سے ہو سکے اپنے جہاز کی طرف بھاگیں۔''

یہ الفاظ سنتے ہی میں اپنے پیچھے آنے والے بت کو دھوکا دے کر کنی کاٹ گیا اور دائیں طرف مڑ کر پوری قوت سے جہاز کی طرف بھاگنا شروع کر دیا۔ میرے ساتھ ہی دوسرے لوگ بھی بھاگے۔ جان کتنی عزیز چیز ہوتی ہے! ہم اسے بچانے کے لیے اتنی تیزی سے بھاگ رہے تھے کہ زندگی میں شاید کبھی نہ دوڑے ہوں گے۔ راستے میں ٹھوکریں بھی لگیں، گر بھی پڑے مگر پھر اُٹھ کر بھاگنے لگے۔ ہم تھوڑی ہی دور گئے تھے کہ اچانک پھر ویسا ہی زوردار کڑاکا ہوا۔ پورا جزیرہ اس عجیب سی روشنی میں نہا گیا اور سب

سے زیادہ یہ روشنی ان ساتوں پتھر کے بتوں پر پڑی۔ بھاگتے بھاگتے میں نے پیچھے مڑ کر دیکھا تو بڑا اچنبھا ہوا کیوں کہ روشنی پڑتے ہی یکایک بت اپنی جگہ پر رُک گئے اور انھوں نے ہمارا تعاقب کرنا بند کردیا۔ اس کے ساتھ ہی وہ اُلٹے قدموں سو یا دھات کے ذخیرے کی طرف جانے لگے۔ ہم چاروں طرف سے انھیں واپس جاتے دیکھتے رہے اور پھر کچھ ہی دیر بعد وہ بت اپنی اپنی جگہوں پر جا کر پتھروں کی چٹانوں میں اس طرح دھنس گئے جیسے وہ چٹانیں نہ ہوں، مٹی کے تودے ہوں!

اور جب وہ اپنی جگہوں پر جم گئے تو اچانک مجھے پورا جزیرہ ہلتا ہوا محسوس ہوا۔ چونکہ میں دلّی کے ہوٹل میں کام کرتے وقت ہزاروں بار لفٹ میں اوپر سے نیچے آچکا تھا اس لیے فوراً ہی مجھے ایسا لگا جیسے یہ جزیرہ بھی لفٹ بن گیا ہے اور دھیرے دھیرے نیچے کی طرف جارہا ہے۔ شاید جان نے بھی یہ بات نوٹ کرلی کیونکہ پھر وہ فوراً ہی چیخا، ''جلدی اپنے جہاز کی طرف بھاگو۔ جزیرہ ڈوب رہا ہے۔''

یہ سنتے ہی جیسے ہمارے جسم بجلی بن گئے۔ ایک بار پھر پوری رفتار سے ہم نے اپنے جہاز کی طرف دوڑنا شروع کردیا۔ جہاز تک پہنچتے پہنچتے میں نے دیکھا کہ پانی اب آہستہ آہستہ جزیرے کی زمین پر آنے لگا تھا اور یہ اس بات کی نشانی تھی کہ جزیرہ اب کچھ ہی دیر بعد پانی میں ڈوبنے والا ہے۔ پانی بڑی تیزی کے ساتھ اوپر آرہا تھا اور پھر آخر ایک وقت ایسا آگیا جبکہ ہم آدھے آدھے دھڑ تک پانی میں ڈوب گئے اور جب ہم نے دیکھا اب سوائے تیرنے کے اور کوئی چارہ نہیں ہے تو ہم تیرنے لگے۔ جہاز بھی پانی کے زور سے اب آہستہ آہستہ سیدھا ہو رہا تھا۔ ہم تیرتے ہوئے اس تک پہنچنے کی کوشش کرنے لگے اور پھر جلد ہی پورا جزیرہ پانی میں ڈوب گیا۔ اتنی دیر میں ہم نے جہاز کے کناروں کو مضبوطی سے پکڑ لیا تھا اس لیے ہم بھی ڈوبنے سے بچ گئے۔ ورنہ جزیرے کے ڈوبنے سے اچانک پانی میں ایک زبردست بھنور پیدا ہونے لگا تھا۔ اگر ہم پانی ہی میں تیر رہے ہوتے تو کبھی کے اس بھنور میں پھنس گئے ہوتے۔ پھنس تو خیر اب بھی گئے تھے مگر اتنے بڑے جہاز کی موجودگی نے ہمیں بچا لیا حالاں کہ جہاز بھی بھنور میں پھنسا ہوا

ڈگمگا رہا تھا۔

خدا کو ہمیں زندہ رکھنا منظور تھا اس لیے جہاز تیرتا ہوا بھنور سے دور نکل آیا۔ جہاز سے لٹکتے ہوئے رسّوں کی مدد سے ہم اوپر چڑھے اور آخری ملاح نے جلدی جلدی بادبان کھول دیے۔ جیک نے بھی اُس کا ہاتھ بٹایا اور پھر آدھ گھنٹے کے اندر اندر ہم خطرے سے باہر ہو گئے۔ ایسا لگتا تھا جیسے میں نے کوئی بھیانک خواب دیکھا ہو۔ میں بار بار مڑ کر اس مقام کو دیکھ رہا تھا جہاں کچھ دیر پہلے ایک جزیرہ تھا مگر اب وہاں کچھ بھی نہ تھا سوائے جھاگ اُڑاتے ہوئے پانی کے! کچھ دیر بعد ذرا سکون ہوا اور جہاز اپنی ہلکی رفتار سے سمندر میں چلنے لگا تو میں سوچنے لگا کہ اب تک ہمارے ساتھ کیا حالات پیش آئے ہیں۔ پرانی باتوں کو یاد کر کے میرے رونگٹے کھڑے ہو گئے۔ یکایک جان کو پہلی بار یہ خیال آیا کہ جتنے آدمی تھے وہ سب جہاز میں آ گئے یا نہیں؟ اور جب اس نے دیکھا کہ کبڑا اور ایک ملاح جہاز میں موجود نہیں ہے تو فوراً گھبرا کر بولا، ''چیتن اور دوسرا ملاح کہاں ہے فیروز؟''

یہ سن کر ملاحوں کے چوتھے ساتھی نے بھی حیرت سے چاروں طرف دیکھا مگر کبڑا اور تیسرا ملاح ہوتا تو کہیں نظر آتا کیوں کہ ان دونوں کی تو لاشیں بھی سمندر کی مچھلیاں کھا چکی تھیں...! یہ دراصل خدا کا انصاف تھا۔ اس نے ایک ظالم شخص کو کیسی عبرت ناک سزا دی! پتھر کے ہاتھوں سے کچلوا کر اسے سمندر کی تہہ میں ہمیشہ کے لیے دفن کر دیا۔ اب بھلا کسے معلوم تھا کہ پندرہ دن کے بعد وہ جزیرہ اُبھرے گا بھی یا نہیں؟ کیوں کہ زہروی باشندے کے بتائے ہوئے پروگرام کے مطابق تو وہ جزیرہ آنے والی آدھی رات کے وقت ڈوبنا چاہیے تھا مگر اب تو وہ پورے چوبیس گھنٹے پہلے ڈوب گیا تھا! اس کا مطلب یہی ہوا کہ زہروی باشندوں نے ریڈیائی لہروں کے ذریعہ اُسے وقت سے پہلے ڈبو دیا۔ جب وہ اس جزیرے کو اپنی مرضی کے مطابق پہلے سے ڈبو سکتے ہیں تو اُسے ایک نامعلوم عرصے کے لیے پانی میں رکھ بھی سکتے ہیں!

''تم کیا سوچ رہے ہو فیروز! بتاؤ، آخر کبڑا کہاں ہے؟'' جیک نے مجھے جھنجھوڑتے

ہوئے پوچھا۔

''کبڑا اب کبھی نہیں آئے گا۔ اُس کو اُس کے کیے کی سزا مل گئی۔'' میں نے آہستہ سے جواب دیا۔ ''وہ اب بہت دور چلا گیا ہے۔''

''کیا مطلب ...؟'' جان نے چونک کر پوچھا۔

اور تب میں نے انھیں شروع سے آخر تک سب باتیں تفصیل سے بتا دیں۔ جوں جوں وہ کبڑے کی حیرت انگیز داستان سنتے جاتے تھے اتنے ہی اُن کے چہرے زرد پڑتے جاتے۔ ملاح غریب تو بالکل اَدھ مرا ہو کر بیٹھ گیا۔ بڑی دیر تک خاموشی رہی۔ آخر جان نے ہلکی آواز میں کہنا شروع کیا، ''سوبیا کے ذخیرے پر قبضہ کرنے کے بعد وہ احمق ہم سب کو باری باری ختم کر دیتا۔ فیروز ٹھیک کہتا ہے۔ یقیناً اس کی یہی اسکیم ہو گی مگر خدا کو یہ منظور نہیں تھا کیونکہ کبڑے کی قسمت میں لکھا ہی یہ تھا کہ وہ ایک پتھر کے دیوزاد کی مٹھی میں آ کر کچلا جائے۔ بہرحال جو ہونا تھا وہ ہو گیا۔ اب سوچنا یہ ہے کہ آگے کیا کرنا چاہیے؟''

جیک کچھ دیر تک خاموش رہ کر سوچتا رہا اور پھر آہستہ سے بولا، ''پروگرام کے مطابق اب ہمیں وہ جزیرہ تلاش کرنا چاہیے جہاں پہنچ کر ہمارا یہ سفر ختم ہو جائے گا۔ میں سمجھتا ہوں کہ وہ جزیرہ اس مقام سے کہیں قریب ہی ہو گا۔ اس کے بارے میں بھی یہی مشہور ہے کہ چاند رات کو وہ سمندر میں سے اُبھرتا ہے مگر آج کے چاند کو دیکھ کر پتا لگتا ہے کہ چودھویں رات کم از کم دس دن بعد آئے گی۔ یہ دس دن ہم کہاں اور کس جگہ گزاریں گے! دراصل یہی سوچنا ہے۔''

جگہ کا تو سوال ہی پیدا نہیں ہوتا۔'' میں نے درمیان میں کہا۔ ''ہم زمین پر نہیں، سمندر میں ہیں اور دس دن کا یہ عرصہ ہمیں یقیناً سمندر کی سطح ہی پر گزارنا ہو گا۔''

''تم بھی ٹھیک کہتے ہو فیروز ...'' جان نے دوربین اپنی آنکھوں سے ہٹانے کے بعد کہا۔ ''مگر اس کے علاوہ اور بھی بہت سی باتیں ہیں جن کے بارے میں ہمیں سوچنا ہے۔ دس دن تو ہم سمندر ہی میں اِدھر اُدھر گھومتے ہوئے گزار دیں گے لیکن دیکھنا یہی

ہے کہ یہ دن ہم کیسے گزاریں گے؟ ہمارے پاس کھانے کے لیے بہت کم سامان ہے۔ پانی کے پیپے بھی اب خالی ہو چکے ہیں۔ پینے کا پانی کہاں سے آئے گا اور ہم کھائیں گے کیا؟ یہ سب سے بڑا سوال ہے۔ سمندر کا پانی پینے کے لائق تو ہوتا نہیں، دیکھو کتنی بڑی بدنصیبی ہے کہ پانی کے سینے پر چلتے ہوئے بھی ہم پانی سے محروم ہیں!''

''اگر اس جزیرے کے علاوہ کوئی اور جزیرہ نظر آ جائے تو بات کچھ بن سکتی ہے۔ ہم اس جزیرے کی زمین کھود کر اس میں سے پینے کا پانی نکال سکتے ہیں۔ بدقسمتی تو یہ ہے مسٹر جان کہ ایسا جزیرہ ہمیں مل بھی گیا تھا مگر وہاں ایسے عجیب وغریب واقعات پیش آئے کہ پانی تلاش کرنے یا زمین کھود کر پانی نکالنے کا خیال بھی ذہن میں نہ آ سکا۔'' جیک نے مایوس لہجے میں کہا۔ ''خیر تمھیں چاہیے کہ ہمت نہ ہارو۔ میرا دل کہہ رہا ہے کہ پانی ہمیں ضرور ملے گا اور کھانے کے لیے ہم جزیرے کے جنگلی پھلوں کو استعمال کر سکتے ہیں۔ دعا یہ مانگنی چاہیے کہ وہ جزیرہ جس کی ہمیں تلاش ہے، اب ہمیں جلد سے جلد نظر آ جائے۔'' جان نے سب کو تسلی دے کر کہا۔ جبکہ وہ خود نا اُمید نظر آ رہا تھا۔

تسلی ملنے سے دل کو ڈھارس تو ہوئی لیکن میں سوچنے لگا کہ پہلے جزیرے کی طرح کیا اس جزیرے پر ہمیں اتنی مہلت مل جائے گی کہ ہم پانی تلاش کر سکیں اور جنگلی پھلوں سے اپنا پیٹ بھر سکیں۔ کیوں کہ جیسا کہ میری یہ بھیانک داستان پڑھنے والوں کو معلوم ہے، پہلے جزیرے کے بارے میں ہمارا خیال یہی تھا کہ وہاں ہم اطمینان کی سانس لے سکیں گے مگر کیا ایسا ہوا...؟ سبز آنکھوں والے دیوؤں اور چٹانوں کے بنے ہوئے محافظوں نے ہماری ناک میں دم کر دیا تھا۔ پھر بھلا اب ہم یہ کس طرح سوچ سکتے تھے کہ آئندہ ملنے والے کسی جزیرے پر ہم آرام سے رہ سکیں گے اور ہمیں وہاں کوئی حادثہ پیش نہ آئے گا؟ یہ سوچ کر میں نے جان سے اپنے دل کی بات بتاتے ہوئے مری ہوئی آواز میں کہا، ''دیکھیے کیا ہوتا ہے۔ ابھی تو کچھ سمجھ میں نہیں آتا۔ خدا کرے کہ اب جو بھی جزیرہ ہمیں ملے، وہاں ہم مطمئن ہو کر اُتر سکیں۔''

''تمھارا خدشہ درست ہے فیروز۔'' جان نے کہنا شروع کیا۔ ''میں اچھی طرح

سمجھ رہا ہوں کہ تم کیا سوچ رہے ہو۔ اس جزیرے پر دیوزاد مکھی کا سب سے بڑا خطرہ ہے۔ سوچنا یہ ہے کہ اُسے کس طرح تلاش کیا جائے اور اس سے کیسے بچا جائے۔ کیوں کہ یہ تو تم دونوں کو معلوم ہی ہے کہ مکھی بہت بڑی ہے اور اس کے نتھنوں سے شعلے نکلتے ہیں۔ میرے والد ولیم نے اپنی کتاب میں لکھا ہے کہ وہ شعلے پتھر تک کو پگھلا دیتے ہیں۔ پھر بھلا ہم انسانوں کی کیا حقیقت ہے؟''

''جب وہ مکھی اتنی خطرناک ہے تو پھر ہم اُسے پکڑیں گے کس طرح؟'' میں نے پوچھا۔

''فیروز نے ٹھیک سوال کیا ہے۔'' جیک نے تعریفی نظروں سے مجھے دیکھتے ہوئے کہا۔ ''بہتر ہوگا کہ آپ اس خوفناک مکھی کے بارے میں ہمیں اور تفصیل سے بتائیں کیوں کہ ابھی تک ہمارے پاس پوری معلومات نہیں ہے۔''

''تفصیل میں اس سے زیادہ اور کیا بتا سکتا ہوں جو پہلے بتا چکا ہوں۔ کتاب میں اتنا ہی درج ہے جو میں نے تمھیں سنایا ہے۔ وہ درست ہے یا غلط یہ تو وہیں جزیرے میں چل کر پتا لگے گا۔ رہا اس سوال کا جواب کہ ہم اُسے کس طرح پکڑیں گے؟ تو بس میں اتنا ہی کہہ سکتا ہوں کہ ابھی میرے ذہن میں اس کا کوئی جواب نہیں ہے۔ آگ ہمیشہ پانی سے بجھتی ہے، مگر یہاں اُلٹا معاملہ ہے۔ وہ خطرناک مکھی سمندر میں رہتی ہے اور جزیرے کے ساتھ ہی پانی میں ڈوب جاتی ہے۔ اسے پکڑنے یا مارنے کا طریقہ سوچنا کچھ آسان نہیں ہے۔ ہوسکتا ہے کہ جب ہم اس جزیرے پر پہنچیں، خدا ہمارے دل میں خود ہی کوئی ایسی بات ڈال دے جس کی مدد سے ہم مکھی کو ہلاک کرسکیں۔''

یہ بڑی نااُمیدی کا وقت تھا۔ اب تک میں سمجھتا آیا تھا کہ جان اس مکھی کو ختم کرنے کا کوئی نہ کوئی طریقہ جانتا ہے مگر خود اس کی زبانی یہ سن کر کہ اُسے خود بھی نہیں معلوم کہ مکھی کس طرح ہلاک ہوگی، میرا جسم سُن ہوگیا۔ ہاتھ پیروں کا دم سا نکلتا ہوا معلوم ہوا اور میں بالکل ہی خاموش ہوگیا۔ دل ہی دل میں خدا سے دعا مانگنے لگا کہ وہ ہمیں آنے والی مصیبتوں سے بچائے!

جیک نے کافی دیر خاموش رہنے کے بعد ایک لمبی سی ٹھنڈی سانس بھری اور پھر مرے ہوئے لہجے میں بولا، ''مکھی کو ہلاک کرنے کا طریقہ معلوم ہوسکتا ہے، مگر پہلے ہمیں یہ دیکھنا پڑے گا کہ اس مکھی میں کیا کیا خاصیتیں ہیں۔ آپ کے کہے ہوئے الفاظ کے مطابق مکھی کی خاصیتیں یہ ہیں کہ وہ ایک دیوزاد قسم کی بہت بڑی مکھی ہے۔ جس قسم کے دیوؤں سے بچ کر ہم آرہے ہیں۔ اندازاً انہی کے سیارے کی مکھی معلوم ہوتی ہے۔ آپ نے اس کا قد اونٹ جتنا بتایا ہے مگر میرے خیال میں اس سے بھی بڑی ہوگی۔ لمبائی میں گینڈے سے لمبی اور ہاتھی سے بھی زیادہ موٹی ہے۔ یہ آپ نے ہی کہا ہے کہ اس کے پر دو بڑے ہوائی جہاز جیسے ہیں۔ اس کا مطلب یہ ہوا کہ جب وہ اُڑتی ہوگی تو آس پاس کے علاقے میں زبردست طوفان آجاتا ہوگا اور درخت ہوا کے زور سے زمین سے اُکھڑ جاتے ہوں گے۔ اس کی ناک سے لمبے لمبے شعلے نکلتے ہیں جس سے ظاہر ہوا کہ وہ جہاں اُڑتی ہوگی وہاں آگ بھی لگ جاتی ہوگی! وہ سمندر میں رہتی ہے اور چودھویں رات کو جبکہ چاند پورا ہوتا ہے وہ جزیرہ سمندر میں سے اُبھرتا ہے اور مکھی شکار کی غرض سے ہوا میں اُڑتی ہے۔ اس کا مطلب یہ ہوا کہ جزیرے میں اسی کی جسامت کے جانور بھی کافی تعداد میں ہوں گے جن کا وہ شکار کرتی ہے۔ لیکن آپ کہتے ہیں کہ جزیرے میں کوئی جانور نہیں ہے۔ ان سب باتوں کو دیکھتے ہوئے یہ حقیقت واضح ہوتی ہے کہ اس کا پکڑنا آسان نہیں ہے۔ شکار وہ کس چیز کا کرتی ہے، اس کے بارے میں ہمیں کچھ نہیں معلوم۔ ظاہر ہے کہ جانوروں کا شکار نہیں کرتی ہوگی کیوں کہ جانور ایک ایسے جزیرے میں نہیں رہ سکتے جو پندرہ دن بعد سمندر میں ڈوب جاتا ہے۔ اس لیے ہماری عقل اس معاملے میں بالکل بے بس ہے کہ وہ کیا کھاتی ہے اور کیا شکار کرتی ہے؟''

جیک نے اتنا کہنے کے بعد لمبی سانس لی اور میں چونکہ بہت دیر سے ایک بات کہنے کے لیے بے چین تھا، اس لیے موقع ملتے ہی میں نے جلدی سے کہا، ''ایک بات میں آپ کو ٹھیک ٹھیک بتا سکتا ہوں سر، اور وہ یہ کہ ہم اب اس جزیرے کو آسانی سے تلاش کر سکتے ہیں۔''

''کیسے...؟'' تقریباً سب ہی نے اشتیاق سے پوچھا۔

''اتنی خطرناک اور آتشی مکھی سمندر میں جس جگہ رہتی ہوگی اُس جگہ کا پانی یقیناً گرم ہوگا اور جہاں تک میں سمجھتا ہوں گرم ہی نہیں بلکہ کھولتا ہوا ہوگا۔ لہٰذا اُس مقام پر بھاپ ضرور دِکھائی دینی چاہیے۔''

میری یہ بات سن کر جان نے جوش کے عالم میں میری کمر تھپتھپائی اور خوش ہوکر بولا، ''تم نے واقعی ایک کام کی بات معلوم کی ہے۔ اس طرح یقیناً ہم وہ جزیرہ تلاش کرلیں گے!''

جیک نے بھی خوشی ظاہر کرتے ہوئے کہا، ''حقیقت یہ ہے کہ یہ بات تو ہم نے سوچی ہی نہیں تھی۔ واقعی اب جزیرہ تلاش کرنا کوئی مشکل کام نہیں ہے، ہاں البتہ مکھی کو مارنے میں بڑی مصیبت کا سامنا کرنا پڑے گا۔''

''اُس کی بھی کوئی نہ کوئی ترکیب سوجھ ہی جائے گی وقت پر...'' جان نے دوربین آنکھوں سے لگاکر دور کسی مقام کو دیکھتے ہوئے کہا۔ ''جس طرح لوہا لوہے کو کاٹتا ہے، ہوسکتا ہے کہ آگ کو ختم کرنے کے لیے آگ ہی کام میں آئے۔ میرے ذہن میں مکھی کو ختم کرنے کا ایک ہلکا سا خاکہ ہے تو سہی مگر جب تک میں اس کے بارے میں پوری طرح سوچ نہیں لیتا اور خود مطمئن نہیں ہوجاتا، تمھیں بتانے سے کچھ فائدہ نہیں۔''

ملاح خاموش بیٹھا ہوا ہماری باتیں سن رہا تھا۔ ایسا لگتا تھا جیسے اب اُسے کسی بات کا خوف نہیں ہے۔ خطروں میں رہ کر اُس کا خوف ایک حد تک دور ہوچکا تھا اور اب وہ کوئی نئی بات سن کر چونکتا نہیں تھا۔ شام ہورہی تھی اس لیے ہم تینوں نیچے کیبن میں چلے گئے۔ کھانے کا سامان اب بہت کم رہ گیا تھا اس لیے ہم نے بہت تھوڑی مقدار میں کھانا کھایا اور تھوڑا سا کھانا ملاح کے لیے لے کر جیک اوپر چلا گیا۔ ہم تھکے ہوئے تھے، مدت کے بعد تنہائی اور اطمینان نصیب ہوا تھا۔ اس لیے ہم فوراً ہی سو گئے اور پھر اس کے بعد معلوم نہیں کیا ہوا۔ ہاں جب آنکھ کھلی تو سورج آہستہ آہستہ سمندر میں سے طلوع ہورہا تھا۔ پانی بالکل پرسکون تھا۔ ہلکی ہلکی لہریں اُٹھ رہی تھیں اور جہاز آہستہ آہستہ ہوا کے زور

سے کسی نامعلوم سمت میں چلا جا رہا تھا۔ ملاح سو رہا تھا اور جہاز کا رُخ پلٹنے والے آلے کا ڈنڈا جیک کے ہاتھ میں تھا۔ وہ رات بھر جاگتا رہا تھا اس لیے اس کی آنکھیں نیند کی وجہ سے سرخ ہو رہی تھیں۔ جان نے سب سے پہلا کام تو یہ کیا کہ دوڑ کر آلے کا ڈنڈا اپنے ہاتھ میں لے لیا اور جیک سے کہا کہ وہ اب سو جائے۔ جب جیک وہیں ڈیک پر تختے کا سہارا لے کر سو گیا تو جان نے ملاح کو جگایا۔ وہ جلدی سے ہڑبڑا کر اُٹھ بیٹھا اور فوراً اس بات کی معافی مانگنے لگا کہ وہ بغیر اجازت لیے سو گیا تھا مگر جان نے کہا کہ کوئی بات نہیں۔ تم بھی تھک گئے ہو گے۔

کھانا چوں کہ اب کم رہ گیا تھا اس لیے جان نے ملاح کو اس کام پر لگا دیا کہ وہ سمندر سے مچھلیاں پکڑنے کی کوشش کرے۔ ساتھ ہی اس نے مجھے ایک چھوٹا سا جال دیا۔ یہ ایسا جال تھا جس سے بچے تتلیاں وغیرہ پکڑا کرتے ہیں اور کہا کہ اگر ہو سکے تو میں سمندر کے اوپر اُڑنے والے پرندوں کو پکڑنے کی کوشش کروں۔ کام بے شک مشکل ہے مگر ہو سکتا ہے کہ کوئی نہ کوئی پرندہ پھنس ہی جائے۔ اس طرح مچھلی کے علاوہ ہم بھنا ہوا گوشت بھی کھا سکیں گے! تازہ گوشت کھانے کو تو میں بھی بہت ترس رہا تھا کیوں کہ سمندر میں سفر کرتے ہوئے ہم ڈبوں میں بند کیا ہوا گوشت کھاتے رہے تھے۔ اس لیے میں نے فوراً جال ہاتھ میں لے لیا اور پرندوں کو پکڑنے کی کوشش کرنے لگا۔ اُدھر ملاح نے ایک نکیلے نیزے کی مدد سے سمندری مچھلیاں پکڑنی شروع کر دیں۔ جیسے ہی کوئی مچھلی سمندر کی سطح پر آتی وہ نیزہ زور سے اس کی طرف پھینکتا اور نیزہ مچھلی کو چھید کر رکھ دیتا۔ یہ نیزہ ایک قسم کا ہارپون بن گیا تھا جسے بڑی مچھلیوں کے شکاری عموماً استعمال کرتے ہیں۔ بڑی مشکل اور اُچھل کود کے بعد میں نے بھی صرف ایک لمبی چونچ والا پرندہ پکڑا۔ خدا جانے اس کا نام کیا تھا؟ بہرحال وہ پرندہ تو ضرور تھا۔ ہم یہ خوراک لے کر نیچے کیبن میں آئے اور لکڑی کے خالی ڈبوں کو توڑ توڑ کر اُن سے ایندھن کا کام لیا۔ مچھلیاں اور پرندہ بھون کر کھا لینے کے بعد ہم پھر اوپر آ گئے۔ جان نے دوربین لگا کر چاروں طرف دیکھا مگر خشکی کا کہیں نام و نشان تک نہ تھا۔ کھانا کھانے کے بعد پیاس بری طرح لگ رہی تھی اور جو پانی

ہمارے پاس تھا ہم اُسے بُرے وقت کے لیے محفوظ رکھنا چاہتے تھے۔ اس لیے ہمیں کسی نہ کسی جزیرے کی سخت ضرورت تھی۔ کوئی ٹاپو یا چھوٹی سی زمین بھی ہمیں مل جاتی تو ہم وہاں زمین کھود کر پانی نکال سکتے تھے مگر سمندر کے سینے پر زمین نام کی کوئی چیز دور دور تک دِکھائی نہ دیتی تھی!

پیاس کے مارے میرے حلق میں کانٹے پڑے جا رہے تھے۔ زبان اتنی خشک ہوگئی تھی کہ باتیں کرتے وقت تالو سے چپک کر رہ جاتی تھی۔ ہر ہر قدم پر مصیبت، ہر گھڑی آفت و اُلجھن۔ سکون کس چڑیا کا نام ہے؟ راحت کسے کہتے ہیں؟ یہ ہمیں بالکل معلوم نہ تھا۔ حالاں کہ جان ایسے خطرناک سفر میں بھی جواں مردی اور ہمت سے کام لے رہا تھا مگر صرف میں ہی یہ دیکھ رہا تھا کہ اس کے چہرے پر بے چینی اور بے اطمینانی بُری طرح چھائی ہوئی تھی۔ ہم لوگ کہیں زیادہ سہم نہ جائیں اس لیے وہ اپنی پریشانی کو ظاہر نہیں کر رہا تھا مگر اس کے ہر انداز اور ہر بات سے ظاہر ہوتا تھا کہ وہ بے حد پریشان ہے۔

بادبان کے ستون سے سہارا لے کر وہ خاموش بیٹھ گیا اور ایک ہی سمت ٹکٹکی لگائے دیکھتا رہا۔ میں یہ سوچ کر کہ اس طرح اگر میں خود بھی خاموش رہا تو یقیناً پاگل ہوجاؤں گا۔ ملاح سے اس کا وہ مچھلیاں پکڑنے والا ہارپون لے کر جہاز کے دوسرے سِرے پر پہنچ گیا۔ ہارپون کے ساتھ ملاح نے ایک رسّی بھی باندھ دی تھی تاکہ نیزہ سمندر میں پھینکنے کے بعد واپس کھینچا جا سکے۔ میں نے عقل مندی یہ کی کہ وہ رسّی اپنی کمر کے گرد باندھ لی۔ دل میں یہ سوچا کہ بڑی مچھلی ہی کا شکار کروں گا۔ اگر مچھلی اتفاق سے وزنی ہوئی اور اس نے رسّی کھینچنی چاہی تو ہاتھوں کے بجائے میں اپنے جسم کا زور لگا کر اُسے جہاز پر کھینچ لوں گا۔ بظاہر ترکیب عمدہ تھی اور اس میں کوئی خدشہ بھی نہیں تھا اس لیے میں نیزہ تان کر جہاز کے کونے پر کھڑا ہوگیا اور نیلے سمندر میں جھانکنے کی کوشش کرنے لگا۔ چھوٹی چھوٹی مچھلیوں کو میں جان بوجھ کر نظر انداز کر دیتا تھا۔ میری نظر تو صرف بڑی مچھلیوں پر تھی۔ کچھ ہی دیر بعد مجھے ایک بڑی مچھلی کا سر نظر آیا، پوری طاقت سے میں نے

ہارپون اس کی طرف پھینکا۔ خوش قسمتی سے میں نے رسّی کمر سے باندھ رکھی تھی۔ کی تھی عقل مندی مگر ثابت ہوئی بے وقوفی۔ مچھلی نے تڑپ کر زور سے ایک جھٹکا مارا اور اس جھٹکے کی وجہ سے میں لہراتا ہوا سمندر میں جا گرا۔ گرتے گرتے بھی میں نے چلاّ کر مدد کے لیے آواز دی۔ اور پھر اس کے بعد معلوم نہیں کیا ہوا کیوں کہ پانی میں گرتے ہی میرے اوسان جواب دے گئے تھے۔ جب یہ اوسان بحال ہوئے اور مجھے ہوش آیا تو میں نے دیکھا میں سمندر کے سینے پر بڑی تیز رفتاری سے بہتا ہوا چلا جارہا ہوں۔ مچھلی مجھے کھینچ رہی ہے اور میں ایک تیز رفتار اسٹیمر کی مانند اس کے پیچھے لگا ہوا ہوں، پانی کے چھپاکے اُڑ رہے ہیں اور میری آنکھیں کھاری پانی کی وجہ سے جلنے لگی ہیں۔ بڑی مشکل سے آنکھیں کھول کر میں نے گردن موڑ کر پیچھے کی طرف دیکھا۔ ہائے کیا بتاؤں کہ دل کی کیا حالت ہوئی۔ میں نے دیکھا کہ ہمارے بادبانی جہاز کا دور دور بھی پتا نہیں تھا!

میری بے بسی اور بدنصیبی کا تصور کیجیے۔ اچھے اچھوں کا پتّا ایسے مقام پر پانی ہوجاتا ہے مگر خطروں کی چکّی میں پس کر اب میں ہیرا بن چکا تھا۔ اس لیے اس وقت بھی میں نے اپنے حواس قائم رکھے۔ خدا سے صرف یہ دعا مانگتا رہا کہ مچھلی سمندر کی تہہ میں نہ بیٹھ جائے، اوپر ہی اوپر تیرتی رہے۔ یہ دعا میں نے یوں مانگی تھی کہ اگر خدانخواستہ مچھلی تہہ میں جانے کی کوشش کرتی تو میں کسی بھی صورت سے نہیں بچ سکتا تھا لیکن اگر وہ پانی کے اوپر ہی تیرتی رہتی تو میرے بچاؤ کی کچھ نہ کچھ صورت ضرور تھی۔ اور وہ صورت صرف یہ تھی کہ میں نے جلدی سے اپنی کمر میں لٹکا ہوا چاقو میان سے نکال لیا اور اندازے سے اپنی کمر سے بندھی ہوئی رسّی کو کاٹنا شروع کردیا۔ رسّی پانی سے بھیگ کر سخت ہوگئی تھی، ہزار کوشش کے باوجود بھی وہ نہ کٹ سکی۔ میرا ہاتھ شل ہوگیا تھا۔ آنکھیں بند تھیں مگر میں کوشش کیے جارہا تھا۔ جتنی بار بھی میں نے کوشش کی ناکامی ہی کا منہ دیکھا۔ میں نے سوچ لیا کہ بس اب موت یقینی ہے، سوائے خدا کی ذات کے اور کون ہے جو اس وقت میری مدد کرے گا؟ اپنے دردناک انجام کو یاد کرکے میرے رونگٹے کھڑے ہوگئے، آنکھوں میں آنسو آگئے اور میں نے ہمت ہار کر خود کو تقدیر کے سپرد کردیا۔

مگر تقدیر کھڑی ہنس رہی تھی۔ خدا کو منظور تھا کہ میں زندہ رہوں۔ چوں کہ مچھلی کے سر میں نیزہ گڑا ہوا تھا اس لیے تکلیف کی وجہ سے وہ تیزی سے بھاگ رہی تھی۔ کچھ ہی دیر بعد میں نے اندازہ لگا لیا کہ مچھلی کی قوت بھی آہستہ آہستہ ختم ہوتی جا رہی تھی۔ تیزی سے بھاگنے کی بجائے اب وہ بہت سست رفتاری سے آگے بھاگ رہی تھی اور یہ رفتار بھی برابر کم ہوتی جا رہی تھی۔ کم ہوتے ہوتے رفتار آخر کار بالکل نہیں کے برابر رہ گئی۔ اب میں سمندر کی سطح پر بالکل چت لیٹا ہوا تھا۔ میں نے سوچا کہ بھاگ دوڑ تو ختم ہو چکی ہے۔ لہٰذا اطمینان سے چاقو کی دھار رسّی پر آزمائی جائے اور پھر ایسا کرتے ہی جلد ہی میں اس عجیب بندھن سے آزاد ہو گیا۔ آزاد ہوتے ہی میں نے تیرنا شروع کر دیا اور تیرتے تیرتے میں نے گلا پھاڑ پھاڑ کر پانچ چھے بار جان کو پکارا مگر جان کا کہیں پتا ہوتا تو جواب ملتا۔ جہاز کے بادبان بھی دور دور تک دِکھائی نہ دیتے تھے۔ آزاد ہونے کے بعد بھی میں بے بس و لاچار تھا کیوں کہ اتنے بڑے سمندر میں آخر میں کب تک تیر سکتا تھا۔ پھر بھی جان بچانا فرض تھا۔ ذرا سی ہمت و کوشش سے یہ جان بچ سکتی تھی۔ لہٰذا ہمت کر کے میں نے آہستہ آہستہ تیرنا شروع کر دیا۔ کچھ معلوم نہ تھا کہ کدھر جا رہا ہوں۔ نہ سمت کا پتا تھا نہ رُخ کا۔ بس ہاتھ پاؤں مارنے سے غرض تھی۔ شام ہو رہی تھی اور جوں جوں سورج دم توڑ رہا تھا میری سانسیں بھی جواب دیتی جا رہی تھیں اور جب چاروں سمت گھرا اندھیرا چھا گیا تو میرا دل بھی اندر ہی اندر ڈوب گیا۔ حالت یہ تھی کہ میں دھاڑیں مار مار کر روتا جاتا تھا اور تیرتا جاتا تھا۔ خدا جانے کب تک یہ حالت رہی۔ ہاتھ پاؤں اب اکڑ گئے تھے۔ جسم کی طاقت ختم ہو گئی تھی۔ رہی سہی ہمت نے جواب دے دیا تھا۔ میرے بازو شل ہو گئے تھے اور میں ڈوبنے کے قریب ہی تھا کہ اچانک میرا جسم کسی سخت چیز سے ٹکرایا۔ بند ہوتی ہوئی آنکھوں کو زور لگا کر کھولا اور غور سے دیکھا تو معلوم ہوا کہ میں کسی جزیرے کے کنارے سے ٹکرا گیا ہوں۔ زمین...!

بجلی کی سی تیزی کے ساتھ یہ لفظ میرے دماغ سے ٹکرایا اور میرے سوئے ہوئے اعضا میں اس نے یکایک چستی پیدا کر دی۔ میں نے گھبرا کر کنارے کو پکڑنا چاہا مگر ہاتھ

پھسل گیا، جتنی بار میں نے کوشش کی، ہاتھ پھسل پھسل گیا۔ خدا جانے یہ کیسی زمین تھی جس کے کنارے اس قدر چکنے تھے! ڈوبتے کو تنکے کا سہارا، میں نے سوچا۔ اب جب کہ یہ چکنی زمین مجھے مل گئی ہے تو کیا میں اس زمین پر قدم نہ رکھ سکوں گا۔ نہیں، نہیں ایسا نہیں ہوسکتا۔ جب خدا نے مجھے ایک موقع دیا ہے تو اس سے فائدہ اُٹھانا بے حد ضروری ہے۔ یہ سوچتے ہی میں نے ایک آخری زوردار کوشش اور کی اور پھر اس کوشش میں کامیاب بھی ہوگیا۔ زمین پر قدم رکھتے ہی میں نے آگے دوڑنا شروع کردیا۔ ڈر یہ تھا کہ کہیں یہ زمین کھو نہ جائے مگر بھاگتے بھاگتے دس پندرہ مرتبہ پھسلا اور گر پڑا۔ زمین بے حد چکنی تھی، اس لیے میں نے اُٹھ کر آہستہ آہستہ قدم جما کر چلنا شروع کردیا۔ حیرت کی بات یہ تھی کہ اس زمین پر نہ کوئی درخت تھا اور نہ چٹانیں اور نہ ہی کہیں مٹی نظر آتی تھی۔ خدا جانے یہ کیسی زمین تھی!

چاند آہستہ آہستہ بلند ہورہا تھا اور اس کی ہلکی روشنی میں زمین اب مجھے پوری طرح نظر آرہی تھی۔ بالکل سیدھی اور سپاٹ زمین، جو مشکل سے دو فرلانگ مربع ہوگی۔ یا پھر اُسے ایک چھوٹا سا ٹاپو کہہ لیجیے۔ اچانک مجھے خیال آیا کہ کہیں یہ وہی ڈوبنے اُبھرنے والا جزیرہ نہ ہو! مگر فوراً ہی یہ خیال ذہن سے صاف ہوگیا کیوں کہ جیسا کہ مجھے معلوم تھا، وہ جزیرہ تو پورے کا پورا سمندر میں ڈوبا ہوگا اور صرف چودھویں رات کو سمندر میں سے نمودار ہوگا۔ یہ سوچ کر میں آرام سے زمین پر بیٹھ گیا۔ تھکن بُری طرح سوار تھی۔ جان اور جیک سے بچھڑنے کا غم بھی تھا اس لیے ہوا نے جب لوریاں دیں تو میری آنکھیں بند ہوگئیں اور پھر مجھے دنیا و جہاں کی کوئی خبر نہ رہی۔

جب میری آنکھ کُھلی تو سورج کافی اوپر چڑھ چکا تھا۔ میں گھبرا کر جلدی سے اُٹھ بیٹھا۔ پیاس بے حد لگ رہی تھی اس لیے مجبوراً میں نے کنارے پر جا کر سمندر کے کھاری پانی کا صرف ایک گھونٹ پیا۔ کھارا پن تو محسوس ہوا مگر حلق تر ہوگیا۔ اس کے بعد میں جہاں بیٹھا تھا پھر وہیں واپس آ گیا۔ واپس آتے آتے بھی ایک دو بار پھسلا۔ زمین کو غور سے دیکھا تو پتا چلا کہ گہرے سرمئی رنگ کی عجیب سی چکنی اور سپاٹ زمین ہے۔ نہ کہیں

سے اونچی نہ نیچی۔ نہ کوئی گڑھا نہ کوئی کنکر! خدا جانے میں کون سے غیر آباد جزیرے میں آ گیا تھا۔ ایسے جزیرے میں جہاں نہ گھاس تھی نہ مٹی۔ عجیب سی لیس دار زمین تھی۔ اگر قدم جما کر اور سنبھل کر نہ چلتا تو دھڑام سے چاروں شانے چت!

جہاز میں ایک آرام یہ تو تھا کہ میں کوئی بھی چیز آگ پر بھون کر کھا سکتا تھا مگر اس جزیرے پر نہ تو لکڑی تھی نہ آگ۔ پھر بھلا بھوک کس طرح مٹ سکتی تھی؟ پیٹ کی دوزخ کو تو بھرنا ضروری تھا اس لیے جزیرے پر پڑی ہوئی چند مچھلیوں کو میں نے کچا کھانے کی کوشش کی۔ مشکل سے صرف ایک لقمہ کھایا ہوگا کہ متلی ہونے لگی اس لیے مچھلیاں وہیں پھینک دیں۔ طبیعت بڑی گھبرا رہی تھی۔ کچھ سمجھ میں نہ آتا تھا کہ کیا کروں۔ جس طرف نظر اُٹھا کر دیکھتا تھا پانی ہی پانی دِکھائی دیتا تھا۔ سوچ رہا تھا کہ آخر کس طرح اس مصیبت سے نجات حاصل کروں گا؟ جگہ ایسی تھی کہ آس پاس دوسرا کوئی جزیرہ بھی نظر نہ آتا تھا اور یہ جزیرہ جس پر میں اس وقت کھڑا ہوا تھا، میرے خیال میں شاید دنیا کا سب سے عجیب اور حیرت انگیز جزیرہ تھا۔ میں نے بہت سے مقامات پر چٹانیں دیکھی ہیں مگر یہ چٹانیں یا ٹاپو تو اُن سب سے بالکل جدا تھیں۔ اس کے بارے میں آپ پہلے ہی پڑھ چکے ہیں۔ بہرحال، سب کچھ خدا پر چھوڑ کر میں آرام سے زمین پر بیٹھ گیا۔ دل میں سوچ لیا کہ اگر میرا آخری وقت آ گیا ہے تو دنیا کی کوئی طاقت مجھے مرنے سے نہیں روک سکتی اور اگر مجھے زندہ رہنا ہی ہے تو پھر آگ کے شعلوں میں بھی میرا بال بیکا نہیں ہوسکتا۔ خاموشی سے بیٹھ کر میں سمندر کے ہلکورے لیتے ہوئے پانی کو دیکھنے لگا۔ لہریں جدا ہوکر آپس میں پھر مل جاتی تھیں۔ دل نے یہ دیکھ کر خواہش کی کہ کاش میں بھی دوبارہ اپنے ساتھیوں سے مل جاؤں۔ لہروں پر نظر جما کر میں نے سامنے اُس مقام کو دیکھنا شروع کیا جہاں سمندر آسمان سے مل رہا تھا اور پھر اس جگہ کو دیکھتے ہی میرے جسم میں اچانک خوشی کی ایک تھرتھری سی پیدا ہوگئی۔ خون میں جوش پیدا ہوگیا اور میں جلدی سے کھڑا ہوکر آنکھیں پھاڑ پھاڑ کر اس چیز کو دیکھنے لگا۔ نظر نے کہا وہم ہے مگر دل نے گواہی دی کہ جو کچھ دیکھ رہا ہوں وہ حقیقت ہے۔ واقعی بہت دور کے فاصلے پر مجھے کسی جہاز کے مستول نظر آ رہے

تھے اور وہ مستول آہستہ آہستہ لمبے ہوتے جارہے تھے۔ اس بات سے میں سمجھ گیا کہ جہاز میری ہی طرف آرہا ہے۔ مستولوں کے بعد اس کے بادبان دِکھائی دینے لگے۔ جغرافیہ کی کتابوں میں آپ نے یہ تو پڑھا ہی ہوگا کہ سمندر میں دور سے نظر آنے والے جہازوں کے سب سے پہلے مستول ہی نظر آتے ہیں۔ دراصل زمین گول ہونے کا یہ سب سے بڑا ثبوت ہے جو جغرافیہ داں ہمیں دیتے ہیں۔ یہ اندازہ لگا کر جہاز اسی طرف آرہا ہے، میرا دل خوشی سے بھر گیا۔ جوش کے مارے میں عجیب عجیب حرکتیں کرنے لگا۔ اُچھل اُچھل کر دیکھا۔ کبھی جزیرے میں اس طرف سے اُس طرف تک بھاگا، ہاتھ ہلائے اور زور زور سے مدد کے لیے چلّایا اور پھر جہاز جلد ہی مجھے پورا نظر آنے لگا۔ یہ دیکھ کر میری خوشی دوگنی ہوگئی اور نہ جانے کیسے مجھ سے وہ حرکت سرزد ہوگئی، کہتے ہوئے بھی شرم آتی ہے، مگر کیا کروں، جب تک میں وہ بات آپ کو نہ بتاؤں گا تب تک آپ میری بے تابی اور بے چینی کا اندازہ لگا ہی نہیں سکتے۔ یہ سوچ کر کہ جہاز والوں کی نگاہ مجھ پر پڑ جائے میں نے جلدی سے اپنی پھٹی ہوئی پتلون اُتار ڈالی (قمیص تو پہلے ہی سے غائب تھی)۔ اس بات کا بھی خیال نہیں کیا کہ میں اس وقت بالکل ننگا ہوں۔ کیسی شرم اور کیسی حیا! جان پر بن رہی تھی اس لیے پتلون ہاتھ میں پکڑ کر میں نے اُسے زور زور سے ہلانا شروع کر دیا۔ جزیرے کے اِس سِرے سے اُس سِرے تک پتلون کو ہاتھ میں لہراتا ہوا بالکل ننگا بھاگنے لگا۔ میری یہ بات پڑھ کر ہوسکتا ہے کہ آپ کو ہنسی آئے لیکن میری حالت کا تصور کیجیے اور انصاف سے کہیے کہ کیا میں ایسا کرنے میں حق بجانب نہیں تھا؟

میری خوشی کا کچھ مت پوچھیے۔ جب میں نے یہ دیکھا کہ جہاز کے بادبانوں کا رُخ پلٹتا جارہا ہے تاکہ جہاز جلد سے جلد مجھ تک پہنچ سکے۔ جوں جوں جہاز میری طرف آرہا تھا مجھ میں جوش بھرتا جارہا تھا۔ دل میں سوچ رہا تھا کہ خدا جانے یہ کون لوگ ہیں؟ ویسے جہاز تو بالکل ہمارے جہاز جیسا ہے۔ خدا کرے وہی ہو! پندرہ منٹ بعد جہاز اتنے قریب آچکا تھا کہ میں اس پر کھڑے ہوئے لوگوں کو ہلتا ہوا دیکھ رہا تھا۔ فوراً ہی مجھے خیال آیا کہ میں ننگا ہوں۔ جلدی سے میں نے پھٹی ہوئی پتلون پہنی اور بے تابی سے ان لوگوں

کو دیکھنے لگا۔ جہاز جب ایک فرانگ کے فاصلے پر آ گیا تو میں نے جان اور جیک کو ڈیک پر بڑی بے چینی سے اپنی طرف دیکھتے ہوئے پایا۔ اُن دونوں کو دوبارہ پا کر پہلے تو خوشی کے مارے میری چیخیں نکل گئیں اور پھر دل میں اچانک ایسا جذبہ پیدا ہوا کہ میں دھاڑیں مار مار کر رونے لگا۔ روتا جاتا تھا اور ان دونوں کو دیکھتا جاتا تھا۔ جہاز اب اتنے قریب آچکا تھا کہ میں نے جان کو بلند آواز میں یہ کہتے سنا، ''روؤ مت فیروز! ہم آ گئے ہیں۔''

مگر میرا رونا بند نہیں ہوا۔ شاید یہ خوشی کا حد سے بڑھ جانا تھا جو میرے آنسو تھمنے کا نام ہی نہ لیتے تھے۔ میری نظروں کے سامنے جہاز نے لنگر ڈالا اور ملاح نے حفاظتی کشتی سمندر میں اُتاری اور پھر اس کشتی میں جان اور جیک دونوں سوار ہو کر میری طرف آنے لگے۔ مگر میری وہی حالت تھی کہ لگاتار روئے جا رہا تھا۔ جیسے ہی کشتی جزیرے کے کنارے پر لگی جان فوراً اس میں سے چھلانگ لگا کر جزیرے پر آ گیا اور پھر دوڑ کر اس نے مجھے اپنے سینے سے لگا لیا۔ ساتھ ہی اس نے بھی بری طرح رونا شروع کر دیا۔ کچھ دیر بعد جیک بھی میرے قریب آ کر کھڑا ہو گیا اور میرا شانہ تھپتھپا کر بولا، ''اب مت روؤ فیروز! خدا کا شکر ہے کہ تم ہمیں مل گئے۔ ورنہ ہم تو سمجھ بیٹھے تھے کہ تم سے کبھی ملاقات نہیں ہو گی۔''

جان نے اسی طرح روتے ہوئے کہا، ''فیروز! میرے بیٹے، تمھارے کھو جانے کے بعد تمھاری قدر معلوم ہوئی۔ کیا بتاؤں کہ میں کتنا بے چین رہا ہوں۔ بیٹے! آج مالک اور نوکر میں سے امتیاز مٹ گیا۔ تم پارٹی میں ملازم بن کر شامل ہوئے تھے لیکن تم نے میرے دل میں اتنا گھر کر لیا ہے کہ میں تم سے جدا ہو کر ایک پل بھی سکون سے نہیں رہ سکتا۔ میرے بچے! تمھیں دوبارہ پا کر ایسا لگتا ہے جیسے میری کھوئی ہوئی دولت مجھے مل گئی ہے ...تمھارے کھو جانے کے بعد تو زندگی مجھ پر حرام ہو گئی تھی فیروز!''

جان نے جب بہت تسلی دی تب کہیں جا کر میرے آنسو تھمے۔ اُسی کشتی میں بیٹھ کر ہم دوبارہ جہاز میں پہنچے اور وہاں جا کر میں نے ان سب کو اپنی کہانی سنائی۔ پوری داستان سن کر وہ بھی حیرت زدہ رہ گئے۔ ملاح نے کچھ مچھلیاں بھونیں جنھیں کھا کر میں

نے خدا کا شکر ادا کیا اور پھر دوبارہ باتیں ہونے لگیں۔ جیک نے ایک بڑی عجیب بات کہی۔

''جہاں تک مجھے یاد ہے تم جہاز کی مخالف سمت گرے تھے اور اس لحاظ سے جہاز کے پیچھے ہی پیچھے پانی میں بہتے چلے گئے تھے۔ ہمارا جہاز اگر شمال کی طرف جا رہا تھا تو تم جنوب کی طرف۔ پھر آخر تم ہم سے پہلے اس مقام پر کیسے پہنچ گئے جہاں اب ملے ہو؟''

''یہ تو میں نہیں جانتا۔ خدا معلوم کیا بات ہے؟''

''ہاں یہ واقعی اچنبھے کی بات ہے جیک۔'' جان نے سوچتے ہوئے کہا۔

''خیر، اسے چھوڑو۔ میرے خیال میں اب ہم اس جزیرے کو کھود کر پینے کا پانی ضرور نکال لیں اور اپنے ڈرموں میں بھر لیں۔ یہ رات اس جزیرے پر بسر کر کے ہم کل صبح پھر روانہ ہو جائیں گے۔ تم یہیں ٹھہرو۔ میں اور جیک ملاح کو لے کر جزیرے پر جاتے ہیں اور وہاں زمین کھودنا شروع کر دیتے ہیں۔''

میں نے ضد کی، ''اب میں اکیلا نہیں رہوں گا۔ مجھے ڈر لگتا ہے۔ اب تو میں آپ کے ساتھ ہی رہوں گا اس لیے میں بھی ساتھ چلوں گا۔'' میری یہ بات سن کر جان مسکرایا اور پھر مجھے ساتھ لے کر دوبارہ جزیرے پر گیا۔

جزیرے پر پہنچنے کے بعد وہ بھی تعجب میں رہ گیا۔ ایک دو مرتبہ پھسل کر گرا بھی اور پھر اُٹھ گیا۔ چند قدم چلنے کے بعد وہ کہنے لگا، ''یہ کیسی عجیب زمین ہے فیروز! چکنی، لیس دار اور بالکل سپاٹ۔ نہ کوئی گھاس نہ درخت، چلتے ہوئے قدم بھی پھسلنے لگتے ہیں۔ آخر تم کس طرح اس پر چل پھر لیے؟''

''چلا کہاں جناب۔ پہلے پہلے تو میں بھی خوب گرا تھا۔ ایسا لگتا تھا جیسے مخمل پر پھر رہا ہوں۔''

''ہاں، مجھے بھی ایسا ہی محسوس ہوتا ہے۔ خیر ہمیں اس سے کیا لینا۔ دیکھنا یہ ہے کہ کھودنے پر اس میں سے پانی بھی نکلتا ہے یا نہیں؟''

ملاح نے اُس کے اشارے پر زمین کھودنے کے لیے کدال زمین میں ماری مگر

پھر اچانک ہم سب گھبرا کر پیچھے ہٹ گئے۔ زمین میں سے ایک فوارہ اُبل پڑا مگر پانی کا نہیں بلکہ گاڑھے گاڑھے خون کا فوارہ! خوف اور دہشت کے مارے میرے رونگٹے کھڑے ہو گئے کیونکہ اب وہ جزیرہ آہستہ آہستہ ہل رہا تھا۔ خون کا فوارہ دوبارہ زمین پر گر کر سمندر میں جا کر مل رہا تھا اور سمندر کے آس پاس کے پانی کو سرخ کر رہا تھا۔ جزیرہ اب زور سے ہلنے لگا۔ جان نے یہ دیکھتے ہی زور سے چلّا کر کہا، ''تیزی سے کشتی کی طرف بھاگو۔''

ہم سر پر پاؤں رکھ کر بُری طرح بھاگے۔ عقل کام نہ کرتی تھی کہ آخر یہ بلا کیا تھی؟ مگر اتنا سمجھ میں ضرور آ گیا تھا کہ خطرہ ہے اس لیے جلدی جلدی ہم لوگ کشتی میں بیٹھے اور دو دو آدمیوں نے مل کر ایک ساتھ چپو چلائے تب کہیں تین منٹ کے اندر اندر جہاز تک پہنچے۔ رسّی کی سیڑھی کے ذریعے جوں توں کر کے ہم اوپر چڑھے اور پھر کشتی کو اوپر کھینچ لینے کے بعد ہم نے اُس ہلتے ہوئے جزیرے کو دیکھا جو اَب اور بھی تیزی سے ہل رہا تھا اور اُس کی زمین سے خون کا وہ فوارہ لگاتار بلند ہوتا جا رہا تھا۔ خون کا فوارہ جتنا اونچا ہو رہا تھا، جزیرہ اتنی ہی تیزی کے ساتھ ہل رہا تھا۔ ہم دم بخود کھڑے یہ منظر دیکھ رہے تھے۔ ملاح بھی بالکل گم سُم تھا۔ اچانک اُسے ہوش آیا اور اُس نے جلدی سے بادبان کھول دیے۔ جہاز آہستہ آہستہ اُس ہلتے ہوئے جزیرے سے دور ہونے لگا۔ کچھ ہی دیر بعد جزیرہ بُری طرح ہلنے لگا۔ اور ہمارے سامنے وہ پہلی بار سمندر میں سے اوپر اُبھرنے لگا۔ چند منٹ میں وہ اتنا اونچا ہو گیا کہ ایک چھوٹی سی چٹان معلوم ہونے لگا اور تب مجھے اُس جزیرے کا وہ حصہ نظر آیا جو اب تک میری نگاہوں سے پوشیدہ تھا۔ یہ حصہ پانی میں ڈوبا ہوا تھا اور جب اُبھرا تو مجھے ایک حیرت انگیز چیز نظر آئی یعنی ایک بہت بڑا سر، جس میں دو آنکھیں چمک رہی تھیں اور اس سر کے آگے ایک بہت خوف ناک منہ تھا جو بار بار کھل اور بند ہو رہا تھا۔ خوف کے مارے میری ٹانگیں لرزنے لگیں اور میں جلدی سے ڈیک پر بیٹھ گیا۔

حقیقت اب معلوم ہوئی تھی۔ جس جزیرے پر میں نے ایک رات اور آدھا دن

گزارا تھا وہ دراصل جزیرہ نہیں بلکہ کوئی بہت بڑی سمندری مچھلی تھی!

اتنے عرصے تک میں اس کی کمر پر بھاگتا رہا اور اُسے خبر بھی نہ ہوئی لیکن میرے خیال میں اُسے خبر ضرور ہوئی ہوگی۔ اُسے میرا وزن بھی ضرور محسوس ہوا ہوگا مگر جس طرح انسان اپنے جسم پر مکھی کا کوئی وزن محسوس نہیں کرتا ایسے ہی اس دیوزاد مچھلی نے مجھے سمجھا ہوگا یعنی اُس کے لیے میرا وزن ایک مچھر کے برابر ہوگا۔ یہ خیال آتے ہی کہ میں کافی دیر تک اُس خطرناک مچھلی کی کمر پر رہا، مجھے ڈر کے مارے چکر آ گیا۔ خود کو سنبھال کر جب میں نے سامنے دیکھا تو وہ مچھلی پانی میں بُری طرح تڑپ رہی تھی۔ اس کی دُم دائیں بائیں اتنے زور سے پڑتی تھی کہ سمندر کا پانی کئی سوفٹ اوپر اُچھل جاتا تھا۔ جس مقام پر وہ تھی وہاں درحقیقت طوفان آیا ہوا تھا۔ ہم نے خدا کا شکر ادا کیا کہ بچ گئے۔ اگر ہمارا جہاز اُسی جگہ کھڑا ہوا ہوتا تو یقیناً ہم جہاز سمیت کبھی کے سمندر میں غرق ہو گئے ہوتے۔ تڑپتے تڑپتے وہ مچھلی بے جان سی ہوگئی اور پھر ہمیں پتا نہیں کیا ہوا۔ کیوں کہ ہمارا جہاز اب اُس سے اتنا دور ہو چکا تھا کہ ہمیں دوربین سے بھی یہ دیکھنے میں دشواری پیش آ رہی تھی کہ وہاں کیا ہو رہا ہے۔

بڑی دیر تک تو ہم خاموش بیٹھے رہے۔ ایک دوسرے سے بات کرتے ہوئے بھی گھبراہٹ ہوتی تھی۔ حلق خشک تھے۔ سمندر کا پانی صرف دو دو قطرے پینے کے باعث زبان کی نوک جگہ جگہ سے کٹ گئی تھی اس لیے خاموش رہنا ہی بہتر تھا مگر خاموش رہنے سے گھبراہٹ اور بڑھتی تھی اس لیے میں نے آہستہ سے یہ خاموشی توڑتے ہوئے کہا، ''مجھے تو رہ رہ کر ڈر لگتا ہے۔ اب سوچتا ہوں تو رونگٹے کھڑے ہو جاتے ہیں۔ اگر وہ مچھلی راتوں رات مجھے لے کر سمندر میں بیٹھ جاتی تو میں کیا کرتا!''

''واقعی بڑا حیرت ناک واقعہ ہے فیروز!'' جان میری بات کی تائید کرتے ہوئے بولا۔

''سمندروں میں اس سے بھی بڑی مچھلیاں ہوا کرتی ہیں۔ میں صرف سنتا ہی تھا مگر آج دیکھ بھی لیا۔'' میں نے خوف کی ایک پھریری لے کر کہنا شروع کیا۔ ''اب بھی

جب اس لیس دار کھال کا خیال آجاتا ہے جس پر لیٹا ہوا تھا تو سچ مچ متلی ہونے لگتی ہے۔''

میری یہ بات سن کر جیک نے مسکرا کر کہا، ''تم تو صرف یہی باتیں سوچ رہے ہو لیکن میرا خیال کسی اور ہی طرف ہے۔ غور سے سنو۔ اب مجھے معلوم ہوگیا ہے کہ جہاز کے پیچھے مچھلی کے ساتھ رسّی سے لٹکتے ہوئے جب تم مخالف سمت میں بہہ گئے تھے تو پھر بعد میں ہمارے سامنے کیسے آگئے؟''

''ہاں واقعی یہ بات تو میری سمجھ میں بھی نہیں آئی۔ آپ بتایئے۔'' میں نے حیرت سے کہا اور جیک کی باتیں توجہ سے سننے لگا۔

''بڑی آسان سی بات ہے۔ تم سمجھتے رہے کہ تم جس جزیرے پر ہو، وہ ایک ہی جگہ کھڑا ہے مگر اب جب کہ یہ بات صاف ہوگئی ہے کہ وہ جزیرہ نہیں بلکہ ایک بہت بڑی مچھلی کی کمر تھی تو حقیقت سمجھ میں آجاتی ہے۔ تم ایک ہی جگہ نہیں رُکے رہے بلکہ بڑی معقول رفتار کے ساتھ سمندر میں بہتے پھرے ہو۔ مچھلی ایک اچھی رفتار سے سمندر میں گھوم کر ہمارے جہاز کے سامنے ہم سے پہلے پہنچ گئی تھی۔ جس وقت تم اپنی پتلون ہوا میں لہرا رہے تھے اُس وقت بھی وہ تیر رہی تھی۔ دراصل وہ کسی وقت بھی ایک جگہ نہیں رُکی۔ ہر لمحہ وہ تیرتی ہی رہی اور تم اس کی کمر پر سوار اُسی رفتار سے سمندر میں چلتے رہے۔ چونکہ مچھلی بہت بڑی تھی اس لیے تم یہ محسوس نہیں کرسکے کہ وہ تیر رہی ہے۔ اسے یوں سمجھو، جیسے کہ ہماری زمین گھوم رہی ہے مگر ہمیں محسوس نہیں ہوتا۔ بہرحال جو کچھ ہوا وہ تو ہوا، ہمیں اب خدا کا شکر ادا کرنا چاہیے کہ اس بلا سے نجات ملی۔''

''تم ٹھیک کہتے ہو جیک۔'' جان نے ایک لمبا سانس لینے کے بعد کہا۔ ''واقعی ایسا ہی ہوا ہے۔ درحقیقت ہم ایک بہت بڑی مصیبت میں گرفتار ہونے سے بال بال بچ گئے اور اب وقت آگیا ہے جب کہ سوچنا چاہیے کہ وہ جزیرہ اب کیسے تلاش کیا جائے؟ مگر نہیں، میں اتنا خودغرض بننا نہیں چاہتا۔ میں نے تم لوگوں کو خواہ مخواہ مصیبتوں کے غار میں دھکیل دیا ہے۔ میری وجہ سے تم بھی تکلیفیں جھیل رہے ہو اس لیے اب میں یہ سوچ رہا ہوں کہ یہ بہتر نہ ہوگا کہ ہم واپس کومورن چلیں اور اس خوفناک سفر کو اسی مقام پر ختم

کر دیں؟''

جیک نے یہ سن کر جلدی سے جواب دیا، ''واہ! یہ آپ کیا سوچ رہے ہیں؟ یہ تو ہمت ہار دینے والی بات ہوئی مسٹر جان۔''

میں نے بھی سینہ تان کر کہا، ''نہیں، ہمیں ہمت نہیں ہارنی چاہیے۔ اتنے خطروں سے مقابلہ کرنے کے بعد، اب جب کہ صرف ایک آخری خطرہ باقی رہ گیا ہے، اس طرح پیچھے ہٹ جانا میرے خیال میں اچھی بات نہیں۔''

''خیر، ارادہ تو میرا یہی تھا مگر تم لوگوں کی تکلیف کے خیال سے ارادہ تبدیل کرنا پڑا۔ اب جیسا تم کہتے ہو، میں وہی کروں گا۔'' جان نے خوش ہو کر کہا۔

''لہٰذا اب ہمارا کام یہ ہے کہ اس جزیرے کو تلاش کرنا ہے جو ہماری آخری منزل ہے اور جس کی پہچان یہ ہے کہ اس کے آس پاس کا پانی گرم ہے۔''

جیک کچھ دیر تک خاموش رہا اور پھر بولا، ''اُسے تلاش کرنے کا کام میرے ذمے چھوڑیے۔ میں آج ہی ملاح کو ہدایت کر دیتا ہوں کہ وہ تھوڑی تھوڑی دیر کے بعد پانی میں تیرتا رہے۔ جہاں اس کے بدن کو پانی گرم لگے، فوراً مجھے بتائے۔ اس کے علاوہ ہم دوربینوں کی مدد سے پانی کی سطح کو بھی دیکھتے رہیں گے۔ جس مقام پر بھاپ اُٹھتی ہوئی نظر آئے گی، سمجھ لیں گے کہ اس کے قریب ہی وہ جزیرہ ہے۔''

''بالکل ٹھیک تجویز ہے۔ میرے خیال میں اس سے بہتر کوئی طریقہ ہو بھی نہیں سکتا۔ لہٰذا ہم ایسا ہی کریں گے۔'' جان نے اتنا کہہ کر دوربین پھر اپنی آنکھوں سے لگا لی۔

میں نے کمر سیدھی کرنے کے لیے تختے سے ٹیک لگا لی اور گزرے ہوئے واقعات پر خاموش بیٹھ کر غور کرنے لگا۔ جیک ملاح کو ہدایات دینے کے لیے باہر ڈیک پر چلا گیا اور جان نے اپنے تھیلے میں سے ایک موٹی سی کتاب نکال کر اُسے پڑھنا شروع کر دیا۔ ملاح اپنا خوف دور کرنے کے لیے بلند آواز سے کوئی ایسا گانا گا رہا تھا جس کے الفاظ میری سمجھ میں نہ آتے تھے۔ جہاز آہستہ آہستہ ایک نامعلوم منزل کی طرف چلا جا رہا تھا۔

شام ہورہی تھی اور پرندوں کی آوازیں اس خاموشی میں بڑی پیاری لگ رہی تھیں۔ جلد ہی رات ہوگئی اور ہر طرف ایک سکون سا چھا گیا۔ جیک اور جان دونوں سر جوڑ کر آپس میں کچھ مشورہ کرنے لگے۔ اپنے ساتھ انھوں نے مجھے بھی شامل کرنا چاہا مگر میں اب اس قدر تھکا ہوا تھا کہ اپنی جگہ سے اُٹھنا بھی مجھے دوبھر معلوم ہوتا تھا۔ خدا جانے کب تک وہ دونوں اسی طرح باتیں کرتے رہے کیوں کہ جب میری آنکھ کھلی تو سورج کی کرنیں میرے منہ پر پڑ رہی تھیں۔

اسی طرح ایک ایک کر کے کئی راتیں آئیں اور گزر گئیں۔ جہاز اسی طرح طوفانی لہروں کے تھپیڑے کھاتا سمندر کے سینے پر تیرتا ہوا نہ جانے کہاں سے کہاں پہنچ گیا! ہم یہ بھی بھول گئے کہ وہ پُر اسرار جزیرہ کب سمندر میں سے نمودار ہوا کرتا ہے! کھانے کا سامان بالکل ختم ہو چکا تھا۔ پانی کا اب ایک قطرہ بھی ہمارے پاس نہیں تھا۔ حلق سوُکھ چکے تھے۔ ہاتھ پیروں میں سکت نہ رہی تھی۔ جہاز خود بخود جس طرف اس کا دل چاہتا مڑ جاتا کیوں کہ ملاح تھک کر اس قدر چوُر ہو چکا تھا کہ اب وہ بادبانوں کی رسّیاں بھی نہیں کھول سکتا تھا۔ یہ حالت تھی ہماری۔ ہم نے سمجھ لیا تھا کہ بس اب ہم چند ہی گھنٹوں کے مہمان ہیں!

اور پھر یہ اسی دن کا واقعہ ہے کہ ہم اَدھ مرے سے، جہاز کے کٹہرے کا سہارا لیے بیٹھے تھے کہ یکایک ملاح بُری طرح چلّایا۔ جان نے اُسے حیرت سے دیکھا تو وہ کسی طرف اشارہ کر رہا تھا۔ اس کی اُنگلی کی سیدھ میں جب ہم نے نظر جما کر دیکھا تو سمندر کی لہروں پر چند چھوٹی چھوٹی مچھلیوں کو مرا ہوا پایا۔ نگاہ جب آگے بڑھی تو سمندر کے درمیان ایک جگہ ہمیں ہلکی سی کہر دِکھائی دی۔ بالکل ایسی ہی جیسے دھواں سردی کھا کر جم گیا ہو۔ ملاح نے جان کا حکم پا کر جلدی سے بادبانوں کا رُخ پھیر کر جہاز کا منہ اُس طرف کر دیا جہاں وہ کہر نظر آتی تھی اور پھر ہمارا جہاز آہستہ آہستہ اس طرف روانہ ہوا جہاں شاید ایک بہت بڑا خطرہ چھپا ہوا ہماری راہ دیکھ رہا تھا!

جیسے جیسے ہم کہر کی طرف بڑھتے گئے، کہر کا حجم بھی بڑھتا گیا۔ دور سے ہمیں یہ

ایک چھوٹی سی لکیر نظر آتی تھی مگر اب معلوم ہوتا تھا کہ میلوں تک پھیلا ہوا یہ عجیب سا دھواں سمندر کے سینے پر ایک دیوار بن کر کھڑا ہوا ہے۔ ہم ٹکٹکی لگائے سامنے دیکھ رہے تھے۔ دل بُری طرح دھڑک رہے تھے، سانس بہت تیز ہوگئی تھی اور کسی بھی وقت ہم ایک بھیانک حادثے سے دوچار ہونے کے لیے خود کو تیار کیے ہوئے کھڑے تھے۔ سمندر کے پانی پر مری ہوئی مچھلیوں اور دوسرے سمندری جانوں کی تعداد بڑھتی ہی جا رہی تھی۔ اس لحاظ سے میری یہ پیش گوئی سچ ثابت ہوئی تھی کہ جزیرے کے آس پاس کا پانی کافی گرم ہوگا۔ اس کی تصدیق ملاح پانی میں ہاتھ ڈال کر پہلے ہی کر چکا تھا۔ کسی خطرے کے آنے سے پہلے دل کی جو حالت ہوا کرتی ہے، وہی ہو بہو ہماری تھی۔ سانس سینے میں گھٹتی ہوئی محسوس ہوتی تھی۔ چہروں کا رنگ زرد پڑ گیا تھا اور بالکل خاموش اور چپ چاپ کھڑے ہم حیرت زدہ نظروں سے دھویں کی اس دیوار کو دیکھ رہے تھے جو دم بہ دم ہمارے قریب ہوتی جا رہی تھی۔ جان اور جیک نے اپنے پستول ہاتھوں میں لے لیے۔ میں بھی دوڑ کر اپنا ریوالور نکال لایا اور اب ایک طرح سے ہم اِس اَن جانے خطرے کا مقابلہ کرنے کو تیار ہو گئے تھے!

وہ دھواں اب ہم سے مشکل سے کوئی تیس گز رہ گیا تھا۔ ملاح نے بادبان قابو میں کر رکھے تھے کیوں کہ اس کا خیال تھا کہ اسے کسی بھی وقت جہاز کے لوٹانے کا حکم مل سکتا ہے۔ آہستہ آہستہ جہاز اس دھویں کی طرف بڑھتا گیا اور پھر آخر کار دھویں کی چادر عبور کر کے اس سے آگے بڑھ گیا۔ اچانک ایک عجیب قسم کی بو ہمیں محسوس ہوئی۔ ایسا لگتا تھا جیسے کہ ہم گہرے بادلوں سے ڈھک گئے ہوں۔ دس فٹ دور کی چیز بھی آنکھیں پھاڑ کر دیکھنے کے باوجود دِکھائی نہ دیتی تھی۔ سفید دودھیا رنگ کا دھواں ہر طرف چھایا ہوا تھا اور چوں کہ اس جگہ کا پانی کافی حد تک گرم تھا لہٰذا پانی سے ہلکی ہلکی سی بھاپ بھی اُٹھ رہی تھی۔ جہاں ہمیں اس بات کی خوشی تھی کہ ہم منزلِ مقصود تک آ گئے ہیں وہیں یہ ڈر بھی تھا کہ دیکھیے اب قسمت کیا گُل کھلاتی ہے!

جہاز برابر آگے بڑھتا جا رہا تھا۔ ہمیں اپنے ہر طرف ایک دُھند سی نظر آتی تھی۔

سورج کی تیز روشنی بھی اس دھند کے پار نہیں گزر رہی تھی، اس لیے دن کے بارہ بجے بھی ایسا محسوس ہوتا تھا جیسے کہ شام ہوگئی ہو! جان نے ملاح کو حکم دیا کہ وہ سب بادبان کھول دے تاکہ ہم جلد سے جلد اس مقام سے آگے بڑھ سکیں کیوں کہ اس جگہ دم سینے میں گھٹتا ہوا محسوس ہوتا ہے۔ ملاح نے حکم کی تعمیل تو کی مگر جہاز کی رفتار بڑھنے کی بجائے اور گھٹ گئی۔ جان نے جب ملاح سے اس کی وجہ پوچھی تو اس نے جواب دیا کہ وہ بالکل نہیں جانتا کہ سب بادبانوں کے کھول دینے کے بعد بھی جہاز اتنا آہستہ کیوں چل رہا ہے؟

لیکن پھر جلد ہی اس کی وجہ بھی معلوم ہوگئی کیوں کہ چلتے چلتے جہاز اچانک پانی کے اندر کسی چیز سے ٹکرایا اور پھر چند ہچکولے لے کر رُک گیا۔ ہم نے جلدی سے جھانک کر دیکھا تو خوشی کے مارے دل دھڑکنے لگا۔ جہاز کے نچلے حصے کے آس پاس کچھ ہرے پتے نظر آرہے تھے۔ جان نے ہمیں بتایا کہ دراصل ہم اُس خوفناک جزیرے کی زمین پر پہنچ گئے ہیں۔ ہمارا جہاز کسی چٹان سے ٹکرا کر رُک گیا ہے اور چٹان پر یقیناً درخت بھی اُگے ہوئے ہیں۔ اس بات کا جب مکمل یقین ہوگیا تو ملاح نے بادبان اُتار کر لنگر ڈال دیا اور پھر ہم سہمے ہوئے انداز سے آنکھیں پھاڑ کر اِدھر اُدھر دیکھنے لگے۔

''یہی ہماری آخری منزل ہے۔'' جان نے کچھ سوچ کر کہنا شروع کیا۔ ''اس جزیرے میں ہی کہیں وہ مکھی رہتی ہے جس کی گرمی کے باعث سمندر کا اتنا حصہ بے حد گرم ہے اور گرمی ہی کی وجہ سے پانی میں سے لگاتار بھاپ اُٹھ رہی ہے۔ یہی بھاپ دور سے ہمیں دھواں نظر آتی تھی۔ پہلے ہمارا جہاز جزیرے پر اُگے ہوئے درختوں سے اُلجھتا ہوا آگے بڑھتا رہا۔ اِسی لیے اس کی رفتار ہلکی تھی لیکن اب جس وقت یہ جزیرے سے اوپر اُبھرے گا، ہم لوگ بھی پانی کی سطح کے ساتھ ساتھ نیچے ہوتے جائیں گے اور جزیرے کی زمین سے لگ جائیں گے۔ جب ہمارے قدم زمین کو چھولیں گے تب ہم سوچیں گے کہ پھر ہمیں کیا کرنا ہے۔ فی الحال تو ہمیں یہ سوچنا ہے کہ جزیرہ کب اُبھرے گا اور آخر کب تک ہم اس گہری دھند میں آنکھیں پھاڑ پھاڑ کر دیکھتے رہیں گے؟''

''اگر حساب لگایا جائے تو جزیرہ کل یا پرسوں رات کو سمندر میں سے اُبھرے گا۔''

جیک نے جواب دیا۔

''اس کا مطلب یہ ہوا کہ ہمیں دو تین دن تک اس گندی فضا میں اور سانس لینا پڑے گا۔'' جان نے سوچتے ہوئے کہا۔ ''اچھا۔ خیر یہی سہی۔ اس کے علاوہ اور کوئی طریقہ بھی تو نہیں ہے۔ ہم اپنے کیبن کے اندر بیٹھ کر ہی یہ عرصہ گزاریں گے۔'' جان یہ کہہ کر کیبن میں چلا گیا اور اس کے پیچھے پیچھے ہم دونوں بھی گئے۔ اندر جا کر پھر آپس میں بحث ہونے لگی۔ جیک کہہ رہا تھا کہ جزیرے کے بلند ہونے پر اگر وہ خوفناک مکھی نظر آ گئی تو اس سے بچنے کا طریقہ کیا ہوگا؟ یہ ہمیں ابھی سے سوچ لینا چاہیے۔ جان نے اس کا جواب یہ دیا کہ جب تک ہم میں سے کسی کو یہ معلوم نہ ہو جائے کہ مکھی کیسی ہے، کتنی بڑی ہے، اس کی کیا کیا خاصیتیں ہیں، ہم کچھ نہیں کر سکتے۔ اس میں کوئی شک نہیں کہ کتابوں کے ذریعے ہمیں اس کے بارے میں پوری واقفیت ضرور ہے مگر ابھی تک ہم نے اُسے اپنی آنکھوں سے تو نہیں دیکھا؟ اس لیے پہلے سے کچھ نہیں کہہ سکتے۔ کافی دیر تک اسی قسم کی باتیں ہوتی رہیں۔ چونکہ اب جزیرے تک آ جانے کے بعد ہمیں کوئی خطرہ نظر نہ آتا تھا اس لیے جلد ہی ہم اپنے اپنے بستروں میں جا لیٹے۔ دُھند گہری ہوتی جا رہی تھی اور اندھیرا بڑھتا ہی جا رہا تھا۔ اس سے ہم نے اندازہ لگایا کہ شام ہو رہی ہے اور رات آنے والی ہے۔ آنکھیں آپ ہی آپ بند ہونے لگیں اور پھر ہم گہری نیند سو گئے۔

صبح جب میری آنکھ کھُلی تو سورج کی پہلی کرنیں کیبن کے اندر آ رہی تھیں۔ میں نے کھڑکی میں سے جھانک کر باہر دیکھا تو ملاح ابھی تک سو رہا تھا۔ جان اور جیک بھی اپنے اپنے پستولوں پر ہاتھ رکھے میٹھی نیند کے مزے لے رہے تھے۔ میرے جی میں آئی کہ باہر چل کر دھند کے پار کچھ دیکھنا چاہیے۔ شاید کوئی ایسی خاص بات معلوم ہو جائے جو آگے پیش آنے والے واقعات اور خطرات کو دور کر سکے۔ یہ سوچ کر میں نے آہستہ سے دروازہ کھولا اور باہر ڈیک پر آ گیا مگر یہ دیکھ کر مجھے بڑی حیرت ہوئی کہ سمندر پر سے وہ دھند اب غائب تھی اور دور دور تک نیلا آسمان دِکھائی دے رہا تھا۔ جوشِ اشتیاق میں مَیں اور آگے بڑھا۔ مجھے یقین تھا کہ جہاز ابھی تک اُسی چٹان کے سہارے کھڑا ہوا ہوگا اور

درختوں کی پتیاں نظر آ رہی ہوں گی۔ دل نے خواہش کی کہ اب یہ دیکھنا چاہیے کہ بغیر دھند کے وہ چیزیں کیسی نظر آتی ہیں؟ یہ خواہش پوری کرنے کی خاطر میں نے جھک کر نیچے دیکھا... مگر آہ، یہ کیا...؟ خوف کے باعث میرے حلق سے ایک گھٹی ہوئی چیخ نکلی اور میں سہم کر جلدی سے پیچھے ہٹ گیا۔ میرے جسم پر لرزہ طاری تھا اور کمزوری کے باعث ٹانگیں لڑکھڑا رہی تھیں۔

میری چیخ سن کر ملاح بھی جاگ پڑا۔ مجھے اس حالت میں دیکھ کر جلدی سے وہ میرے پاس آیا، میں نے ہاتھ کے اشارے سے کہا کہ وہ بھی جھک کر دیکھے۔ اُس نے جب خود جھک کر جہاز کے نیچے دیکھا تو دہشت کی وجہ سے وہ بھی چلّانے لگا۔ خوف کے باعث اس نے اپنا منہ چھپا لیا۔ میں کیا بتاؤں کہ کیسا بُرا وقت تھا۔ اچانک مجھے پیچھے سے دروازہ کھلنے کی آواز آئی۔ یہ جان اور جیک تھے جو ہماری چیخیں سن کر جاگ گئے تھے اور ہماری طرف آ رہے تھے۔ قریب آتے ہی انھوں نے ایک ساتھ گھبرا کر پوچھا، ''کیا ہوا، کیا بات ہے؟ یہ کیسی چیخیں تھیں؟''

اور پھر انھیں بھی وہ حیرت ناک حقیقت معلوم ہوگئی جس کی وجہ سے میں خوف زدہ تھا۔ دھند چونکہ نظر نہ آتی تھی اور آسمان صاف تھا اس لیے انھوں نے بھی جہاز کے کٹہرے سے نیچے جھک کر دیکھا اور پھر فوراً ہی گھبرا کر پیچھے ہٹ گئے۔ جان میں یہی ایک خوبی تھی کہ جب وہ خطرے کو سامنے دیکھ لیتا تھا تو پریشان بالکل نہ ہوتا تھا۔ ہاں خطرے سے پہلے اس کی پریشانی کی کچھ انتہا نہ ہوتی تھی!

''اب کیا ہوگا؟'' جیک نے مری ہوئی آواز میں کہا۔

جان نے کچھ جواب نہ دیا۔ بس خاموشی سے کچھ سوچنے لگا لیکن دیکھیے میں بھی کتنا بے وقوف ہوں کہ اب تک آپ کو وہ بات ہی نہیں بتائی جس کے باعث ہم چاروں گھبرا گئے تھے مگر اسی سے آپ میری گھبراہٹ اور بے چینی کا اندازہ کر سکتے ہیں کہ کئی سال بعد جب اپنی یہ عجیب داستان لکھتے ہوئے میں اتنا بوکھلا گیا ہوں تو اس وقت میرا کیا حشر ہوا ہوگا؟

بات دراصل بڑی حیرت انگیز ہے اور شاید کوئی اس کا یقین نہ کرے گا۔ ہمارا جہاز اس وقت ایک کافی اونچے پہاڑ کی چوٹی پر ٹکا ہوا تھا اور چوٹی پر قدرتی طور پر رکھی ہوئی دو بڑی اور مضبوط چٹانوں نے اسے سہارا دے رکھا تھا، اگر وہ چٹانیں نہ ہوتیں تو وہ کبھی کا تقریباً پانچ سو فٹ کی گہرائی میں جا گرا ہوتا۔ دوسرے الفاظ میں یوں سمجھو کہ اس وقت ہم جزیرے کی سطح سے اندازاً ۵۰۰ رفٹ بلند ایک پہاڑ کی چوٹی پر اپنے جہاز سمیت کھڑے تھے۔ ہم سے بہت دور اور بہت نیچے نیلا سمندر ٹھاٹھیں مار رہا تھا۔ نہ دھند تھی نہ کچھ اور۔ دور دور تک زمین ہی زمین تھی۔ درخت تھے، چٹانیں تھیں، نوکیلے پتھر تھے مگر سب عجیب و غریب تھے۔ ایسا لگتا تھا جیسے یہ چیزیں قدرتی نہیں ہیں بلکہ کسی نے آرام سے بیٹھ کر بنائی ہیں۔ درختوں، پتھروں اور چٹانوں پر کائی جمی ہوئی تھی اور زمین پر ہر طرف کیچڑ ہی کیچڑ دِکھائی دیتی تھی۔ یہ تھا وہ عجیب وغریب جزیرہ! اور یہ تھی وہ نرالی زمین جس کی تلاش میں ہم سرگرداں تھے۔

''آخر یہ کس طرح ممکن ہے؟'' جیک نے ہلکی آواز میں کہا۔ میں نے اُس کے لہجے کی کپکپاہٹ صاف طور پر محسوس کی۔

''ممکن تو ہے یعنی جو کچھ ہم دیکھ رہے ہیں حقیقت ہی ہے۔''

جان نے ایک لمبی سانس لینے کے بعد کہا، ''اور میں تمھیں بتاتا ہوں کہ یہ سب کیسے ہوا۔ دراصل بات یہ ہے کہ ہم سے حساب لگانے میں غلطی ہوگئی۔ اگر ہمیں معلوم ہوتا کہ جزیرہ کل رات ہی کو سمندر میں سے نمودار ہو جائے گا تو اس کی نوبت ہی نہ آتی۔ دھند کے باعث ہمیں چاند بھی نظر نہ آیا تاکہ اُس کو دیکھ کر ہی کچھ پتا چلتا۔ جب ہم رات کو آرام کی نیند سو گئے تو جزیرہ بڑی آہستگی سے اُبھرنا شروع ہوا اور ہمیں اس کا علم ہی نہ ہوسکا۔ بدقسمتی سے ہمارا جہاز اس جزیرے کے ایک اونچے پہاڑ کی چوٹی سے ٹکرایا تھا۔ پہلے ہم سمجھے تھے کہ وہ کوئی چٹان ہے لیکن اب پتا چلتا ہے کہ اس پہاڑ کی چوٹی تھی۔ جب جزیرہ اُبھرا تو پہاڑ بھی اونچا ہوا، پہاڑ کے ساتھ ہی ہم بھی بلند ہوتے گئے اور اب اس حالت میں ہیں جو ہمارے سامنے ہے۔ یعنی جزیرے کی زمین سے تقریباً پانچ سو فٹ

بلند!''

''میں بھی یہی سمجھا تھا۔ آپ نے بالکل ٹھیک بات نوٹ کی۔'' جیک نے آہستہ سے کہا۔ ''مگر اب کیا ہو؟''

''اب سب سے بڑی مشکل یہ ہے کہ اُترنے کو تو ہم اس پہاڑ سے نیچے اُتر سکتے ہیں مگر جہاز کا کیا ہوگا؟ اُسے کس طرح اُتارا جائے گا؟ یہ بڑی ٹیڑھی کھیر ہے اور اس کے لیے سب ہی کو سوچنا چاہیے۔'' جان نے جواب دیا۔ بڑی دیر تک ہم خاموشی سے اس مسئلے پر غور کرتے رہے کہ جہاز کو اتنی بلندی سے کس طرح زمین پر اُتارا جائے۔ جب کوئی حل سجھائی نہ دیا تو جان نے کہا، ''جہاز کو تو یہیں چھوڑو اور خود نیچے اُترنے کی کوشش کرو۔ ہمیں ابھی تک یہ بالکل معلوم نہیں کہ اس جزیرے میں آبادی بھی ہے یا نہیں! لیکن پھر بھی یہ ضروری معلوم ہوتا ہے کہ اپنی حفاظت کے ساتھ ساتھ ہم جہاز کی بھی حفاظت کریں کیوں کہ یہی ہماری واپسی کا سب سے بڑا سہارا ہے۔ اس کی حفاظت اس طرح ہوسکتی ہے کہ ہم اُسے دوسروں کی نظر سے چھپائیں۔ اس مقصد کے لیے میں نے ایک طریقہ سوچ لیا ہے۔ پہاڑ کی اس چوٹی پر اُگے ہوئے درختوں کی بڑی بڑی ٹہنیوں کو کاٹ کر، جہاز اُن سے ڈھک دیں تاکہ وہ کسی کو نظر نہ آئے۔''

جان کی یہ بات ہمیں بے حد پسند آئی۔ جلدی جلدی ہم نے درختوں کی ٹہنیاں کاٹیں اور پھر جہاز کو ان ٹہنیوں کے پتوں سے بالکل ایسے ڈھک دیا کہ دور سے وہ کسی کو نظر نہیں آ سکتا تھا۔ اس کے بعد ضروری سامان، ہتھیار اور دوسری چیزیں لے کر ہم چاروں موٹے موٹے رسّوں کی مدد سے نیچے اُترنے لگے۔ پہاڑ پر بہت زیادہ کائی جمی ہوئی تھی۔ قدم بار بار پھسل رہے تھے۔ اگر ہم چاروں کی کمر سے رسّے نہ بندھے ہوتے تو ہم میں سے کوئی نہ کوئی یقیناً اتنی بلندی سے ضرور نیچے گر پڑتا۔ ایک ایک قدم جما جما کر رکھتے ہوئے آخرکار ہم بڑی مشکل سے نیچے اُتر آئے۔ زمین پر قدم رکھتے ہی یہ احساس ہوا کہ زمین پر دلدل سی ہے۔ ساتھ ہی اس دلدل پر عجیب قسم کی گھاس اُگی ہوئی تھی۔ پورے جزیرے میں صرف ایک ہی رنگ نظر آتا تھا؛ سبز۔ ہر چیز سبز رنگ کی تھی اور اس کی

وجہ صرف یہ تھی کہ ہر جگہ کائی جمی ہوئی تھی۔ جزیرے میں صبح کے وقت بھی بہت گرمی تھی۔ زمین سے لگاتار ہلکی سی بھاپ اُٹھ رہی تھی۔ جس جگہ بھی قدم رکھتے معلوم ہوتا کہ ہلکے گرم توے پر پاؤں پڑ گیا ہے۔ ایسا لگتا تھا جیسے اس جزیرے کے نیچے آگ دہک رہی ہے۔ ہر سمت ایک ہیبت سی چھائی ہوئی نظر آتی تھی۔ نہ تو کوئی جانور دِکھائی دیتا تھا اور نہ کوئی پرندہ۔ زندگی کے ذرا سے بھی آثار نہ تھے۔ یوں لگتا تھا کہ یہ جزیرہ درحقیقت کسی دوسری دنیا سے آیا ہے۔ ہماری دنیا کا نہیں ہے کیوں کہ پہاڑ اور چٹانیں عجیب طرح کی تھیں اور درخت بھی ہماری دنیا جیسے نہ تھے۔ بس یوں سمجھو کہ جیسے ہم خوابوں کے جزیرے میں آ گئے تھے۔

سب سے حیرت انگیز چیز جو ہمیں کچھ دیر بعد نظر آئی وہ یہ تھی کہ دور دور سے سمندری پرندے اس جزیرے کی طرف آتے ہوئے دِکھائی دے رہے تھے۔ پہلے تو میں سمجھا کہ شاید میری نظر کا دھوکا ہے۔ یہ پرندے یونہی اس طرف آ رہے ہیں اور شاید جزیرے کے اوپر سے اُڑ کر دوسری طرف نکل جائیں گے مگر جب میں نے چاروں سمت گھوم کر دیکھا تو حیرت کے مارے گنگ ہو کر رہ گیا۔ چھوٹے بڑے ہر قسم کے پرندے اس جزیرے ہی کی طرف تیزی سے آ رہے تھے۔ جب میں نے جان کو یہ بات بتائی تو اسے بھی بہت تعجب ہوا۔ خدا جانے کیا آفت آنے والی تھی! اس لیے ہم احتیاطاً جلدی سے چند جھاڑیوں کے پیچھے چھپ گئے۔ پرندے آہستہ آہستہ قریب آتے جا رہے تھے۔ تعداد میں وہ اتنے زیادہ تھے کہ جب وہ جزیرے کے اوپر آ گئے تو سورج کی روشنی مدھم پڑ گئی۔ جزیرے کے اوپر آتے ہی انھوں نے نیچے اُترنا شروع کیا اور پھر تیزی سے چٹانوں پر لگی ہوئی وہ کائی کھانے لگے جس کی عجیب سی بو ہمارے دماغ تک کو سڑائے دے رہی تھی۔ ہمیں یہ دیکھ کر بہت تعجب ہوا مگر اس سے بھی زیادہ تعجب اُس وقت ہوا جب ہم نے دیکھا کہ پرندے وہ کائی کھا کر یکایک اپنا توازن کھو بیٹھے۔ وہ اب اس طرح اُڑ رہے تھے جیسے کوئی زخمی پرندہ اُڑتا ہے، ڈانواں ڈول! یعنی کبھی اِدھر کبھی اُدھر۔ کئی تو جلدی سے دلدلی زمین پر جا کر بیٹھ گئے اور ایک بڑی تعداد بڑی مشکل سے درختوں کی

ٹہنیوں پر اُڑ کر بیٹھ گئی۔ بیٹھنے کے بعد بھی وہ ٹہنیوں پر اس طرح ڈول رہے تھے جیسے کہ انھوں نے افیون کھا لی ہو اور اُن پر نشہ طاری ہو گیا ہو! میں نے یہ بھی دیکھا کہ ان میں سے بیشتر تو ہلنے جلنے سے اس حد تک معذور ہو گئے تھے کہ اگر کوئی دوسرا پرندہ کسی کے برابر میں آ کر بیٹھنے کی کوشش کرتا تو پہلا اُسے جگہ ہی نہ دیتا تھا اور نتیجے کے طور پر آنے والا پرندہ لہراتا ہوا درخت سے نیچے جا گرتا اور دوبارہ اُٹھنے کی کوشش نہ کرتا!

یہ حالت دیکھ کر جان نے کہا، ''خدا جانے یہ کیا ماجرا ہے! سمجھ میں نہیں آتا کہ پرندوں کو کیا ہو گیا ہے؟''

''میرا خیال ہے کہ ہم کسی طلسمِ ہوش رُبا میں پھنس گئے ہیں!'' میں نے آہستہ سے کہا۔

''شاید اس کائی میں ہی یہ خاصیت معلوم ہوتی ہے کہ وہ پرندوں کو بے بس کر دیتی ہے۔'' جیک نے اپنی رائے ظاہر کی۔

''سوال یہ ہے کہ اس کا مطلب کیا ہے؟'' جان نے کہا۔ ''کیا یہ سب کچھ ہماری وجہ سے ہو رہا ہے کہ ہم ان پرندوں کو اُٹھا کر لے آئیں اور بھون کر کھا لیں یا پھر یہ کسی خاص طاقت کا کرشمہ ہے؟''

''خدا ہی بہتر جانتا ہے۔'' میں نے چاروں طرف نظر دوڑاتے ہوئے جواب دیا کیوں کہ حقیقت یہ ہے کہ میرا دماغ بھی اس سوال کا جواب دینے سے قاصر تھا۔ پرندے برابر اُڑتے ہوئے آ رہے تھے اور کائی کھا کھا کر مفلوج ہو رہے تھے۔ ہم حیرت سے چاروں طرف دیکھ رہے تھے کہ شاید اب کچھ ہو مگر ہوا کچھ نہیں۔ پرندوں کے شور کا علاوہ کچھ نہ تھا۔ دل کہہ رہا تھا کہ کوئی بہت ہی خوفناک واقعہ پیش آنے والا ہے مگر ہوتا کچھ نہ تھا۔ ایسی حالت میں انسان کو بہت تکلیف ہوتی ہے۔ جب طوفان کے آثار ہوتے ہیں تو جی چاہتا ہے کہ طوفان آ کر جلد سے جلد گزر جائے مگر ایسا نہیں ہو رہا تھا۔ ہم لوگ ایک عجیب کشمکش میں گرفتار تھے اور چاہتے تھے کہ جو کچھ ہونا ہے جلد سے جلد ہو جائے۔ یہی سوچتے سوچتے شاید اب کوئی بات ہو شاید کوئی نئی بات معلوم ہو، دوپہر ہو گئی، دوپہر سے

شام اور شام سے پھر رات! رات ہوتے ہی ہمیں اپنی سانس سینے میں گھٹتی ہوئی محسوس ہوئی۔ عجیب جگہ، اندھیرا، ہیبت ناک خاموشی، درختوں کی ٹہنیوں پر اونگھتے ہوئے پرندے، دور سے آنے والی سمندر کی خوفناک سائیں سائیں! میں کیا بتاؤں کہ اُس وقت ہماری کیا حالت تھی؟ خوف اتنا تھا کہ اگر پتا بھی کھڑکتا تو ہم چوکنّے ہو جاتے۔ اب جب وہ وقت یاد کرتا ہوں تو ہنسی آ جاتی ہے کیوں کہ ایک بار جب میں نے اندھیرے میں ملاح کا شانہ پکڑ کر کچھ کہنا چاہا تو وہ ایک ڈراؤنی چیخ مار کر اُچھل پڑا۔ اس کی چیخ بار بار پہاڑیوں اور چٹانوں میں گونجتی رہی اور ہم احمقوں کی طرح باری باری جس طرف سے آواز آتی اس طرف دیکھتے رہے۔ مزے کی بات یہ کہ جزیرے میں اب صرف پرندوں کے پر پھڑ پھڑانے کا ہلکا سا شور تھا اور ویسے ہر طرف ہُو کا عالم تھا!

جھاڑیوں کے پیچھے آخر ہم کب تک چھپے رہتے لہٰذا اس جگہ سے نکل کر چھپتے چھپاتے آہستہ آہستہ ایک بہت بڑی چٹان کے نیچے جا پہنچے۔ جان نے ٹارچ جلا کر دیکھا تو معلوم ہوا کہ چٹان کے نیچے ایک کافی بڑا اور لمبا غار ہے۔ غار کے اندر روشنی ڈالنے سے پتا چلا کہ وہ اتنا بڑا ہے کہ ہم چاروں اُس میں آرام سے رات گزار سکتے ہیں۔ جیک سب سے پہلے اُس کے اندر داخل ہوا اور پھر ہم تینوں بھی ایک ایک کر کے اندر آ گئے۔ جان نے روشنی ہر طرف ڈالنے کے بعد اطمینان کر لیا اور پھر بولا، ''رات بسر کرنے کے لیے یہ جگہ بہت اچھی ہے کیوں کہ یہاں ہم ہر طرح کے خطرے سے محفوظ رہ سکتے ہیں۔''

''مگر غار کا یہ منہ تو کھلا ہی رہے گا!'' جیک نے جلدی سے کہا۔

''غار کے برابر ہی باہر ایک بہت بڑا پتھر پڑا ہوا ہے۔ اُسے غار کے منہ پر لگا دو۔ ملاح سے کہو کہ وہ اس کام میں تمھاری مدد کرے۔'' جان نے جواب دیا اور پھر جیک اور ملاح نے مل کر فوراً یہ کام کر دیا۔

میں خاموشی سے غار کا منہ پتھر سے بند ہوتے دیکھتا رہا لیکن اچانک مجھے ایک بات سوجھی اور میں نے جان سے کہا، ''مگر سب سے بڑے دو خطرے تو ابھی اور باقی ہیں۔ اُن سے بچنے کی بھی تو ترکیب سوچیے۔ یعنی پہلی تو وہ خوفناک مکھی۔ چلیے مان لیا کہ

اُس سے بچنے کے لیے ہم غار میں چھپ گئے ہیں اور غار کے منہ پر پتھر بھی رکھ دیا ہے مگر یہ پتھر ہمیں بھی تو نقصان پہنچا سکتا ہے۔ ہمیں جزیرے کی زمین تو اب نظر آتی ہی نہیں۔ باہر کا حصہ سب چھپ گیا۔ لہٰذا فرض کر لیجیے کہ راتوں رات اگر یہ جزیرہ سمندر میں ڈوب گیا...تو پھر... پھر ہم کیا کریں گے؟''

''اتنا خطرہ تو ہمیں مول لینا ہی پڑے گا فیروز!'' جان نے کہنا شروع کیا۔ ''اوّل تو جزیرہ رات کو ڈوبے گا نہیں اور فرض کر لیا جائے کہ ڈوب بھی جاتا ہے تو پھر ہمارا سب سے پہلا کام یہ ہوگا کہ ہم پتھر ہٹا کر تیرتے ہوئے اُس پہاڑ کی چوٹی پر پہنچنے کی کوشش کریں جس پر ہمارا جہاز ٹِکا ہوا ہے۔''

بات بالکل ٹھیک تھی۔ واقعی اس کے علاوہ اب اور کوئی طریقہ بھی نہیں تھا۔ زمین صاف کرنے کے بعد ہم اُسی حالت میں ننگے بدن لیٹ گئے۔ زمین گیلی تھی مگر ہم لوگوں نے اتنی تکلیفیں اُٹھائی تھیں کہ اب کوئی سی بھی تکلیف نظر میں نہ جچتی تھی۔ نیند بُری طرح آ رہی تھی اس لیے وہ گیلی زمین بھی ہمیں اُس وقت مخمل کا فرش معلوم ہوئی۔ لیٹتے ہی فوراً سب کی آنکھ لگ گئی۔ خدا ہی بہتر جانتا ہے کہ ہم کتنی دیر تک سوئے؟ میں اپنے بارے میں اتنا کہہ سکتا ہوں کہ مشکل سے دو گھنٹے ہی سویا ہوں گا کہ اچانک ایک پُر اسرار سرسراہٹ سن کر میری آنکھ کھل گئی۔ گھبرا کر میں نے اِدھر اُدھر دیکھا۔

حالاں کہ غار میں گھپ اندھیرا تھا مگر اس اندھیرے میں بھی مجھے غار سے باہر ایک تیز روشنی نظر آئی۔ روشنی کبھی تیز ہو جاتی اور کبھی آہستہ آہستہ ہلکی ہوتے ہوتے ختم ہو جاتی۔ پھر تیز ہوتی اور پھر ہلکی۔ اس کے ساتھ ہی ایک عجیب آواز... ایسی آواز جسے میں الفاظ میں کسی بھی صورت سے بیان نہیں کر سکتا، مجھے سنائی دے رہی تھی۔ یوں سمجھو کہ مٹی کے تیل سے جلنے والے اسٹو میں سے جس قسم کا سرّاٹا نکلتا ہے، بس ہو بہو ویسی ہی آواز تھی۔ ساتھ ہی مجھے یوں محسوس ہوا جیسے غار سے باہر طوفان آیا ہوا ہے۔ درختوں کے پتوں کے آپس میں ٹکرانے سے جو شور پیدا ہوتا ہے، اسی قسم کا تیز شور سنائی دے رہا تھا اور اس کے علاوہ کسی چیز کے گھسٹ کر چلنے کی آواز بھی آ رہی تھی۔ دھڑکتے دل کو قابو

میں کیے اور سانس روکے ہوئے میں وہ آوازیں سن رہا تھا۔ اتنی ہمت بھی نہ تھی کہ جان یا جیک میں سے کسی کو جگا لوں۔ خوف اتنا تھا کہ شاید ہی کبھی زندگی میں دل میں اتنا خوف پیدا ہوا ہو...! سہمی ہوئی نظروں سے بس میں اسی سمت دیکھے جا رہا تھا جہاں وہ روشنی جل اور بجھ رہی تھی۔ بڑی دیر تک میں اسی طرح لرزتا اور کانپتا رہا اور پھر اچانک ایک تیز سیٹی مجھے سنائی دی۔ بڑی تیز اور ہیبت ناک! بالکل ایسی جیسی کہ آج کل ہماری ریلوں کے انجن کی سیٹی ہوتی ہے۔ اس آواز کو سنتے ہی میں اُچھل پڑا اور میں نے جلدی سے جان کے سرہانے سے ٹارچ اُٹھا کر جلا لی۔ اچانک وہی آواز پھر آئی۔ اب کے وہ اتنی تیز تھی کہ جان بھی ہڑبڑا کر اُٹھ بیٹھا اور مجھے جاگتے ہوئے دیکھ کر پوچھنے لگا، ''کیوں فیروز؟ کیا بات ہے؟ کیوں جاگ رہے ہو؟ یہ آواز کیسی تھی؟''

آواز پھر آئی مگر اس بار وہ کافی دور سنائی دیتی تھی۔ جان کی آواز سن کر جیک اور ملاح بھی جاگ گئے تھے اور پھٹی پھٹی نظروں سے ہم دونوں کو دیکھ رہے تھے۔ میرے قلم میں طاقت نہیں کہ اپنی اس وقت کی حالت کو ٹھیک طرح لکھ سکوں۔ بلا وجہ میں اپنا ڈر ظاہر کر کے آپ سب کو جو میری آپ بیتی پڑھ رہے ہیں، خوف زدہ نہیں کرنا چاہتا۔ یوں سمجھو کہ ہم چاروں دم سادھے خاموش بیٹھے رہے حتیٰ کہ پو پھٹنے لگی اور اب وہ عجیب سی آوازیں، وہ سرّاٹا اور شور سب ختم ہو گیا۔ سب طرف ایک سکون سا چھایا ہوا محسوس ہوتا تھا۔ جان نے غار کے دروازے کے پاس جا کر ایک جھری میں سے باہر جھانکا اور جب اسے اطمینان ہو گیا کہ باہر کوئی خطرہ نہیں ہے تو ہم سے کہا کہ پتھر ہٹا کر اب ہمیں اس غار سے باہر نکلنا چاہیے۔

پتھر ہٹایا گیا اور پھر ہم دبے پاؤں باہر آئے۔ سورج سمندر کے اندر سے نکل رہا تھا مگر ہوا میں تپش ابھی سے تھی۔ ایسا لگتا تھا کہ کہیں قریب ہی کوئی بھٹی سلگ رہی ہے۔ اوپر نیچے ہر طرف دیکھتے اور کسی انجانے خطرے کی بُو سونگھتے ہوئے ہم غار سے کچھ دور آگے بڑھ گئے اور پھر ہم نے وہ چیز دیکھی جس سے ہماری عقلیں دنگ ہو گئیں۔ کسی بھی درخت کی ٹہنی پر یا زمین پر اب کوئی سا بھی پرندہ نظر نہ آتا تھا۔ اگر آتا بھی تھا تو جلا ہوا۔

یوں لگتا تھا جیسے کسی نے آگ پر بھونا ہو! اس کے علاوہ جن ٹہنیوں پر پرندے بیٹھے ہوئے تھے وہ بھی اب بالکل کوئلہ بن گئی تھیں۔ آس پاس کی گھاس اور جھاڑیاں سب کی سب جلی ہوئی تھیں اور حالت یہ تھی کہ ابھی تک اُن میں سے دھواں نکل رہا تھا۔ جیسے ہی میری نظر نیچے زمین پر پڑی، خوف کی وجہ سے ایک سنسنی سی دوڑ گئی۔ زمین پر دس گز کی دوری پر دو بڑے بڑے سے گڑھے نظر آ رہے تھے۔ قریب جا کر دیکھنے سے معلوم ہوا کہ وہ گڑھے کم از کم تین فٹ گہرے ہیں۔ میری عقل تو یہ سمجھنے سے قاصر تھی کہ آخر راتوں رات یہ گڑھے زمین میں کس طرح پیدا ہو گئے؟ شاخیں کس طرح جل گئیں اور پرندے غائب ہو گئے؟ میں جان سے اس کا سبب پوچھنے ہی والا تھا کہ اُس نے خود کہنا شروع کر دیا، ''اُف خدا! یہ ہے وہ خوف ناک مکھی!''

''کہاں ہے؟'' ہم تینوں نے ایک ساتھ گھبرا کر پوچھا۔

''ابھی تو نہیں ہے مگر رات کو وہ ضرور آئی تھی۔ زمین میں پڑے ہوئے یہ گڑھے دراصل اس کے پیروں کے نشان ہیں۔ نشانوں کی گہرائی سے تم اُس کے وزن کا اندازہ لگا سکتے ہو۔ ساتھ ہی یہ بھی نوٹ کرو کہ ہر پیر کی موٹائی کتنی ہے۔ ایسا لگتا ہے جیسے ہاتھی نے اپنے پاؤں جگہ جگہ رکھے ہیں۔ خیر، اب میری سمجھ میں سب کچھ آ گیا ہے۔''

''کیا سمجھ میں آ گیا ہے؟'' جیک نے دریافت کیا۔

''اس جزیرے کی کائی پرندے بہت شوق سے کھاتے ہیں مگر کائی میں کچھ ایسی نشے کی خاصیت ہے کہ پرندے یہ کائی کھاتے ہی بے ہوش ہو جاتے ہیں۔ تب رات کو وہ خوف ناک مکھی شعلے اُگلتی ہوئی اپنے غار میں سے باہر نکلتی ہے اور ان پرندوں کو چٹ کر جاتی ہے۔ پہلے میں سوچا کرتا تھا کہ اتنی بڑی دیوزاد مکھی بھلا کس طرح اُڑتی ہوگی؟ مگر اب یہاں آ کر اس بات کا اندازہ ہوا ہے کہ وہ اُڑ نہیں سکتی۔ البتہ مینڈک کی طرح کچھ فاصلے تک پھدک ضرور سکتی ہے۔ جو مکھی اُڑ کر اپنا شکار تلاش نہ کر سکے اس کے لیے قدرت نے خوراک حاصل کرنے کا یہ انوکھا انتظام کر دیا ہے کہ پرندے دور دور سے اس کا شکار بننے کے لیے خود بخود کھنچے چلے آتے ہیں!''

''شاید ہم بھی اسی لیے آ گئے ہیں۔'' ملاح نے خوف سے لرزتے ہوئے کہا، ''کہ اس دیوزاد مکھی کی خوراک بنیں۔''

''احمق نہ بنو۔'' جان نے اسے ڈانٹا۔ ''ہم اس مکھی سے چھٹکارا حاصل کرنے کا طریقہ سوچ لیں گے۔ فی الحال تو یہی بہتر ہے کہ ہم رات کو اپنے اُس غار میں سے کہیں باہر نہ نکلیں۔ ہمارے حق میں یہی سب سے اچھا ہے۔ دن کو ہم پورے جزیرے میں گھوم کر اس مکھی کا گھر تلاش کریں گے اور پھر اُسے ختم کرنے کا طریقہ ڈھونڈ نکالیں گے۔ ہمیں یہ کام چودہ دن کے اندر اندر کرنا ہے۔ کیا میری اس بات کو سب سمجھ گئے؟''

''جی ہاں، سمجھ گئے۔ اب چوں کہ دن نکل آیا ہے لہٰذا آئیے اب اس مکھی کا گھر تلاش کرلیں۔'' میں نے کہا۔

''میرا بھی یہی خیال ہے۔'' جان نے میری بات کی تائید کرتے ہوئے کہا۔ ''مگر ایک بات پہلے سب سن لیں، اور وہ بات یہ ہے کہ اگر اتفاق سے ہمارا سامنا اُس مکھی سے ہوگیا تو سب سے پہلا کام ہمیں یہ کرنا ہوگا کہ پوری طاقت سے دوڑتے ہوئے سمندر کا رُخ کریں گے۔ سمندر کے اندر پہنچ کر ہی ہم اُس سے محفوظ رہ سکتے ہیں ورنہ اور کوئی طریقہ اُس سے بچنے کا نہیں ہے۔''

ہم نے اپنی گردنیں ہلا کر جان کو بتایا کہ ہم ایسا ہی کریں گے۔ اس کے بعد ہم آہستہ آہستہ جزیرے کی دوسری سمت میں چلنے لگے۔ بار بار مُڑ کر اِدھر اُدھر دیکھتے بھی جاتے تھے کہ کہیں کوئی خطرہ تو نہیں ہے۔ ہمارے ہاتھوں میں پستول تھے۔ دل بُری طرح دھڑک رہے تھے اور ہمارے جسموں سے پسینہ پانی کی طرح بہہ رہا تھا۔ سب ننگے جسم تھے۔ پتلونیں نیکر بن چکی تھیں اور اب یہ نیکر بھی چیتھڑے بن گئے تھے۔ کوئی ہمیں اُس وقت دیکھتا تو یقیناً یہی سمجھتا کہ ہم آج سے لاکھوں سال پہلے کے جنگلی انسان ہیں جو تہذیب سے بالکل ناآشنا تھے اور جنھوں نے کپڑے پہننا بھی نہ سیکھا تھا۔ مجھے افسوس ہے کہ اس سفر میں میرے پاس کیمرا نہیں تھا ورنہ آپ اُس موقع کی ہو بہو تصویریں دیکھ سکتے تھے۔ (اب بھی اپنے تخیل کی مدد سے میں نے ایک مصور سے خاص خاص موقعوں کی

تصویریں بنوائی ہیں) خیر تو میں یہ کہہ رہا تھا کہ ہم پھونک پھونک کر قدم رکھتے ہوئے برابر آگے بڑھتے چلے جا رہے تھے۔ جس طرف اس خطرناک مکھی کے پیروں کے گڑھے جا رہے تھے ہمارا رُخ بھی اُسی طرف تھا۔

کچھ ہی دیر بعد ہمیں اپنے سامنے دو اونچے پہاڑ دِکھائی دیے۔ ان پہاڑوں کے درمیان ایک راستہ تھا۔ راستہ کیا بلکہ گلی کہہ لیجیے اسے۔ جس طرح گلی کے دونوں طرف اونچے مکان ہوتے ہیں اسی طرح یہ دو پہاڑ تھے مگر حیرت کی بات یہ تھی کہ دائیں طرف کے پہاڑ کی چوٹی پر ایک بہت بڑی چٹان ٹھہری ہوئی تھی۔ ایک تو یہ معلوم کرنے کا شوق کہ یہ چٹان چوٹی پر کس طرح جمی ہوئی ہے، دوسرے یہ سوچ کر کہ ممکن ہے اس پہاڑ پر چڑھ کر ہمیں اس خوفناک مکھی کا غار نظر آجائے، ہم نے یکایک پہاڑ کی طرف بھاگنا شروع کر دیا اور پھر چاروں اس پہاڑ پر چڑھنے لگے۔ پہاڑ کافی اونچا تھا اور ہم چاروں بڑی دِقت کے بعد اس پر چڑھے۔ دِقت یوں ہوئی کہ اس پہاڑ پر بھی کائی جمی ہوئی تھی جس کی وجہ سے بڑی پھسلن تھی مگر ایک لمبی رسّی کو اپنی کمر سے لپیٹ کر ہم اوپر چڑھتے ہی گئے۔ جان سب سے پہلے وہاں پہنچا اور رسّی کو مضبوطی سے پکڑ لیا۔ اس کے بعد ہم بھی آہستہ آہستہ اوپر پہنچ گئے۔

وہاں پہنچ کر ہم نے دور دور تک نظر دوڑائی۔ کافی فاصلے پر نیلا سمندر ٹھاٹھیں مار رہا تھا۔ ہوا میں گرمی بڑھتی ہی جا رہی تھی۔ اس خوفناک مکھی کے پیروں کے نشان جس سمت میں جا رہے تھے ہم نے اُدھر نظر اُٹھا کر دیکھا تو معلوم ہوا کہ ہم سے کافی دور: تقریباً چار فرلانگ کے فاصلے پر ایک بہت بڑا اور گہرا گڑھا ہے اور یہ عجیب سے نشان اُسی گڑھے میں جا کر غائب ہو جاتے ہیں۔ اس کے ساتھ ہی گڑھے میں سے بھاپ بھی اُٹھ رہی تھی۔ کبھی کبھی یہ بھاپ آگ کی لپیٹ میں بھی بدل جاتی تھی۔ یہ دیکھ کر جان نے ہمیں بتایا کہ دراصل وہ خطرناک مکھی اسی گڑھے میں رہتی ہے۔ صبح کے وقت وہ گڑھے سے باہر آتی ہے اور پرندوں کو اپنی ناک سے نکلنے والے شعلوں سے بھون کر کھا جاتی ہے۔ اس نے یہ بھی کہا کہ جب تک ہم اُسے اپنی آنکھوں سے دیکھ نہ لیں، اُسے ختم کرنے کا

طریقہ ہمارے ذہن میں نہیں آ سکتا۔ اس لیے بہتر ہے کہ ہم اپنے غار میں واپس چلیں اور اگلے دن اس مکھی کو کسی چٹان کی آڑ میں چھپ کر دیکھیں۔ اتنا کہہ کر جان نے سہارے کے لیے اپنا ہاتھ اس چٹان سے لگایا جو اس پہاڑ کی چوٹی پر اُدھر ٹکی ہوئی تھی۔ اچانک ایک زوردار گڑگڑاہٹ ہوئی اور وہ چٹان اس طرح ہلنے لگی جیسے ربر کی بنی ہوئی ہو۔ ہم حیرت سے کھڑے اُسے ہلتے ہوئے دیکھتے رہے۔ کم از کم دس منٹ تک وہ اسی طرح ہلتی رہی۔ مگر پھر ہم نے زیادہ دیر وہاں کھڑے رہنا مناسب نہ سمجھا اور چٹان کو ہلتا چھوڑ کر پہاڑ سے نیچے اُترنے لگے اور کچھ ہی دیر بعد ہر سمت کنکھیوں سے دیکھتے ہوئے ہم واپس اپنے غار میں آ گئے۔

راستے ہی میں ہم نے کچھ مرے ہوئے پرندے چن کر اُٹھا لیے تھے اور جھاڑیوں میں سے آگ لے لی تھی۔ اس لیے غار میں پہنچنے کے بعد ہم نے پرندے بھوُن کر کھائے۔ اتفاق سے مجھے کچھ بُھنی ہوئی مچھلیاں زمین پر پڑی ہوئی مل گئیں۔ میں نے مرے ہوئے پرندے نہیں کھائے بلکہ اِن مچھلیوں کو کھا کر پیٹ کی آگ بجھائی۔ بھوُک بے حد لگ رہی تھی اس لیے دو منٹ ہی میں میرے تینوں ساتھیوں نے سولہ پرندوں کا صفایا کر ڈالا۔ غار کے باہر ہی ایک گڑھے میں پینے کا پانی بھرا ہوا تھا۔ یہ پانی کسی سوت سے آ رہا تھا۔ اس کا اندازہ ہم پہلے ہی لگا چکے تھے اور ہم نے یہ پانی پیا بھی تھا۔ اس لیے مچھلیاں اور پرندے کھانے کے بعد ہم نے خوب سیر ہوکر پانی پیا۔ پانی گرم تو تھا مگر پیاس بجھ گئی تھی۔ پانی پینے کے بعد جان نے کہا، ''اس مکھی کو ختم کرنے کا ایک نرالا اور انوکھا طریقہ مجھے سوُجھ گیا ہے۔''

''کون سا طریقہ؟'' سب نے ایک ساتھ پوچھا۔

''ہوسکتا ہے کہ خدا نے میرے دل میں یہ بات ڈالی ہو۔ اگر وہ طریقہ کارآمد ہوگیا تو ہم بغیر کسی محنت اور تکلیف کے اُس خوفناک مکھی کو ختم کر سکتے ہیں۔ ہمیں صرف یہ کرنا ہے کہ آج شام کو جب پرندے اِس جزیرے کا رُخ کریں اور جیسا کہ ظاہر ہے کہ وہ ضرور شام کو اس طرف کائی کھانے آئیں گے تو ہم انھیں اس جزیرے میں بسیرا نہ کرنے

دیں اور کوشش کریں کہ وہ کائی نہ کھائیں۔''

''مگر یہ کس طرح ممکن ہے؟'' جیک نے تعجب سے کہا۔''پرندے تو ہزاروں کی تعداد میں ہیں!''

''ممکن تو ہے۔ ہمیں شام ہوتے ہی درختوں کی لکڑیاں جمع کرکے ان میں آگ لگا دینی چاہیے۔ پرندے خواہ کتنی ہی تعداد میں ہوں مگر آگ کو دیکھ کر کوئی پرندہ بھی اِس طرف کا رُخ نہ کرے گا۔'' جان نے جواب دیا۔

''مگر اس سے فائدہ کیا ہوگا؟'' میں نے پوچھا۔

''یہ میں اسی وقت بتاؤں گا۔ فی الحال تو یوں سمجھو کہ میں ایک جوا کھیل رہا ہوں۔ اگر جیت گیا تو واہ وا ورنہ موت تو ہر حالت میں سامنے کھڑی دِکھائی دے رہی ہے۔'' جان نے سامنے کی طرف صاف میدان کو دیکھتے ہوئے کہا۔''ابھی وقت ہے، اس لیے سب سے پہلے ایک کام اور کرنا ہے۔ آؤ میں تمھیں بتاؤں۔''

اتنا کہہ کر وہ ہمیں اس میدان میں لے گیا اور سب کو ایک قطار میں کھڑے ہونے کو کہا۔ بعد میں خود بھی اُسی قطار میں کھڑا ہوگیا۔ پھر کہنے لگا،''ہمیں اس وقت دوڑ کا مقابلہ کرنا ہے۔''

''کیا مطلب؟ آپ کہیں مذاق تو نہیں کر رہے ہیں؟'' جیک کی آنکھیں حیرت سے پھیل گئیں۔

''مذاق نہیں جیک، میں سنجیدہ ہوں۔ یوں سمجھو کہ ہمارے پیچھے وہ خوفناک مکھی آرہی ہے اور ہمیں بھاگ کر اپنی جان بچانی ہے۔ کون ہم میں سے تیز دوڑ کر آگے بھاگ جاتا ہے، یہی دیکھنا ہے۔''

سچ بات تو یہ ہے کہ مجھے خود بھی یہ عجیب بات سن کر اتنی حیرت ہوئی کہ شاید کبھی نہ ہوئی ہوگی۔ کیا واقعی یہ مذاق کا موقع تھا! مگر جان کی شکل دیکھ کر معلوم ہوتا تھا کہ وہ اس معاملے میں بالکل سنجیدہ ہے۔ ہم نے کچھ کہنا چاہا مگر اس نے اس کا موقع ہی نہ دیا اور آخرکار مجبوراً ہمیں یہ دوڑ کا مقابلہ کرنا ہی پڑا۔ ایک دو تین کہہ کر ہم چاروں بڑی تیزی

سے سامنے کی طرف بھاگے اور پھر بھاگتے ہی چلے گئے۔ جان تو بے چارہ جلد ہی تھک گیا۔ اس کے بعد ملاح ہانپنے لگا۔ صرف میں اور جیک آگے بھاگتے گئے مگر جیک میں اور مجھ میں بڑا فرق تھا۔ مانا کہ وہ بہت طاقتور تھا مگر میرے مقابلے میں تیز نہ بھاگ سکا اور پھر جلد ہی مجھ سے پیچھے رہ گیا۔ جان کی آواز سن کر ہم واپس آئے تو دیکھا کہ وہ بہت افسردہ بیٹھا ہوا ہے۔

''کیا بات ہے سر، کیا آپ کو میرے جیتنے کا رنج ہوا؟'' میں نے آتے ہی پوچھا۔

''ہاں، رنج ہوا ہے۔ فیروز! میں نہیں چاہتا تھا کہ تم اس دوڑ میں اوّل آتے مگر کیا کرسکتا ہوں، ہماری تقدیر!''

''آخر بات کیا مسٹر جان؟ آپ معموں میں باتیں کیوں کررہے ہیں؟'' جیک نے پوچھا۔

''بات سنانے کی نہیں۔ جب عمل کا وقت آئے گا تو تم میری دوراندیشی کے ضرور قائل ہوجاؤ گے۔ میں چاہوں تو تمھیں ابھی سب طریقہ سمجھا دوں مگر اب وقت نہیں ہے۔ شام ہورہی ہے اور ہمیں جلد از جلد اس مقام پر آگ جلا کر کہیں چھپ جانا چاہیے۔ یہ تو ہم معلوم کرہی چکے ہیں کہ مکھی صرف اسی مقام پر آتی ہے جہاں ہم کھڑے ہوئے ہیں جس کے آس پاس کی چٹانوں پر وہ کائی جمی ہوئی ہے۔ اس لیے آگ ہمیں تقریباً پچاس گز کے قطر میں جلانی پڑے گی۔''

''مگر اس طرح تو ہمارا وہ غار بھی لپیٹ میں آجائے گا جہاں ہم رات بسر کریں گے۔'' جیک بولا۔

''یقیناً ایسا ہوگا۔'' جان نے جواب دیا۔ ''مگر ہم آج رات وہاں سوئیں گے ہی نہیں بلکہ اس پہاڑی کی چوٹی پر آرام کریں گے جس کے اوپر وہ ہلتی ہوئی چٹان رکھی ہے۔ ہم آج غار میں پناہ نہ لیں ہمارے حق میں یہی بہتر ہے۔ اگر خدا کو منظور ہوا تو کل دن میں ہم اُس خوفناک مکھی سے نجات حاصل کرلیں گے۔''

''یہ تو سب سے اچھی بات ہے۔ اگر ایسا ہوگیا تو پھر ہم اس جزیرے سے جلد

سے جلد نکل جائیں گے۔'' جیک نے کہا۔

''اس غلط فہمی میں مت رہو جیک۔'' جان نے کہا۔ ''ہمیں پورے تیرہ دن یہاں اور گزارنے پڑیں گے۔ جزیرے کے ڈوبنے کا انتظار ہر حال میں کرنا پڑے گا کیوں کہ اس کے ڈوبنے کے بعد ہی ہمارا جہاز واپس پانی کی سطح سے لگ سکتا ہے۔''

قدم قدم پر مشکلات کھڑی تھیں۔ آفتوں اور مصیبتوں نے ہمیں ہر طرف سے گھیر لیا تھا۔ خدا ہی بہتر جانتا تھا کہ ہمارا کیا حشر ہونے والا تھا۔ عقل کام نہ کرتی تھی اور نہ جانے کیوں ایک گھبراہٹ سی ہر شخص پر حاوی تھی۔ سوچنے سمجھنے کی صلاحیت ختم ہو چکی تھی۔ جو ایک کہہ دیتا تھا وہ سب مان لیتے۔ یہی وجہ تھی کہ ہم نے جان کا کہنا مان لیا تھا! مختصر یہ کہ جلدی جلدی ہم نے مل کر لکڑیاں کاٹیں، گھاس پھوس اکٹھا کیا، ہر چیز گیلی تھی اس لیے بڑی مصیبتوں کے بعد ہم نے آگ جلائی اور پھر اِس آگ کو دور دور پھیلا دیا تاکہ شام کو ہر سمت دھواں ہی دھواں بھر جائے۔ خدا کا شکر ہے کہ ہماری محنت اکارت نہ گئی۔ آگ جل گئی اور لپٹیں اُٹھنے لگیں۔ اُدھر سورج نے بھی سمندر میں اپنا منہ چھپانا شروع کر دیا۔ یہ دیکھ کر جان نے کہا، ''اپنا سامان اُٹھا کر اب اُس پہاڑ کی طرف چلو۔''

جان کا حکم مان کر ہم نے اپنا سامان اُٹھایا اور پھر احتیاط سے ہر طرف دیکھتے بھالتے اُس پہاڑ کی چوٹی پر پہنچ گئے جہاں وہ دوسرا ہلتا ہوا چھوٹا پہاڑ ٹکا ہوا تھا۔ یہاں اتنی جگہ ضرور تھی کہ ہم دیوزاد اور خوفناک مکھی کی نظر سے چھپ کر آرام کر سکتے تھے۔ ابھی ہم نے وہاں اپنا سامان رکھا ہی تھا کہ جان نے مجھ سے کہا کہ میں اُس مقام کو دیکھوں جہاں ہماری لگائی ہوئی اگ بھڑک رہی ہے۔

پرندے اب آہستہ آہستہ ہر سمت سے اُس جزیرے میں کائی کھانے کے لیے آ رہے تھے۔ میرا خیال تو یہ ہے کہ شاید سورج ڈوبنے کے بعد ہی اُس کائی کی مہک ہوا کے ذریعے ہر طرف پھیلتی ہوگی اسی لیے پرندے شام کو آتے تھے ورنہ اگر یہ بات نہ ہوتی تو پرندے وہ کائی کھانے صبح یا دوپہر کو بھی آ سکتے تھے۔ جزیرے کی طرف آتے ہی وہ آگ دیکھ کر اوپر پھڑ پھڑاتے رہے مگر نیچے اُترنے کی ہمت کسی میں نہ ہوئی۔ سورج ڈوبتا

جارہا تھا اور پرندے برابر آتے جارہے تھے مگر ان میں سے ایک پرندہ بھی نیچے نہیں اُترتا تھا۔آخر کار رات ہوگئی۔ پرندے واپس لوٹنے لگے مگر اُن کی بے قراری بڑھتی ہی گئی۔ واپس جاتے ہوئے انھوں نے اتنا شور کیا کہ پورا جزیرہ گونج گیا۔ کچھ دیر بعد جان نے دوربین لگا کر دیکھا اور ہمیں بتایا کہ اب آسمان پر ایک بھی پرندہ نہیں ہے!

''اب کیا ہوگا؟'' میں نے جان سے دریافت کیا۔

''اب یہ ہوگا فیروز کہ ...'' جان نے سب کو باری باری دیکھتے ہوئے کہا۔''کہ رات ہم اسی چوٹی پر بسر کریں گے مگر صبح کے چار بجے جاگ جائیں گے اور تب ہم اُس خوفناک مکھی کو اپنی آنکھوں سے دیکھیں گے کیونکہ اپنا شکار کھانے کے لیے وہ ضرور اپنے گھر میں سے نکل کر اِن پہاڑوں کے درمیان سے ہوتی ہوئی اُس مقام تک جائے گی جہاں آگ جل رہی ہے۔ شکار نہ پا کر وہ بہت بے چین ہوگی اور پورے جزیرے میں ماری ماری پھرے گی۔ آخر تنگ آ کر وہ واپس اپنے غار میں جانے کی کوشش کرے گی اور تبھی ہم اُسے مار ڈالیں گے۔''

''مگر کس طرح مار ڈالیں گے؟'' جیک نے پوچھا۔

''پہلے میں مکھی دیکھ لوں۔ مارنے کا طریقہ پھر بتاؤں گا۔ وقت سے پہلے میں اس لیے کچھ کہنا نہیں چاہتا کہ ممکن ہے میرا سوچا ہوا غلط ثابت ہو جائے۔''

رات ہم نے اُسی چوٹی پر بسر کی اور پھر شاید صبح کے چار بجے ہی کا وقت تھا کہ جان نے ہم سب کو جگا دیا اور اشارے سے کہا ہم بالکل چپ رہیں اور اس غار کو دیکھیں جہاں مکھی کا گھر ہے۔ ہم آنکھیں مَلتے ہوئے اُس مقام کی طرف دیکھنے لگے جہاں مکھی کا گھر تھا اور جہاں اب ہلکی سی روشنی ہورہی تھی۔ آہستہ آہستہ روشنی بڑھنے لگی۔ اور پھر بڑھتے بڑھتے اتنی تیز ہوگئی کہ ہمیں چندھیا کر اُس طرف دیکھنا پڑا۔ ہمارے دیکھتے دیکھتے اچانک ایک تیز شعلہ آسمان کی طرف لپکا اور پھر وہی ریل کے انجن جیسی تیز سیٹی سنائی دی۔ بڑی تیز گڑگڑاہٹ کی خوفناک آواز آنے لگی۔ غار میں سے بار بار وہی شعلہ سا باہر لپکنے لگا۔ ہمارے دلوں کا اُس وقت بس خدا ہی حافظ تھا! ہمارے اس سفر کا سب سے بڑا

خطرہ اب ہمارے سامنے تھا۔ جو کچھ بھی ہماری قسمت کا لکھا تھا بس اب چند سیکنڈ کے اندر ہی اندر ہو جانے والا تھا!

شعلہ تھوڑی دیر کے بعد غار سے باہر لپکتا تھا۔ ساتھ ہی اوپر کا حصہ روشن ہوتا جارہا تھا۔ ایسے لگتا تھا جیسے کوئی آتش فشاں پھٹنے والا ہے۔ ہم آنکھیں پھاڑے حیرت سے اس مقام کو دیکھے جارہے تھے اور پھر ہمارے دیکھتے دیکھتے ہاتھی کے پیروں سے بھی موٹے دو پیر اُس غار سے باہر آئے۔ روشنی اتنی تیز تھی کہ ہم ایک ایک چیز صاف طور پر دیکھ سکتے تھے۔ پیروں کے بعد ایک لمبی سی سونڈ دِکھائی دی۔ اسی سونڈ میں سے وہ تیز شعلہ بار بار نکل رہا تھا۔ شعلہ اندازاً اس کی ناک سے پندرہ گز دور تک پہنچتا تھا۔ اس خطرناک مکھی کے پیر آگے جا کر ایک پنجہ سا بن جاتے تھے؛ بالکل کبوتر کے پیروں کی طرح اور اپنے اسی پنجے کو دلدلی زمین میں گاڑتی ہوئی وہ آہستہ آہستہ اوپر آرہی تھی۔ جلد ہی ہمیں اس کا سر بھی نظر آ گیا۔ کیا بتاؤں کہ یہ سر کتنا بڑا تھا! دہلی کی جامع مسجد کے پہلو والے گنبد سے بس ذرا سا ہی چھوٹا ہوگا۔ اس سر میں اس کی دو لمبوتری آنکھیں خون کی طرح سرخ نظر آتی تھیں۔ یوں لگتا تھا جیسے آنکھوں کی جگہ دو بڑے انگارے جڑے ہوئے ہیں۔ ہم لوگ چٹان کی اوٹ میں دُبکے ہوئے خاموشی سے اُسے دیکھ رہے تھے اور اب وہ پوری طرح غار سے باہر آ چکی تھی!

اس کا جسم بہت لمبا تھا۔ خیال تو یہ تھا کہ ہاتھی سے بڑی ہوگی مگر اب جب آنکھوں سے دیکھا تو حقیقت کھلی ... وہ دراصل وہیل مچھلی سے بھی لمبی تھی۔ اس کے جسم میں آگ دہک رہی تھی کیوں کہ جسم بالکل سرخ تھا۔ خدا کی قدرت کی کیا تعریف کی جائے! کیسے کیسے جانور اُس نے دنیا میں پیدا کردیے ہیں۔ غار سے باہر آنے کے بعد مکھی نے وہی تیز سیٹی جیسی آواز نکالنی شروع کردی اور کچھ دیر کے لیے آرام کرنے لگی۔ آپ نے ہوائی اڈّے پر کسی ہوائی جہاز کو اُڑنے سے پہلے ضرور دیکھا ہوگا۔ وہ پہلے ایک جگہ کھڑا رہ کر سیٹی کی سی آواز نکالتا ہے اور پھر تھوڑی دیر کے بعد اُڑتا ہے۔ یہی حال اس مکھی کا تھا مگر ہمیں ابھی یہ معلوم نہ ہوسکا تھا کہ وہ اُڑتی بھی ہے یا نہیں۔ اس کے دو بہت

بڑے پر نظر تو آ رہے تھے مگر ابھی تک ہم نے اُسے اُن پروں سے کام لیتے ہوئے نہیں دیکھا تھا۔ اچانک کچھ دیر بعد اُس میں حرکت ہوئی۔ سیٹی کی آواز اور تیز ہوگئی اور پھر اُس کے دونوں بڑے پر تیزی کے ساتھ ہلنے لگے۔ پروں کے ہلنے کے ساتھ ہی آس پاس کے درخت بری طرح لرزنے لگے۔ مٹی اُڑنے لگی۔ ایسا لگتا تھا جیسے طوفان آ گیا ہو۔ ہمارے دیکھتے دیکھتے وہ ہوا میں بلند ہوکر اُڑنے لگی مگر وہ زیادہ اونچی نہیں اُڑ رہی تھی۔ مشکل سے زمین سے کوئی پانچ گز اونچی ہوگی اور بس!

یہ دیکھ کر ہم نے خدا کا شکر ادا کیا کہ ہم جس پہاڑ پر کھڑے ہوئے تھے وہ کافی اونچا تھا۔ اگر نیچا ہوتا تو ہم مکھی کی تیز نظروں سے ہرگز نہ بچ سکتے تھے۔ ہم نے دیکھا کہ وہ اُڑتی ہوئی ان دو پہاڑوں ہی کی طرف آ رہی تھی۔ جلدی سے ہم پہاڑ کی چوٹی پر ٹکی ہوئی چٹان کے نیچے دُبک گئے اور مکھی دو پہاڑوں کے درمیان سے گزرتی ہوئی اُس طرف جانے لگی جہاں ہم نے آگ لگائی تھی۔ مکھی کے اس طرف جاتے ہی جان نے گھبرا کر کہا، ''بس اب عمل کا وقت آ گیا ہے۔ وہ دوڑ کا مقابلہ میں نے اسی وقت کے لیے کرایا تھا۔ بدقسمتی سے فیروز اس مقابلے میں اوّل آیا تھا مگر فیروز کو موت کے منہ میں جھونکنا مجھے پسند نہیں۔ وہ بچہ ہے، اُسے زندگی گزارنی ہے مگر میں نے اپنی زندگی کے دِن پورے کر لیے ہیں اس لیے میں ہی اب پہاڑ سے نیچے جاتا ہوں۔''

''کیا کہہ رہے ہیں آپ؟ یعنی اس کا مطلب کیا ہے؟'' میں نے تعجب سے پوچھا۔

''مطلب ... ہاں مطلب بھی مجھے ضرور بتانا چاہیے۔'' جان نے کہنا شروع کیا۔ ''دیکھو فیروز! میں نے دراصل یہ سوچا ہے کہ مکھی جہاں اس وقت گئی ہے وہاں اُسے کوئی پرندہ نظر نہ آئے گا۔ وہ بھوکی ہوگی اس لیے سب جگہ کی خاک چھاننے کے بعد مجبوراً وہ واپس اپنے غار میں چلی جائے گی۔ اس مکھی کی خاصیت یہ ہے کہ وہ زیادہ دیر تک سمندر سے اوپر نہیں رہ سکتی۔ میں نے یہ سوچا ہے کہ میں پہلے سے پہاڑ کے نیچے اُتر کر کھڑا ہو جاتا ہوں۔ ان دونوں پہاڑوں سے کم از کم چالیس گز دور کھڑے ہونے سے یہ فائدہ

ہوگا کہ مکھی کے غار سے بھی قریب رہوں گا اور سمندر سے بھی۔ پہاڑ سے نیچے اُس کے سامنے کھڑے ہونے کا مطلب یہ ہے کہ اگر کسی وجہ سے مکھی پہاڑوں کے درمیان سے نہ گزرے تو مجھے دیکھ کر لازمی طور سے وہ پہاڑوں کے بیچ میں سے گزرے گی۔ اب غور سے سنو کہ کرنا کیا ہے۔ مکھی جب اپنے غار یا گھر کی طرف واپس آرہی ہوگی تو لازمی تھکی ہوئی ہوگی۔ اس لیے ہوسکتا ہے کہ وہ یا تو زمین پر گھسٹتی ہوئی چلے یا زمین سے بہت ہی تھوڑے فاصلے پر اُڑے۔ تم لوگوں کا کام یہ ہوگا کہ پہاڑ کی ٹکی ہوئی اس بڑی چٹان کو زور سے ہلانا شروع کردو اور کوشش یہ کرو کہ جیسے ہی وہ مکھی مجھے دیکھ پہاڑوں کے درمیان آجائے یہ چٹان اس کے جسم پر جا کر گرے۔ میرے خیال میں یہی طریقہ اُسے ختم کرنے کا ہوسکتا ہے!''

یہ سنتے ہی میرے پیروں تلے کی زمین نکل گئی کیوں کہ اس میں تو خطرہ ہی خطرہ تھا!

''لیکن اگر ہمارا نشانہ خطا ہوگیا تو؟'' جیک نے جلدی سے کہا۔ ''مطلب یہ کہ چٹان مکھی پر نہ گری تو؟''

''تو یہ کہ میں تیز دوڑتا ہوا سمندر میں جا کر گھس جاؤں گا اور تیرتا ہوا اُس طرف نکل آؤں گا جہاں ہم نے آگ لگائی ہے۔'' جان نے جواب دیا۔

''مگر آپ تیز کس طرح دوڑیں گے؟ آپ تو مقابلے میں پہلے ہی دم توڑ چکے تھے!'' جیک نے کہا۔ ''نہیں مسٹر جان، یہ کام میں کروں گا۔ میں نیچے جاتا ہوں۔''

''نہیں، یہ نہیں ہوسکتا۔'' میں نے چلّا کر کہا۔ ''انصاف سے کام لیجیے۔ دوڑ میں اوّل میں آیا تھا اس لیے یہ معرکہ بھی مجھے ہی سر کرنا ضروری ہے۔ پھر دوسری بات یہ کہ چٹان آپ تینوں مل کر جلدی ہلا سکیں گے۔ میں ہوں گا تو اس میں وقت لگے گا کیوں کہ میں عمر میں کم ہوں اور کم طاقتور ہوں۔ اس لیے اب میں نیچے جاتا ہوں۔''

اس سے پہلے کہ جان اور جیک مجھے روکتے، میں تیزی سے پہاڑ کی ڈھلان کی طرف بھاگا۔ انھوں نے مجھے بہتیری آوازیں دیں مگر میں نے کسی کی ایک نہ سنی اور نیچے

اُترتے اُترتے پکار کر کہا، ''مجھے مت روکیے سر۔ بحث میں وقت صرف ہوگا۔ ایسا نہ ہو کہ وہ مکھی واپس آ جائے۔''

یہ کہہ کر میں جلدی جلدی پہاڑ سے نیچے اُترنے لگا اور پھر کچھ ہی دیر بعد میں ان دونوں پہاڑوں سے چالیس گز کی دوری پر کھڑا تھا۔ مجھے وہاں دیکھ کر مجبوراً جان، جیک اور ملاح اُس ہلتی ہوئی چٹان پر دونوں ہاتھ رکھ کر کھڑے ہوگئے۔ طوفان بڑھتا ہی جا رہا تھا۔ سیٹی تیز سے تیز ہوتی جا رہی تھی۔ بڑی ہیبت ناک آوازیں آ رہی تھیں۔ خوف کے مارے میرا رواں رواں لرز رہا تھا۔ میں کہہ نہیں سکتا کہ میری کیا حالت تھی۔ پسینے چھوٹے ہوئے تھے اور جسم کپکپا رہا تھا۔ میں نے یہ سوچ لیا تھا کہ اگر عین وقت پر چٹان مکھی کے جسم پر نہ گری تو میرا خاتمہ یقینی ہے۔ مکھی پندرہ گز دور ہی سے مجھے جلا کر خاک کر ڈالے گی۔ یہ سوچتے ہی میں نے ڈبڈبائی آنکھوں سے آسمان کی طرف دیکھا۔ آسمان کی طرف نظر کرتے ہی میرے آنسو بہنے لگے اور میں بے اختیار سجدے میں گر گیا۔ میرا دل خدا تعالیٰ سے خاموش دعا مانگ رہا تھا۔ میں نے ایک لفظ منہ سے نہ نکالا مگر دل دعا مانگتا رہا، آنسو بہتے رہے اور پھر اچانک یوں لگا کہ میرا جسم کپکپانا بند ہوگیا ہے۔ دل میں نہ جانے کہاں سے طاقت آ گئی۔ ایسا معلوم ہوا کہ اس وقت اگر سامنے سے ہاتھی بھی آ جائے تو اُسے چٹکی سے مسل کر رکھ دوں گا۔ اچانک دھب دھب کی تیز آواز مجھے سنائی دی۔ ساتھ ہی ایسا دھماکا بھی سنائی دیا جس کی وجہ سے زمین لرزنے لگی ... میں جلدی سے کھڑا ہوگیا کیوں کہ سامنے دو پہاڑوں کے بیچ میں سے مجھے وہ خوفناک مکھی زمین پر چلتی ہوئی اپنی طرف آتی دِکھائی دے رہی تھی۔ میں نے پہاڑ کی چوٹی پر نظر اُٹھا کر دیکھا تو جان نے ہاتھ سے اشارہ کیا کہ ہوشیار! اور پھر وہ تینوں مل کر چٹان کو ہلانے لگے۔ مکھی ویسے تو آہستہ چل رہی تھی لیکن کبھی کبھی چلتے چلتے پھدک کر آگے بڑھ آتی تھی۔ چٹان برابر تیزی سے ہل رہی تھی ... مکھی قریب آتی جا رہی تھی اور میں نچلا ہونٹ دانتوں میں دبائے، چپ چاپ کھڑا اُسے دیکھ رہا تھا اور پھر وہی ہوا جو جان نے کہا تھا۔ مکھی نے مجھے دیکھ کر زور کی پھنکار ماری اور میری طرف تیزی سے بڑھنے لگی۔ میں سینہ تانے اُسے گھور رہا تھا۔ چٹان

اور زور زور سے ہل رہی تھی۔ میں نے صرف اتنا دیکھا کہ مکھی جیسے ہی پہاڑوں کے بیچ میں پہنچی، اوپر سے چٹان لڑھک کر اس کی طرف گرنے لگی اور مکھی زور سے پھدک کر میری طرف آئی اور پھر ... پھر مجھے معلوم نہیں کیا کیا ہوا؟ دہشت کی وجہ سے میں بے ہوش ہو کر زمین پر گر گیا!

❖❖❖

جب مجھے ہوش آیا تو میں نے دیکھا کہ میں اپنے بادبانی جہاز کے ڈیک پر چت لیٹا ہوا ہوں۔ چمکیلی دھوپ نکل رہی ہے۔ ہر طرف سکون سا ہے اور جان مجھ پر جھکا ہوا غور سے مجھے دیکھ رہا ہے۔ مجھے ہوش میں آتے دیکھ کر اس نے خدا کا شکر ادا کیا اور پھر جیک کو آواز دی۔ جیک اندر کیبن میں سے دوڑتا ہوا آیا اور میرے قریب بیٹھ کر میرے سر کو سہلانے لگا۔ اس کی آنکھوں میں خوشی کی چمک تھی۔ جب اس نے میرے سر کو سہلایا تو مجھے محسوس ہوا کہ میرے سر میں پٹی بندھی ہوئی ہے اور سر میں ہلکی سی تکلیف بھی محسوس ہو رہی ہے۔ یہ اندازہ لگا کر میں نے بڑی کمزور آواز میں پوچھا، ”میرے سر پر پٹی کیوں بندھی ہوئی ہے ... مجھے کیا ہوا؟“

”گھبراؤ مت فیروز۔“ جان نے میرا سر تھپتھپا کر جواب دیا۔ ”اب تم بالکل ٹھیک ہو۔ بات یہ ہے کہ تم گر گئے تھے اور تمھارا سر ایک پتھر سے ٹکرایا تھا۔ گرتے ہی تم بے ہوش بھی ہو گئے تھے اور پورے تیس گھنٹے تک بے ہوش رہے۔ آج تم ہوش میں آئے ہو۔ خدا کا شکر ہے کہ اب تم بالکل ٹھیک ہو جاؤ گے۔ تمھارے دماغ کو گرمی پہنچانے کی ضرورت تھی اس لیے ہم نے تمھیں دھوپ میں لِٹا رکھا ہے۔“

”اوہ! یہ بات ہے۔“ میں نے کمزور آواز میں کہا۔ اچانک مجھے وہ دیوزاد مکھی یاد آ گئی۔ خوف کے باعث میرا جسم لرزنے لگا اور میں خوف زدہ آواز میں چلّایا، ”مکھی، وہ مکھی کہاں ہے؟“

جیک نے جان کو معنی خیز نظروں سے دیکھنے کے بعد کہا، ”فیروز اپنے دماغ پر زور

مت ڈالو۔ فی الحال اتنا سمجھ لو کہ تم مکھی کے حملے سے بچ گئے ہو۔ جب تم بالکل تندرست ہو جاؤ گے تو ہم تمھیں ایک ایک بات بتا دیں گے۔"

میں چوں کہ سب حال جاننے کے لیے بہت بے تاب تھا اس لیے میں نے جلدی سے کہا، "نہیں، نہیں۔ اب میں بالکل ٹھیک ہوں۔ خدا کے لیے مجھے سب کچھ بتائیے۔ آخر یہ ماجرا کیا ہے؟ وہ جزیرہ کہاں گیا؟ وہ مکھی کیا ہوئی اور اب ہم کہاں جا رہے ہیں؟"

جان نے جواب دیا، "اچھا تو پھر تم اندر چل کر لیٹ جاؤ۔ ہلو جلو مت اور بولو بھی کم۔ تب میں تمھیں پوری باتیں سناؤں گا۔"

میں نے اس کی بات مانتے ہوئے اُٹھنے کی کوشش کی۔ ان دونوں نے مجھے سہارا دیا اور پھر اندر کیبن میں لے جا کر میرے بستر پر لٹا دیا۔ اس کے بعد جان ے اپنا پائپ سلگایا اور دھواں چھت کی طرف چھوڑتے ہوئے کہنے لگا:

"باتیں بڑی عجیب ہیں فیروز! مختصراً تمھیں بتاتا ہوں۔ جب تم ہمارا کہنا نہ مانتے ہوئے پہاڑ سے نیچے اُترنے لگے تو مجھے بڑی گھبراہٹ ہوئی۔ پہاڑ پر کائی جمی ہوئی تھی اور ہر لمحہ تمھارے نیچے پھسل جانے کا خطرہ تھا مگر اس سے بھی بڑا خطرہ وہ تھا جس سے مقابلہ کرنے کے لیے تم نیچے جا رہے تھے۔ ہمارے دلوں کی عجیب حالت تھی۔ ہمارے سامنے تم موت کے منہ میں جا رہے تھے اور ہم کچھ نہ کر سکتے تھے۔ اتنا وقت ہی نہیں تھا کہ ہم تمھیں زبردستی اوپر کھینچ کر لاتے۔ مکھی آہستہ آہستہ پہاڑ کی طرف بڑھتی آ رہی تھی۔ میں دل ہی دل میں خود کو ملامت کر رہا تھا کہ بڑا بہادر ہوں! خود تو جان بچا کر پہاڑ کی چوٹی پر کھڑا ہوں اور ایک چھوٹا سا لڑکا موت سے ٹکر لینے نیچے جا رہا ہے۔ مگر وقت اتنا نازک تھا کہ سوچنے سمجھنے کی نہیں بلکہ عمل کی ضرورت تھی۔ آخر مجبور ہو کر ہم عمل کے لیے تیار ہو گئے۔ جب ہم نے دیکھا کہ تم پہاڑوں سے کافی دور جا کر مکھی کے سامنے سینہ تان کر کھڑے ہو گئے ہو تو ہم تینوں نے اس چٹان کو ہلانا شروع کر دیا۔ جو چٹان اُنگلی لگانے سے ہلنے لگی تھی وہ اب ہم تینوں کے زور لگانے سے بُری طرح ہلنے لگی۔ مکھی پھنکاریں مارتی ہوئی تمھاری طرف بڑھتی چلی آ رہی تھی۔ چوں کہ وہ بہت زیادہ تھکی ہوئی اور شاید

بھؤکی بھی تھی اس لیے ہوا میں اُڑ نہیں سکتی تھی۔ اگر خدانخواستہ اُڑنے لگتی تو پھر ہمارا خدا ہی حافظ تھا! اُس نے صرف تمھیں ہی دیکھا تھا اس لیے تمھاری ہی طرف بڑھنے لگی۔ ہم لوگوں کے ہاتھ پاؤوں کا دم سا نکل رہا تھا... سوچ رہے تھے کہ اگر چٹان بروقت اُس پر جا کر نہ گری تو ہم تم سے ہاتھ دھولیں گے کیوں کہ مکھی کے قریب آجانے کے بعد تم تیزی سے سمندر کی طرف نہیں بھاگ سکتے تھے لہٰذا مکھی اپنے شکار کو بھاگتے دیکھ کر ایک زوردار حملہ ضرور کرتی۔ خیر، ہم چٹان کو ہلاتے رہے اور جب وہ دیوزاد مکھی دونوں پہاڑوں کے درمیان میں پہنچ گئی تو ہم نے چٹان زور لگا کر گرا دی۔ ہماری خوش قسمتی تھی اور خدا کا کرم کہ چٹان بالکل اس کے پیٹ پر جا کر گری۔ بڑے زور کے چھپاکے اُڑے اور اس کے پیٹ میں سے گرم گرم لاوا نکل کر ہر طرف بہنے لگا۔ جس طرف بھی یہ لاوا گیا اس نے ہر چیز کو جلا کر خاک کر دیا۔ چھوٹی چھوٹی چٹانیں تو اُس لاوے میں اس طرح پگھل گئیں جیسے چینی پانی میں گھل جاتی ہے۔ مکھی مر رہی تھی اور وہ اپنی دُم زور زور سے زمین پر پٹخ رہی تھی۔ اس کی ناک سے نکلنے والے شعلے اب مدھم ہوتے جا رہے تھے اور لاوا بڑھتا ہی جا رہا تھا۔ ہم نے تمھیں بے ہوش ہو کر زمین پر گرتے ہوئے دیکھ لیا تھا۔ اور اب ہمیں یہ خدشہ ہونے لگا تھا کہ لاوا کہیں بڑھتے بڑھتے تم تک نہ پہنچ جائے! سچ بات تو یہ ہے کہ اس موقع پر میں ملاح کی تعریف کیے بغیر نہیں رہ سکتا۔ وہ ایک لفظ کہے بغیر تیزی سے پہاڑ کے نیچے اُترنے لگا۔ جب وہ پہاڑ کے نیچے پہنچ گیا تو ہم نے دیکھا کہ لاوا آہستہ آہستہ پہاڑ کو چاروں طرف سے گھیر رہا ہے۔ مگر اس سے پہلے کہ لاوا پہاڑ کو گھیرتا ملاح ایک چھلانگ لگا کر لاوے کے اوپر سے گزر گیا اور پھر چٹان کی آڑ لیتا ہوا دوڑ کر تم تک پہنچ گیا۔ لاوا آہستہ آہستہ تمھاری طرف بڑھ رہا تھا۔ اُس نے جلدی سے تمھیں اُٹھا کر اپنے کندھے پر ڈالا اور دوڑتا ہوا اُس طرف پہنچنے کی کوشش کرنے لگا جہاں لاوا ابھی تک نہیں آیا تھا۔ تمھیں لاوے سے بچاتا ہوا آخر کار وہ وہاں پہنچ گیا جہاں ہم نے پہلے پہل ایک غار میں رات گزاری تھی۔ لاوا اس مقام تک کسی صورت سے بھی نہیں پہنچ سکتا تھا۔''

''اور آپ پہاڑ سے کس طرح نیچے اُترے؟'' میں نے ایک ٹھنڈا سانس لینے کے

بعد پوچھا۔

"ہم دونوں پہاڑ پر کھڑے مکھی کو اپنا سر زمین پر پٹختے دیکھتے رہے۔ سورج پوری طرح آسمان پر نکل کر چمک رہا تھا اور ہم کھڑے سوچ رہے تھے کہ اب کیا کریں؟ کوئی چھ گھنٹے اسی طرح کھڑے کھڑے گزر گئے۔ آخر کار کافی دیر کے بعد ہمیں ملاح کی شکل دِکھائی دی۔ وہ اپنے ساتھ موٹے موٹے رسّے لیے ہوئے آ رہا تھا۔ ہمیں یقین ہو گیا کہ ملاح لازمی طور پر اپنے جہاز میں پہنچا ہو گا اور وہیں سے یہ رسّے نکال کر لایا ہو گا۔ اس نے ہمیں نیچے اُترنے کا اشارہ کیا۔ جب ہم پہاڑ کے نیچے پہنچ گئے تو ہم نے دیکھا کہ کسی صورت سے بھی ہم زمین پر قدم نہیں رکھ سکتے تھے۔ لاوے نے پہاڑ کو ہر طرف سے گھیر رکھا تھا اور اُس میں سے بلبلے اور بھاپ اُٹھ رہی تھی۔ یہ دیکھ کر ملاح نے دور سے چلا کر کہا کہ وہ رسّہ ہماری طرف پھینکتا ہے۔ ہمیں چاہیے کہ رسّے کا ایک سرا پہاڑ پر اُگے ہوئے کسی درخت سے باندھ دیں۔ ہم نے ایسا ہی کیا اور ملاح نے بھی رسّے کا دوسرا سرا پہاڑ سے کافی فاصلے پر اُگے ہوئے ایک دوسرے درخت سے باندھ دیا۔ اس کے بعد اُس نے ہم سے کہا کہ رسّے کو دونوں ہاتھوں سے پکڑ کر لٹکتے ہوئے ہم آگ کا یہ دریا پار کریں۔

آخر ہمیں اُس کا کہنا ماننا ہی پڑا کیوں کہ اِس کے علاوہ اور کوئی طریقہ بھی نہیں تھا۔ ہمارے نیچے گرم گرم لاوا اُبل رہا تھا اور ہم اُس کے اوپر رسّے سے لٹکتے ہوئے گزر رہے تھے۔ مختصر یہ کہ ملاح کی عقل مندی سے ہم نے اس لاوے کے دریا سے نجات پائی۔ ملاح کے پاس پہنچے تو اس نے مجھ سے کہا کہ وہ تمھیں جہاز کے اندر کیبن میں چھوڑ آیا ہے۔ غار اُسے محفوظ معلوم نہیں ہوا۔ ساتھ ہی وہ مکھی کا سر کاٹنے کے لیے کلہاڑا بھی لیتا آیا ہے۔ جب میں نے اُس سے پوچھا کہ مکھی کا گنبد نما سر کس طرح کٹے گا جب کہ لاوا اُس کے چاروں طرف کھول رہا تھا؟ تو اُس نے ایک بڑی اچھی ترکیب بتائی۔ اس نے کہا کہ وہ دوسرے رسّے کا ایک پھندا سا بنائے گا۔ پہلا رسّہ تو دونوں درختوں سے بندھا ہوا تھا اور وہ کسی صورت سے نہیں کھل سکتا تھا کیوں کہ اُسے کھولنے کے لے ہمیں پھر پہاڑ پر جانا پڑتا۔ اس لیے اس دوسرے رسّے کا پھندا دور کھڑے وہ مکھی کے سر کی

طرف پھینکے گا۔ پھندا اگر مکھی کے سر پر اُٹھے ہوئے دو سینگوں میں جا کر پھنس گیا تو وہ ہم دونوں کی مدد سے زور لگا کر مکھی کو اپنی طرف کھینچے گا۔ ترکیب عمدہ تھی اس لیے ہم نے اس پر فوراً عمل کیا اور نتیجے کے طور پر ہم نے مکھی کا سر اپنی طرف کھینچ لیا۔ جب سر ہمارے قریب آ گیا تو ہم نے اُس کی آنکھوں کو غور سے دیکھا۔ آنکھیں کیا تھیں ... دو بہت بڑے بڑے گول نگینے سے تھے اور ان نگینوں میں ہزاروں رنگ نظر آتے تھے۔ کسی طرف سے بھی دیکھنے کے بعد یہ رنگ پلٹنے لگتے تھے۔ بڑی دیر تک ہم ان شیشوں کو حیرت سے دیکھتے رہے اور پھر ملاح نے ایک تیز خنجر سے وہ قیمتی آنکھیں سر میں سے نکال لیں۔ ان آنکھوں کو حفاظت سے اپنے ساتھ لے کر ہم جلدی جلدی آگے بڑھے۔ ملاح پانی کے اس ذخیرے کے قریب رُک گیا جو پہلے ہمیں گرم لگا تھا مگر پینے کے لائق تھا۔ جب میں نے پوچھا کہ وہ کیوں رُک گیا ہے تو اس نے کہا کہ جتنی جلد ہو سکے ہم جہاز میں سے پانی کے ڈرم لے کر آئیں تا کہ پینے کا پانی یہاں سے جمع کر سکیں۔ مزے کی بات تو یہ ہے فیروز کہ جس ملاح پر ہم پہلے حکم چلایا کرتے تھے، اب وہی خود ہم پر حکم چلا رہا تھا اور ہم بغیر چوں چرا کیے اس کی ہر بات مان رہے تھے۔ اور اس کی وجہ یہ تھی کہ وہ ہمارا محسن تھا اور اُس نے کچھ ہی دیر پہلے ہماری جانیں بچائی تھیں۔

خیر، ہم جلدی جلدی پہاڑ پر چڑھے۔ جہاز میں سے دو ڈرم نکالے۔ میں نے جھانک کر تمھیں دیکھا، تم اس وقت تک بے ہوش پڑے ہوئے تھے۔ یہ سمجھ کر کہ تم جلد ہوش میں نہ آؤ گے ہم ڈرم لے کر پہاڑ سے نیچے آئے۔ ملاح نے ڈرموں میں پانی بھرا اور پھر ایک ڈرم اپنے کندھے پر رکھ کر وہ پہاڑ پر چڑھنے لگا۔ قصہ مختصر یہ کہ اس طرح ہم نے زیادہ سے زیادہ ڈرم پانی سے بھر لیے۔ جس وقت ملاح آخری ڈرم لے کر پہاڑ پر چڑھ رہا تھا یکایک زمین زور سے ہلی اور نہ جانے کیا بات ہوئی کہ ہمارے دیکھتے دیکھتے اچانک جزیرہ ڈانواں ڈول ہونے لگا۔ پہاڑ پر چڑھتے چڑھتے ہم نے غور سے جزیرے کی زمین کو دیکھا تو بہت اچنبھا ہوا۔ بپھرتے ہوئے سمندر کا پانی آہستہ آہستہ زمین کی طرف بڑھ رہا تھا۔ مطلب یہ کہ جزیرہ ڈوب رہا تھا!"

''وقت سے پہلے ہی ڈوب رہا تھا؟'' میں نے حیرت سے دریافت کیا۔

''ہاں فیروز! وقت سے پہلے ہی، اور جہاں تک میں سمجھتا ہوں یہ سب اُس خوفناک مکھی کے اچانک مرجانے سے ہوا تھا۔'' جان نے تمبا کو کے لمبے کش لگانے کے بعد کہا۔ ''جب جزیرہ سمندر میں ڈوبنے لگا تو اس کے ساتھ ہی ہمارا جہاز بھی آہستہ آہستہ نیچے آنے لگا۔ جہاز ابھی تک پہاڑ کی چوٹی پر ٹکا ہوا تھا۔ جب یہ پہاڑ بھی سمندر میں ڈوب گیا تو ہمارا جہاز بھی آپ ہی آپ پانی کی سطح سے لگ گیا۔ ہم تینوں نے مل کر جلدی جلدی بادبان کھولے اور لمبے لمبے بانسوں کی مدد سے جہاز کو پہاڑ کی چوٹی سے دور ہٹا دیا۔ ہم چوٹی سے بانس لگا کر زور لگاتے اور جہاز اپنی جگہ سے تھوڑا سا کھسک جاتا۔ اور آخر کار اس طریقے سے جہاز چوٹی سے ہٹ کر پورا کا پورا پانی میں آ گیا۔ کوشش ہم نے یہی کی کہ جلد سے جلد اُس موت کے جزیرے سے دور چلے جائیں اور اس میں کامیاب بھی ہو گئے۔ راستے میں ہم نے تمھاری مرہم پٹی کی اور اگلے دن سورج کی پہلی کرن کو مکھی کی آنکھوں سے گزار کر یہ سونا اور ہیرے بنائے۔ لو یہ دیکھو۔''

اتنا کہہ کر جان نے مجھے چند ہیرے اور سونے کا ایک ٹکڑا دِکھایا۔ اُس نے بتایا کہ ہیرے تو چند چھوٹے چھوٹے پتھروں سے بنے ہیں اور سونا ایک ٹوٹے ہوئے چاقو کے پھل سے۔ یہ چیزیں دیکھ کر میری حیرت کی کچھ حد نہ رہی۔ اب تک تو میں یہی سمجھتا رہا تھا کہ مکھی کی آنکھوں والی کہانی میں کچھ سچائی نہیں ہے۔ ولیم نے کتاب میں جو کچھ لکھا ہے وہ بالکل جھوٹ ہے۔ مگر حقیقت میرے سامنے تھی اور اب میں اسے کسی بھی طرح نہیں جھٹلا سکتا تھا!

آپ کو یہ بتانا تو اب بالکل بے کار سا لگتا ہے کہ ہم لوگ کس طرح ہندوستان کے ساحل کومورن تک پہنچے۔ بس یوں سمجھ لیجیے کہ ہزاروں مشکلیں جھیلتے، طوفانوں سے لڑتے، نت نئی بلاؤں کا مقابلہ کرتے آخر کار دس ماہ بعد کومورن پر اُترے۔ تب ہمیں اتنی خوشی ہوئی کہ میں بیان نہیں کر سکتا۔ کپڑے اتنے پھٹے ہوئے تھے کہ ہم اس حالت میں بستی کے اندر نہیں جا سکتے تھے۔ مجبوراً ملاح کو بھیجا۔ وہ ہمارے لیے سونے کی ایک چھوٹی سی ڈَلّی

کے بدلے ایسا لباس لے آیا جسے پہن کر ہم انسان نظر آنے لگے۔ (یہ بتانے کی ضرورت ہی نہیں کہ سونے کی ڈلّی دراصل مکھی کی آنکھوں ہی کا کرشمہ تھی) چند دن اُسی بستی میں آرام کرنے کے بعد ہم نے اپنے گھوڑے لیے اور ساتھ ہی بستی سے چند بڑے بڑے مضبوط تھیلے بھی خرید لیے۔ اس کے بعد ہم اُس مقام کی طرف روانہ ہوئے جہاں اب سے کافی دن پہلے خزانہ دریافت کیا تھا۔ چوں کہ اب ہم تازہ دم تھے اس لیے جلد ہی اِس خوفناک جنگل میں داخل ہوگئے جہاں دوبارہ داخل ہونے کی تمنا ہم میں سے کسی کو نہ تھی کیوں کہ اس جنگل میں ہمارے ساتھ بڑے عجیب حادثے پیش آچکے تھے۔ جب ہم وہاں پہنچے تو یہ دیکھتے ہوئے میرا دل اب بھی کانپ رہا ہے کہ خزانے کے زمین دوز دروازے کے اوپر ہی ایک انسانی ڈھانچا منہ کھولے، بڑی بے بسی کی حالت میں پڑا ہوا مِلا اور وہ ڈھانچا عبدل کے سوائے اور کسی کا نہیں تھا! وہ انسان جو کبھی بڑھ چڑھ کر باتیں بناتا تھا اب مٹھی بھر خاک اور سوکھی ہوئی ہڈیوں کے علاوہ کچھ نہ تھا۔ کیسی عبرت کا مقام تھا! جیک اور ملاح نے مل کر وہ زمین پھر کھودی، راستہ دوبارہ صاف کیا اور ہم نے وہ خزانہ ایک بار پھر حاصل کرلیا۔ ہمارے دل خوشی سے پُر تھے۔ بوریاں تو موجود تھیں ہی اس لیے خزانہ بوریوں میں بھرنے کے بعد ہم واپس کومورِن پہنچ گئے۔ یہاں ہم نے اپنے گھوڑے بیچ دیے اور دو ملاح اور حاصل کیے۔ ہمارے ساتھ جو ملاح تھا اس نے ہم سے درخواست کی تھی کہ اب وہ ہمیشہ ہمارے ساتھ ہی رہنا چاہتا ہے۔ چوں کہ اُس نے ہماری مدد بھی بہت کی تھی اس لیے ہم نے اس کی یہ التجا قبول کرلی۔

کومورِن سے روانہ ہونے پر جان کو ایک عجیب وغریب بیماری لاحق ہوگئی۔ شاید سمندر میں زیادہ عرصے تک رہنے کی وجہ سے یا پھر اس کا بڑھاپا۔ اس بیماری کے باعث وہ کافی کمزور ہوگیا تھا۔ کیوں کہ خشکی کا راستہ بہت مشکل اور تکلیف دہ تھا اس لیے ہم نے جان بوجھ کر سمندری راستہ اختیار کیا تھا۔ خیال یہ تھا کہ اس بات کا فیصلہ کرنے کے لیے کہ آئندہ ہمیں کیا کرنا ہوگا، ہم بمبئی پہنچ کر ہی سوچیں گے۔ اور پھر وہیں اس کا فیصلہ کریں گے اور سوچیں گے کہ خزانے کا کیا کِیا جائے؟

مختصر یہ کہ بمبئ پہنچنے کے بعد ہم ایک ہوٹل میں مقیم ہو گئے۔ قسمت کی خوبی دیکھیے کہ میں پہلے دلّی کے ایک ہوٹل میں بیرا تھا مگر اب بمبئ کے ایک عالی شان ہوٹل میں کسی بگڑے ہوئے رئیس کی طرح بڑے کرّ وفر سے رہ رہا تھا۔ یہاں آ کر ہم نے خزانے کے کئی حصے کیے۔ حکومت کو اُس کا حصہ دینے کے بعد بھی ہمارے پاس اتنا بچا تھا کہ ہماری ہزار پشتیں بھی اپنی زندگیاں آرام سے گزار سکتی تھیں۔ جان اور جیک نے فیصلہ کیا کہ چند ہفتے وہ اسی ہوٹل میں مقیم رہیں گے۔ پھر اس کے بعد امریکہ جانے کا پروگرام بنائیں گے۔ ہم اب غریبوں اور محتاجوں کی بھی اتنی مدد کر رہے تھے کہ ہر طرف ہمارا شہرہ ہو گیا۔ بڑے بڑے لوگ ہم سے ملنے آنے لگے۔ میں خوب سمجھ رہا تھا کہ یہ لوگ ہم سے ملنے نہیں بلکہ ہماری بے شمار دولت سے ملنے آ رہے ہیں۔

ایک دن کا ذکر ہے کہ میں اور جان ہوٹل کے ڈرائنگ روم میں بیٹھے ہوئے تھے کہ ہمارا بیرا آیا اور میرے سامنے ادب سے جھک کر کہنے لگا، ”جناب آپ سے ایک شخص ملنا چاہتا ہے۔ حکم دیں تو یہیں بلا لوں۔“

میں نے جواب طلب نظروں سے جان کو دیکھا اور اِن نظروں کا مطلب سمجھ کر جان نے بیرے سے کہا، ”نہیں۔ ہم فیروز کے کمرے میں چلتے ہیں۔ وہیں بلا لاؤ۔“

بیرا سر کو جھکا کر واپس چلا گیا اور پھر ہم دونوں بھی اُٹھ کر اپنے کمرے میں آ گئے۔ جیک شاید کہیں گیا ہوا تھا۔ اس لیے وہ ہماری ہونے والی گفتگو میں شامل نہ ہو سکا۔ ہم ابھی اپنے کمرے میں آ کر بیٹھے بھی نہیں تھے کہ دروازے پر دستک ہوئی۔ جان کے ”کم اِن“ کہنے پر دروازہ کھلا اور بیرا ایک ادھیڑ عمر شخص کو اپنے ساتھ لیے ہوئے اندر داخل ہوا۔ بغیر کسی سلام و دعا کے وہ شخص بڑی تیزی سے میری طرف ہاتھ پھیلا کر بڑھا اور پھر ”میرے بچے“ کہہ کر مجھ سے زبردستی لپٹ گیا۔ میں نے بڑی مشکل سے خود کو چھڑایا اور پھر اُس سے بولا، ”آپ کون ہیں اور کیوں مجھ سے بغل گیر ہو رہے ہیں؟“

”مجھے معلوم تھا میرے بچے کہ تم مجھے نہیں پہچانو گے۔ ارے میاں، میں جمال ہوں جمال۔ تمھارا چچا۔“

حیرت کا ایک شدید حملہ مجھ پر ہوا۔ خود جان کی بھی یہی حالت تھی۔ شاید وہ اِس اجنبی کی گفتگو سمجھ گیا تھا۔ جیسا کہ میں آپ کو پہلے بتا آیا ہوں، وہ دنیا کی تقریباً سبھی زبانیں تھوڑی ضرور جانتا تھا۔

''چچا... یہ آپ کیا کہہ رہے ہیں جناب۔ کیا واقعی آپ فیروز کے چچا ہیں؟''

اس نے ٹوٹی پھوٹی اُردو میں پوچھا۔ جان کی زبانی اتنا سنتے ہی وہ شخص زار و قطار رونے لگا۔ ہم اُس کی شکل تکتے جاتے تھے اور وہ روئے جاتا تھا۔ کافی دیر تک یہ ڈراما ہوتا رہا۔ آخر مجھے خود ہی اس کو خاموش کرنا پڑا۔ میں نے کہا، ''تعجب ہے کہ مجھے آج تک معلوم نہ ہوسکا کہ میرا کوئی چچا بھی ہے۔ جس وقت میں روٹی کے دو ٹکڑوں کو محتاج تھا اور ایک ہوٹل میں بیرا گری کر رہا تھا اُس وقت آپ کہاں تھے؟''

''آہ فیروز، میرے بیٹے! میرے دل پر چرکے مت لگاؤ۔ مجھے معلوم نہ تھا کہ تم پر کیا بیتی ہے۔ میں جاپان گیا ہوا تھا۔'' اس شخص نے پھر مجھے گلے لگانے کی کوشش کی مگر میں پیچھے ہٹ گیا اور اُسے تیز نظروں سے گھورتے ہوئے بولا، ''چلیے مان لیتا ہوں کہ ایسا ہی ہے۔ مگر اب آپ میرے پاس کیا لینے آئے ہیں؟''

''کیا لینے آیا ہوں؟'' اُس نے حیرت سے کہا۔ ''بیٹا! تمھیں اپنے ساتھ لے جانے آیا ہوں!''

''جی شکریہ۔ تکلیف کی ضرورت نہیں۔ مجھے آپ کے ساتھ نہیں جانا۔ لٰہذا اب آپ تشریف لے جاسکتے ہیں۔''

''مگر بیٹا۔ آخر تمھیں...''

وہ شخص اتنا ہی کہنے پایا تھا کہ فون کی گھنٹی بجی۔ جان نے فون اُٹھایا اور پھر آپریٹر کی بات سن کر بولا، ''انھیں بھی بھیج دیجیے۔''

''کون ہے؟'' میں نے جان سے پوچھا۔

''دیکھتے جاؤ، کیا ہوتا ہے۔ اس کا نام دنیا ہے فیروز! تمھارے ایک دوسرے چچا آرہے ہیں۔''

میں ابھی حیرت سے جان کو دیکھ ہی رہا تھا کہ دروازہ کھلا اور ایک نوجوان آدمی بہترین سوٹ پہنے اندر داخل ہوا۔ مجھے دور سے دیکھتے ہی انگریزی ملی اُردو میں بولا، ''ہیلو ڈیئر فیروز۔ ہاؤ ڈو یو ڈو؟ تم کیسے ہو؟ میٹ می! آئی ایم یوئر اَنکل۔''

میں جان کو دیکھ کر مسکرایا اور پھر جان نے انگریزی میں ہی اُن حضرت سے کہا، ''آپ فیروز کے چچا ہیں؟''

''یقیناً۔ میں ہی فیروز کا چچا ہوں۔''

''مگر کون سے چچا ہیں: پہلے، دوسرے، تیسرے یا چوتھے؟''

''کیا مطلب؟'' انھوں نے چونک کر پوچھا۔ ''جنٹلمین! ہم صرف دو بھائی ہیں۔ وہ مجھ سے بڑے تھے اور میں چھوٹا۔''

''خوب! تو پھر ذرا آپ انھیں بھی پہچانیے۔'' جان نے پہلے آنے والے میرے 'چچا' کی طرف اشارہ کرتے ہوئے کہا۔ ''یہ بھی فیروز کو اپنا بھتیجا کہتے ہیں۔''

''واہ جناب، یہ اچھی رہی! یہ کوئی طریقہ ہے! فیروز میرا بھتیجا ہے، کمال ہے کہ اب دوسرے لوگ بھی اس کے چچا بن کر آنے لگے!''

اتنا کہا کہ وہ صاحب میرے پہلے 'چچا' سے لڑنے لگے۔ ہم دونوں خاموش بیٹھے اُن کی نوک جھونک دیکھتے رہے اور جب یہ لڑائی بڑھتی ہی گئی تو میں نے اُکتا کر اُن سے کہا، ''خاموش رہیے صاحبان! لڑیے مت اور براہِ کرم فوراً یہاں سے تشریف لے جائیے۔ میں ایک یتیم لڑکا ہوں اور جہاں تک مجھے معلوم ہے میرا کوئی چچا نہیں ہے۔ اس لیے آپ دونوں یہاں سے فوراً نکل جائیے۔''

وہ دونوں حیرت سے میرا منہ تکنے لگے۔ انھوں نے کچھ کہنے کے لیے منہ کھولا ہی تھا کہ جان نے انھیں ڈانٹ دیا اور وہ لرزتے کانپتے باہر چلے گئے۔ اُن کے جانے کے بعد جان سوچ میں پڑ گیا۔ آخر کچھ دیر بعد بولا، ''یہ تو بڑی مصیبت ہوئی فیروز۔ اس طرح تو روزانہ کوئی نہ کوئی تمھارا چچا یا ماموں بن کر آنے لگے گا۔ آخر ایسے لوگوں سے ہم کس طرح نجات حاصل کریں گے۔ ویسے ایک بات ہے فیروز!''

''فرمائیے، کون سی؟''

''تم نے تو آج تک مجھے بھی اپنے بارے میں کچھ نہیں بتایا کہ تم کون ہو اور تمھارے والدین کون تھے، اُن کا پیشہ کیا تھا؟''

''والدہ کے بارے میں تو میں کچھ کہہ نہیں سکتا۔'' میں نے سوچتے ہوئے کہنا شروع کیا۔ ''میں بہت چھوٹا سا تھا جب ان کا انتقال ہوگیا تھا۔ ہاں، بس مجھے اتنا یاد ہے کہ تین یا چار سال کی عمر تک میں ایک بہت بڑے اور صاف ستھرے مکان میں رہتا تھا۔ ایک عورت تھی جو شاید میری آیا تھا، وہ مجھے بڑے لاڈ و پیار سے رکھتی تھی اور مجھے میرے والد کے قصے مزے لے لے کر سناتی تھی۔''

''والد کے قصے!'' جان نے حیرت سے کہا۔ ''اس کا مطلب ہوا کہ تم نے اپنے والد کو نہیں دیکھا؟''

''جی ہاں، یہی سمجھئے۔ صرف دو تین بار دیکھا تھا۔ پانچ چھے سال کی عمر میں ایسی باتیں یاد کسے رہتی ہیں۔ میری عمر اتنی ہی تھی۔ ہلکا سا نقشہ میرے ذہن میں محفوظ ہے۔ وہ ایک لمبے تڑنگے آدمی تھے اور اُن کی مونچھیں بھی تھیں۔ شاید وہی میرے والد ہوں گے۔''

''پھر وہ کہاں گئے؟'' جان نے جلدی سے پوچھا۔

''پتا نہیں کہاں گئے، میں نہیں کہہ سکتا۔''

''تم تو دلّی کے ہوٹل میں کس طرح ملازم ہوئے؟''

''مجھے اتنا یاد ہے کہ اس بوڑھی عورت نے مجھے ایک گھر میں بھیج دیا تھا جہاں بچے ہی بچے تھے۔ اُن بچوں کے ماں باپ بھی نہیں تھے۔ اُس وقت تو مجھے معلوم نہ تھا کہ اُس گھر کو کیا کہتے ہیں۔ ہاں مگر اب میں جانتا ہوں کہ وہ یتیم خانہ تھا اور اسی یتیم خانے سے بعد میں مجھے دلّی کے اس ہوٹل میں بیرا بنا کر بھیج دیا گیا۔ بس یہی میری کہانی ہے۔''

اتنا کہہ کر میں افسردہ ہوگیا۔ دل میں عجیب عجیب خیالات آنے لگے۔ ماں اور باپ جنھیں میں نے بہت ہی کم دیکھا تھا، مجھے یاد آ گئے۔ دل سے ایک ہوک سی اُٹھی اور آپ ہی آپ میری آنکھیں آنسوؤں سے بھیگ گئیں۔ میں پھر اتنا بے تاب ہوا کہ منہ

چھپا کر بُری طرح رونے لگا۔ یہ دیکھ کر جان نے جلدی سے اُٹھ کر مجھے اپنے سینے سے لگا لیا۔ میرے آنسو پونچھے اور کہنے لگا، ''گھبراؤ مت فیروز! میرے بیٹے، میں کل بمبئی کے سب یتیم خانوں میں جاؤں گا اور خدا نے چاہا تو تمھارے والد کے بارے میں بہت کچھ پوچھ کر آؤں گا۔تم اپنا دل چھوٹا مت کرو اور آرام کرو۔''

آرام تو اب مجھے کرنا ہی تھا کیوں کہ اب میں اتنا دولت مند تھا کہ میری پوری زندگی عیش و آرام میں گزر سکتی تھی مگر جسے سکون کہتے ہیں، وہ مجھے میسر نہیں تھا۔لوگوں کے کہنے سے بار بار یہ بات دل میں کھٹکتی تھی کہ آخر میں کون ہوں۔ میرے ماں باپ کون تھے۔ میرے والد زندہ ہیں یا مر گئے؟ ہر وقت بس میں یہی بیٹھا ہوا سوچتا رہتا۔ مجھے یقین تھا کہ ان میں سے بیشتر میرے چچا، ماموں، بھائی یا دور کے رشتے کے عزیز ہوں گے۔ کچھ چندہ مانگنے آئے ہوں گے اور کچھ مجھے اپنے کلب کا ممبر بنانے۔ زندگی اسی طرح گزر رہی تھی کہ ایک دن جان ایک بوڑھی عورت کو اپنے ساتھ لیے ہوئے میرے کمرے میں آیا۔عورت لاٹھی ٹیک کر چل رہی تھی۔ اُس کی کمر جھکی ہوئی تھی اور وہ بہت زیادہ عمر رسیدہ تھی۔

''فیروز! یتیم خانوں میں پوچھ گچھ کے بعد میں نے تمھاری آیا کو ڈھونڈ نکالا ہے۔ دیکھو یہی تمھاری وہ آیا ہیں جو تمھیں بچپن میں بہت پیار کرتی تھیں۔آؤ، اِن سے ملو۔''

''فیروز بیٹا! تو کہاں ہے۔ میرے پاس آ۔ مجھے بہت کم دِکھائی دیتا ہے میرے لال!'' عورت نے لرزتی آواز میں کہا۔

لفظ تو سن کر ہی میں سمجھ گیا کہ درحقیقت وہ میری آیا ہے۔خوشی کے مارے کپکپاتا ہوا میں اس کے پاس پہنچا۔ میری شکل خوب غور سے دیکھنے کے بعد اُس نے مجھے اپنے سینے سے لگا لیا اور دھاڑیں مار مار کر رونے لگی۔

''میرے چاند! میں نے تجھ پر کتنے ظلم ڈھائے ہیں۔ ہائے میں بھی کتنی کم بخت ہوں کہ تجھے پال نہ سکی۔ مجھ نصیبوں جلی نے تجھے یتیم خانے میں داخل کرا دیا۔ مگر بیٹے! اللہ گواہ ہے کہ میرے پاس کھانے کے لیے ایک دانہ بھی نہ تھا۔ تو میرے پاس رہتا تو

فاقوں سے مر جاتا میرے بچے!''

اتنا کہہ کر وہ پھر رونے لگی۔ میں خود بھی اس سے لپٹ کر رو رہا تھا۔ جب ہم دونوں کے دلوں کا بوجھ ہلکا ہوا تو جان نے عورت سے کہا، ''امّاں! اب تو تم نے پہچان لیا کہ یہ فیروز ہے۔ تم راستے میں کہتی تھیں کہ اس کے سینے پر ایک کالا داغ ہے، میں دیکھ چکا ہوں کہ وہ داغ واقعی اس کے سینے پر ہے۔ فیروز! تم انھیں وہ داغ بھی دِکھا دو۔'' میں نے سینہ کھول کر آیا کو وہ داغ دِکھایا تو وہ پھر مجھ سے لپٹ کر رونے لگی۔ جان کے بار بار یہ کہنے پر کہ وہ میرے والد کے بارے میں بتائے، بڑھیا نے کہنا شروع کیا،

''فیروز کسی معمولی خاندان سے نہیں ہے صاحب بلکہ اس کی رگوں میں نوابی خون دوڑ رہا ہے۔ اس کے دادا نواب تھے اور کلکتے میں ان کی بہت بڑی جائیداد تھی۔ اس کے والد بہت پڑھے لکھے آدمی تھے۔ انھوں نے امریکہ میں ڈاکٹری کی تعلیم پائی تھی اور بڑے عرصے کے بعد بمبئی لوٹے تھے۔ بمبئی ہی میں ان کی شادی ایک بوہرے سیٹھ کی لڑکی سے ہوئی۔ شادی کے بعد ہی جنگ شروع ہوگئی۔ اس کے والد بہت بڑے سرجن تھے اس لیے انھیں بھی لڑائی پر جانا پڑا تبھی فیروز پیدا ہوا۔ اس کی پیدائش کے دو مہینے کے بعد اس کی ماں ایک بیماری میں مر گئی اور ننھے فیروز کا ہاتھ میرے ہاتھ میں دے گئی۔ تب میں نے اُسے پالا پوسا۔ اس کے والد صرف دو بار اسے دیکھنے آئے تھے اور پھر ان کا پتا نہیں چلا کہ وہ کہاں گئے۔ میں سمجھتی ہوں کہ وہ جنگ میں کام آگئے ہوں گے۔''

یہ خبر سن کر میرے دل کو ایک دھچکا لگا مگر یہ انکشاف میرے لیے خوشی کا باعث تھا کہ میں ایک اعلیٰ خاندان سے تعلق رکھتا ہوں۔

بڑھیا نے سانس لے کر پھر کہنا شروع کیا، ''میں اتنی بے وقوف تھی کہ میں نے قانون کی مدد لیے بغیر فیروز کو گھبرا کر یتیم خانے میں داخل کرا دیا۔ میں یہ بھی نہیں سوچا کہ وہ ایک بہت بڑی جائیداد کا مالک ہے اور اُسے یتیم خانے میں داخل ہونے کی کوئی ضرورت نہیں تھی۔ میں تو بس اپنی غریبی سے عاجز تھی۔ پریشان تھی اسی لیے یہ عجیب کام کر بیٹھی۔''

’’مگر امّاں، فیروز کے والد کا نام کیا تھا۔ یہ تم نے نہیں بتایا؟‘‘

’’کرنل پرویز تھا اُن کا نام۔ وہ بہت خوب صورت اور بہادر...‘‘

’’کرنل پرویز...!‘‘ جان نے چونک کر کہا۔’’اور تم نے کہا ہے کہ انھوں نے امریکہ میں تعلیم حاصل کی تھی؟‘‘

’’جی ہاں۔ میں کیا بتاؤں کتنے اچھے آدمی تھے وہ۔‘‘

’’فیروز!‘‘ جان ے اپنے دونوں ہاتھ میری طرف پھیلاتے ہوئے کہا۔ فیروز میرے بچے! تمھارے نقلی چچا تو تمھیں بہت سے ملے مگر اب اپنے اصلی چچا سے بھی مل لو۔‘‘

’’کیا مطلب؟ یہ... یہ آپ کیا کہہ رہے ہیں؟‘‘ میں نے تعجب سے کہا۔

’’کاش مجھے پہلے سے معلوم ہوتا! مگر خدا کی مرضی بھی یہی تھی۔ میرے بیٹے، تمھارے والد کو میں نے اچھی طرح دیکھا ہے کیونکہ وہ میرے ساتھ ہی کالج میں پڑھتے رہے ہیں۔ آؤ، میرے سینے سے لگ جاؤ۔‘‘

میں حیرت سے ایک ایک کو دیکھ رہا تھا۔ سمجھ میں نہ آتا تھا کہ یہ کیا قصہ ہے۔ جان نے مجھے گلے لگانے کے بعد سب باتیں تفصیل سے بتائیں۔ والد صاحب کے بارے میں ہر چھوٹی سے چھوٹی بات تک مجھے بتائی۔ اس نے بتایا کہ والد کافی عرصے تک واشنگٹن کے ایک کالج میں اس کے ساتھ تعلیم حاصل کرتے رہے تھے اور دونوں بہت ہی اچھے دوست تھے۔ جان نے مجھ سے وعدہ کیا کہ اس کے پاس والد کی جو تصویریں ہیں اُن میں سے بہت سی وہ مجھے بھیج دے گا۔ آخر میں اس نے کہا، ’’مجھے فخر ہے فیروز کہ تم ایک بہت اچھے خاندان سے ہو۔ پہلے تمھاری باتیں سن سن کر میں حیرت کیا کرتا تھا کہ ایک معمولی سا لڑکا آخر کس طرح ایسی عقل مندی کی باتیں کرسکتا ہے! مگر مجھے اب کوئی حیرت نہیں ہے۔ تم اس باپ کے بیٹے ہو جو کالج میں ہمیشہ اوّل آیا کرتا تھا، جو بے حد بہادر اور ذہین تھا اور اس کی یہ ذہانت اور بہادری ہی تمھارے اندر پائی جاتی ہے۔

❖❖❖

یہ ہے وہ عجیب وغریب داستان جسے پڑھتے ہوئے کئی بار آپ نے اپنے دل میں کہا ہوگا کہ یہ ناممکن ہے! مگر یہ حقیقت ہے اور مجھ پر بیتی ہے۔ ان واقعات کو بیتے ہوئے اب عرصہ ہوگیا ہے۔ اس وقت میں اپنے عالی شان کمرے میں بیٹھا ہوا یہ کہانی لکھ رہا ہوں۔ میری بیوی دوسرے کمرے میں بیٹھی ہوئی میری ننھی سی بچی کے لیے اونی سویٹر بن رہی ہے۔ میرے دادا اور میرے والد کی جتنی بھی جائیداد تھی اس کا اب میں تنہا مالک ہوں۔ اس کے ساتھ ہی میری اپنی ایک جہاز کمپنی بھی ہے۔ میرے جہاز دور دراز کے ملکوں میں آتے جاتے ہیں۔ یہی اب میرا کاروبار ہے اور خدا کا شکر ہے کہ میری ایمان داری کی بدولت یہ کام خوب چل رہا ہے۔ جہاں تک میں سمجھتا ہوں مجھے یہ عزّت صرف اس وجہ سے ملی ہے کہ میں ہمیشہ دوسروں کا وفادار رہا۔ میں نے کبھی لالچ اور بے ایمانی نہیں کی۔ جان کے بارے میں مجھے اتنا اور بتانا ہے کہ مکھی کی آنکھیں حفاظت سے بند کرکے وہ انھیں اپنے ساتھ امریکہ لے گیا۔ رہے جیک اور ملاح تو جیک تو جان کے ساتھ ہی امریکہ چلا گیا تھا۔ اس نے پوری زندگی جان کے ساتھ گزارنے کا فیصلہ کرلیا تھا۔ ملاح جس کا نام کرشنا سوامی ہے، اب میرے ساتھ ہی ہے اور میرے کام کو چلاتا ہے۔ ایک طرح سے وہ میرے کام میں میرا سب سے بڑا مددگار بنا ہوا ہے۔

جان آج کل واشنگٹن میں اندھے بچوں اور بیواؤں کا ایک اسکول چلا رہا ہے۔ اس خوفناک مکھی کی آنکھوں کی مدد سے اس نے بہتیرے بچوں کی آنکھوں کو روشنی عطا کی ہے اور ہزاروں بیواؤں کی مالی امداد بھی کی ہے۔ اب بھی اس کے خط میرے پاس آتے رہتے ہیں اور ان خطوں کو پڑھ کر ظاہر ہوتا ہے کہ وہ دنیا میں صرف مجھ سے، میری بیوی

زرینہ اور بچی نجمہ سے محبت کرتا ہے۔ کئی بار وہ بذریعہ ہوائی جہاز امریکہ سے بمبئی آیا اور مجھ سے مل کر گیا۔ اُس نے بچھڑتے وقت مجھے ہمیشہ ایسا محسوس ہوا جیسے میں اپنے حقیقی باپ سے جدا ہو رہا ہوں۔ ایک خوش خبری اور سنیے! چند دن پہلے ہی مجھے جان کا خط ملا ہے جس میں اُس نے لکھا ہے کہ اس نے اپنی تمام دولت میری ننھی بچی نجمہ کے نام لکھ دی ہے۔ میرے نام اس لیے نہیں لکھی کہ اب اُسے مجھ سے زیادہ میری بچی نجمہ سے پیاری ہے۔

مجھے اب دنیا میں کسی چیز کی ضرورت نہیں ہے۔ میری محنت، ہمت اور وفاداری نے مجھے وہ کچھ دے دیا جو شاید کسی شہنشاہ کو بھی نہ ملا ہوگا؛ دولت، عزّت، شہرت اور دنیا بھر کے عیش و آرام ... مجھ سے زیادہ خوش نصیب شاید ہی اس دنیا میں کوئی ہو! میرے حیرت انگیز، خوفناک اور طویل سفر نے مجھے یہی سبق دیا ہے کہ اگر ہم مصیبتوں سے نہ گھبرائیں، ہر حال میں خدا سے لو لگائے رکھیں، ڈر اور خوف کو دل کے قریب بھی نہ آنے دیں، ہمت، ایمان داری اور محنت سے ہر کام کریں تو خدا ہماری مدد ضرور کرے گا اور ہم ایک ایسے درجے پر پہنچ جائیں گے کہ دنیا رشک کرے گی۔ میری مثال آپ کے سامنے موجود ہے۔

✤✤✤

اچھا، اب اجازت چاہوں گا۔ دوسرے کمرے سے زرینہ مجھے سویٹر کا نمونہ پسند کرنے کے لیے بلا رہی ہے اور میں دو گھنٹے سے یہی کہہ رہا ہوں کہ بس ایک منٹ میں آیا۔ اب چلتا ہوں، خدا حافظ!

✤✤✤

گل بوٹے سلور جوبلی سیریز کے تحت مطبوعہ کتابوں کی فہرست

نمبر شمار	کتاب	مصنف	مرتب
۱۔	اُلٹا درخت اور ستاروں کی سیر	کرشن چندر	خان نوید الحق
۲۔	چچا چھکّن کے کارنامے/تین اناڑی	امتیاز علی تاج/عصمت چغتائی	ناصر علی شیخ / خان نوید الحق
۳۔	جن حسن عبدالرحمٰن	مترجم : قرۃ العین حیدر	خان نوید الحق
۴۔	چڑیوں کی الف لیلہ	کرشن چندر	خان عارفہ نوید
۵۔	خوفناک جزیرہ	سراج انور	خان نوید الحق
۶۔	بچوں کی نظمیں	حالیؔ/ سیمابؔ	ریحان کوثر
۷۔	بچوں کی نظمیں	تلوک چند محرومؔ	عرفان شاہ نوری
۸۔	بچوں کی نظمیں	اسمٰعیلؔ میرٹھی	ڈاکٹر محمد حسین مشاہد رضوی
۹۔	بچوں کی نظمیں	حفیظؔ جالندھری	محمد شریف
۱۰۔	بچوں کی نظمیں	نظیرؔ اکبر آبادی	محسن ساحلؔ
۱۱۔	بچوں کی نظمیں	شفیع الدین نیّرؔ	خان حسنین عاقبؔ
۱۲۔	بچوں کی کہانیاں	شفیع الدین نیّرؔ	خان حسنین عاقبؔ
۱۳۔	بچوں کی کہانیاں	ڈاکٹر ذاکر حسین	غزالہ فاطمہ
۱۴۔	دنیا کے رنگ ہزار	حسین حسان	سراج عظیم
۱۵۔	بچوں کی نظمیں	ابنِ انشؔا / ساحرؔ/ افسرؔ	حسنین عاقبؔ/ وجاہت عبدالستار
۱۶۔	بچوں کی نظمیں اور کہانیاں	کھلونا سے انتخاب	فرزانہ اسد
۱۷۔	بچوں کی کہانیاں	خواتین کے قلم سے	ڈاکٹر حلیمہ فردوس
۱۸۔	مزاحیہ مضامین	درسی کتب سے انتخاب	ڈاکٹر محمد اسد اللہ
۱۹۔	سیر و سیاحت	درسی کتب سے انتخاب	ڈاکٹر ناصر الدین انصار
۲۰۔	بچوں کی منتخب کہانیاں	درسی کتب سے انتخاب	محمد یٰسین اعظمی
۲۱۔	بچوں کی منتخب نظمیں	درسی کتب سے انتخاب	آصف اقبال
۲۲۔	بچوں کے ڈرامے	درسی کتب/گل بوٹے سے	انتخاب احمد
۲۳۔	بڑوں کا بچپن	مختلف کتب سے انتخاب	سیّد خالد
۲۴۔	بچوں کی نظمیں اور کہانیاں	گل بوٹے سے انتخاب	ظہیرؔ قدسی/سیّد آصف نثار
۲۵۔	چھوٹی سی بات (اداریے)	فاروق سیّد	صائمہ فاروق سیّد
۲۶۔	**بچوں کے ادیبوں کی ڈائرکٹری**	**خصوصی پیش کش**	ڈاکٹر اشفاقؔ احمد/محمد شریف